AF128634

MARTHA CARR
MICHAEL ANDERLE

MÜNDEL DES FBI

DIE SCHULE DER GRUNDLEGENDEN MAGIE:
RAINE CAMPBELL – BUCH 01

An alle, die noch an Magie glauben
und all die Möglichkeiten, die sich daraus ergeben.
An alle Leser, deren Begeisterung mich beim
Schreiben antreibt und die mir auf diesem Abenteuer
so viel Freude bereiten.
Und an meinen Sohn Louie und die wunderbare Katie,
die mich immer wieder daran erinnern, was
wirklich zählt und wie wundervoll
das Leben in jedem beliebigen Moment sein kann.
- Martha

Für meine Familie, Freunde und alle
diejenigen, die es lieben zu lesen.
Mögen wir alle das Glück haben das Leben
zu leben für das wir bestimmt sind.
-Michael

Impressum

Mündel des FBI (dieses Buch) ist ein fiktives Werk.
Alle Charaktere, Organisationen, und Ereignisse, die in diesem Roman geschildert werden, sind entweder das Produkt der Fantasie des Autors oder frei erfunden. Manchmal beides.

Copyright © 2018 Martha Carr & Michael Anderle
Titelbild Copyright © LMBPN Publishing

LMBPN Publishing unterstützt das Recht zur freien Rede und den Wert des Copyrights. Der Zweck des Copyrights ist es Autoren und Künstlern zu ermutigen die kreativen Werke zu produzieren, die unsere Kultur bereichern.

Die Verteilung von diesem Buch ohne Erlaubnis ist ein Diebstahl der intellektuellen Rechte des Autors. Wenn Du die Einwilligung suchst, um Material von diesem Buch zu verwenden (außer zu Prüfungszwecken), dann kontaktiere bitte international@lmbpn.com Vielen Dank für Deine Unterstützung der Rechte der Autoren.

LMBPN International ist ein Imprint von
LMBPN Publishing
PMB 196, 2540 South Maryland Pkwy
Las Vegas, NV 89109

Version 1.01 (basierend auf der englischen Version 1.01), April 2021
Deutsche Erstveröffentlichung als e-Book: April 2021
Deutsche Erstveröffentlichung als Paperback: April 2021

Übersetzung des Originals Ward of the FBI
(The School Of Necessary Magic: Raine Campbell Book 1)
ins Deutsche vom:
4media Verlag GmbH

Verantwortlich für Übersetzungen, Lektorat
und Satz der deutschen Version:
4media Verlag GmbH,
Hangweg 12, 34549 Edertal,
Deutschland

ISBN der Taschenbuch-Version:
978-1-64971-544-9

DE21-0018-00080

Übersetzungsteam

Primäres Lektorat
Finja Fölsch

Sekundäres Lektorat
Anna Hunger

Betaleser-Team
Sascha Müllers
Esther Nemecek

Kapitel 1

Mara Berens stand in der kreisförmigen Einfahrt der *Schule der grundlegenden Magie*. Eine kühle Brise durchbrach endlich die Hitze eines Sommers in Virginia und regte ihre Sinne an. Ohne sich umzudrehen und zu schauen, spürte sie die Magie und wie sich ein Portal öffnete.

»Sie sagen immer, es liegt an der Hitze, nicht an der Feuchtigkeit.« Turner Underwood, ein älterer Lichtelf und pensionierter Adjutor, kam von hinten auf sie zu. Sein eleganter Gehstock klopfte rhythmisch auf den schwarzen Asphalt.

»Es ist ein Wunder, dass du dich überhaupt an jemanden herangeschlichen hast, Turner. Ich konnte spüren, wie sich das Portal öffnete.«

Der alte Elf lachte und stützte sich auf den silbernen, trollförmigen Kopf des Stocks. »Ich habe es nicht mehr nötig, so leise zu reisen. Aber glaub mir, ich habe immer noch die Fähigkeit.« Er zwinkerte und ließ ein tiefes Glucksen folgen.

»Du bist ein tausendjähriger, dreckiger, alter Elf. Wie ein verrückter Weihnachtsmann.«

»Also, *das* war ein großartiger Adjutor. Er gilt immer noch als einer der besten.« Turner seufzte tief, hob seinen Stock und zog genügend Energie durch seine Füße ein, um eine Welle der Magie über das Gelände zu schicken. »Weißt du, alles birgt irgendeine Art von Erinnerung, besonders, wenn es mit dem Tod zu tun hat.«

Der Zauber legte sich auf das Gras und beleuchtete alte Spuren der Magie der vergangenen Monate. Nur ein Adjutor wie Turner und eine Handvoll anderer Magier konnten ein solches Kunststück vollbringen. Dunkle, pulsierende Linien dunkler Magie verflochten sich mit den Spuren, die Elfen, Wandler, Hexen und andere Magier hinterlassen hatten. Die glühenden Muster schimmerten in der Hitze.

Das waren die Erinnerungen an das, was in der Vergangenheit auf dem Schulgelände geschehen war. Ereignisse, wegen denen die Schule beinahe für immer geschlossen worden wäre. »Sie hätten den Ort fast niedergebrannt«, sagte Mara, ihr Ton flach und bedauernd. Das Schweigen hing zwischen ihnen in der Luft. Turner brach es, als er wieder die Arme hob und elektrische Ströme über das Gras rasen ließ. Sie knisterten und knackten und löschten alle sichtbaren Spuren der magischen Geschichte aus.

»Du weißt, warum ich hier bin«, sagte der Elf ruhig.

»Das war ein cleverer, kleiner Trick. Du hast deinen Standpunkt klargemacht.« Mara presste die Lippen in leiser Missbilligung zusammen. »Ich habe eine Ahnung, warum du hier bist. Ehrlich gesagt, bin ich überrascht, dass du nicht schon früher aufgetaucht bist.«

»Das ist eine Chance für einen Neuanfang. Wir können die Vergangenheit loslassen und das, was die dunklen Familien fast geschafft hätten der Schule anzutun, ebenfalls.« Er drehte sich um und betrachtete das Herrenhaus. Das alte Gebäude wies nun einen frischen Anstrich auf, der die Stelle verbarg, wo einst ein Loch durch das Mauerwerk gesprengt worden war. »Vielleicht können wir auch anderen helfen zu vergessen.«

»Sag es nicht.« Mara blickte die lange Auffahrt hinunter zu den hohen, eisernen Toren. Vor ihrem geistigen Auge konnte sie immer noch die Wellen der Magie dunkler Hexen und Zauberer sehen, die das Gelände betraten und auf Zerstörung aus waren.

»Es muss noch einmal gesagt werden. Tod und Zerstörung sind das, woran sich jeder an dieser Schule im Moment erinnert.«

»Nicht jeder.«

Turner zuckte mit den Schultern. »Stimmt, aber genug tun es, um es zu einem Problem zu machen. Es ist an der Zeit, das Blatt zu wenden und ein neues Kapitel aufzuschlagen – einen Neuanfang für die Schule. Schon bald wird eine neue Klasse durch dieselben Tore treten.«

»Ich habe von dem Mädchen gehört. Sie hatte keine Ausbildung, weißt du, die junge Hexe. Die Magie ist da, aber sie weiß nicht, was das bedeutet oder wie man sie einsetzt.«

Turner klopfte seinen Stock fester gegen den Boden. »Wann war das jemals eine Voraussetzung? Ich sage dir, sie ist genau das, was wir hier brauchen. Wie lange bist du schon Direktorin?«

»Dreiundzwanzig Jahre und das weißt du so gut wie ich.«

»Dieser Ort wurde von der Regierung gegründet, um ...«

»... einen Weg zu finden, Magiern und Menschen dabei zu helfen, zusammenarbeiten zu können. Ich kenne das Vermächtnis.«

»Eine fleißige, junge Hexe, deren Familie allesamt Bundesagenten sind, ist genau das, was wir brauchen. Sie wird ein gutes Beispiel sein.«

»Du tust so, als könne ein Mädchen im Alleingang alle Erinnerungen verblassen lassen.«

»Das ist zumindest ein guter Anfang. Außerdem weißt du ja, dass ich im Herzen ein Optimist bin.« Der pensionierte Adjutor öffnete ein Portal und Mara erblickte den üppigen, grünen Rasen von Turners Anwesen in Austin, Texas. Ein Anflug von Verlangen, mit ihm hindurchzugehen, erfasste sie und führte sie in Versuchung.

Er sah den sehnsüchtigen Blick auf ihrem Gesicht. »Komm uns besuchen. Weihnachten ist die perfekte Zeit. Wir können die ganze Familie versammeln.«

»Weiß dieses Mädchen überhaupt, dass sie dazu bestimmt ist, diese Schule zu besuchen?«

»Noch nicht. Sie ist noch nicht einmal auf dem Radar der Menschen, aber das wird sie bald sein. Vertrau mir, Raine Campbell ist der Beginn eines neuen Tages für diese Schule. Habe ich mich jemals geirrt?« Er schritt durch das Portal, das sich bereits zu schließen begann.

Mara erinnerte sich an ein paar Gelegenheiten, bei denen er tatsächlich falsch gelegen hatte. Funken sprühten über den Asphalt und das Portal verschwand mit einem Schimmern. Sie seufzte und stellte sich dem Unvermeidlichen. »In Ordnung, lasst das nächste Kapitel beginnen.«

* * *

Raine und ihre Freunde lachten und scherzten mit leichter Vertrautheit, als sie die ruhige Straße in Grand Rapids in Michigan entlanggingen.

»Ich kann nicht glauben, dass du Mister Hinton so widersprochen hast.« Die Kleinste der Gruppe, Maggie, lachte wieder. »Der Ausdruck auf seinem Gesicht war unbezahlbar.«

Scott strahlte vor Stolz. »Es ist nicht meine Schuld, dass er sich geirrt hat.«

Raine erinnerte sich an den Vorfall, hin- und hergerissen zwischen widersprüchlichen Reaktionen. Auf der einen Seite hatte Mister Hinton Unrecht gehabt. Andererseits war sie dazu erzogen worden, Autoritäten zu respektieren. Ihr Vater war ein FBI-Agent gewesen und sie lebte seit einiger Zeit bei ihrem Onkel Jerry, einem anderen Mitarbeiter der Behörde.

»Du hättest aber nicht weiterreden müssen, nachdem du deinen Standpunkt dargelegt hast«, sagte sie und warf Scott einen strengen Blick zu. »Du hast es zu weit getrieben.«

Scott rollte mit den Augen. »Spielverderber.«

»Ich weiß nicht, wie du nicht nachsitzen konntest.« Amy grinste. »Du wirst dem Debattierclub in der Highschool beitreten, richtig?«

»Er ist zu jähzornig für das Debattierteam«, entgegnete das rothaarige Mädchen, Shannon, belustigt. »Er würde sein Temperament und die Debatte verlieren.«

»So schlecht bin ich nicht«, schnaubte Scott. »Ich kann mein Temperament kontrollieren.«

Die Gruppe bog um eine Ecke und schlenderte weiter durch die Stadt.

»Ich hoffe, wir bekommen im *Spoonlickers* einen Ecktisch.« Amy hakte sich mit ihrem Arm bei Scott unter. »Ich beobachte gern Leute.«

»Ich will den Erdbeer-Balsamico-Joghurt probieren«, sagte Amy, während sie durch ihr Telefon scrollte, um die Anzeige zu finden. »Hier. Hört sich das nicht großartig an?«

»Das klingt absolut furchtbar.« Scott grinste sie an. »Aber du hattest noch nie einen guten Geschmack.«

»Du nimmst dein übliches schwarzes Kirsch-Gelato, richtig, Raine?« Amy wurde langsamer und ging neben ihrer Freundin her. »Oder willst du etwas Neues ausprobieren?«

Raine zuckte mit den Schultern. »Ich schaue mal, ob es etwas Neues auf der Speisekarte gibt.«

Eine Gruppe älterer Teenager tauchte aus der Gasse vor ihnen auf und schritt auf sie zu. Amy und Scott wurden instinktiv langsamer und schlossen zu den anderen auf. Raine beobachtete die Neuankömmlinge genau und schätzte ihre Standfestigkeit und ihre Bewegungen ein. Jahrelanges Kampfsporttraining hatte sie gelehrt, potenzielle Gegner zu lesen.

»Es sieht so aus, als hätten wir ein paar kleine Sparschweine gefunden.« Ein großer Junge spottete über die jüngeren Jugendlichen. »Rückt euer Geld raus.«

Amy öffnete ihre Handtasche, um ihr Portemonnaie herauszuholen, aber Raine hielt sie mit einer Hand am Arm zurück. Das Grinsen des Anführers wurde bösartig und er stürzte sich auf Scott. Ihr Freund stolperte zurück, um der großen Faust auszuweichen, die nun auf Kollisionskurs mit seinem Gesicht war. Raine drängte sich durch die kleine Gruppe und bereitete sich darauf vor, dem Jungen die Beine unter den Füßen wegzufegen. Sie war nur halb so groß wie er, aber seine Standfestigkeit war furchtbar. Wenn sie ihren Schlag richtig ansetzte, konnte sie es leicht schaffen.

Ihre Hände ballten sich zu Fäusten, als Scott zu Boden sackte. Der Anführer drehte sich zu ihr um und starrte Raine an, etwas veränderte sich in ihr. Eine Wärme zerrte tief in ihr, die sie noch nie zuvor gespürt hatte. Sie versuchte es zu ignorieren und verlagerte ihr Gewicht, jetzt bereit zum Angriff. Die Augen der älteren Jugendlichen weiteten sich und sie traten kollektiv einen Schritt zurück.

Anstatt ihr Bein herum zu schwingen, wie Raine es geplant hatte, bewegte sie ihre Hände in langsamen, eleganten Mustern. Ein seltsames Gefühl, sich fast außerhalb ihres Körpers zu befinden, überraschte sie. Sie spürte ihre eigenen Bewegungen, hatte aber keine Ahnung, warum oder was deren Zweck war, obwohl es sich auch ganz natürlich anfühlte. Der Rüpel vor ihr erstarrte auf der Stelle und schluckte schwer. Er zerrte an seiner Jeans und Schweißperlen standen ihm auf der Stirn, als er merkte, dass er sich nicht bewegen konnte.

Raine spürte den Druck seiner Bewegungen gegen ihre Handflächen. Es ergab keinen Sinn, aber gleichzeitig fühlte es sich richtig an. Lichter pulsierten um ihn herum. Die Luft verdichtete sich und leichte violette und gelbe Wirbel schwebten um seine gefangene Gestalt. Es war Magie, das wusste sie, aber wie hatte sie etwas freigesetzt, was sie nicht besaß? Nicht besitzen *konnte*.

»Was hast du mit mir gemacht?« Der Rüpel rang mit sich und seine Augen weiteten sich voller Panik. »Du bist eine verrückte Teufelshexe! Lass mich los!«

Inzwischen fühlte Raine sich genauso verwirrt wie er. Sie war in eine Ebene der Macht hineingezogen worden, die sie noch nie zuvor erlebt hatte und sie wusste nicht, wie sie sie aufhalten sollte. Etwas schoss aus ihren Händen und die Gruppe kippte wie Dominosteine um. Sie schrien vor Angst, als auch sie auf der Stelle erstarrten. Die gleichen Farbwirbel bildeten sich und hielten sie irgendwie unbeweglich. Bald fluchten sie wie wild und zogen die Aufmerksamkeit der umliegenden Anwohner auf sich.

Was auch immer von Raine ausströmte, verlangsamte sich ein wenig, aber es blieb aktiv und hielt die Tyrannen an ihrem Platz fest. Jedes Mal, wenn sie sich gegen die unsichtbare Kraft stemmten, spürte Raine einen entsprechenden Anstieg in ihren Handflächen – ein scharfer Druck, der sich verstärkte, bis sie erstarrten. Ihr Atem wurde kurz und schnell und ihre Haare klebten in dicken Strähnen an dem Schweiß, der ihr Gesicht überzog. Schließlich ließ die Kraft nach und die jungen Schlägertypen konnten sich wieder bewegen. Raine sackte zusammen, schnappte nach Luft und fragte sich, was um alles in der Welt gerade passiert war. Ihre Freunde johlten, als die Angreifer davonliefen.

»Seit wann kannst du verdammt noch mal zaubern?« Scott stand auf und wischte sich den Dreck von den Klamotten. »Du hättest es uns sagen können.«

Sie schaute verwirrt auf ihre Hände und fühlte sich ein wenig benommen, als hätte sie eine schwere Trainingseinheit absolviert, ohne genug zu essen.

»War das Magie?« Sie wandte sich an Scott. »Das ist mir noch nie passiert.«

Amy legte ihren Arm um die Schultern von Raine.

»Bringen wir dich nach Hause. Ich bin sicher, dein Onkel wird davon hören wollen.«

»Hey, warte eine Sekunde. Sie ist eine Hexe. Findest du das nicht cool? Was kannst du sonst noch?«, fragte Scott und versperrte ihnen den Weg. »Du musst uns zeigen, was du noch kannst.«

Amy funkelte ihn an und schob sich vorbei.

»Sie muss sich ausruhen. Ich bringe sie nach Hause.«

Raine stöhnte. Sie freute sich nicht auf das unvermeidliche Gespräch mit ihrem Onkel Jerry. Er war technisch gesehen nicht ihr Onkel, aber er war der beste Freund ihres Vaters gewesen. Jerry hatte geschworen, sich um sie zu kümmern, wenn ihm etwas zustoßen würde und er hatte dazu gestanden, als ihr Vater während eines Einsatzes getötet worden war.

Amy führte sie nach Hause und Shannon und Scott folgten ihnen dicht auf den Fersen. Raine war sich der zuckenden Vorhänge in den Häusern auf beiden Seiten der Straße bewusst. Die Nachricht würde sich bei den Tratschtanten wie ein Lauffeuer verbreiten. Sie wischte sich die Haare aus dem Gesicht und seufzte. Niemand hatte ihr je etwas über

Magie erzählt. Immer noch verwirrt, ließ sie das Erlebnis durch ihren Kopf gehen, um zu analysieren, was alles passiert war und wie es sich anfühlte. Sie suchte nach dem Auslöser, in der Hoffnung, dass es nicht wieder unerwartet passieren würde.

Es schien so, als hätte das Bedürfnis ihre Freunde zu beschützen, es irgendwie ausgelöst. Das war der Moment gewesen, in dem ihre Magie in ihr aufstieg. Sie beschloss, dass es weitaus schlimmere Auslöser gab. Trotzdem würde Onkel Jerry das nicht sehr gut aufnehmen. Raine hatte keine Ahnung, wie sie das Thema ansprechen sollte und suchte in ihrem Kopf nach möglichen Gesprächsanfängen. Keiner von ihnen funktionierte, zumindest nicht in ihrem Kopf.

Hey, Onkel Jerry, es hat sich herausgestellt, dass ich Magie besitze.

Ich habe ein paar Tyrannen mit Magie in den Arsch getreten.

Also, äh, wie würdest du dich fühlen, wenn ich Magie hätte?

Sie seufzte. Es hätte ein ruhiger Nachmittag werden sollen. Die Schule war herrlich ereignislos gewesen und sie hatten sich zu Eisbechern und zum gemeinsamen Abhängen aufgemacht. Jetzt musste sie sich der Tatsache stellen, dass sie potenziell gefährliche Magie besaß.

★ ★ ★

Scott und Shannon bogen zu ihrem Haus ab, ohne dass Raine es bemerkte. Sie war in den Versuch vertieft, das Erlebte zu verstehen. Es musste einen Weg geben, es zu kontrollieren. Bei anderen Hexen und Zauberern brach die Magie bestimmt nicht spontan aus ihren Händen aus, also musste es Menschen geben, die ihr helfen konnten. Und Bücher gab es gewiss auch. Raine liebte Bücher. Normalerweise waren sie ein wahrer Quell an Informationen, die sie brauchte. Doch dieses Mal musste sie erst herausfinden, wo sie suchen musste.

Zu ihrer Bestürzung stand ein schlichtes schwarzes Auto vor ihrem Haus. Ein kleiner Teil von ihr hatte gehofft, dass ihr Onkel erst in ein paar Stunden nach Hause kommen würde, damit sie Zeit hatte sich vorzubereiten. Doch das war nicht der Fall. Die Nachricht hatte sich offensichtlich schneller herumgesprochen, als sie erwartet hatte.

»Ich mach das schon.« Sie lächelte Amy an. »Es wird schon gut gehen.«

»Bist du sicher?«

Raine streckte ihren Rücken durch und machte sich bereit, ihrem Onkel gegenüberzutreten.

»Japp. Ich bin mir sicher.«

Sie ging langsam zur Eingangstür. Das Haus fügte sich perfekt in die Umgebung ein. Es hatte einen kleinen Vorgarten mit einem gepflegten Rasen, der von kleinen, robusten Sträuchern begrenzt wurde. Das Haus selbst war weiß mit quadratischen Fenstern und hatte nichts, was es von den anderen unterschied. Sie und ihr Onkel mochten es so. Das Leben war einfacher, wenn man sich anpasste.

Die dunkle Holztür öffnete sich, bevor Raine ihre Schlüssel herausholen konnte. Onkel Jerry stand in dem schwarzen Anzug, den er an diesem Morgen im Büro getragen hatte, in der Tür und sah sie mit einem traurigen Lächeln an, das ihren Verdacht bestätigte, dass er bereits wusste, was geschehen war. Raine hob ihr Kinn und lächelte ebenfalls leicht. Sie sagte nichts, als sie reinging und ihm in die Küche folgte. Ein Glas Milch stand für sie auf der Frühstückstheke.

Jerry setzte sich ihr gegenüber mit einer frischen Tasse schwarzem Kaffee.

»Ich bin mir nicht ganz sicher, was passiert ist. Ich wollte meine Freunde mit meinen Kampfkünsten vor diesen Schlägern beschützen, aber etwas hat sich in mir verändert. Ich glaube ... ich habe gezaubert.« Raine nippte an ihrer Milch und versuchte ihre Gedanken zu sammeln. »Ich habe ihnen aber nicht wehgetan. Sie waren nur verängstigt.«

»Wer hat es gesehen? Und wurde einer deiner Freunde verletzt?«

Jerry war freundlich, aber er trug die harten Kanten seines früheren Jobs als FBI-Agent mit sich herum. Er hatte sich zurückgezogen, um Raine ein normales Leben zu ermöglichen, nachdem ihr Vater getötet worden war. Raine wusste, dass sich hinter seinem Pokerface ein strahlendes Lächeln und ein starker Sinn für Humor verbargen, der sie durch einige der dunkelsten Tage ihres Lebens getragen hatte. Sie ließ sich von seinem ruhigen, festen Ton nicht einschüchtern.

»Ich bin nicht sicher, wer es gesehen hat. Shannon, Amy und Scott waren bei mir. Ich habe die Schlägertypen nicht erkannt. Es war an der Ecke der Gold Avenue SW. Dort gibt es viele Häuser.« Raine nippte wieder, sich bewusst, dass seine Augen auf ihr ruhten. »Scott könnte morgen ein blaues Auge haben, aber er schien nicht besorgt zu sein.«

Jerry entspannte sich und erlaubte sich ein Lächeln. Er hatte geahnt, dass dieser Tag kommen würde, aber er war nicht darauf vorbereitet. Ihr Vater war ein Zauberer gewesen, also war es logisch, dass sie seine magische Blutlinie erben würde. In all den Jahren hatte sie jedoch nie ein Anzeichen dafür gezeigt und er hatte angefangen zu hoffen, dass sie es nicht haben würde. Er kannte Raine seit dem Tag, an dem sie geboren wurde und es fühlte sich an, als wäre sie sein eigenes Fleisch und Blut. Das machte diesen Moment noch schwieriger, denn er wollte nur das Beste für sie. Während er wusste, dass die Magie gepflegt werden musste und sie ihr Erbe anzutreten hatte, war ihm auch bewusst, dass sich ihr Leben unwiderruflich verändern würde. Er wusste nichts über Magie und musste akzeptieren, dass dies etwas war, bei dem er ihr nicht helfen konnte.

»Und dir geht es jetzt gut?«

Sie nickte und dachte einen Moment lang nach, während sie ihre Milch austrank. »Ich bin müde und hungrig und würde gerne duschen gehen, aber ansonsten fühle ich mich wie ich selbst.«

Jerry beobachtete sie genau, aber Raine hatte ihn noch nie angelogen. Sie war zu einer starken und ehrlichen jungen Frau mit einem klaren, moralischen Kompass herangewachsen. Er könnte nicht stolzer auf sie sein. Andere Jugendliche würden durch den unerwarteten Fluss der Magie erschüttert werden, aber sie war ruhig und, wenn er ihre Mimik richtig las, sogar analytisch.

»Ich würde gerne mehr darüber erfahren. Kennst du irgendwelche Bücher?« Raine sah weg, unfähig seinen Blick zu halten. »Ich möchte nicht versehentlich jemanden verletzen.«

Jerry fühlte sich völlig überfordert. Er hatte keine Ahnung, wie man eine junge Hexe trainiert. Er hatte nicht daran gedacht, sie in Kampfsportarten und im Umgang mit Pistolen und anderen Waffen zu trainieren. Sie im Zaubern zu lehren erst recht nicht, das war nochmal etwas ganz anderes.

»Nicht auf Anhieb. Ich werde meine Kontakte fragen.« Er stand auf. »Warum gehst du nicht duschen und ich mache dir Makkaroni mit Käse?«

Raines Magen knurrte und sie merkte, dass sie hungriger war als sonst.

»Danke, Onkel Jerry.«

Sie umarmte ihn fest. Er erwiderte die Geste und versuchte das Gefühl beiseite zu schieben, dass er sein kleines Mädchen verlieren würde.

Raine verließ den Raum und Jerry machte sich daran, ihr Lieblingsessen zuzubereiten. Er ging seine gedankliche Liste von Kontakten durch und überlegte, wer möglicherweise relevante Bücher für sie haben könnte, mit denen sie beide anfangen könnten. Es war eine beängstigende, neue Reise, aber er hatte vor, Raine bei jedem Schritt die Hand zu reichen und ihr zu helfen, ihr Potenzial auszuschöpfen.

Jerry befürchtete, dass dies der Anfang von etwas viel Gefährlicherem war. Dunkle Zauberer hatten seinen Partner, Raines Vater, getötet. Nun, da Raine ihre eigene Macht offenbart hatte, bestand die Möglichkeit, dass sie nach ihr suchen würden. Er würde ihr das bisschen Frieden und Glück schenken, das er konnte, bevor die Polizei eintraf. Das Leben hatte ihn gelehrt, dass die kleinen Momente wichtig waren und es wert sind, sie zu bewahren.

Kapitel 2

Ein Klopfen ertönte an der Eingangstür. Raine und Jerry horchten beide auf, bevor Jerry die Hand hob und lächelte. »Ich gehe schon.«

Er wurde das ungute Gefühl nicht los, dass der Besuch mit den Männern zu tun hatte, die Raines Vater getötet hatten. Dass Raine ihre Magie einsetzte, könnte ihre Aufmerksamkeit erregt haben. An der Tür machte er sich auf das Schlimmste gefasst. Ein großer, breiter Mann in einem tadellosen, schwarzen Anzug stand auf der Veranda und begrüßte ihn mit einem höflichen Lächeln.

Jerry spannte sich an und hoffte, dass sich seine Befürchtungen nicht bewahrheiten würden. Er hatte Raine in Sicherheit gebracht, aber hatten die Killer sie letztendlich eingeholt?

»Wir haben von Ihrer ... Raines Magie gehört. Jemand hat es mit dem Handy gefilmt. Ihre alte FBI-Einheit ist zur Polizeiwache gerast und hat die Sache übernommen. Ich habe eng mit dem nationalen Geheimdienst zusammengearbeitet, deshalb kümmere ich mich jetzt um die Sache.« Der Agent streckte seine Hand aus. »Agent Bruce Connor. Darf ich reinkommen?«

Jerry erwiderte den Händedruck fest und trat zur Seite, um ihm Einlass zu gewähren. Bruce sah sich in dem minimalistischen Haus um und lächelte. Es sah seinem eigenen sehr ähnlich, mit blassen, neutralen Farben und sehr wenig Persönlichem. Der ältere Mann hatte sich vielleicht vom FBI zurückgezogen, aber niemand würde jemals aufhören ein Agent zu sein.

Raine stand mit verschränkten Armen und einer starken, selbstbewussten Körperhaltung in der Küche. Ein höfliches Lächeln blieb auf ihrem Gesicht, während sie Agent Connor studierte.

»Jemand hat vorhin ein Video davon gemacht, wie du deine Magie eingesetzt hast, Raine. Sie haben es online gestellt.«

Ihre Schultern sackten zusammen.

»Die Menschen sind immer noch empfindlich, wenn es um Magie geht, vor allem bei Teenagern, die außer Kontrolle zu sein scheinen. Du hast die älteren Jugendlichen wirklich erschreckt.«

Raine begegnete seinem Blick.

»Ich habe einfach meine Freunde beschützt. Ich hatte nicht vor, Magie zu benutzen, aber ich konnte nicht danebenstehen und zulassen, dass diese Tyrannen die anderen ausrauben und verletzen.«

»Möchten Sie einen Kaffee?« Jerry ging zur Kaffeemaschine, als der Agent nickte. »Raine, möchtest du etwas trinken?«

»Ich hole mir eine Limo, danke.« Sie griff nach einer Dose aus dem Kühlschrank und goss sie in ein Glas. »Bin ich in Schwierigkeiten?«

Agent Connor setzte sich auf einen der schmalen Hocker, die um die Frühstückstheke herum angeordnet waren.

»Ja und nein.« Er sah Jerry an. »Schwarz, ohne Zucker. Danke.«

Raine setzte sich ihm gegenüber und wartete auf eine Erklärung.

»Es ist klar, dass dein Onkel hier nicht in der Lage ist, dir mit deiner Magie zu helfen.«

Sie umklammerte ihr Glas ein wenig fester. Onkel Jerry war gut zu ihr gewesen und es gefiel ihr nicht, worauf das hinauslaufen könnte.

»Und was hat die Agentur entschieden?« Jerry drückte Raines Schulter, um sie zu beruhigen. »Ich nehme an, das war eine Entscheidung der Agentur.«

Agent Connor nickte.

»Es gibt eine Schule in Virginia. Sie wird von der Regierung geleitet und soll jungen Hexen und Zauberern helfen, ihre Magie zu nutzen. Wir haben Raine dort einen Platz gesichert. Ich werde sie begleiten, um auf sie aufzupassen.«

Raine ärgerte sich über den Kommentar, dass sie einen Babysitter brauchen würde, konnte sich aber ein Grinsen über den Teil mit der Schule nicht verkneifen.

»Virginia ist ein gutes Stück von hier entfernt.« Jerry reichte den Kaffee an Agent Connor weiter. »Gibt es keinen näheren Ort?«

»Ich fürchte nicht. Diese Schule ist die führende Einrichtung in diesem Teil der Welt. Raine wird von den Besten trainiert und alle Schüler dort sind wie sie.«

»Sie werden mir beibringen, wie man Magie benutzt?«, fragte Raine und schenkte ihm ihre volle Aufmerksamkeit. »Und es wird ein Internat sein?«

»Ja, zu beidem. Ich habe nicht den kompletten Lehrplan zur Hand, aber du wirst in *magischer Geschichte*, *Zaubertränken*, *Verwandlung* und vielem mehr unterrichtet, von kompetenten Lehrern.«

Raine war hin- und hergerissen. Sie wollte ihre Freunde und Onkel Jerry nicht verlassen, aber sie war begeistert von der Aussicht zu lernen, wie man zaubert. Es gab dort so viel Potenzial und so viele neue Wege zu erkunden.

»Wann würde ich gehen? Was könnte ich meinen Freunden sagen? Habe ich eine Wahl? Was muss ich einpacken? Wird es viel kosten?«

Der Mann lachte und Jerry setzte sich auf den Hocker neben Raine. Er war traurig, dass sie ihn verließ und das Haus würde sich ohne sie leer anfühlen. Zu wissen, dass sie irgendwo in Sicherheit sein würde, bei Menschen, die ihr volles Potenzial freisetzen konnten, wäre es aber wert.

»Du wirst gleich am nächsten Sonntagmorgen aufbrechen. Es ist eine zwölfstündige Fahrt. Sag deinen Freunden, dass du mit einem Stipendium auf ein exklusives Internat wechselst. Pack deine normalen Klamotten, Notizbücher und so weiter ein. Ich gebe dir einen Zauberstab …«

»Ich bekomme einen Zauberstab? Benutzen sie die wirklich?«

»Ja. Sie verwenden wirklich Zauberstäbe. Ich gebe dir deinen dann am Sonntagmorgen.«

»Was können Sie mir noch über die Schule erzählen? Ich würde gerne meine eigenen Nachforschungen anstellen. Gibt es Bücher, damit ich alles nachschlagen und mich auf den neuesten Stand bringen kann?«

Agent Connor war erfreut zu sehen, dass Raine es gut aufgenommen hatte. Ihr Enthusiasmus zu lernen, würde ihr in den kommenden vier Jahren gute Dienste leisten.

»Sie heißt *Schule der grundlegenden Magie*, aber du wirst online nichts darüber finden. Ich werde mit meinen Kollegen über mögliche Bücher sprechen.«

Raine verfiel in Schweigen, nippte an ihrer Limonade und runzelte die Stirn, während sie alles durchdachte. Ihre Freunde würden schockiert und aufgebracht sein, außerdem blieb nicht viel Zeit sich zu verabschieden. Dennoch war es eine einmalige Gelegenheit und sie würde etwas *bewirken* können. Ihr Plan war es, in die Fußstapfen ihres Vaters und in die ihres Onkels Jerry zu treten und FBI-Agentin zu werden. Sicherlich würde die Behörde froh sein, eine Hexe an Bord zu haben. Die Magie würde ihr einen Vorteil verschaffen und es ihnen ermöglichen, besser gegen die Anwender der dunklen Magie anzukommen.

Es würde nicht schön sein, Michigan zu verlassen, aber sie war sich sicher, dass es ein fantastisches Abenteuer werden würde.

»Ich sollte Amy und Shannon davon erzählen.« Raine trank ihre Limonade aus. »Kann ich das machen?«

Onkel Jerry nickte. »Denk dran, es ist ein Stipendium für eine exklusive Privatschule. Keiner weiß, dass es eine Schule für magische Jugendliche ist.«

Raine war es gewohnt, Geheimnisse zu haben. Ihr Vater und ihr Onkel hatten ihr Dinge über einige ihrer Fälle erzählt, die sie nicht hätten preisgeben dürfen.

»Verstanden.«

Sobald sie außer Hörweite war, wandte sich Jerry an Agent Connor.

»Warum wird ein Agent geschickt, um auf einen einzelnen Teenager aufzupassen?«

Der jüngere Mann nippte an seinem Kaffee, während er seine Worte vorbereitete.

»Raine ist ein Vermächtnis. Eine potenzielle Agentin in der Ausbildung. Sie könnte eine echte Bereicherung für die Agentur sein.«

Jerry starrte den Mann herausfordernd an und wartete auf den Rest der Geschichte.

»Es hat sich gezeigt, dass die Schülerschaft sehr vielversprechend für die Zukunft ist.« Er unterbrach seine übliche Rede und lächelte. »Sehen Sie. Viele dieser Jugendlichen werden wahrscheinlich später für die Regierung arbeiten, was großartig ist. Allerdings gab es in den letzten Jahren ein paar ... Vorfälle, darunter eine kleine Schlacht, die sich um die Schule selbst drehte. Einige Eltern haben die Anwesenheit von Behörden auf dem Campus gefordert, um sich vor solchen Vorfällen zu schützen.«

Jerry schob seinen Kaffee zurück und dachte darüber nach. Es stimmte, dass Raine eindeutig viel Potenzial hatte, aber ein Kampf in der Schule klang nicht sehr vielversprechend.

»Und wie häufig sind diese *Vorfälle*?«, bohrte Jerry nach.

Agent Connor setzte sein zuversichtlichstes Lächeln auf.

»Nicht so schlimm. Sie wissen ja, wie Teenager sind. Wenn Magie im Spiel ist, gibt es immer ein bisschen Ärger.«

In Wirklichkeit war es schlimmer, als er gesagt hatte, aber er wollte nicht riskieren, dass Jerry Raine die Erlaubnis verweigerte. Die Schule war der beste Ort für sie.

* * *

Amy hatte sich an sie geklammert wie ein sturmgepeitschter Seemann an ein Rettungsfloß, als sie sich verabschiedeten. Raine musste sich schließlich mit dem Versprechen von ihr losreißen, sich über Weihnachten zu treffen und E-Mails und Briefe zu schreiben, wenn sie konnte. Ein kleiner Kloß hatte sich in ihrem Hals gebildet, als ihr klar wurde, dass es das war. Sie hatte sich offiziell von ihren Freunden verabschiedet und würde sich morgen früh auf den Weg zu einer seltsamen Schule für magisch Begabte machen.

Das Internet war tatsächlich nutzlos gewesen, als sie versucht hatte, so viel wie möglich über die Schule und die Verwendung von Magie zu recherchieren. Agent Connor hatte auch keine guten Bücher für sie gefunden. Sie war auf das angewiesen, was er ihr erzählt hatte und das war nicht besonders viel. Es war nach wie vor ein Abenteuer, aber sie würde sich besser fühlen, wenn sie besser vorbereitet wäre. Raine war nicht der Typ Mensch, der sich ohne angemessene Vorbereitung auf etwas einließ.

* * *

Der Agent kam kurz nach Sonnenaufgang. Raine bemühte sich wacher auszusehen, als sie sich fühlte. Sie hatte am Abend zuvor alles gepackt und dreimal überprüft, ob sie nichts vergessen hatte. Jetzt stand sie im Flur, die Tasche zu ihren Füßen und umarmte Onkel Jerry fest. »Lass von dir hören und pass auf dich auf.«

»Ich verspreche es«, antwortete Raine.

Es fühlte sich alles furchtbar real an, als sie ihn losließ. Bis dahin hatte es etwas Traumhaftes gehabt. Jetzt musste sie sich von dem Mann verabschieden, der sie in den letzten Jahren aufgezogen hatte.

Agent Connor hielt eine schmale, schwarze Box in der Hand.

»Das ist der Zauberstab, den ich dir versprochen habe. Bewahre ihn gut auf.«

Raine öffnete die Box und spürte einen Anflug von Aufregung, als sie den Zauberstab aus Hickoryholz betrachtete. Er war schlicht und zweckmäßig aus einem einzigen Stück des goldfarbenen Hartholzes gefertigt.

»Der Zauberstab jeder Hexe und jedes Zauberers wird aus einem Holz hergestellt, das in ihrer Heimat zu finden ist«, erklärte Agent Connor lächelnd. »Hickory schien sehr passend für dich zu sein.«

Das Mädchen strahlte Stärke und Entschlossenheit aus, selbst als sie sich darum bemühte, gelassen zu bleiben, während sie sich von ihrem Onkel verabschiedete. Bruce wusste, dass sie eine Agentin sein würde, auf die man zählen konnte, wenn sie soweit war. Die Agentur brauchte Leute wie sie.

»Du gehst jetzt besser.« Onkel Jerry drückte ihr die Schulter. »Sag mir Bescheid, wenn du da bist.«

»Wird gemacht.« Der Agent hielt sein Handy hoch. »Ich schicke eine SMS, sobald wir angekommen sind.«

Raine schaffte es auf der langen Reise ein wenig zu schlafen. Die Sonne war bereits untergegangen, als sie endlich ankamen, denn die kürzeren Tage des Herbstes hatten eingesetzt. Sie saß aufrecht und grinste, als sie durch die verzierten, schmiedeeisernen Tore auf ein extravagantes Herrenhaus zufuhren. Elegantes Ziegelmauerwerk wurde von einer umlaufenden Veranda, leuchtend blauen Fensterläden und von einem dunklen Schieferdach gekrönt. Es war größer als jedes Haus, das sie je zuvor gesehen hatte. Dort konnten ohne große Probleme Hunderte von Menschen untergebracht werden.

Agent Connor bog in die kreisförmige Einfahrt ein und fuhr hinter einer älteren Frau vor, die versuchte, ihre drei Jungs dazu zu bewegen, das zu tun, was sie von ihnen wollte.

»Habt ihr eure Zauberstäbe?«

»Ich habe meinen zu Hause vergessen.«

»Bitte sag mir, dass du das nicht getan hast. Zuhause ist sechs Stunden entfernt. Wo ist er?«

»Das ist die Tasche von Joe. Du hast meinen roten Pulli eingepackt, richtig? Ich brauche ihn – es ist mein Glückspullover.«

»Du hast deine eigene Tasche gepackt. Wenn du deinen Pullover vergessen hast, ist das deine Sache.«

»Du bist so dumm, ein Glückspulli?«

»*Du* bist dumm, weil du in Zaubertränken schlecht bist.«

»Das kommt von dem Freak, der Geschichte liebt. Du bist so ein Schleimer.«

Mit einem Lächeln über die Eskapaden der Familie rutschte Raine aus dem Auto und schnappte sich ihre Tasche. Sie folgte Connor an einer Familie vorbei, die wie Elfen aussah. Raine versuchte nicht unhöflich zu sein, aber sie hatte noch nie eine Elfe gesehen. Sie liefen mit Anmut und Eleganz wie Balletttänzer. Überall, wo sie hinschaute, drängelten sich Jugendliche und Eltern, die sich gegenseitig bedrängten. Kleine, bunte, kugelförmige Körper schossen durch die Luft und prallten gegen den Kopf eines mürrischen, dunkelhaarigen Teenagers.

Das Mädchen blickte in die Richtung, aus der die Kugeln gekommen waren. Ein junger, blonder Junge mit großen, blauen Augen versuchte unschuldig auszusehen, aber das Mädchen hob ihren Zauberstab und flüsterte etwas. Eine ältere Frau erschien in der Tür zum Hauptgebäude und stemmte sich die Hände in die Hüften.

»Constance. Du weißt es doch besser, als deine Magie einzusetzen, um eine Meinungsverschiedenheit zu gewinnen.«

Das Mädchen senkte ihren Zauberstab und ihr Mund verzog sich zu einem säuerlichen Ausdruck.

Raine wusste nicht, wo sie hinschauen oder was sie denken sollte. Magie schien für diese Menschen so natürlich und normal zu sein. Sie war in eine völlig neue Welt eingetreten und das begeisterte und ängstigte sie zugleich. Ein mürrisch aussehender, dunkelhaariger Junge stapfte aus einem blassblauen Auto und drängte sich an ihr vorbei, um die Eingangstreppe hinaufzugehen. Ein Flackern von Feuer spielte entlang seiner Fingerspitzen und tanzte über seinem Haar. Raine blinzelte und es war verschwunden. Hatte sie es sich nur eingebildet?

»Sie müssen Agent Connor sein.« Eine große, imposante Frau kam auf sie zu. »Ich bin Direktorin Berens.«

Der Mann streckte seine Hand aus. »Es ist mir eine Freude, Sie kennenzulernen.«

»Und du musst Raine sein.« Sie hielt Raine die Hand hin, die sie höflich schüttelte. »Du wirst in den nächsten Tagen den restlichen Professoren vorgestellt. Ich hoffe, das ist nicht zu überwältigend für dich.«

»Nein, ganz und gar nicht. Es ist wirklich toll hier«, entgegnete Raine lächelnd. »Ich freue mich schon sehr auf den Unterricht.«

»Oh, schau, noch ein Schleimer«, flüsterte jemand, als eine Gruppe vorbeizog.

»Haben Sie endlich einen Agenten für den Campus angefordert, Frau Direktorin?«, fragte eine große, königliche Frau mit langem, weißblondem Haar und schaute von Misses Berens zu Agent Connor. »Er hat zumindest die Haltung eines Agenten.«

»Ich bin Agent Connor. Und Sie sind?«

»Misses Thymian. Mein Sohn ist hier Schüler und ich möchte nicht, dass er in einen furchtbaren Kampf hineingezogen wird.«

»Ihr Sohn wird hier sicher sein, Misses Thymian. Sie haben mein Wort«, versicherte er lächelnd. »Es gibt keinen sichereren Ort für magisch begabte Schüler.«

Die Frau schürzte die Lippen und stolzierte davon. Raine hatte Mitleid mit dem Sohn der Frau, denn sie schien unerträglich zu sein.

»Wenn du mir folgst, zeige ich dir dein Zimmer.« Mara Berens wandte sich der Schule zu. »Ich bin sicher, du wirst damit zufrieden sein.«

Raine warf einen letzten Blick auf das Auto, mit dem sie angekommen war. Es gab jetzt wirklich kein Zurück mehr.

Kapitel 3

Raine trat in den Eingangsbereich der Schule und der Anblick verschlug ihr den Atem. Die untere Hälfte der Wände war mit dunklem Holz vertäfelt und die helle Tapete darüber war in einem Wirbelmuster gestaltet. Eine große Treppe füllte die Mitte des Raumes, perfekt für jeden, der einen großen Auftritt hinlegen wollte. So etwas hatte sie noch nie gesehen.

»Wenn Sie Mister Powell begleiten wollen, wird er Sie zu Ihrer Hütte bringen.« Die Direktorin wies mit einer Geste auf einen großen, älteren Mann mit weißgrau meliertem Haar und einem passenden Bart, der einen perfekt gebügelten, dunkelblauen Anzug trug. »Ich bin sicher, Sie werden Ihre Unterkunft bequem finden, Agent Connor.«

»Ich schaue später nach dir, Raine.« Er lächelte sie an, bevor er den anderen Mann begrüßte. »Agent Bruce Connor. Es ist mir ein Vergnügen, Sie kennenzulernen.«

»Xander Powell, Professor für *dunkle Magie*.«

Raine spitzte die Ohren. Sie hoffte, dass sie seine Kurse besuchen würde. *Dunkle Magie* klang sehr nützlich für ihre Pläne, eine Agentin zu werden.

»Wenn du mir folgen möchtest, zeige ich dir dein Zimmer.« Die Direktorin deutete in Richtung Treppe. »Es ist nicht weit.«

Sie folgte der großen Frau die Treppe hinauf und versuchte nicht mit offenem Mund alles anzustarren. Schüler wuselten umher und unterhielten sich über alles Mögliche, von etwas, das ›Willen‹ genannt wurde bis hin zu ihren Lieblingsmodemarken. Es war eine ganz neue Welt und ganz anders als alles, was sie bisher erlebt hatte. *Amy hätte es geliebt*, dachte sie mit einem Anflug von Nostalgie.

»Rechts sind die Schlafsäle der Jungs. Mädchen dürfen weder die Schlafsäle der Jungs betreten noch die Jungs die der Mädchen.« Die Schuldirektorin sah sie streng an. »Lass dir von niemandem etwas anderes erzählen.«

Raine nickte. Sie hatte keine Lust, Jungs in ihrem Zimmer zu haben und würde viel lieber die Bibliothek erkunden.

Misses Berens führte sie durch einen großen Gemeinschaftsraum mit einer Auswahl an bequemen Sitzgelegenheiten, einem riesigen Flachbildfernseher sowie Verkaufsautomaten zu einem Flur mit vielen Türen auf beiden Seiten.

»Das ist dein Zimmer, das du mit drei anderen Neulingen teilst«, erklärte sie und öffnete die robuste Holztür. »Komm zu mir, wenn du irgendwelche Probleme hast.«

Raine betrat den Raum und zögerte, als sie ein Trio von Mädchen darin ausmachte. Ein schlankes Mädchen mit feuerrotem Haar, das ihr bis zur Taille reichte, drehte sich zu ihr um und grinste. »Ich bin Sara und du bist?«

»Raine.«

Sie stellte ihre Tasche auf das einzige leere Bett. Raine fühlte sich plötzlich unbeholfen, als sie sich vorstellte. Normalerweise war sie selbstbewusst, aber die Erschöpfung von der langen Reise machte sich bemerkbar.

»Es gibt bald Essen, du willst doch nicht zu spät kommen. Ich habe gehört, dass die Elfen einem das Essen wegnehmen, wenn man zu spät kommt.«

Raine drehte sich um und sah ein blondes Mädchen mit zu einer komplizierten Hochsteckfrisur geflochtenen

Haaren. Sie trug mehr Make-up als üblich für Mädchen ihres Alters und sie sprach mit einem undefinierbaren Akzent. Es ließ Raine an Country Clubs denken.

»Mach dich nicht lächerlich, Paige. Sie würden uns nicht verhungern lassen.« Sara rollte mit den Augen. »Es ist eine Schule. Da gibt es Regeln.«

»Nun, du kannst es gerne riskieren. Ich hingegen werde genau um kurz vor sechs Uhr nach unten gehen.« Paige betrachtete sich im Spiegel. »Ich kann nicht glauben, wie wenig Platz in der Garderobe ist. Diese Schule ist angeblich exklusiv. Die Matratze muss auch ausgetauscht werden. Sie ist viel zu hart.«

Raine hob eine Augenbraue und verschränkte irritiert die Arme. Das Mädchen war gerade mal fünf Minuten da und hatte schon eine Liste von Beschwerden angehäuft.

»Ich bin Evelyn, aber alle nennen mich Evie.« Ein zierliches, dunkelhaariges Mädchen streckte ihre Hand aus. »Von welcher Blutlinie stammst du?«

Raine runzelte die Stirn. Sie wusste, dass das eine magische Bedeutung haben musste, aber sie wusste bereits jetzt, dass dies für sie nicht von Bedeutung sein würde.

»Ähm, der von Campbell? Glaub ich.« Raine zuckte mit den Schultern und lächelte. »Ich bin völlig ahnungslos. Ich hatte bis vor ein paar Tagen keine Ahnung, dass ich Magie besitze.«

Sara und Evie tauschten einen Blick aus.

Paige drehte sich um und sah Raine an. »Du stammst nicht aus einer wohlerzogenen Familie? Du wusstest nicht einmal, dass du Magie besitzt?« Sie musterte sie missbilligend. »Ich dachte, die akzeptieren hier nur reines, altes Blut.«

Sara und Evie stellten sich nebeneinander und demonstrierten ihre vermeintlich höhere Position.

»Sie haben *dich* aufgenommen, also sind sie offensichtlich nicht so wählerisch«, schnauzte Sara Paige an. »Du siehst nicht so aus, als hättest du auch nur einen Funken Nützlichkeit in dir.«

Paiges Augen verengten sich. »Was bist du überhaupt?« Sie schniefte hochmütig. »Ich habe gehört, dass sie in diesem Jahr ausgerechnet eine Kitsune zugelassen haben.«

Saras Lächeln war geradezu raubtierhaft. »Das wäre dann ich.«

Evie versuchte ein Lachen hinter ihrer Hand zu unterdrücken und Raine biss sich auf die Unterlippe, um ihr eigenes Lachen angesichts des Entsetzens auf Paiges Gesicht zurückzuhalten.

»Sie erwarten, dass ich ein Zimmer mit einer Kitsune teile?« Paige trat einen Schritt zurück. »Nein. Das ist inakzeptabel!«

»Mach dir keine Sorgen, Süße.« Sara trat einen Schritt vor. »Du wirst nicht vermisst werden.«

»War das eine Drohung?« Paige beäugte die Tür. »Ich werde mich beschweren.«

Sara versuchte unschuldig auszusehen. »Hast du gehört, wie ich ihr gedroht habe?«, fragte sie Evie.

»Nö. Hast du, Raine?«

»Nein, ich habe lediglich eine sachliche Aussage gehört.«

Paige schnaubte und stürmte aus dem Zimmer, während die anderen drei Teenager schallend lachten.

Als sie sich beruhigt hatten, sah Raine Sara an. »Du bist also eine Kitsune? Was ist das eigentlich?«

»Ja. Kitsune sind Fuchswesen. Und Evie ist eine Hexe aus einer alten, irischen Blutlinie. Manche Leute sagen, sie hat Feenblut.«

Raine versuchte die Tatsache zu verdauen, dass sie ein Zimmer mit einer Kitsune und jemandem teilte, der möglicherweise Feenblut hatte.

»Nein, du kannst mich nicht Tinkerbell nennen.« Evie lächelte. »Aber vielleicht darfst du mich Glöckchen nennen.«

Eine ältere Schülerin klopfte an die Tür und steckte ihren Kopf in den Raum. »Kommt mit. Die Schulführung für Erstsemester beginnt.«

Sie gingen in den Flur, wo sich eine Gruppe anderer Mädchen versammelt hatte.

»Wir fangen mit den Laboren an, gehen in die Bibliothek und enden im Speisesaal zum Abendessen.«

Ein älteres Mädchen mit zwei Zöpfen, die ihr über den Rücken baumelten, schaute auf die Neulinge vor ihr. Sie war sich nicht sicher, wie sie es geschafft hatte, als Fremdenführerin eingespannt zu werden, aber jetzt musste sie es tun.

Die Gruppe ging eine Treppe an der Rückseite des Hauses hinunter ins Erdgeschoss und folgte der älteren Schülerin in einen anderen Flügel des Hauses.

Raine bemerkte, dass sich die Atmosphäre veränderte, als sie sich dem näherten, von dem sie annahm, dass es die Labore waren. Sie fragte sich, ob Magie um sie herum verweilte, oder ob etwas anderes die Veränderung verursachte.

»Zu unserer Linken haben wir das erste der Zaubertrank-Labore. Dort werden auch die Pflanzen für den *Zaubertränke*-Kurs aufbewahrt. Bitte versucht die Heiltränke nicht explodieren zu lassen. Misses Fowler hasst das.«

Ein Kichern ging durch die Gruppe.

Sie betraten das Labor und Raine spürte einen Anflug von Enttäuschung. Das Klassenzimmer sah mit den stabilen Holztischen mit Hockern davor und einer großen Tafel an der Stirnwand hinter dem Lehrerpult ähnlich aus wie solche in der Mittelstufe in ihrer alten Schule. Aus irgendeinem Grund hatte sie gehofft große Kessel oder etwas ähnlich Hexenhaftes zu sehen.

»Auf welche Kurse freust du dich am meisten?«, wollte Sara wissen und legte ihren Arm um Raine. »Ich kann es kaum erwarten, *Verwandlung* und *dunkle Magie* zu belegen.«

»Ich habe keine Ahnung, welche Kurse es gibt. Sollte ich das etwa wissen?«

»Nein. Das ist in Ordnung. Wenn du neu in der Welt der Magie bist, ist es völlig normal, dass du es nicht weißt«, antwortete Evie und drückte ihren Arm. »Ich freue mich auch auf Portale.«

»Habt ihr schon gehört, dass es unter der Schule das tollste Kemana gibt?« Saras Augen leuchteten auf. »Da müssen wir unbedingt hin.«

Eine Brünette vor ihnen starrte sie an. »Neulinge dürfen da nicht hin. Das ist gegen die Schulregeln.«

Sara zuckte mit den Schultern und ihr Grinsen wurde breiter. »Regeln sind da, um gebrochen zu werden.«

»Was ist ein Kemana?«, fragte Raine und sah ihre Zimmergenossinnen an. »Etwas wirklich Magisches?«

»Es ist eine riesige, unterirdische Stadt, vollgepackt mit Magie. Alle möglichen verschiedenen Wesen leben dort unten und es ist das beste Einkaufserlebnis, das du je haben wirst«, erzählte Sara und lehnte sich verschwörerisch vor. »Wir müssen diesen Ort besuchen. Raine zuliebe.«

Evie lächelte. »Raine zuliebe?« Sie schüttelte den Kopf. »Wir werden hingehen, weil es toll sein wird. Versuch nicht so zu tun, als wäre es für Raine.«

Sara zuckte mit den Schultern. »Was auch immer funktioniert.«

Die Tour ging weiter durch große Flure und andere Räume und endete schließlich bei der Bibliothek. Raine keuchte vor Entzücken, als sie durch die Flügeltüren trat und die Büchersammlung vor ihr betrachtete. An den Wänden von zwei

Stockwerken standen raumhohe Bücherregale. Weitere Gänge mit Regalen waren gleichmäßig über den gesamten Bereich verteilt. Es war viel größer als ihre vorherige Schulbibliothek und sie konnte es kaum erwarten, sich dort zu verlieren.

Ein kleiner, mürrisch aussehender Gnom im dunklen Anzug und einem Melonenhut mit einer lebendigen Mohnblume an der Krempe daran, trat vor.

»Das ist Bibliothekar Leo Decker. Er ist der Chefbibliothekar.«

Die Gruppe lachte, als seine Blume ihnen die Zunge rausstreckte. Der Gnom stand geduldig mit den Händen hinter dem Rücken da und wartete darauf, dass die Erstsemester sich auf das konzentrierten, was er zu sagen hatte.

»Wir nehmen die Verwaltung und den Schutz dieser Bibliothek sehr ernst. Viele Sicherheitszauber sind vorhanden, um die Bücher innerhalb dieser Mauern zu schützen. Sollte jemand von euch versuchen ein Buch über sein Fälligkeitsdatum hinaus zu behalten, wird es verschwinden und hierher zurückkehren. Ich rate dringend von jedem Versuch ab, das Buch festzuhalten, wenn dieser Zauber wirkt. Die Magie wird siegen und wir möchten euch lieber nicht in eurem Pyjama sehen.«

Das entlockte der Gruppe ein weiteres Lachen.

»Stimmt es, dass es hier noch eine andere Privatbibliothek gibt? Eine mit interessanteren Büchern?«

Der Kiefer von Bibliothekar Leo Decker versteifte sich.

»In dieser Bibliothek gibt es viele faszinierende Bücher. Ihr werdet feststellen, dass jedes erdenkliche Thema gründlich behandelt wird.«

»Was ist mit dunkler Magie?«

»Wir haben Bände über dunkle Magie, die für euren Unterricht bei Professor Powell relevant sind.«

»Es stimmt also nicht, dass es hier einige der ältesten und gefährlichsten Bücher gibt?«

Der Chefbibliothekar atmete langsam aus und suchte nach seiner inneren Ruhe. »Die Professoren haben eine Privatbibliothek mit ihren persönlichen Sammlungen. Schüler haben dort keinen Zutritt. Niemals.«

Innerhalb der Gruppe begann das Geflüster.

»Was glaubst du, was die da drin verstecken?«

»Ich habe gehört, Powell praktiziert immer noch dunkle Magie und er wird einen unterrichten, wenn man *richtig* fragt.«

»Das muss der Ort sein, wo das gute Zeug ist.«

»Kumpel, das sind Bücher. Wenn es um Bücher geht, gibt es keine guten Sachen.«

Raine brannte es unter den Nägeln sich von der Gruppe zu trennen und die Bibliothek zu erkunden. Sie beugte sich ein wenig vor und versuchte die Tafeln an den nächstgelegenen Regalen zu entziffern.

Tränke zur Verteidigung.

Zaubersprüche zur Verteidigung.

Geschichte der Schlachten, die auf Oriceran geschlagen wurden.

Portale.

»Die Bibliothek öffnet um acht Uhr morgens und schließt zehn Minuten, bevor die Lichter ausgehen um zehn Uhr abends«, sagte die ältere Schülerin. »Die Gnome sind hier, um euch zu helfen, alles zu finden, was ihr brauchen könntet.«

»Wenn jemand die Bücher nicht respektiert, wird er mit ernsthaften Konsequenzen rechnen müssen.« Leo Decker sah die Gruppe streng an. »Und wir meinen damit wirklich *ernste*.«

»Oh, er will uns nur Angst einjagen. Es sind doch nur Bücher.« Sara rollte mit den Augen. »Ich weiß, dass Gnome beschützend sind, aber das scheint mir extrem.«

»Solange sie glücklich sind.« Evie zuckte mit den Schultern. »Und sie wären nicht hiergeblieben, wenn sie es nicht wären.«

Raine war ernsthaft versucht, den Rest der Tour zu überspringen und stattdessen die Bibliothek zu erkunden, aber Sara zog sie mit der Gruppe weg. Sie wusste, dass sie die Schule sehen musste, um sich nicht zu verlaufen, aber sie verließ die Bibliothek mit großem Widerwillen.

»Hier gibt es viele Möglichkeiten für außerschulische Aktivitäten.« Die Gruppenführerin hielt inne und zeigte auf eine große Tafel an einer Wand an einer Flurkreuzung. »Wir haben alles, von Chor, Orchester und Volleyball bis hin zur Schülervertretung, dem Unternehmerclub und dem Debattierclub.«

»Stimmt es, dass der Unternehmerclub sich darauf konzentriert, Magie mit Technologie zu vermischen?«, fragte ein großer Junge.

»Ich bin zwar kein Mitglied, aber ich glaube schon«, antwortete das Mädchen, drehte sich um und ging wieder nach vorne. »Ich zeige euch jetzt das Außengelände.«

Sie schaute auf die Uhr und bemerkte, dass sie keine Zeit haben würden, die verschiedenen Gebäude draußen zu besichtigen, also entschied sie sich sie einfach nur zu zeigen. Es half ihr, sich daran zu erinnern, dass sie sowieso nie die Erstsemester herumführen wollte. Sie hätten jemanden wählen sollen, der interessierter war, wenn sie erwarteten, dass der Job besser erledigt wurde.

Raine sog das Bild der sanft geschwungenen Weide, die von Wäldern und einer hoch aufragenden Bergkette flankiert wurde – wahrscheinlich die Blue Ridge Mountains – in sich auf. Es war so anders als das, womit sie in Michigan aufgewachsen war. Die Wälder trugen ihre satten Herbstfarben in einer Reihe von Gold- und Rottönen.

»Dort drüben könnt ihr die Ställe sehen. Die Schüler dürfen mit den Pferden arbeiten und reiten, wenn sie Wissen und Können zeigen. Durch diese Wälder fließt ein Bach, an dem man in den wärmeren Monaten sitzen kann. Beachtet jedoch, dass sich dort auch die Hütten der Lehrer befinden, denen sich die Schüler nicht nähern dürfen. Es wird gemunkelt, dass Dorvu, der Drache, Schüler frisst, die es trotzdem versuchen. Niemand hat das bisher bestätigt oder dementiert.«

Ein silberner Drache flog von der anderen Seite der Scheune aus auf sie zu und kreiste genau auf das Stichwort hin über ihren Köpfen. Er landete in der Nähe der älteren Schülerin und grinste, seine Zähne zeigend.

»Neue Schüler, ich freue mich, euch kennenzulernen. Ich bin Dorvu.«

Ein Keuchen und Flüstern ging durch die Gruppe. Raine drängte sich nach vorne, um einen besseren Blick auf den sprechenden Drachen werfen zu können. Sie hatte sich nie vorstellen können, dass so etwas existiert.

»Dorvu ist sehr freundlich und spricht unsere Sprache fließend. Wenn ihr ihn sehr nett fragt, erlaubt er euch vielleicht mithilfe seines Frostatems im Winter Schlitten zu fahren.«

Der Drache prustete und Raine lächelte. Die Schule war so viel besser, als sie es sich jemals vorgestellt hatte.

* * *

Zurück im Auto schrieb Agent Connor Jerry eine SMS, um ihn wissen zu lassen, dass sie die Schule ohne Zwischenfälle erreicht hatten und er Raine in die fähigen Hände der Direktorin übergeben hatte. Er folgte Professor Powell eine Straße entlang, die über die weite Rasenfläche zu einer Reihe von Hütten führte. Jede von ihnen hatte eindeutig ihre eigene Persönlichkeit. Er nahm an, dass die mit dem Garten voller Blumen und Kräuter der Zaubertränkemeisterin gehörte.

Er stieg aus dem Auto aus und nahm seine Tasche, um dem Professor zu seinem neuen Zuhause zu folgen. Der Bach plätscherte in der Nähe und magische Lichter waren in gleichmäßigen Abständen angebracht, wodurch er alles gut genug sehen konnte, ohne das Gefühl zu haben wieder in der Stadt zu sein. Es herrschte ein Gefühl des Friedens an diesem Ort und er freute sich auf die Ruhe und ein langsameres Tempo.

Mister Powell öffnete das kleine Tor zu der Hütte am Ende der Reihe. Der Garten davor bestand nur aus einer Grasfläche und die Wände der Hütte waren schlicht weiß. Das passte ihm sehr gut. Mit einem zufriedenen Grinsen nahm er die Schlüssel entgegen.

»Leisten Sie uns beim Abendessen am Tisch der Lehrer doch Gesellschaft. Ich werde Sie allen vorstellen. Es tut mir leid, dass ich nicht bleiben und plaudern kann, aber der erste Tag ist immer sehr hektisch.«

Bruce lächelte. »Machen Sie sich keine Sorgen. Ich sehe Sie beim Essen.«

»Alles klar. Wir essen um 18 Uhr.«

Er nickte und öffnete die Tür zu seinem neuen Zuhause. Das Innere war gemütlich mit schlichten, cremefarbenen Wänden und abgenutzten Holzböden. Er ließ seine Tasche neben einem großen, schwarzen Sofa, das vor einem

Holzofen stand, fallen. Ein paar alte, verblasste Taschenbücher lagen auf einem Regal unter dem Fenster, das einen Blick auf den Wald bot. Er zog seine Schuhe aus und ging über den dünnen, blauen Teppich in Richtung der kahlen Holztreppe.

Die obere Etage enthielt ein einziges großes Schlafzimmer mit einem eigenen Badezimmer. Der Agent grinste, zufrieden damit, dass er sich hier mehr als wohlfühlen würde. Es war sogar besser als die Wohnung, an die er sich in Michigan gewöhnt hatte. Der Aufenthalt in der Schule wurde mit jedem Moment besser. Raine schien ein großartiges Mädchen zu sein und die *Schule der grundlegenden Magie* war besser abgeriegelt als Fort Knox.

Kapitel 4

Raine betrat den Speisesaal und hielt einen Moment inne, um alles in sich aufzunehmen. Die Decke war so verzaubert worden, dass sie fernen Sternbildern ähnelte, die sie nicht erkannte. Sie lächelte und schaute sich in absoluter Ehrfurcht um. Sara zerrte an ihrem Arm. »Komm schon, ich verhungere.«

Sie bahnten sich ihren Weg zwischen den Tischen, an denen sich bereits ältere Schüler in Gespräche vertieft hatten und sich ausgelassen unterhielten. Die drei Mädchen wählten einen Tisch in der Nähe der Küche. Sie war froh, Agent Connor bei den Lehrern zu sehen. Er sah entspannt aus. Ein Anflug von Traurigkeit durchfuhr sie, als sie an Onkel Jerry und ihre Freunde dachte. Sie hoffte, dass es ihnen gut gehen würde. Ihr Onkel würde sich in die Arbeit stürzen, das wusste sie und sie machte eine mentale Notiz ihn anzurufen, um sicherzustellen, dass es ihm gut ging.

Schlichte, weiße Schüsseln standen an jedem Platz mit einem Satz Silberbesteck. Evie runzelte die Stirn über ihre leere Schüssel und schaute zu den anderen Schülern, die alle etwas zu essen zu haben schienen.

»Hast du eine Ahnung, wie das funktioniert?«

Sara grinste, als sich ihr kleiner Brotteller mit frischen Brötchen füllte und ihre Schüssel mit einem Rindereintopf. Raine machte nochmals eine mentale Notiz, die Bibliothek zu besuchen, um herauszufinden, wie der Zauber funktionierte und woher das Essen kam. Sie hob den Löffel mit ihrem ersten Bissen, als ein Trio von Jungs in ihrem Alter an ihrem Tisch stehen blieb.

»Dürfen wir uns zu euch setzen?«

Saras Augen trafen die des attraktiven, blonden Zauberers und ihr Lächeln wurde breiter.

»Natürlich. Wir würden uns freuen, wenn ihr euch zu uns setzt.« Sie schob einen Stuhl mit dem Fuß zur Seite. »Ich bin Sara.«

»Philip.« Er nahm den Platz neben ihr ein. »Zauberer. Du?«

»Kitsune.«

Die Augen des dunkelhaarigen Jungen, der neben Philip Platz nahm, verengten sich daraufhin. Raine erkannte ihn als denjenigen, bei dem vorhin kurz Flammen über seinen Haaren und Händen getanzt waren. Sie sah das Feuer in seinen Augen schlummern, als sie ihn ansah.

»Ich habe deinen Namen nicht verstanden.« Sie lächelte höflich. »Ich bin Raine.«

»Halb-Ifrit und William.« Er hob seinen Löffel und betrachtete stirnrunzelnd den Eintopf, der in seiner Schüssel erschien. »Habt ihr das probiert?«

»Ist es normal, dass sich die Leute mit dem vorstellen, was sie sind?« Raine schaute jedes Mitglied der Gruppe an. »Ich bin mir nicht sicher, was ich bin. Ich schätze, eine Hexe?«

Sie nahm einen Löffel von ihrem Eintopf und lächelte über den vollen Geschmack. Er war schön ausgewogen mit einem weichen, krautigen Nachgeschmack.

»Wie kannst du nicht wissen, was du bist?« Ein blonder Junge mit feinem Knochenbau, fast schon skelettartig, der neben William saß, schaute sie neugierig an. »Wurdest du nicht mit Magie aufgezogen?«

»Nein. Mein Vater und mein Onkel sind – waren – beim FBI. Ich weiß nicht viel über Magie.« Sie nahm noch einen Löffel voll. »Ich freue mich aber darauf, es zu lernen.«

»Woher kommst du?« Sara blickte den Jungen mit den hohen Wangenknochen und den spitzen Ohren an. »Du bist ein Elf, richtig?«

»Mein Name ist Adrien. Ich komme aus Frankreich.« Er biss in sein Brötchen. »Und ja, ich bin ein Elf. Obwohl ich die Angewohnheit, Leute zu fragen, was sie sind, als sehr unhöflich empfinde.«

»Oh, Frankreich? Wie wunderbar! Ich war noch nie außerhalb von Amerika.« Sara nippte an ihrem Wasser. »Wie lange bist du schon hier?«

Adrien schürzte seine Lippen. »Eine Woche.«

»Was hältst du bisher von den Vereinigten Staaten?« Evie lächelte ihn an. »Ich nehme an, du hast bisher nur die Schule gesehen.«

Er zuckte mit den Schultern und aß seinen Eintopf, ohne zu antworten.

»William, stört es dich, wenn ich frage, was ein Ifrit ist?« Raine schob ihre leere Eintopfschüssel zur Seite. »Ich fürchte, ich weiß nicht viel über irgendwas, was Magie und magische Wesen angeht.«

William schaute sie misstrauisch an. Da er nicht antwortete, erklärte Philip: »Ifrit sind Feuerelementare, die normalerweise mit dem Mittleren Osten verbunden sind.« Philip lehnte sich in seinem Stuhl zurück. »Es ist sehr ungewöhnlich, sie unter normalen Magiern zu sehen, besonders hier.«

Raine wollte, dass William sich ein wenig öffnete. Er bewachte seinen Eintopf, als ob jemand versuchen würde, ihn ihm aus den Händen zu reißen. Seine Augen waren hart und sein Mund hatte zwischen einem mürrischen Ausdruck und einer dünnen Linie des Misstrauens geschwankt, seit er sich hingesetzt hatte. Es lag in Raines Natur, ihn in ihre Gruppe zu ziehen, um ihm somit einen sicheren Raum zu geben.

Evie hatte die gleiche Idee und lächelte ihn herzlich an. »Nun, es ist wunderbar, dich kennenzulernen. Ich freue mich darauf, mehr von dir zu erfahren.« Sie schaute sich um, um zu sehen, was die anderen mit ihren leeren Schüsseln gemacht hatten. »Weißt du, was jetzt passiert?«

»Das Essen wird von den Küchenelfen zubereitet. Sie benutzen ihre Magie, um unsere Teller zu füllen und sie abzuräumen.« Philip warf einen Blick in die Küche. »Obwohl ich gehört habe, dass sie rauskommen und schimpfen, wenn man zu lange braucht oder eine große Sauerei macht.«

»Küchenelfen sollten nicht unterschätzt werden.« Adrien betrachtete das Stück Apfelkuchen mit Eis, das auftauchte. »Ist das Apfelkuchen?« Der Elf stocherte mit seiner Gabel darin herum. »Die Kruste ist ... anders, als ich es gewohnt bin.«

Eine Elfe erschien neben ihm. Raine war fasziniert von ihrem leuchtend rosa Haar mit fliederfarbenen Strähnchen.

»Nun, wenn du ihn nicht willst, kleiner französischer Junge, dann nehme ich ihn selbst.« Sie streckte die Hand aus, als ob sie den Kuchen nehmen wollte. »Wir wollten euch Schülern nur etwas Trostessen servieren.«

Adrien stach mit seiner Gabel in das Dessert und blickte sie an.

»Ich habe nicht gesagt, dass ich es nicht will. Ich war lediglich ... verwirrt. Er ist anders als der Apfelkuchen in Frankreich.« Er hielt dem Blick des Wesens stand. »Es tut mir leid, wenn ich Sie beleidigt habe.«

Die Elfe verschränkte ihre Arme und sah zu, wie jeder der Schüler die Leckerei probierte. Die Kruste war dünn und perfekt gesüßt mit einer gewürzten Apfelfüllung. Dazu gab es cremiges Vanilleeis, das alles abrundete.

»Das war wunderbar.« Evie lächelte die Elfe an. »Ich danke Ihnen sehr.«

Sie strahlte die Schülerin an und nickte ihr kurz zu.

»Gibt es irgendetwas, womit wir Ihnen helfen können?« Philip sah die Elfe an. »Es scheint unfair, dass ihr alles alleine macht.«

»Alles bestens, danke, aber ich habe vielleicht noch ein Stück Kuchen für dich übrig, wenn du es denn willst.«

»Ich würde gerne noch ein Stück haben.« Philips Lächeln reichte nicht ganz bis zu seinen Augen. »Danke.«

Raine unterdrückte ihr Grinsen. Durch ihren Vater und ihren Onkel hatte sie schon öfter Leute wie Philip kennengelernt. Er war jemand, der seine Freunde sehr gut behandeln würde. Sie war sich sicher, dass er außerordentlich charmant sein konnte, was ihm erlauben würde, die Menschen um den kleinen Finger zu wickeln.

»Da seid ihr ja!« Paige stapfte auf sie zu. »Du hast mich verflucht, nicht wahr?«

Sie tauschten verwirrte Blicke aus und versuchten herauszufinden, was das hysterische Mädchen so aufgeregt hatte.

»Ich hatte das größte Pech, seit ich dich kenne. Ich habe meinen Lieblingsstift verloren – einen Swarovski-Stift. Dann hat meine Lieblingsbluse ein Loch bekommen.« Sie zeigte auf Sara. »Das ist ein Kitsune-Trick. Du hast es getan, nicht wahr?«

Sara grinste auf eine raubtierhafte Art. »Oh, sicher. Du solltest sehen, was ich sonst noch gemacht habe.« Sie hielt Blickkontakt mit Paige. »Das Beste kommt noch.«

Die Farbe wich aus dem Gesicht des Mädchens und sie stürmte in Richtung des Lehrertisches davon.

»Hast du sie wirklich verflucht?« Adrien schürzte die Lippen. »Das scheint ein bisschen extrem.«

Sara zuckte mit den Schultern. »Nein. Ich habe kein bisschen gezaubert.« Sie nahm einen Schluck von ihrem Wasser. »Aber das Entsetzen in ihrem Gesicht zu sehen, war es wert, sie glauben zu lassen, ich hätte es getan.«

Evie und die anderen lachten. Raine musste zugeben, dass Paige wirklich wütend war.

Die Schuldirektorin wandte sich an die Schüler, als sie aufstanden, um zu gehen.

»Ist es wahr, dass du Paige verflucht hast?« Misses Berens unterdrückte die Frustration in ihrer Stimme.

Sara rollte mit den Augen. »Ich habe keine Magie benutzt. Ich habe sie lediglich in dem Glauben gelassen, ich hätte es getan.« Sara verschränkte die Arme. »Sie ist schon den ganzen Nachmittag eine rotzfreche Göre.«

Die Direktorin seufzte. Bei der ersten Zuteilung der Zimmer gab es immer etwas Ärger. Sie bemerkte auch, dass Andrew in der Gruppe der Jungs fehlte – ein sicheres Zeichen dafür, dass noch ein weiterer Mitbewohner umziehen musste.

»Paige wird morgen früh in ein neues Zimmer wechseln.« Sie bedachte Sara mit einem warnenden Blick. »Zaubere nicht. Ihr werdet eine Nacht zusammen überleben.«

Paige schnaufte und murmelte etwas vor sich hin, aber die Direktorin ignorierte sie.

»Ihr könnt gerne noch eine Stunde lang das Gelände erkunden, bis ihr aufgefordert werdet, im Hauptgebäude zu bleiben.« Misses Berens schaute jeden von ihnen der Reihe nach an. »Ich rate dringend davon ab, die Geduld der Lehrer auf die Probe zu stellen.«

»Wir würden nicht im Traum daran denken«, sagte Philip ein wenig zu schnell.

Die Schuldirektorin verließ die Gruppe und Paige stakste in Richtung einer Gruppe ähnlich geschniegelter und aufgetakelter Mädchen davon.

»Ihr habt doch schon von dem Kemana gehört, oder?« Philip drehte sich um und sah die Mädchen in der Gruppe an. »Wir haben vor, uns bald dort reinzuschleichen, vielleicht schon übermorgen.«

»Weißt du, wie?« Sara trat näher an ihn heran. »Ich habe mir noch keinen guten Plan zurechtgelegt.«

»Sie bewachen den Eingang nicht so gut, wie man es erwarten würde.« Adrien steckte die Hände in die Hosentaschen. »Wir können mit ein paar älteren Schüler reinschlüpfen.«

Evie rümpfte die Nase. »Wir müssten schon ein paar Schüler im zweiten Jahr kennen, damit sie uns decken.«

»Oh, ich bin sicher, wir können ein paar Leute überzeugen.« Sara hakte sich bei Philip unter. »Ich kenne nur das Kemana unter New York. Ich habe gehört, dass dieses hier erstaunlich ist.«

»Dann ist es abgemacht.« Er führte die Gruppe aus dem Speisesaal. »Wir werden Pläne machen, übermorgen dorthin zu gehen.«

»Hat nicht die ältere Schülerin gesagt, dass es auf dem Gelände Ställe gibt?« Raine sah Evie an. »Oder habe ich mir das nur eingebildet?«

»Oh, ja. Die sind in der Nähe des Waldes. Ich habe dort eine Feuerstelle gesehen, die des Schulwarts, glaube ich.« Evie hielt inne. »Kannst du reiten?«

»Ja. Ich hatte regelmäßig Unterricht und würde gerne weitermachen.« Raine schaute auf die Eingangstür. »Soll ich da rausgehen?«

»Ich glaube schon.« Evie sah sich um. »Sie haben uns nichts von einer anderen Tür erzählt.«

Raine kaute auf ihrer Unterlippe und schaute sehnsüchtig in Richtung der Treppe, die sie hinauf in die Bibliothek führen würde. Die Ställe gewannen letztendlich. Sie wusste, dass sie bestimmt noch eine Stunde Zeit haben würde, um durch die mit Büchern gefüllten Gänge zu schlendern, wenn sie zurückkam. Ohne ein Wort verließ sie die Gruppe und ging in die kühle, dunkle Nacht hinaus. Das Gelände schien sich um sie herum auszubreiten. Es war eine Weile her, dass sie so viel Zeit abseits des Stadttrubels verbracht hatte.

Raine steckte die Hände in die Jackentaschen und machte sich auf den Weg über die Weide in Richtung der Scheune und des kleinen Feuers mit einer Gestalt daneben. Sie hoffte, dass sie nicht gegen irgendwelche Regeln verstoßen hatte. Die Gestalt neben dem Feuer stand einfach nur da und lächelte, als sie sich näherte. Sein Haar passte zu den Flammen und wirkte leicht zerzaust, aber seine freundlichen Augen beruhigten sie sofort.

»Hey, sind das die Ställe?«, fragte Raine und zeigte auf die große, rote Scheune hinter ihm. »Ich hatte gehofft, dass ich vielleicht reiten kann. Natürlich nicht jetzt sofort, aber solange ich in der Schule bin.«

Der Mann streckte seine Hand aus: »Ich bin Horace Rigby, der Schulwart.« Er wandte sich der Scheune zu. »Ich könnte dir eine kurze Führung geben.«

»Ich bin Raine. Ich reite im englischen Stil, seit ich ein Kleinkind war.« Sie folgte Horace ohne Vorbehalt. »Ich nehme an, Sie leihen die Pferde über einen bestimmten Zeitraum an die Schüler?«

Horace öffnete die kleinere Tür und führte sie in die Scheune.

»Wir trainieren ein bisschen und Springen geht auch.« Er hielt inne und sah sie an. »Hoffst du auf ein Projekt?«

Raine runzelte die Stirn, unsicher, wie sie darauf antworten sollte. »Ich bin mir nicht sicher.«

Der Schulwart lächelte und führte sie an den Boxen vorbei, in denen Pferde in verschiedenen Größen und Rassen standen. Kleinere Ponys steckten ihre Köpfe über die Türen auf der Suche nach Äpfeln oder Karotten und große Vollblüter zupften an ihrem Heu. Sie blieben an der letzten Box stehen, in der ein kleineres, schwarzes Pferd stand. Es stand von der Tür abgewandt und beobachtete die Menschen mit einem vorsichtigen Blick. Seine Ohren zuckten hin und her und es blieb wachsam und aufmerksam.

»Das ist Smoke. Er ist erst zwei. Die Direktorin hat ihn aus einer schlimmen Situation hierher gebracht. Ich hatte noch keine Zeit, mit ihm zu arbeiten.« Horace hob einen Eimer mit einer Handvoll Futter darin. »Er ist zu ängstlich, um angefasst zu werden und ist erst seit ein paar Tagen hier.«

Er rüttelte sanft mit dem Eimer und das junge Pferd trat langsam vor und schnaubte sie beide an. Schließlich, nachdem es seine Besucher mit nervösem Misstrauen begutachtet hatte, schnupperte es in Richtung des Eimers, bevor es den letzten Schritt nach vorne machte.

»Wir haben eine vorläufige Übereinkunft getroffen. Er erlaubt mir, ihn zu berühren und ich gebe ihm Essen.« Horace reichte Raine den Eimer. »Warum versuchst du es nicht?«

Sie hatte schon mit ein paar Jungtieren zu tun gehabt, aber sie waren alle gut erzogen worden. Smoke war eindeutig unruhig und nervös gegenüber Menschen. Sie streckte langsam ihre Hand aus und strich ihm sanft über die Stirn, bevor sie ihm den Eimer hinhielt.

»Er gibt uns, was wir wollen und wir geben ihm, was er will.« Raine zog den Eimer weg, nachdem er einen Bissen zu sich genommen hatte. »Haben Sie vor, ihn im nächsten Frühjahr zu trainieren?«

»Na ja, wenn du Interesse hast, aber ich müsste dich erst mal mit anderen Pferden sehen.« Horace stellte den Eimer ab. »Dann könntest du es vielleicht tun.«

Raine unterdrückte ein breites Grinsen. Smoke hatte den Körperbau und das Potenzial, ein echter Hingucker zu werden und sie hatte von einer solchen Gelegenheit geträumt. Es würde eine Verpflichtung neben ihrer üblichen Schularbeit sein, aber die Idee gefiel ihr.

»Sehr gerne.« Sie sah Smoke an, der sie nun aufmerksam beobachtete. »Ich glaube, er wird unglaublich sein, wenn wir ihm Zeit geben.«

»Ich glaube, du hast recht.« Horace schaute in Richtung Tür. »Aber du solltest zurückgehen. Die Direktorin wird nicht wollen, dass du an deinem ersten Tag hier zu spät kommst.«

»Danke. Wir sehen uns morgen.« Raine folgte ihm aus der Scheune. »Genießen Sie den Rest der Nacht.«

Sie ging über die Weide und betrachtete die hohen, schlanken Lichter, die mit einem reinen, weißen Schein beleuchtet wurden. Es gab kein Anzeichen einer elektrischen Verkabelung und sie standen schwebend über der Weide. Die Nacht hatte eine unnatürliche Färbung, die ihr die Realität vor Augen führte. Sie war wirklich dort, in einer Schule, um Magie zu lernen.

Raine erreichte das Hauptgebäude des Herrenhauses und versuchte sich den Weg zur Bibliothek in Erinnerung zu rufen. Die Flure waren so groß und imposant, dass sie sich ein wenig überwältigt fühlte. Sie ging zweimal an den Laboren für Zaubertränke vorbei, bevor sie sich daran erinnerte, dass die Bibliothek eine Etage höher lag. Ein Trio von Gnomen saß an einem kleinen, runden Tisch in der Nähe des

Eingangs und lachte, während die Mohnblume am Hut eine Grimasse zog. Sie konnte keine Schüler dort drinnen sehen, was ihr wirklich beschämend vorkam.

Sie trat mit einem strahlenden Lächeln ein. »Hi, haben Sie noch geöffnet?«

Der Gnom, von dem sie dachte, er hieße irgendwie Decker – derjenige, der sie auf der Tour angesprochen hatte – schaute sie an.

»Ja, aber der Unterricht hat doch noch gar nicht begonnen.« Er hob eine Augenbraue. »Du kannst noch keine Hausaufgaben bekommen haben.«

»Oh, nein.« Raine blickte auf die Gänge, die ihren Namen zu rufen schienen. »Ich wollte mich nur umsehen. Ich habe noch nie eine so schöne Bibliothek gesehen und ich wollte sie schon den ganzen Tag erkunden.«

Die Gnome sahen sich an und flüsterten etwas.

»Du hast zwanzig Minuten Zeit.« Der Chefbibliothekar deutete zu den Büchern hinter ihm. »Du kannst nicht mehr als fünf Bücher ausleihen.«

Raine schaute sich die Tafeln in den Gängen an und versuchte ein Thema auszuwählen, das sie wirklich ansprach. Das Problem war, dass sie alle viel zu interessant klangen. Sie wanderte den Mittelgang hinunter und fand eine Abteilung über Elfen und eine andere über andere magische Wesen. Als sie sich umdrehte, entdeckte sie Bücher über Verwandlung und Flüche neben einer großen und sehr bunten Sammlung über die Vermischung von Technologie und Magie.

»Oh, wie soll ich mich nur entscheiden?« Sie drehte sich in einem langsamen Kreis. »Ich will alles lesen.«

Ein leises Lachen erklang hinter ihr. Einer der Gnome kam mit drei ledergebundenen Büchern auf sie zu, jedes in einer schönen Ochsenblutfarbe.

»Ich empfehle diese.« Er reichte ihr die Bücher. »Sie sind ein guter Anfang.«

Raine sah sie sich an. Jedes war ein Anfängerhandbuch für Zaubersprüche und Magie.

»Oh, danke.« Sie umklammerte sie fest. »Die sind perfekt. Brauche ich eine Karte?«

Der Gnom schüttelte den Kopf und ging auf die Rezeption zu. »Nein. Die Magie weiß, wer du bist.«

Das klang ein wenig beängstigend. Es klang aber auch nützlich und sie hoffte, dass sie lernen konnte, woher sie das wusste, damit sie es in ihrem Job als FBI-Agentin anwenden konnte. Es wäre sehr praktisch beim Aufspüren von Verbrechern.

Kapitel 5

Philip verließ das Badezimmer, nachdem er sich die Zähne geputzt hatte. William setzte sich auf die Kante seines Bettes und schaute aus dem Fenster über das Gelände.

»Verbringst du viel Zeit mit deiner Ifrit-Familie?« Philip zog seine Decken zurück. »Man hört nicht oft von einem Halb-Ifrit.«

William sah ihn nicht an.

»Nein.« Mit einem Seufzer zog er seine eigenen Decken zurück. »Tue ich nicht.«

»Wie ist das eigentlich passiert?« Andrew grinste ihn an. »Deine Mutter kann nicht sehr wählerisch gewesen sein.«

Feuer bildete sich um Williams Hände und loderte über seinem Haar. Seine Augen glühten mit der Wut eines Infernos. Adrien trat zwischen die beiden und hielt seine Hände hoch.

»Das ist genug.« Der Elf richtete seine volle Aufmerksamkeit auf Andrew. »Warum musst du immer so abfällige Bemerkungen machen? Das ist total unnötig.«

»Typisch Frosch, immer Konflikte vermeiden«, spottete Andrew. »Und ein Elf, nicht weniger.«

Adrien atmete langsam aus und suchte seine innere Ruhe. Er würde sich an seinem ersten Abend in der Schule nicht in einen Kampf verwickeln lassen.

»Was ist dein Problem, Andrew?« Philip stand auf und stellte sich ihm gegenüber. »Was ist das für eine Einstellung?«

»Ich mag es nicht, mich mit minderwertigen Wesen abzugeben.« Andrew sah die anderen drei Jungs an und seine Lippen kräuselten sich verächtlich. »Ich bin bereits ein Meisterzauberer und ein fähiger Kämpfer. Ich werde meinen Abschluss früher machen. Ihr werdet schon sehen.«

Adrien spürte seine Magie in der Handfläche jucken. Es wäre so einfach, ein Schwert zu formen und Andrew zu zeigen, wie fähig er selbst als Kämpfer war. Adrien war in Kampfmagie ausgebildet worden, seit er laufen konnte. Stattdessen beruhigte er sich und sah den Mangel an Gleichgewicht und innerer Stärke bei dem arroganten Zauberer vor ihm. Andrew war ein leichtes Ziel, aber er machte keine Beute aus Dummköpfen.

»Frühzeitig abschließen?« Philip lachte. »Und ich bin halb Drache.«

Das Gesicht des streitlustigen Zauberers wurde rot vor Wut.

»Du kannst mich jetzt verhöhnen.« Andrew trat einen Schritt vor und blickte den anderen Jungen bedrohlich an. »Aber du wirst schon sehen, was du davon hast.«

Philip lachte erneut. »Kumpel, du bist so ein Klischee.«

Andrew ballte seine Hand zu einer Faust und holte zum Schlag aus. Er wollte seinem Gegner das selbstgefällige Lächeln aus dem Gesicht schlagen. Adrien fing sein Handgelenk ab, bevor der Schlag landete. Irgendwie riss er ihm die Beine unter den Füßen weg und hatte seinen Arm hinter seinem Rücken verbogen, bevor Andrew realisieren konnte, was passiert war. Er wimmerte vor Schmerz, als der Elf über ihm stand.

»Du wirst dich jetzt beruhigen und ruhig schlafen gehen.« Adrien sprach in einem tiefen, drohenden Ton.

Andrew versuchte sich zu befreien, aber der Elf hielt ihn nur fester, bis er sicher war, dass sein Arm brechen würde. Schließlich entspannte er sich und akzeptierte die Niederlage.

»Lichter aus.« Die Aufsicht für die Schlafsäle schaute in den Raum. »Was genau ist hier los?«

»Adrien hat Andrew einen Selbstverteidigungstrick gezeigt.« Philip nickte in ihre Richtung. »Bei den Angriffen auf die Schule dachten wir, wir könnten alle Vorteile gebrauchen, die wir bekommen können.«

Der Mann zuckte mit den Schultern. »Wir haben viele Schichten von Sicherheitsmaßnahmen rund um das Schulgelände. Ihr habt keinen Grund zur Sorge. Schlaft etwas. Ihr müsst morgen in aller Frühe zum Frühstück erscheinen.«

Der Mann ging ohne ein weiteres Wort. Andrew riss sich aus Adriens Griff, blickte ihn wütend an und ballte seine Hand zu einer Faust. Der Elf hob die Augenbraue und forderte ihn im Stillen auf, es noch einmal zu versuchen. Der Zauberer knirschte mit den Zähnen und ging zu seinem Bett.

William hatte sich beruhigt und ließ die Flammen verschwinden. Er richtete seinen Blick wieder auf das Gelände jenseits des Fensters. Die Schule war so anders als das, was er sein Zuhause nennen würde. Er hatte gehofft, dass sie ihm ein Gefühl der Zugehörigkeit geben würde, aber bis jetzt hatte er nur denselben Spott und Hohn zu hören bekommen, den er zuvor ertragen hatte. Seine Mutter hatte sich in einen Ifrit-Mann verliebt, aber sie war bei der Geburt gestorben.

Sein Vater, der ihn allein aufziehen musste, war gezwungen gewesen, zwischen der Gemeinschaft der Ifrit, die sehr stolz auf ihre reine Blutlinie war, und seinem Sohn zu wählen. Er hatte sich für die Gemeinschaft entschieden und schickte William zu seiner Tante. Die Menschenfrau nahm es William übel und gab ihm die Schuld am Verlust ihrer geliebten Schwester. Das Mädchen beim Abendessen, Raine, war die erste Person gewesen, die ihn mit irgendeiner Form von Freundlichkeit ansah. Er schloss die Augen und versuchte eine bequeme Position zu finden. Die Gedanken wollten sich jedoch nicht beruhigen und er spürte, wie sein Feuer als Reaktion auf seine Frustration erneut aufstieg.

»Wir schleichen uns bald ins Kemana, richtig?« Philip sah Adrien und William an. »Die Mädchen schienen Lust zu haben. Glaubt ihr, wir kommen da einfach so rein?«

»Ich glaube nicht, dass es zu schwierig sein wird. Es wird eine Frage des Timings sein.« Adrien fummelte an seinem Kopfkissen herum. »Ich glaube, die Lehrer wissen, dass sich Erstsemester dort reinschleichen und einige von ihnen sind weniger streng mit den Regeln. Wir müssen nur herausfinden, wer ein Auge zudrücken wird.«

»Nein. Wir dürfen uns auf keinen Fall erwischen lassen!« Philip kaute auf seiner Unterlippe. »Professor Powell könnte sich gegen uns wenden.«

»Dann müssen wir frühmorgens los.« Adrien schloss die Augen. »Da ist dann mehr los.«

»Und weniger Koffein in ihrem System«, fügte William hinzu.

William hatte sich oft aus dem Haus seiner Tante geschlichen und beherrschte die Kunst, unbemerkt über das Dach und das Fallrohr hinunterzurutschen. Anders als die Teenager in den Filmen, die er manchmal sah, schlich er sich nicht auf Partys. Er liebte es lediglich, durch die stillen Wälder in der Nähe seines Hauses zu wandern und die Sterne zu beobachten. Er wollte unbedingt eines Tages Oriceran sehen.

* * *

Raine schaffte es zehn Minuten, bevor das Licht ausging, zurück in ihr Zimmer. Die anderen Mädchen machten sich gerade bettfertig, während sie in den Büchern blätterte, die der Gnom ihr gegeben hatte.

»Eins davon muss einen Lichtzauber enthalten.«

»Was ist das?« Evie sah sich die Bücher an. »Warst du wirklich schon in der Bibliothek?«

Raine zuckte mit den Schultern und blätterte weiter die Seiten des magischen Buchs durch. »Ich muss noch eine Menge lernen.«

»Och ne, du bist eine von denen.« Paige kletterte in ihr Bett. »Ich bin so froh, dass ich morgen in ein anderes Zimmer ziehe.«

Raine ignorierte sie und lächelte, als sie endlich einen einfachen Lichtzauber fand. Es waren Anfängerbücher und sie hoffte, dass sie ihn beherrschen würde können. Sie holte ihren Zauberstab hervor und sagte die Worte leise zu sich selbst, bevor sie sich wieder konzentrierte. Nach einem langsamen Einatmen sagte sie die Worte klar und deutlich und wartete darauf, dass die Kraft in ihr den Zauberstab hinunterfuhr.

Es passierte nichts.

»Du kannst deine Magie nicht erzwingen.« Sara saß am Fußende ihres Bettes. »Du musst ihr erlauben, zu fließen.«

Raine versuchte sich zu entspannen und der Magie zu erlauben, sich zu fokussieren. Ein Flackern von Licht erblühte.

»Oh, um Himmels willen.« Paige schnappte sich ihren Zauberstab und formte mit einem Lichtzauber eine kleine, weiße Kugel. »Da.«

Raine ignorierte Paige und ihr helles Licht. So leicht würde sie nicht aufgeben. Sara schlug das Licht des anderen Mädchens weg und es prallte gegen die Wand, wo es in tausend winzige Sterne zerbrach.

Immer noch entschlossen, machte Raine einen letzten Versuch und war erfreut zu sehen, dass es funktionierte. Ihre Kugel war kleiner und stumpfer als die von Paige, aber das war auch gut so. Sie verstaute die Kugel unter ihrer Decke und ging schnell ins Bad. Als sie zurückkam, zeigte ein eiliger Blick unter ihre Decke, dass die Kugel noch intakt war. Sie hüpfte leicht, als sie damit ins Bett kletterte. Raine versteckte sie sorgfältig, als die Schlafsaalaufsicht kam, um sicherzustellen, dass die Lichter aus waren.

Nachdem sich die anderen Mädchen in ihre Betten gelegt hatten, kroch Raine unter ihre Decke und begann, dank ihres kleinen Lichts, zu lesen. Sie entdeckte, dass sie ihre Magie in sich spüren musste. Sie war ein natürlicher Teil dessen, was sie war und sie musste sie frei fließen lassen. Raine schloss ihre Augen und versuchte sie mit ihren Sinnen zu berühren. Wenn sie ganz tief in sich hineinhörte, glaubte sie, irgendwo um ihr Zwerchfell herum, ein warmes Flackern wahrzunehmen, aber sie war sich nicht ganz sicher, ob es nicht nur Einbildung war.

»Wir gehen übermorgen mit den Jungs ins Kemana, richtig?« Evies Stimme klang gedämpft. »Das klingt absolut fantastisch und so eine Gelegenheit können wir uns nicht entgehen lassen.«

»Ja, ich freue mich auch schon darauf.« Sara stieß an Raines Bett. »Kommst du mit uns?«

Raine steckte den Kopf unter ihren Decken hervor.

»Klar. Ich bin dabei.«

»Machst du das jetzt jede Nacht?« Paige sah sie eindringlich an. »Manche von uns hätten gern ihren Schönheitsschlaf.«

»Du wechselst morgen doch sowieso das Zimmer.« Sara setzte sich auf und starrte sie an. »Was kümmert dich das?«

Paige drehte sich um und wandte den anderen Mädchen den Rücken zu. »Gott sei Dank bin ich euch bald los.«

»Einverstanden«, murmelte Evie zu dem Vorschlag das Kemana zu besuchen.

»Gibt es etwas, wobei wir dir helfen können?«, fragte Evie und sah Raine an. »Ich bin mit Magie aufgewachsen, also kann ich dir vielleicht ein paar Tipps geben.«

»Ich weiß nicht einmal, was ich nicht weiß.« Raine zuckte mit den Schultern, ein wenig verlegen über ihre Unwissenheit. »Ich weiß nicht wirklich, was ich fragen soll oder was ich lernen soll.«

Sara und Evie tauschten einen Blick aus.

»Da hat sie irgendwie recht.« Sara wickelte ihre Decken um sich und schaute aus dem Fenster. »Vielleicht können wir mehr helfen, wenn sie eine bessere Idee hat.«

»Was ist mit deiner Kitsune-Magie?« Evie bewegte sich zu Sara hin. »Wie ist das so?«

Das andere Mädchen schwieg ein paar Minuten, bevor sie schließlich sagte: »Ich weiß es nicht. Normalerweise erlangen Kitsune ihre Magie mit zwölf Jahren, aber ich habe meine noch nicht erlangt. Meine Mutter macht sich große Sorgen und meine Großmutter hat erwogen, mich zu enterben.«

Raine sah sie entsetzt an. »Würde sie das wirklich tun?« Sie gestikulierte. »Dich verleugnen, meine ich.«

»Wahrscheinlich.« Sara zuckte mit den Schultern. »Großmutter ist sehr altmodisch und eine Kitsune ohne Magie gilt als unehrenhaft für die Familie.«

Paige murmelte etwas, aber alle ignorierten sie.

»Hast du deine Magie überhaupt schon gespürt?« Evie bewegte sich, um sich neben Sara zu setzen. »Ich meine, du weißt doch, dass sie da drin ist, oder?«

Sara lächelte. »Ja. Ich habe sie gespürt.« Sie drehte sich um und sah Evie an. »Es ist ein Lagerfeuer in mir. Ich weiß nur nicht, wie ich darauf zugreifen kann.«

»Nun, es zu spüren, ist ein guter Anfang.« Evie drückte ihren Arm. »Ich bin sicher, du wirst deine Magie in kürzester Zeit einsetzen können.«

Raine schlüpfte unter die Decke und las noch ein wenig weiter. Sie erinnerte sich daran, dass sie am Morgen zum Frühstück aufstehen musste, aber es war alles so faszinierend. Es gab so viel zu lernen. In vielen Nächten, während sie aufwuchs, war sie viel zu lange aufgeblieben, um das ein oder andere Buch zu lesen. Raine zog oft Sachbücher vor, damit sie etwas Neues lernen konnte, anstatt in eine andere Welt zu flüchten. Obwohl es sich jetzt so anfühlte, als wäre sie in ein eigenes Buch eingetreten.

Sie wachte mit dem Buch an ihre Brust gepresst auf und lächelte. Sie hatte geträumt, dass sie ihre Magie gefunden hatte und sie zur Verbrecherjagd einsetzte. Onkel Jerry wäre so stolz auf sie, wenn sie das schaffen würde. Ein kleiner Schmerz der Trauer kroch in ihre Magengrube, als sie an ihn und ihren Vater dachte. Raine wünschte, sie könnten sie jetzt sehen. Sie schluckte und erinnerte sich daran, dass Weihnachten nicht mehr so weit weg war. Sie würde mit ihrem Onkel eine große Feier veranstalten und alles nachholen.

Paige war als Erste wach und verbrachte viel mehr Zeit im Bad, als es vernünftig war. Die anderen Mädchen mussten sich beeilen, um für das Frühstück bereit zu sein, da sie nicht riskieren wollten, dass die Küchenelfen ihr Essen wegnahmen, weil sie zu spät kamen.

Sie eilten in den Speisesaal und huschten um eine Elfe herum, die jemandes halb gegessenen Toast abräumte. Die Mädchen setzten sich zu den Jungs, die selbst auch nicht so aussahen, als wären sie schon sehr lange dort. Zwei Croissants erschienen vor Adrien. Der Elf lächelte, offenbar zufrieden mit der Qualität des Gebäcks. Philip bekam Kekse mit frischer Blaubeermarmelade und William hatte Würstchen, Rösti und Speck.

Raine nahm einen Schluck von ihrem Orangensaft und überlegte, ob es nicht furchtbar unhöflich wäre, die Elfen zu fragen, wie sie entschieden, wer was zum Frühstück bekam. Da musste doch Magie im Spiel sein. Eine Schüssel Haferflocken mit Haselnüssen und getrockneten roten Beeren erschien an ihrem Platz und sie lächelte.

Das Essen war perfekt und Raine sah sich nach einer Elfe um, bei der sie sich bedanken konnte, als sie fertig war.

»Kommt ihr mit auf Erkundungstour?«, fragte Philip und sah die Mädchen an. »Wir hatten gestern nicht viel Gelegenheit dazu.«

»Da gibt es ein Zimmer, das wir uns näher ansehen wollten.« William trank den letzten Schluck seiner Milch aus. »Das unten in der Nähe des Kellerbereichs.«

»Ich bin immer noch nicht davon überzeugt, dass da etwas Interessantes drin ist.« Adrien schob seinen leeren Teller beiseite. »Es ist wahrscheinlich ein Lagerraum.«

»Es gibt nur einen Weg, das herauszufinden.« Sara grinste. »Ich bin dafür, dass wir gleich hingehen.«

Die Schuldirektorin blieb an ihrem Tisch stehen und für einen schrecklichen Moment dachten sie, sie wären in Schwierigkeiten.

»Eure neue Mitbewohnerin kommt gerade in eurem Zimmer an, während wir hier reden.« Sie schaute demonstrativ zur Tür. »Ich schlage vor, ihr geht hin und begrüßt sie.«

»Ich bin so froh, dass wir eine neue Mitbewohnerin bekommen«, sagte Evie zu den Jungs, während sie aufstand. »Wir hatten ein hochnäsiges Mädchen bei uns im Zimmer.«

»Was du nicht sagst. Unser Mitbewohner Andrew ist auch einfach unausstehlich.« Adrien führte die Gruppe hinaus. »Er wollte nicht still sein und versuchte Streit anzufangen.«

»Zieht er auch in ein anderes Zimmer um?«, wollte Sara wissen und sah den Elfen an. »Er klingt furchtbar.«

Adrien seufzte. »Nicht, dass ich wüsste.«

»Jedenfalls noch nicht«, fügte Philip hinzu.

Raine schaute sehnsüchtig in Richtung Bibliothek, als sie die Treppe hinaufgingen. Sie wollte aber nicht unhöflich sein und akzeptierte, dass ihre neue Mitbewohnerin wichtiger war.

»Warum treffen wir uns nicht in einer Stunde hier?« Sara deutete auf das große Fenster am oberen Ende der Treppe. »Eine Stunde ist genug Zeit, um unserer neuen Mitbewohnerin Hallo zu sagen.«

Die Jungs stimmten zu und sie gingen getrennte Wege.

»Ich hoffe wirklich, dass sie nett ist.« Raine schob sich die Haare hinters Ohr. »Wir werden sehr viel Zeit mit ihr verbringen müssen.«

Sara öffnete die Tür zu ihrem Zimmer und ein blonder Teenager mit einem breiten Lächeln erschien vor ihnen.

»Hi! Ich bin Christie. Ich komme aus London und bin im zweiten Studienjahr. Es ist so schön, mit euch zusammenzuwohnen. Ihr müsst so aufgeregt sein, hier zu sein. Ich war ein Nervenbündel, als ich ankam, aber ich habe ein paar wirklich nette Leute getroffen. Die Lehrer sind auch super. Sie haben tolle außerschulische Aktivitäten. Habt ihr euch die schon angeschaut? Sie haben alles abgedeckt, also bin ich mir sicher, dass ihr viele Dinge finden werdet, die euch wirklich Spaß machen. Versucht aber nicht zu viel zu machen, ihr wollt ja nicht mit dem Schulstoff hinterherhängen.«

Raine blinzelte und versuchte alles, was das Mädchen gesagt hatte, zu analysieren. Es war ein Wirrwarr von Worten gewesen.

»Hey, ich bin Sara.« Sie zeigte auf Evie und Raine. »Und das hier sind Evie und Raine. Freut mich sehr, dich kennenzulernen.«

»Habt ihr euren Stundenplan schon gesehen? Ich habe meinen gerade bekommen und er sieht absolut fantastisch aus. Ich glaube, *Verwandlung* wird dieses Jahr schwer werden. Professor Hodges kann manchmal ein echter Sturkopf sein. Er ist cool, aber vielleicht ist es einfach so ein Wandler-Ding? Ich habe keinen Unterschied um den Vollmond herum bemerkt. Oh, wie schrecklich, das zu sagen. Er ist so nett, wirklich. Ich hoffe, ich habe euch nicht von *Verwandlung* abgeschreckt. Ich bin sicher, ihr werdet es lieben.«

»Danke ... Christie, richtig?« Evie versuchte sich ein Lachen über den Wortschwall zu verkneifen. »Ich bin begeistert von *Verwandlung*, aber ich selbst interessiere mich mehr für den *Zaubertränke*-Kurs.« Evie steckte die Hände in ihre Taschen. »Ich würde gern Heilung lernen.«

Die Mädchen unterhielten sich mit Christie und schafften es manchmal sogar, selbst zu Wort zu kommen. Raine war froh, dass der Neuzugang weitaus freundlicher und umgänglicher war, als Paige es gewesen war.

Sie ließen Christie im Zimmer zurück und machten sich auf den Weg, um etwas mit den Jungs zu unternehmen. Evie legte ihren Arm um Raine.

»Diesmal verschwindest du nicht wieder in die Bibliothek.« Sie stieß sie sanft mit dem Ellbogen an. »Wir haben nur heute und morgen Zeit, wirklich etwas zu erkunden. Die Bibliothek wird das ganze Jahr über da sein.«

Raine lächelte und erlaubte ihrer Freundin, sie zum Treffpunkt zu führen. Erkunden klang nach einer lustigen Idee und Evie hatte recht. Die Bibliothek würde auch noch später da sein.

Kapitel 6

gent Connor begrüßte Raine und ihre Freunde auf halbem Weg die Treppe hinauf. Sie errötete verlegen, als er lächelte und auf sie zukam.

»Wie kommst du mit allem zurecht, Raine?«

»Toll«, antwortete sie und sah zu ihren neuen Freunden. »Wir machen uns auf den Weg, um die Schule und das Gelände zu erkunden.«

»Ah«, entgegnete er und trat zur Seite. »Dann lasse ich dich mal gehen.«

Er fühlte sich ein wenig schlecht, weil er das Mädchen in Verlegenheit gebracht hatte, was nicht seine Absicht gewesen war. Er wollte Jerry lediglich versichern, dass sie sich gut eingelebt hatte. Die Gruppe von Teenagern um sie herum schien sicherlich ein gutes Zeichen zu sein. Er beobachtete sie ein oder zwei Momente lang, dann ging er die Treppe hinunter und bog in einen breiten Korridor ein, in dem er vorher noch nicht gewesen war.

Alle waren sehr zuvorkommend und die Lehrer waren freundlich gewesen. Professor Powell hatte versprochen, ihm eine Führung durch die magischen Verteidigungsanlagen der Schule zu geben. Er konnte zwar selbst keine Magie anwenden, aber mögliche Schwachstellen zu untersuchen, gab ihm etwas zu tun.

* * *

Raine folgte den Jungs den Korridor entlang. Sara sah sie neben Philip laufend an. »Wer war das?«, fragte sie.

Raine errötete erneut. »Agent Connor«, antwortete sie und sah weg. »Er arbeitet für das FBI und ist hier, um auf mich aufzupassen, schätze ich. Zumindest teilweise. Aber anscheinend haben sich viele Eltern über Sicherheitsmängel beschwert, nachdem hier Schlägereien und andere Dinge passiert sind. Sie fühlen sich besser, wenn ein FBI-Agent auf dem Gelände ist, also nehme ich an, dass das der wahre Grund ist, warum er hier ist.«

»Du musst etwas ganz Besonderes sein, wenn ein FBI-Agent auf dich aufpasst.« Philip hob eine Augenbraue. »Bist du eine geheime Prinzessin oder so etwas?«

Raine lachte und schüttelte den Kopf. »Nein. Mein Vater und mein Onkel waren FBI-Agenten, also ist es eher dem geschuldet, denke ich.«

Adrien schürzte die Lippen und musterte sie mit einer Art von Vorbehalt. »Hast du Verbindungen zur menschlichen Regierung?«, fragte er schließlich.

»Ich würde es nicht Verbindung nennen«, korrigierte Raine ihn schulterzuckend. »Ich kenne ein paar Agenten und ich habe vor, selbst eine zu werden.«

»Warum?«, fragte William und wurde langsamer, während er näher an sie heranging. »Warum gerade eine FBI-Agentin?«

»Ich möchte die Welt zu einem sichereren Ort machen«, erklärte Raine und steckte die Hände in ihre Jackentaschen. »Beim FBI zu sein bedeutet, dass ich das tun kann.«

William schätzte sie ruhig ein und sagte nichts weiter. Dem jungen Halb-Ifrit war gesagt worden, er solle der menschlichen Regierung nicht trauen, aber er ignorierte meistens alles, was seine Tante sagte.

»Ich mag die menschliche Regierung nicht.« Sara seufzte. »Am Ende sperren sie uns ein. Sie töten oder sperren alles ein, was ihnen Angst macht.«

»Da bin ich ganz anderer Meinung.« Raine richtete ihren Körper wieder zu einer aufrechten Haltung auf. »Ich denke, die Regierung will die Menschen sicher und glücklich machen. Sie ist nicht perfekt und du hast recht, viele Leute haben Angst vor Magiern. Aber die Regierung will alle vereinen.«

Sara warf ihr einen schnellen Blick zu, sagte aber nichts weiter.

»Was ist mit den Gerüchten, dass sie versuchen, einen Weg zu finden, unsere Magie zu stehlen?«, hakte Philip nach. »Ist da etwas dran?«

»Natürlich nicht«, erwiderte Raine grinsend. »Du hast zu viele kitschige Science-Fiction-Bücher gelesen.«

Philip entspannte sich ein wenig und zuckte mit den Schultern.

»Sie muss es ja wissen als Insiderin.« Evie stupste Raine sanft an. »Ich sage, wir können ihr vertrauen.«

Sara legte ihren Arm um Raines Schultern. »Es sieht so aus, als würdest du bei uns festsitzen.« Sie drückte sie sanft und ergänzte schelmisch: »Das tut mir leid.«

Raine erwiderte das Grinsen und genoss das Gefühl dazuzugehören. Es wäre so einfach für sie gewesen, Raine abzulehnen, weil sie nichts über Magie wusste – und vor allem, weil ihr Erbe staatlich war, etwas, dem die anderen offensichtlich misstrauen – aber sie hatten sie akzeptiert und das wusste sie zu schätzen.

Einige der älteren Schüler hatten eine Messe aufgebaut, um die außerschulischen Aktivitäten vorzustellen, an denen die Erstsemester teilnehmen konnten.

Philip wanderte zum Tisch des Unternehmerclubs und begann mit dem dunkelhaarigen Mädchen über die Möglichkeit zu plaudern, sich ihnen anzuschließen.

»Wir konzentrieren uns darauf, Magie mit Technologie zu mischen, um einen gesunden Gewinn zu erzielen«, erklärte das Mädchen und zeigte dabei auf ein Flugblatt, das der Club erstellt hatte. »Letztes Jahr hatten wir großen Erfolg mit Schmetterlingen, die Magie mit verschiedenen Formen von Musik kombinierten. Die Kreaturen waren attraktiv und die Musik konnte nur in einem bestimmten Bereich gehört werden.«

Philip studierte das Faltblatt.

»Und wie hoch ist der stündliche Einsatz pro Woche?«, fragte er dann.

»Vier Stunden pro Woche bis zum großen Abschlussprojekt, dann kann es ein bisschen intensiver werden.« Die Jugendliche rückte die Papiere auf dem Tisch zurecht. »Aber das ist es wert. Es macht sich gut auf deinen College-Bewerbungen und du behältst deinen Anteil am Gewinn.«

»Wo kann ich mich anmelden?« Philip steckte den Flyer in seine Tasche. »Das klingt perfekt.«

Er unterschrieb auf dem Blatt und warf einen Blick auf den Besprechungsplan. Die erste war nächste Woche am Montag nach dem Unterricht.

»Ich freue mich darauf, dich dort zu sehen«, verabschiedete sich das Mädchen noch, bevor sie sich an die blonde Schülerin wandte, die sich dem Tisch genähert hatte. »Der Unternehmerclub erweitert deine Möglichkeiten auf viele andere vorteilhafte Programme.«

Philip wanderte durch den Rest der Halle.

Christie hüpfte zwischen dem Gesangsverein-Tisch und dem Orchester-Tisch hin und her. Sie strahlte Raine an, als diese einen Blick auf den ersteren warf.

»Hi. Du wirst den Gesangverein lieben. Er ist zwar neu, aber wir haben bereits eine erstaunliche Gruppe von Leuten. Jeder ist so freundlich, dass du sofort reinpassen wirst. Die Lehrerin ist auch erstaunlich. Sie ist so talentiert. Ich singe schon seit ich klein bin, aber sie hat mir trotzdem geholfen, mich zu verbessern. Ich hoffe, ich bekomme dieses Jahr die Hauptrolle im Musical. Es soll die Schöne und das Biest sein«, plapperte Christie.

Raine sah sich nach einem Ausweg um. »Ich habe noch nie richtig gesungen.« Sie entdeckte den Sprachclub. »Ich bin mir sicher, du wirst ein paar wunderbare Mitglieder finden«, entgegnete sie noch.

Raine hatte den Sprachclub fast erreicht, als sie aus dem Augenwinkel die Schülervertretung sah. Sie war in ihrer Schule Erste Schülersprecherin gewesen und hatte gehofft, hier etwas Ähnliches zu machen.

Ein älteres Mädchen schaute sie missbilligend an und ihr Mund verengte sich, während sie die Arme verschränkte.

»Wie laufen hier die Nominierungen für die Schülervertretung ab?«, fragte Raine auf den leeren Tisch blickend. »Ich nehme an, jeder kann für die Positionen kandidieren.«

»Du bist die magielose Hexe mit dem FBI-Agenten, nicht wahr?« Das Mädchen rümpfte die Nase und sah Raine an. »Verschwende deine Zeit nicht bei dem Rennen um die Kandidatur für die Positionen.«

»Sei nicht so lächerlich, Kerry.« Ein Mädchen mit kurzen, schwarzen Haaren mit eisblauen Spitzen reichte Raine ein Formular. »Füll das aus. Jeder Kandidat hat am Dienstagabend fünf Minuten Zeit, um seine Argumente vorzutragen. Die Stimmabgabe erfolgt nach den Reden«, erklärte das nette Mädchen Raine.

»Danke.« Raine sah sich das Formular an. »Wo muss ich das abgeben, wenn ich es ausgefüllt habe?«

Kerry murmelte etwas und schob ihren Zopf über ihre Schulter.

»Gib es der Direktorin.« Das dunkelhaarige Mädchen blickte in Richtung Kerry. »Und mach dich auf harte Konkurrenz gefasst.«

Raine fand eine ruhige Ecke, wo sie das Formular lesen konnte. Jeder Jahrgang hatte zwei Vertreter, ein Mädchen und einen Jungen. Sie konnte sich auch als Erste Schulsprecherin, Vizepräsidentin oder Schatzmeisterin bewerben. Sie war sehr versucht, sich direkt als Erste Schulsprecherin zu bewerben, aber da sie noch nicht wusste, wie alles funktionierte, entschied sie, dass es vernünftig war, sich einfach als Erstsemestersprecherin zu bewerben.

Evie schlenderte ziellos über die außerschulische Messe und nahm unmotiviert ein paar Prospekte in die Hand, aber nichts sprach sie wirklich an. Was sie eigentlich wollte, war ein Backclub. Zu Hause backte sie zur Entspannung und zum Spaß. Sie hoffte auf eine Gelegenheit, ihre Fähigkeiten zu verbessern und gleichzeitig einige Gleichgesinnte zu treffen.

Schließlich ging sie auf die Lehrerin zu, die das Geschehen zu überwachen schien.

»Hi, ähm, ich würde gerne einen neuen Club gründen«, fing Evie an und beobachtete nervös den Ausdruck der Lehrerin. »Wie soll ich das anstellen?«

Die ältere Frau mit den weißblonden zu einem Dutt hochgesteckten Haaren und der großen Brille schürzte die Lippen. »Es ist ungewöhnlich für Erstsemester, Clubs zu gründen.«

Evie ließ sich jedoch nicht beirren. »Ich verstehe das, aber ich glaube, dass es etwas ist, das von Vorteil wäre.«

»Fahr fort.«

»Ich würde gerne einen Backclub gründen. Backen ist eine Fertigkeit, die oft vergessen wird, aber sie bietet Entspannung, Training in Konzentration und Detailgenauigkeit und ein produktives Ventil für diejenigen, die bei akademischen Beschäftigungen vielleicht Schwierigkeiten haben. Natürlich öffnet es auch die Tür zu grundlegenden Kochfähigkeiten und möglichen Karrieren zum Konditor und Bäcker.«

Die Frau mit der großen Brille lächelte über das Verkaufsgespräch. »Komm mit mir. Wir werden mit Misses Berens über diese Idee sprechen«, antwortete sie schließlich.

Evie widerstand dem Wunsch sich zu früh zu freuen. Sie bemühte sich um einen ernsten Gesichtsausdruck und erinnerte sich daran, dass sie es noch nicht geschafft hatte.

Die Lehrerin führte Evie aus der Halle und zur Direktorin, die sich in dem Moment die Schläfen rieb, während ein Zauberer im zweiten Jahr versuchte zu erklären, dass er nicht beabsichtigt hatte, dass die Blumen Feuer fangen.

»Du bist der erste Schüler, der nachsitzen muss, bevor der Unterricht überhaupt begonnen hat, Mister Killarney.«

Der Zauberer strahlte vor Stolz, was die Direktorin nur den Kopf schütteln ließ.

»Geh schon. Das Nachsitzen wird zur üblichen Zeit und am üblichen Ort stattfinden. Du bist ja inzwischen sehr vertraut damit«, wies sie ihn verzweifelt an.

Die Schuldirektorin richtete ihre Aufmerksamkeit auf Evie und die Lehrerin, Misses Hudson. »Und was kann ich heute Morgen für Sie tun? Wir haben nicht noch eine Schülerin, die nachsitzen muss, hoffe ich.«

»Ganz und gar nicht«, entgegnete Misses Hudson und lächelte Evie an. »Wie war denn noch mal dein Name?«, fragte sie Evie.

»Evelyn O'Connor, aber meine Freunde nennen mich Evie«, erwiderte diese.

»Evie hier würde gerne einen Backclub gründen.«

Ein Lächeln breitete sich langsam auf Misses Berens' Gesicht aus. »Ich bin sicher, die Elfen werden sich freuen, das zu hören. Wenn wir jetzt gleich zu ihnen gehen, erwischen wir sie noch rechtzeitig, bevor sie mit den Vorbereitungen für das Mittagessen beginnen.«

Evie vollführte einen kleinen Siegestanz in ihrem Kopf, als sie begriff, dass es wirklich wahr werden könnte. Sie würde nicht nur ihren Backclub bekommen, sondern auch mit den Küchenelfen arbeiten. Es würde viel besser werden, als sie gehofft hatte.

Die Direktorin klopfte an die Küchentür, bevor sie sie vorsichtig öffnete und in die Küche lugte. Sie wollte nicht in das Revier der Elfen eindringen. Die Wahrscheinlichkeit war groß, dass eine Schöpfkelle oder ein anderes Utensil nach ihr geworfen werden würde. Die Elfen legten viel Wert darauf, ihr Gebiet zu beschützen.

»Haben Sie einen Moment Zeit?«, fragte Misses Berens und sah das Team an, das schon begonnen hatte, alles für das Mittagessen vorzubereiten. »Ich habe einen interessanten, neuen Vorschlag.«

Die Elfen drehten sich unisono zu ihr um. »Nun, dann kommt rein.« Die Küchenchefin mit einem Schopf aus zuckerwatterosa Haaren auf dem Kopf geleitete sie herein. »Wir fangen gleich mit dem Mittagessen an.«

Ein Teeservice stand in der Mitte des robusten Tisches, der sich mit in der großen Küche befand. Evie betrachtete interessiert die zahlreichen Öfen und Kochstationen. Sie hatte davon geträumt, einmal an einem solchen Ort kochen zu können.

»Miss O'Connor hier würde gerne einen Backclub gründen. Da er in Ihrer Küche stattfinden müsste, wollten wir Ihre Meinung hören.« Die Direktorin setzte sich und nahm eine kleine, weiße Tasse mit Tee in die Hand. »Ihr Tee ist der beste, den ich je gekostet habe. Es ist immer eine Freude, Sie zu besuchen.«

Die Elfen versammelten sich um den Tisch und wählten ihre eigenen Tassen. Misses Hudson gab Evie ein Zeichen, sich zu setzen.

Sie versuchte, die Elfen nicht zu sehr anzustarren, obwohl sie sie noch nie aus der Nähe gesehen hatte. Sie waren klein mit üppigen Kurven und hellen, farbigen Augen sowie kurzen Haaren, die ihre spitzen Ohren enthüllten.

»Und hast du schon viel gebacken?«, fragte die Küchenchefin und sah Evie an. »Oder willst du die Grundlagen lernen?«

»Ich habe jedes Wochenende mit meiner Mutter und meiner Schwester gebacken. Ich beherrsche einfache Kuchen und meine Croissants sind noch ausbaufähig«, antwortete Evie und nahm einen Schluck von ihrem Tee. »Das ist wirklich ein wunderbarer Tee. Danke.«

Das Küchenpersonal tauschte Blicke aus und führte ein stummes Gespräch, ohne durch ihre Mimik oder Gestik etwas preiszugeben.

»Wir würden uns freuen, wenn wir einen Backclub hätten. Wir können dir zweimal pro Woche helfen«, äußerte die Elfe, die Entscheidung ihren Tee herunterkippend wie einen Schuss Wodka. »Komm morgen Abend um sieben Uhr vorbei und wir fangen mit Muffins an, um zu sehen, wie gut deine Grundlagen sind.«

Evie grinste von Ohr zu Ohr. »Danke, ich kann es kaum erwarten.« Sie wandte sich an Misses Berens und fragte:

»Ähm, wie mache ich das, dass ich andere Leute in den Club aufnehme?«

»Ich besorge dir erstmal ein Schild und einen Tisch.« Sie stand auf. »Wir dürfen aber nicht bei der Essenszubereitung stören.«

* * *

Raine schlich sich zu den Ställen, um Smoke wiederzusehen. Sie war froh, dass sie es schaffte, ihn nun auch ein wenig näher an seinen Ohren zu streicheln. Von den Ställen aus machte sie sich dann direkt auf den Weg in die Bibliothek. Doch zu ihrer leichten Bestürzung fing Sara und die Clique sie ab und bestand darauf, dass sie die Jungs zu dem geheimnisvollen Raum begleiteten, den sie am Vortag entdeckt hatten.

»Es wird erstaunlich sein.« Sie gestikulierte mit ihren Händen und sah Philip an. »Wir werden es zu unserem eigenen Zimmer machen. Philip meinte, er kann ein paar Zaubersprüche so zusammenfügen, dass niemand sonst da reingeht.«

»Apropos Zaubersprüche, wir müssen uns für morgen Tarnzauber ausdenken«, entgegnete Philip und blickte über seine Schulter. »Um unbemerkt ins Kemana zu gelangen.«

»Ich bin sicher, ich kann welche in der Bibliothek finden.« Raine schaute den schmalen Korridor hinunter. »Möchtet ihr, dass ich nachsehe?«

»Noch nicht.« Sara legte ihren Arm um Raines Schultern. »Erst wenn du unseren neuen Aufenthaltsort gesehen hast.«

Philip führte sie an, flankiert von William und Adrien. Evie ging an Raines anderer Seite, als sie sich der schlichten, schwarzen Tür näherten. Raine konnte sich nicht erklären, warum sie alle so sicher waren, dass es ihr Treffpunkt werden würde. Für sie sah es wie jede andere Tür aus. Angesichts des schmalen Flurs, der von der Hauptschule abgetrennt war, nahm sie an, dass es sich um einen Lagerraum handelte.

William trat vor und ging in die Hocke, bevor er etwas flüsterte und seine Fingerspitzen gegen das Schloss drückte. Er öffnete die Tür und schaltete innen das Licht an. Sie folgten ihm in den einfachen, quadratischen Raum ohne Fenster und mit Betonboden. Ein älterer Fernseher mit DVD-Player stand an der gegenüberliegenden Wand.

Ein paar alte, knarrende Sofas waren an die linke Wand geschoben worden und in den Ecken standen zwei Sessel, die schon bessere Tage gesehen hatten.

»Das wird das tollste Fernsehzimmer aller Zeiten!«, quiekte Sara aufgeregt und ging zum ersten Sofa. »Hilf mir, die hier rauszuziehen.«

Philip half Sara, während William und Adrien das andere an die Wand zerrten. Raine und Evie verschoben die Sessel und stellten sie auf beiden Seiten der Sofas auf.

»Wir können uns kitschige, alte Horrorfilme ansehen.« Sara grinste den Rest der Gruppe an. »Kommt schon, ihr wisst, dass das geil wäre.«

»Du meinst, wie in *Die Nacht der lebenden Toten?*«, fragte William, eine Augenbraue hebend. »Und diese Jason-Filme?«

»Nein.« Sara verzog ihr Gesicht zu einer gespielten, entsetzten Miene. »Ich meine die wirklich alten, kitschigen Filme, wie *Fluch der Sumpfkreatur* und *Blob – Schrecken ohne Namen.*«

Adrien brach in ein aufrichtig erfreutes Lachen aus, das Raine dem Elfen nicht zugetraut hatte. Er war bis dahin so verklemmt und still gewesen.

»Ich bin für diesen Plan zu haben.« Er trat gegen die Couch, die ihm am nächsten war. »Ich glaube allerdings, dass wir uns bessere Sitzmöglichkeiten suchen sollten.«

»Dafür müsst ihr sorgen«, seufzte Philip, als eine Feder durch das dünne Polster eines Sessels schnitt. »Ich werde die Snacks besorgen.«

»Was ist mit den Filmen selbst?« Evie schaute auf den Fernseher. »Seid ihr sicher, dass dieses alte Teil überhaupt noch funktioniert?«

»Das bekommen wir schon irgendwie hin.« Sara wollte diese Idee nicht aufgeben. »Ich werde mich mit Raine zusammentun, um die Filme zu bekommen. Vielleicht kann ihr FBI-Agent nützlich sein.«

»Wenn wir das hier ›Filmclub‹ nennen, kann die Direktorin vielleicht die Filme für uns besorgen.« Raine zuckte zusammen, als sich etwas im Sessel bewegte. »Und vielleicht kann der Schulwart diese Sofas entsorgen. Ich glaube, die gehören in einen dieser Horrorfilme.«

Der Sessel bewegte sich wieder und die Schüler beschlossen, dass es das Beste sei, erstmal wieder zu gehen, bevor sie sich mit dem, was sich dort versteckte, auseinandersetzen mussten.

Das Abendessen wurde von Gelächter und wunderbarem Essen begleitet. Raine war jedoch froh, die Gelegenheit zu haben, zurück in die Bibliothek zu gehen, während die anderen darüber diskutierten, welche Tarnzauber am besten zu verwenden waren. Sie wusste nichts darüber, wollte aber nicht unwissend bleiben. Man hätte es ihr zeigen können, aber sie fand Trost in Büchern.

Die Gnome begrüßten sie mit einem vorsichtigen Lächeln und beobachteten, wie sie durch die Gänge wanderte.

»Waren die Bücher hilfreich?«, fragte einer der Gnome nach einer kurzen Weile. »Von letzter Nacht.«

»Oh, ja, sie sind fantastisch, danke.« Raine runzelte die Stirn, da der Abschnitt über Zaubersprüche sehr umfangreich zu sein schien. »Ich hatte allerdings gehofft, etwas über das Spüren meiner Magie zu finden. Diese Bücher gingen alle davon aus, dass ich das bereits kann«, erklärte sie.

»Ah, na ja.« Der Gnom schlurfte ein wenig unbeholfen mit den Füßen. »Wir sind davon ausgegangen, dass du es bereits beherrschst, wenn du hier an dieser Schule bist. Komm mit mir.«

Er führte Raine in eine ruhige Ecke voller schmaler, aber bunter Bücher.

»Hier findest du Bücher über die Philosophie der Magie und wie man seine Magie spürt.« Er wandte sich zum Gehen, hielt aber einen Moment inne. »Sei nicht beleidigt, wenn sie an ein jüngeres Publikum gerichtet sind.«

Sie fuhr mit der Fingerspitze über die Buchrücken und blieb bei einem über das Finden der inneren Flamme stehen. Es sah vielversprechend aus, also nahm sie es und ein weiteres über das Finden der inneren Magie mit zu einem bequemen Stuhl in der Nähe, wo sie sich hinsetzte und zu lesen begann.

Sie blickte auf, als Sara und Evie auf sie zu marschierten und Raine sah sie verwirrt an, nicht sicher, weshalb sie sie aufsuchten.

»Ich habe dir gesagt, dass sie hier sein würde.« Sara sah Evie süffisant an. »Komm schon, Raine. Das Licht geht in fünfzehn Minuten aus. Wir müssen dir den Plan für morgen erklären.«

Raine sammelte widerwillig ihre Bücher ein und folgte ihren Freunden aus der Bibliothek.

»Philip und Adrien haben den perfekten Tarnzauber gefunden.« Sara vergewisserte sich, dass niemand zuhörte, als sie den Korridor zu den Schlafsälen hinuntereilten. »Wir gehen gleich nach dem Frühstück dorthin, wenn die Leute mehr zu tun haben und abgelenkt sind.«

Evie hakte sich bei Raine unter. »Mach dir keine Sorgen. Ich werde deinen Zauber für dich sprechen. Wir helfen dir im Kemana herauszufinden, wie du deine eigene Magie spüren und einsetzen kannst, damit du den Tarnzauber auf dem Rückweg selbst sprechen kannst«, versicherte sie Raine.

»Ja.« Sara wandte ihren Blick hastig von einem Oberstufenschüler ab, der seine Augen über ihre Begeisterung verengte. »Du solltest im Kemana Magie praktizieren können.«

Raine lächelte und fühlte Aufregung aufkommen. Vielleicht konnte sie ein paar Fortschritte machen, bevor der Unterricht begann.

Kapitel 7

Sara summte vor Aufregung bei der Aussicht, sich ins Kemana zu schleichen. Sie konnte sich das Lächeln nicht verkneifen, als sie ihr Make-up vor dem Spiegel auftrug. Raine nutzte die freie Minute, um ein weiteres Kapitel über das Spüren ihrer Magie zu beenden. Sie hatte geübt, nach der Magie in ihrem Inneren zu suchen. Sie fühlte sich wie eine seltsame Wärme an, die zwischen ihre geistigen Finger glitt, aber das Buch beschrieb, dass die Wärme mit der Übung fester und geschmeidiger werden würde.

Die Mädchen trafen die Jungs am Fuß der großen Treppe und folgten Philip nach draußen über die Rasenfläche. Er hatte mit seinen geschäftlichen Fähigkeiten geprahlt, die es ihm ermöglicht hatten, einen Handel mit einem Schüler im zweiten Jahr für den Code abzuschließen. Jetzt mussten sie nur noch gleichgültig aussehend über die weiten Rasenflächen schlendern und sich unauffällig in den Wald schleichen. Es schien ewig zu dauern, aber die Wegbeschreibung, die der junge Zauberer erhalten hatte, war richtig und sie fanden die Höhlen ohne Schwierigkeiten.

Dort angekommen, versteckten sie sich vorerst hinter den Bäumen, während sie den Eingang beobachteten und auf einen ruhigen Moment warteten. Leider schienen viele der Schüler im zweiten Semester diesen Tag für einen Kemana-Ausflug gewählt zu haben und ihre Wartezeit war etwas länger, als ihnen lieb war. Schließlich wurde es jedoch ruhiger und alle Oberstufenschüler verschwanden in den Höhlen.

»Wir müssen uns beeilen, da ich den Tarnzauber nicht allzu lange aufrechterhalten kann.« Philip schwang seinen Zauberstab. »Wer wird für Raine zaubern? Evie?«

»Jemand wird meinen Zauber überprüfen müssen.« Sara sah weg und eine leichte Röte stieg ihr in die Wangen. »Ich habe meine Magie noch nicht richtig gefunden. Ich beherrsche zwar ein klein wenig davon, aber meine volle Kitsune-Magie schlummert noch.«

Adrien lächelte sanft. »Ich werde deine Tarnung für dich übernehmen.« Der Elf hob die Hände. »Sind alle bereit?«

Philip, nicht glücklich darüber, dass Adrien in eine Führungsrolle geschlüpft war, aktivierte seinen Tarnzauber mit einem Schwung. Er war immer noch sichtbar, wenn man wusste, wohin man schauen musste und sich stark konzentrierte, aber in dem Moment, in dem man wegschaute, war es schwierig, sich wieder auf ihn zu konzentrieren. Der Rest der Gruppe sprach ebenfalls seine Zaubersprüche. Adrien handelte vorausschauend und dachte an einen Zusatz beim Tarnzauber, sodass sie sich immer noch gegenseitig sehen konnten. Philipps Mund verengte sich, als er das bemerkte, aber er sagte nichts.

»Wir haben ungefähr fünf Minuten«, erklärte Philip und machte einen Schritt in Richtung des Höhleneingangs. »Wir sollten uns beeilen.«

Sie eilten in die Höhlen und zu dem runden Steinkreis an der Wand. Dort waren mehrere Symbole zu sehen, hinter denen weißes Licht leuchtete. Der Zauberer drückte schnell die eingeritzten Symbole in der richtigen Reihenfolge. *Er muss sie auswendig gelernt haben*, dachte Raine, denn es gab kein Zögern. Die versteckte Steintür glitt auf und sie huschten hinein. Raines Herz pochte vor Aufregung und sie hoffte, dass das Kemana so wunderbar war, wie es alle beschrieben hatten. Sie hatte sich darauf gefreut, diesen unglaublich magischen Ort zu sehen.

Sie erreichten den oberen Teil einer Wendeltreppe und schlichen hinunter. Für einen Moment lang war es eine einfache, dunkle Treppe, aber als sie um eine Ecke bogen, leuchtete es plötzlich von oben in einem schillernden, rubinfarbenen Ton wie eine verzauberte Decke über der unterirdischen Stadt. Raine schwor, dass sie die Magie in der Luft und ein leises Summen spüren konnte, als sie nach vorne trat.

Als sie am unteren Ende der Treppe ankamen, blickten sie auf die unterirdische Stadt. Straßen und Gassen, gesäumt von Geschäften und Marktständen, erstreckten sich weiter, als ihr Auge sehen konnte. Hexen, Zauberer, Elfen und Wesen, die Raine noch nie zuvor gesehen hatte, schlenderten lässig die Gassen entlang.

»Das ist ein Wille.« Sara deutete auf die seltsame Kreatur. »Mit denen würde ich nichts zu tun haben wollen, wenn es nicht sein muss.«

Raine schaute das rattenartige Wesen an und machte sich eine mentale Notiz, sich nicht mit einem Willen einzulassen.

Sie traten die letzte Stufe herunter und Philip führte sie, ohne zu zögern zum alten Handelsposten.

»Wir müssen Dollars gegen Ruby Coins eintauschen, wenn wir etwas bezahlen wollen. Hier in der unterirdischen Stadt werden keine Dollars verwendet.« Die anderen beeilten sich, den Umtausch vorzunehmen und hielten verstohlen Ausschau nach Anzeichen für jemanden, der sie sehen könnte. So nahe an der Treppe fühlten sie sich sehr exponiert und verletzlich. Schließlich verließen sie den Laden und fanden eine ruhige Ecke, wo sie innehielten und sich umsahen, um sich für eine Richtung zu entscheiden.

»Ich bin dafür, dass wir nach links gehen«, meinte William und zeigte auf eine Gasse, die links von ihnen lag. »Es sieht so aus, als hätte der Weg das meiste Potenzial.«

»Wie kommst du darauf?« Evie schaute sich nacheinander alle Wege an. »Sie sind alle bunt und voll mit Magie und Menschen.«

William zuckte mit den Schultern. »Es sieht für mich einfach am besten aus.«

Der junge Halb-Ifrit sprach nicht viel und Raine wollte ihn ermutigen, ein wenig Selbstvertrauen zu gewinnen, also sagte sie: »Ich stimme William zu. Links sieht gut aus.«

»Dann soll es links sein.« Philip schritt entschlossen voran. »Suchen wir nach etwas Bestimmtem?«

»Wir erkunden bloß ein bisschen die Gegend.« Sara hielt inne und betrachtete einen Anhänger, den eine Hexe mit rabenschwarzen Haaren verkaufte. »Ich habe nicht viel Geld mitgebracht.«

Die Hexe blickte Sara an, die sie ignorierte.

»Hier unten können wir frei zaubern.« Philip zog seinen Zauberstab heraus. »Wir sollten das Beste daraus machen.«

William hob seine Hände und Flammen flackerten und bildeten sich um sie alle herum. Er beobachtete, wie sie sich langsam in der Farbe veränderten und sich an seinem Arm hinunter ausbreiteten. Er ballte seine Faust und sie verschwanden.

»Ist das ein Ifrit-Ding?« Raine zeigte auf seine Hand. »Die Flammen?«

Ein paar Zauberer blieben stehen, um die Gruppe anzustarren und etwas über den Ifrit zu murmeln, bevor sie weiterzogen.

»Was sollte das denn?«, fragte Raine und nickte in Richtung der unhöflichen Zauberer. »Das Gemurmel und die Todesblicke?«

»Ifrit sind nicht besonders beliebt.« Evie berührte seinen Arm. »Aber William ist einer von uns. Es spielt keine Rolle, was alle anderen denken«, sagte sie an William gewandt.

»Sie gelten als schmutzige Gauner.« Philip zuckte mit den Schultern. »So ähnlich wie Kitsune, schätze ich.«

Sara verengte die Augen hinter seinem Rücken, blieb aber still.

»Zauberer sind kaum perfekt.« Adrien hob trotzig das Kinn. »Immerhin waren es Zauberer, die Wandler gegen ihren Willen erschaffen haben.«

»Das waren dunkle Hexen und Zauberer«, zischte Philip seine Hände zu Fäusten ballend. »Wir sind nicht wie sie.«

»Mhm.« Das war die einzige Antwort von Adrien. Der Elf hatte Philips Schwachstellen schnell erkannt. Er spürte, dass der Zauberer im Herzen ein guter Kerl war, aber die Kontrolle übernehmen und manipulativ sein würde, wenn man ihm die Chance dazu gab.

Sie hielten inne, um sich einen magischen Schmuckladen anzusehen. Raine war begeistert von der schieren Vielfalt der angebotenen Dinge und alles war neu und faszinierend für sie. Sie kicherte über einen kleinen, roten, geschnitzten Elefanten, der auf ihrer Handfläche auf und ab lief. Sara rollte eine silberne Scheibe hin und her, während sie sie nachdenklich anstarrte.

»Sie soll das angeborene Talent hervorbringen.« Sie sah Raine an. »Aber die meisten Dinge, die das können sollen, richten sich an diejenigen, die verzweifelt sind und gar nichts zustande bringen.«

Sara legte die Scheibe wieder weg und betrachtete die hölzernen Kreise mit kleinen Schnitzereien darauf. »Die sind zum Wahrsagen.« Sie zeigte auf verschiedene Gruppen. »Wie nordische Runen mit dem älteren Futhark, ein Schriftsystem für alte Sprachen.«

Raine nahm ein Stück Eiche in die Hand, in das ein Blitz geschnitzt war. »Funktionieren die?«

Sara kaute auf ihrer Unterlippe. »Das hängt davon ab, wen du fragst.«

Dort unten, inmitten all der Magie, fehlte Sara etwas von ihrem üblichen Selbstvertrauen. Sie sollte so sein wie sie alle, aber ihre Magie war tief in ihr vergraben und weigerte sich, sich zu manifestieren.

Philip benutzte seinen Zauberstab, um eine Reihe von kleinen Kupferkugeln schweben zu lassen. Er drehte sie und bewegte sie in verschlungenen Mustern. Eine kleine Schweißperle bildete sich auf seiner Stirn und er ließ die Kupferkugeln nach einer kurzen Weile wieder sinken. William schmunzelte über die Anstrengung, die der Zauberer für die kleine Vorführung aufwenden musste.

Sie liefen an Läden vorbei, die von Zauberern, Elfen, Feen und anderen Wesen betrieben wurden, deren Namen Raine nicht einmal kannte. Weiße und blaue Lichtkugeln wippten über ihnen und eine Hexe färbte ihr Haar in allen Farben des Regenbogens und allen Schattierungen dazwischen.

Evie ließ alle warten, während sie in einen Laden für Kräuter und Zaubertränke ging. Dort fühlte sie sich am wohlsten, da sie in einer Kräuterhexenfamilie aufgewachsen war. Pflanzen und Tränke waren ihr Wohlfühlort. Obwohl sie keine Ahnung hatte, was sie denn kaufen könnte, wenn sie überhaupt etwas haben wollen würde, atmete sie tief ein und genoss die vertrauten Düfte.

Ein Trio hellrosa Flaschen hinter dem Tresen fiel Raine ins Auge. »Sind das wirklich Liebestränke?«, fragte sie und nickte ihnen zu. »Die rosafarbenen Flaschen?«

Sara schnaubte. »Sie könnten jemanden dazu bringen, dich zu bemerken, aber mehr als das werden sie nicht tun.« Sie schüttelte den Kopf. »Liebestränke sind dunkle Magie. Wir dürfen niemals gegen den freien Willen arbeiten oder jemanden kontrollieren. Ein Liebestrank würde genau das tun.«

Philip lehnte sich gegen den Türrahmen und seufzte. »Müssen wir uns wirklich Kräuter und Tränke ansehen?« Er schaute über die Schulter zu einem Klingenladen. »Es gibt weitaus coolere Dinge, die man sich ansehen kann.«

»Es dauert nur eine Minute.« Evie wählte einige Vergissmeinnicht und einen Zweig Baldrianblüten. »Ich werde ein Schlafmittel zusammenmischen, falls jemand in der neuen Umgebung Schwierigkeiten hat.«

»Damit könnte man gutes Geld verdienen.« Philip stieß sich vom Türpfosten ab. »Ich helfe dir gern bei der Vermarktung. Gegen einen geringen Anteil, versteht sich.«

Evie sah ihn nicht an. »Ich werde sie nicht verkaufen.« Sie reichte die Kräuter an eine Hexe mit grünen Haaren. »Nur diese, danke«, meinte sie an die Verkäuferin gewandt.

»Warum solltest du es nicht verkaufen wollen?«, fragte Philip verdutzt und sah von ihr zu den anderen, als hätte er etwas übersehen. »Du könntest ein kleines Unternehmen gründen. Mit dem Geld könntest du machen, was du willst.«

Evie bezahlte ihre Kräuter und lächelte ihn an. »Das ist nicht mein Stil.«

Sie traten auf die Hauptgasse hinaus und stießen fast mit einem großen Mann mit dichtem, dunklem Haar und gelben Augen zusammen.

»Entschuldigung«, sagte die Gruppe kollektiv.

Der Gestaltwandler nickte nur und ging weiter.

»Wandler machen mich nervös.« Philip beobachtete den Mann einen Moment lang. »Sie haben etwas Seltsames an sich.«

»Sei nicht so ein Arschloch.« Adrien funkelte ihn an. »Wandler sind völlig vernünftige Menschen.«

»Was regt dich denn so auf?« Philip erwiderte den Blick des Elfen. »Bist du mit einem zusammen?«

Adrien rollte mit den Augen. »Ich muss mich nicht mit einem treffen, um sie als Menschen zu sehen.« Er ging auf den Klingenladen zu. »Wie auch immer, ich kenne ein paar durch Louper.«

»Was ist Louper?« Raine versuchte, sich zu erinnern, ob sie den Begriff schon einmal gehört hatte. »Eine Sportart, richtig?«

»Ja. Die Spieler werden in eine neue Umgebung versetzt und müssen den Weg zum goldenen Token vor der gegnerischen Mannschaft finden.« Adrien betrat den Klingenladen. »Mein Bruder, Etienne und ich sind in der Schulmannschaft.«

»Wie hast du es geschafft, dass das geilste Spiel überhaupt so verdammt langweilig klingt?« William schaute entgeistert. »Bei Louper werden zwei Teams in eine ungewohnte Umgebung gebracht, wie der Elf schon sagte. Sie müssen außerdem gegen viele Herausforderungen kämpfen, von wilden Wölfen über Skelettkrieger bis hin zu empfindungsfähigen Ranken und vielem mehr. Ich habe nicht genug Kontrolle über meine Magie, um es zu spielen, aber ihr werdet es lieben, dabei zuzuschauen.«

»Apropos Magie.« Philip sah Adrien an, der einen kurzen Dolch untersuchte. »Wir haben deine noch nicht gesehen.«

Der Elf zuckte mit den Schultern. »Ich habe keinen Grund zum Angeben.«

»Du kannst es einfach noch nicht«, entgegnete Philip und verschränkte die Arme arrogant vor der Brust. »Nichts für ungut, Raine.«

Adrien zuckte nur mit den Schultern und weigerte sich, auf die Provokation einzugehen.

Sie sahen sich die verschiedenen Klingenwaffen an, obwohl niemand aus der Gruppe den Klingen so viel Aufmerksamkeit schenkte wie Adrien. Er war damit aufgewachsen, Waffen bei sich zu führen, die er selbst geformt hatte, solche wie die hier im Laden. Er fand es angenehm, von ihnen umgeben zu sein. Keine der Klingenwaffen sprach ihn an – nicht, dass er sich irgendetwas davon hätte leisten können, selbst wenn ihm etwas gefallen hätte.

»Wir sollten etwas zu Essen suchen«, sagte Evie und sah sich um. »Ich bin am Verhungern.«

»Einverstanden.« Sara nickte. »Ich fühle mich, als ob ich seit Tagen nichts gegessen hätte.«

»Irgendeine Idee, wo wir hingehen könnten?« William drehte sich langsam im Kreis und versuchte, etwas Essbares zu finden. »Ich habe noch keine Essensstände gesehen.«

»Dann laufen wir einfach weiter.« Philip schritt die Gasse entlang. »Wir werden sicher etwas finden.«

Sie hielten inne, um ein magisches Lichtspiel über ihnen zu beobachten. Ein Trio von Hexen warf Kugeln und Bänder in den Farben Rosa und Violett bis hin zu Grün und Silber. Sie tanzten durch die Luft oberhalb der Gasse und prallten in Funkenregen zusammen, ähnlich wie bei einem Feuerwerk.

Die Ladenbesitzer beachteten das Spektakel nicht, da es wohl ein ganz normales Ereignis für sie zu sein schien. Für Raine war es etwas, woran sie sich erinnern konnte. Als die Aufführung zu Ende war, gingen sie weiter die Gasse entlang und zwängten sich an Gruppen von Hexen und Zauberern vorbei, unter denen sich auch die ein oder andere Fee befand. Ein kleinerer Mann mit sehr wenig Haar und einer großen Nase machte eine Bewegung mit seinem Zauberstab und flüsterte eine Beschwörungsformel. Ein Strom aus Eis sauste auf einen jüngeren Mann mit goldenen Augen und spitzen, braunen Haaren zu. Er benutzte seinen Zauberstab, um das Eis in einen improvisierten Regenschauer zu verwandeln.

»Du wusstest, dass ich sie mag.« Der ältere Mann hob noch einmal seinen Zauberstab. »Du hast sie mir ausgespannt!«

Sein Gegner lachte. »Du greifst die falsche Person an.«

Der Angreifer runzelte die Stirn und senkte seinen Zauberstab. »Dann bitte ich um Verzeihung.«

Fünf Minuten später hörte die Clique, wie er rief: »Du wusstest, dass ich sie mag!«, und sie lachten.

»Er hat wohl ganz offensichtlich einen schlechten Morgen.« Adrien blieb vor einem scheinbar gewöhnlichen Buchladen stehen. »Wir sollten hier reinschauen.«

Philip seufzte. »Es ist eine Buchhandlung. Wir wollten eigentlich nach Essen suchen.«

Adrien trat trotzdem ein. »Es ist nicht so, wie es scheint.«

Sie tauschten Blicke aus, bevor sie ihm folgten. Als William sich erlaubte, seine Umgebung abzuschütteln und in sich zu gehen, konnte auch er etwas spüren. Er gesellte sich zu den anderen in den kleinen, langweiligen Laden. Es war wie ein Arbeitszimmer in Brauntönen. Die Matten auf dem Boden verschmolzen fast mit den Holzwänden und die schmalen Bücherregale waren in einem etwas dunkleren Grauton gehalten. Der Buchrücken jedes einzelnen Buches hatte einen anderen Braunton.

Adrien hielt inne, als er ein Ziehen der Magie spürte, das sich fast einladend anfühlte. Er erforschte sie ein wenig und entschied, dass sie ihn faszinierte, also folgte er ihrer Quelle in die Ecke und konzentrierte sich. Instinktiv fuhr er mit den Fingern über die Buchrücken, bis er ein Kribbeln von echter Verzauberung spürte. Er grinste, als er ein hellbraunes Buch aus der Reihe zog.

Das Regal schwang auf und enthüllte eine kerzenbeleuchtete Treppe, die verlockend nach unten führte.

»Das ist so cool!«, rief Sara staunend und trat um William herum, um nachzusehen. »Wir müssen es uns ansehen.«

Philip schaute über Raines Kopf hinweg und musste zugeben, dass es tatsächlich interessant aussah. Der Elf in der Rolle des Anführers gefiel ihm allerdings wieder nicht.

Adrien trat in das Halbdunkle und sie schlichen die eng gewendelte Treppe hinunter, um in ein Farbspektakel aus Rosa- und Fliedertönen mit großzügigen Spritzern in leuchtendem Gelb zu gelangen. Sie hielten inne, damit sich ihre Augen an die plötzliche Veränderung des Lichts gewöhnen konnten.

Vor ihnen lag das bunteste Café-Restaurant, das sie je gesehen hatten. Über dem Torbogen, der als Eingang diente, hing ein großes Schild, auf dem stand, dass es sich um das ›Bubble & Fizz‹ handelte.

Sara hakte sich bei Adrien unter und führte ihn um die kleinen, runden, kaugummipink- und lilafarbenen, geblümten Plastiktische herum. Sie wählten einen größeren in der Nähe der linken Seite, wo sie alle zusammensitzen konnten. Sara rutschte um den hellgoldenen Vinylsitz mit hoher Lehne herum, der einen flieder- und rosafarbenen, rechteckigen Tisch umgab.

Als sie alle Platz genommen hatten, hüpfte eine Fee mit durchsichtigen Flügeln und neonpinken, kompliziert hochgesteckten Haaren mit einem breiten Grinsen zu ihnen herüber. »Guten Morgen. Hier sind unsere Speisekarten«, begrüßte sie die Fee freundlich.

Jeder von ihnen nahm eine mit Glitzer verzierte Karte in die Hand. Philip versuchte, würdevoll auszusehen, scheiterte aber völlig. Sein Gesichtsausdruck spiegelte sein Entsetzen wider. Sara hingegen schien ihr Zuhause gefunden zu haben, weit weg von zu Hause.

Auf der Speisekarte standen nur Snacks, Speisen und Getränke, die nicht einmal ansatzweise als gesund bezeichnet werden konnten.

»Sie haben Süßkartoffelkuchen mit frischem Vanilleeis«, schwärmte Sara verträumt. »Oh und Twinkies, diese kleinen Kuchen mit Cremefüllung.«

»Schwarzes Kirscheis mit Hersheys-Schokoladenstückchen klingt fantastisch.« Evie legte die Speisekarte weg, bevor sie es sich anders überlegen konnte. »Ich werde so viele Kilos zunehmen, nur weil ich hierhergekommen bin.«

»Ich habe keine Ahnung, was die meisten von diesen Dingen sind.« Adrien runzelte die Stirn, als wäre alles in Marsianisch geschrieben. »Was ist ein Dingdong? Und warum sollte man einen Kuchen aus Kokosnusscreme machen?«

»Du solltest die Snack-Platte nehmen«, riet Evie ihm und zeigte auf die Speisekarte. »Damit bekommst du eine Rundreise durch die amerikanischen Snacks.«

»Manchmal vermisse ich Frankreich.« Die Furche in seiner Stirn vertiefte sich. »Aber ich werde diesen Snack-Teller probieren.«

Raine konnte einem großen Stück Pekannusskuchen mit einem Root Beer, ein alkoholfreies Getränk aus verschiedenen Pflanzenwurzeln, nicht widerstehen. Die Fee kam mit einer Schale voller Jelly Beans zurück. »Ein Gruß aus der Küche. Wer ist bereit zu bestellen?«, fragte sie.

»Die Snack-Platte, bitte.«

»Ich hätte gern das schwarze Kirscheis mit Hershey-Schokoladenstückchen.«

»Ich nehme den Pekannusskuchen und ein Root Beer.«

»Für mich Cheez-its, die Käsecracker, mit Chips und Salsa.«

»Ich möchte das Hersheys-Erlebnis probieren.«

»Und ich habe mich für die Beef Jerky-Platte mit den scharfen Doritos als Beilage entschieden.«

Sie notierte es sich und hüpfte wieder davon.

»Du nimmst wirklich Schokolade zum Mittagessen?« William sah Sara an. »Überhaupt nichts Pikantes?«

»Nö.« Sie streckte ihre Beine unter dem Tisch aus. »Wir essen sonst immer etwas Vernünftiges zu Mittag. Ich werde das ausnutzen, solange ich die Gelegenheit dazu habe.«

»Apropos Snacks …«, setzte Philip an und beugte sich vor. »Welche Art von Snacks sollten wir für unser Fernsehzimmer besorgen? Und wir müssen ihn schützen, damit keine anderen Leute dort hineingehen können.«

»Auf jeden Fall gefüllte Lakritzstangen.« Evie grinste. »Wir können keine Filme ohne Lakritzstangen schauen.«

»Und M&Ms«, fügte Raine, an der Kante ihrer Speisekarte fummelnd, hinzu. »Ich habe immer M&Ms, wenn ich zu Hause Filme schaue.«

»Toffifee.« Sara fuhr mit den Fingern durch ihr Haar. »Und Popcorn. Beim Filmschauen geht absolut nichts ohne Popcorn.«

»Das können wir alles besorgen. Ich habe einen Kontakt.« Philip lehnte sich zurück und machte eine dramatische Pause, die wenig Wirkung zeigte. »Wir sollten auch in der Lage sein, einen guten Preis dafür zu bekommen.«

»Was ist mit den Sitzmöglichkeiten?« Adrien sah ihn an. »Sind wir damit schon weitergekommen?«

»Der Schulwart hatte bereits heute Morgen das Sofa und die Sessel aus dem Fernsehzimmer entfernt.« Raine rümpfte die Nase. »Er sagte, dort hatten sich Ratten eingenistet und wir hätten Glück gehabt, dass wir nicht gebissen wurden.«

Saras Hand fuhr zu ihrem Mund und ihre Augen weiteten sich vor Entsetzen.

»Mach dir keine Sorgen. Wir hätten dich in Sicherheit gebracht«, meinte Philip und legte seine Hand auf ihre. »Du wärst nicht verletzt worden.«

William rollte mit den Augen.

Die Fee brachte ihr Essen und alle beobachteten Adrien, als er seine Auswahl an Snacks betrachtete.

»Ich glaube, sie haben wirklich alles auf diesen Teller gepackt.« Sara sah sich die Platte an. »Hersheys, Dingdongs, Twinkies, gefüllte Lakritzstangen, oh und etwas Toffee. Ich habe schon ewig kein Toffee mehr gegessen.«

Sara stahl ein Stück Salzwasser-Toffee und steckte es sich erfreut in den Mund.

Raine kostete ihren Kuchen, der bei weitem der Beste war, den sie je genossen hatte. Auch das Root Beer schien besonders gut zu sein. Sie nahm an, dass es der Einfluss der Fee war. Was auch immer es war, sie würde sich nicht beschweren.

»Also, welche Filme werden wir zuerst gucken?«, fragte Evie und wedelte mit dem Löffel in der Luft. »Ich bin für *Der Schrecken vom Amazonas*.«

»Das ist ein Klassiker.« Raine wedelte mit ihrer Gabel. »Wir müssen auch *Dracula und seine Bräute* schauen.«

»Du kannst *Dracula und seine Bräute* nicht vor *Dracula* gucken«, kommentierte William und aß seinen letzten Chip. »Das war der erste Dracula-Film von Hammer. Man sollte sie respektieren und in der richtigen Reihenfolge ansehen.«

»Respektieren?« Philip lachte. »Komm schon, das sind doch uralte B-Movies.«

»Nur weil sie alt und schmalzig sind, heißt das nicht, dass sie nicht ein wenig Respekt verdienen.« Adrien stocherte in seinem Dingdong herum. »Ich finde, man sollte sie der Reihe nach anschauen.«

»Wie viele sollen wir fürs Erste besorgen?« Evie nahm ein paar Jelly Beans aus der mittleren Schale. »Vier?«

»Wir brauchen noch einen.« Philip trank sein Ginger Ale aus. »*Frankensteins Fluch* bekommt meine Stimme.«

Alle nickten zustimmend.

»Irgendwann müssen wir *American Werewolf* gucken.« Raine schob ihren Teller weg. »Er ist zu gut, um ihn nicht anzusehen.«

»Ich denke, wir haben hier eine ziemlich gute Aufstellung für den Anfang.« Philip lächelte. »Also, fangen wir mit *Der Schrecken vom Amazonas* an?«

»Auf jeden Fall.« Evie wischte sich einen Krümel von ihrem T-Shirt. »Ich denke, das ist der perfekte Einstiegsfilm.«

Die Kellnerin kam zurück und jeder bezahlte seinen Anteil.

»Wohin sollen wir als Nächstes gehen?«, fragte Evie, stand auf und trat zur Seite, um Raine hinauszulassen. »Und wer zaubert den magischen Schutz um unser Fernsehzimmer?«

»Adrien und ich können uns um die Magie für das Zimmer kümmern.« Philip trat zur Seite, um den Elfen hinauszulassen. »Meinst du nicht auch?«

Adrien nickte. »Es sollte nicht zu viel Arbeit machen. Da geht sowieso niemand runter.«

Sie stiegen die Wendeltreppe hinauf und schlenderten durch die Buchhandlung. Die Hauptgasse draußen war nun belebter als zuvor. Die Gruppe verkroch sich in ein

Juweliergeschäft, als sie jemanden entdeckten, die Misses Hudson verdächtig ähnlich sah. Als es sicher war, wagten sie sich hinaus und wählten einen schmaleren Gang abseits des Haupttrubels.

Die Läden dort waren weniger einheitlich und enthielten mehr Nischenprodukte wie verzauberte Farben und ein Laden war allen Formen von zischenden Bonbons, Pralinen und einigen Kuchen gewidmet. Sie spähten gelegentlich in die Schaufenster, während sie ziellos umherwanderten.

Langsam begann sich die Szenerie um sie herum zu verändern. Die Läden wurden weniger und standen weiter auseinander, es tauchten nun mehr Häuser auf. Die Zahl der Hexen und Zauberer nahm ab und wurde nun durch Druiden ersetzt. Lianen und Bäume blühten in Hülle und Fülle und die Geräusche von Hunderten von Gesprächen verblassten im Rauschen eines uralten Waldes. Raine schaute sich in absoluter Ehrfurcht um. Sie hätte sich nie träumen lassen, dass ein solcher Ort überhaupt existierte.

Kapitel 8

Sie bahnten sich ihren Weg um Häuser, die in den Stämmen großer Bäume gebaut waren und deren Äste sich über die Dächer wölbten. Kinder spielten zwischen den Lianen und kletterten mit Geschick und Leichtigkeit in die unteren Äste hinauf.

»Letzte Woche ist wieder eine verschwunden. Diesmal war es Elle«, flüsterte eine ältere Frau.

»Elle? Ach du meine Güte!«, entgegnete eine andere Person.

Raine runzelte die Stirn und verlangsamte ihren Schritt, um dem Gespräch zu lauschen. Sie wusste, dass es nicht korrekt war, aber es hörte sich an, als ob Leute verschwunden waren.

»Ja. Ich habe gehört, dass sie ganz normal ins Bett gegangen ist und am Morgen weg war.«

»War jemand bei ihr?«

»Nein. Sie liebt Jake und hat zwei kleine Jungs, an die sie denken muss. Sie waren am Boden zerstört.«

Raine beeilte sich, den Rest der Gruppe einzuholen, aber das Gespräch spielte sich immer wieder in ihrem Kopf ab. Sie sahen sich die Stände an, wo Zaubersprüche und Salben angeboten wurden, aber Raine hatte keine Lust dazu. Sie war sich sicher, dass Menschen verschwunden waren und das war nicht die Art von Dingen, die sie einfach ignorieren konnte.

»Ist Zoe schon da?«, hörte sie die ältere Frau die jüngere stirnrunzelnd fragen. »Es sieht ihr nicht ähnlich, zu spät zu kommen.«

»Ich habe sie nicht gesehen.«

»Oh, bitte sag mir nicht, dass sie auch weg ist.«

Raine konnte sich nicht zügeln. Sie ging auf die Frauen zu und ignorierte den entsetzten Blick auf Evies Gesicht.

»Entschuldigen Sie, aber sagten Sie, dass Menschen verschwunden sind?«

Die ältere Frau schürzte die Lippen, aber die jüngere sagte nur: »Sie sollten nicht lauschen.«

»Es tut mir leid, ich wollte nicht mithören, aber dass Leute vermisst werden, ist eine sehr ernste Angelegenheit.«

Die jüngere Frau seufzte und machte eine abwehrende Bewegung an Raine gewandt. Ein älterer Mann winkte sie heran. Sein langes, graues Haar war zu einem Zopf geflochten und mit grünen Bändern durchzogen. Tiefe Falten umgaben seine Augen und zeugten von einem gut gelebten Leben.

»Sechs Druiden werden inzwischen vermisst.« Er lehnte sich ein wenig näher heran. »Keiner weiß, warum oder wie.«

Raines Neugier war nun gründlich geweckt. »Es gibt überhaupt keine Beweise? Gibt es irgendwelche Verbindungen zwischen ihnen?«, hakte Raine nach. Sie wünschte, sie hätte ihr Notizbuch dabei. »Stammen sie alle aus einer ähnlichen Gegend?«

Der alte Mann lächelte und Sara zupfte an Raines Arm.

»Eine von ihnen hatte morgens ein altes Stechpalmenblatt auf ihrem Kopfkissen. Es gibt keinen Zusammenhang, den ich erkennen kann. Sie sind von überall aus der Gemeinde verschwunden«, antwortete der alte Mann.

Raine versuchte sich vorzustellen, mit welchen Fragen Onkel Jerry darauf geantwortet hätte. »Und es gibt keine Verdächtigen? Niemanden, der in letzter Zeit aus der Gemeinde geworfen wurde?«

Der alte Mann schüttelte den Kopf. »Keine einzige Seele.«

»Danke für Ihre Zeit.« Raine wandte sich an ihre Freunde. »Es tut mir leid.«

Sie schloss sich wieder der Gruppe an.

»Der FBI-Instinkt hat zugeschlagen, oder?«, stellte William fragend fest und grinste sie an. »Irgendetwas Interessantes?«

»Ich denke schon.« Raine ließ sich das Gesagte der drei Fremden durch den Kopf gehen. »Die Druiden sind verschwunden.«

»Ständig verschwinden Leute«, meinte Philip abwinkend und bog die nächste rechts ab. »Sie ziehen weiter. Das kommt vor.«

»Einer von ihnen hat zwei kleine Kinder zurückgelassen.« Raine warf einen Blick über die Schulter und stellte fest, dass ein jugendlicher Druide sie beobachtete. »Die Leute gehen nicht einfach und lassen kleine Kinder zurück.«

»Heißt das, dass du der Sache nachgehst?« Evie stupste sie sanft an. »Ich denke, es könnte ziemlich cool sein, das zu untersuchen.«

Philip hat das Tempo ein wenig erhöht.

»Haben wir ein bestimmtes Ziel?« Evie betrachtete die sich verändernde Szenerie. »Ich kann mich nicht erinnern, dass wir irgendwann darüber diskutiert haben.«

»Wir machen uns auf die Suche nach Ifrit.« Sara strahlte. »Für William. Ich dachte, es wäre schön für ihn, einige seiner Leute kennenzulernen.«

Er hielt inne und starrte sie an. »Warum sollte es?« Er schloss die Augen und atmete langsam aus. »Ich weiß den Gedanken zu schätzen, aber ich glaube nicht, dass das eine gute Idee ist.«

»Warum nicht?« Philip drehte sich um und sah ihn an. »Es könnte dir helfen, deine Magie zu lernen.«

William presste den Kiefer zusammen und stellte sich neben Raine. »Vergiss nicht, dass ich dich gewarnt habe, dass das eine schlechte Idee ist.« Er starrte den anderen Jungen mit einem harten Blick an. »Weil das schiefgehen wird.«

Philip ging weiter und Sara beeilte sich, um ihn einzuholen. Raine und Evie gingen auf beiden Seiten von William, um ihm Unterstützung zu bieten.

»Wir müssen das nicht tun, wenn du wirklich nicht willst.« Evie berührte seinen Arm. »Wir können umdrehen.«

William schüttelte den Kopf. »Ich werde keine Angst vor ihm zeigen.«

Raine war versucht, zu Philip zu marschieren und ihm die Meinung zu sagen, aber sie wollte William nicht noch weiter verärgern. Sie war sicher, dass Philip ein gutes Herz hatte, aber er bedrängte sie zu sehr in seinem kleinen Bestreben, sicherzustellen, dass er der Anführer war.

Sie gingen schweigend zwischen den Geschäften und um Ecken herum, bis vor ihnen Flammen flackerten. William verlangsamte seinen Schritt und spannte sich an, als er das Feuer über die Wände und an den Rändern des Weges entlang tanzen sah. Er konnte in seinem Blut spüren, dass die Ifrit in der Nähe waren. Sie würden ihn wieder einmal wegen seines unreinen Blutes zurückweisen, dessen war er sich sicher.

Die Gruppe ging zwischen den Flammen hindurch. Sara band ihr Hemd um die Taille, als Reaktion auf den Anstieg der Lufttemperatur. Raine sah sich nach möglichen Angreifern um. Sie spürte Augenpaare, die sie beobachteten, aber sie waren hinter dem Feuer und in den dunklen Gebäuden verborgen. Philip hielt inne, um sich einen Kristallladen mit animierten Salamandern im Schaufenster anzusehen.

Ein paar große Ifrit traten aus dem Laden nebenan und sahen die Gruppe an. Ihr kurzes Haar flackerte, was das Spiegelbild in ihren Augen zum Glänzen brachte.

»Und was führt euch an diesem schönen Tag hierher?«, fragte der breitere der beiden und studierte sie beiläufig. »Wollt ihr ein Geschäft machen?«

»Nein. Wir wollten unseren Freund seinen Leuten vorstellen«, erwiderte Philip auf William zeigend. »Sein Vater war ein Ifrit.«

Die beiden starrten William an. Ihr Haar nahm einen blauen Farbton an, während es wütend tanzte und wirbelte.

»Abscheulichkeit«, stieß der erste Mann hervor, als sie einen Schritt näherkamen. »Du wirst hier niemals willkommen sein.«

Etwas zerbrach in William. Er hatte das fast sein ganzes Leben lang gehört und konnte die Ablehnung und Beschimpfung nicht mehr ertragen. »Ich bin keine Abscheulichkeit. Mein Vater hat meine Mutter geliebt«, hielt William dagegen und ballte seine Hände zu Fäusten. »Ifrit-Blut fließt durch meine Adern.«

Flammen leckten über seine Fäuste und Haare, während sich seine Augen in ein dunkles Orange färbten. Zu den beiden Ifrit gesellten sich drei weitere ihrer Sippe.

»Dieses Kind behauptet, es sei von Ifrit-Blut.« Der erste deutete spöttisch auf William. »Seine Mutter war wohl ein Mensch.«

Knurren und gemurmelte Flüche schnitten durch die Luft. Raine prüfte sie auf Schwachstellen in ihrer Haltung. Sie waren alle viel größer als sie und standen in Flammen, aber sie würde nicht danebenstehen und zulassen, dass sie William verletzten.

»Du bringst Schande über die Ifrit«, sagte der eine.

»Wie kannst du es wagen, hierherzukommen?«, fügte ein anderer hinzu.

»Ich habe jedes Recht, hier zu sein.« William trat einen Schritt vor. »Mein Vater war ein geehrter Ifrit.«

Evie zerrte an seinem Arm, aber er ignorierte sie. Er würde jetzt keinen Rückzieher machen.

»Du wirst seines Blutes niemals würdig sein«, knurrte der Anführer.

»Ich trage sein Feuer in mir.« William hielt seine feuerumhüllten Hände hoch. »Ich werde für das respektiert werden, was ich bin.«

Ein Ring aus Feuer brach aus dem Boden. Sara keuchte und sprang nach hinten. Adrien formte aus dem Nichts ein Schwert und Raine bereitete sich darauf vor, ihre Freunde mit allen Mitteln zu verteidigen.

Der Anführer schritt durch das Feuer und zeigte auf William.

»Du wirst für deine Respektlosigkeit und Arroganz büßen, Halbblut. Nie wieder wirst du einen Fuß unter unsere Art setzen. Noch wirst du unser Blut fordern«, sprach er.

Der andere Ifrit flüsterte etwas in einer Sprache, die Raine nicht erkannte. Die Flammen loderten himmelwärts und hüllten sie in eine flackernde Blase aus Hitze und Rauch ein. Wie aus dem Nichts erloschen sie plötzlich und die Ifrit schlüpften in ihre Häuser und Geschäfte.

»Wir sollten gehen.« Evie zog an Williams Arm. »Jetzt.«

»Was ist passiert?« Raine sah dorthin, wo die Ifrit gestanden hatten. »Was haben sie getan?«

Adrien legte seine Hand auf ihre Schulter und schob sie sanft in die Richtung, in die Evie William gezogen hatte.

»Ich glaube, sie haben William verflucht.« Sein Blick suchte misstrauisch die Schatten ab. »Hoffentlich war es nur ein kleiner Fluch.«

Raine wollte zurückgehen und verlangen, dass sie den Fluch, den sie ihm auferlegt hatten, rückgängig machten. Es war nicht seine Schuld, dass er mit den Eltern geboren worden war, die er hatte.

»Das ist deine Schuld.« Sara deutete auf Philip. »Er hat dir gesagt, dass es eine schlechte Idee war.«

Philip blieb stehen und verschränkte die Arme. »Nein, das könnt ihr nicht alles auf mich schieben.« Er sah Sara in die Augen. »Du warst genauso eifrig dabei, ihm seine Familie vorzustellen oder seine Gemeinschaft oder wie auch immer du es ausdrückst.«

Sara warf verärgert die Arme hoch. »Na schön. Weißt du was? Gut.« Sie drehte ihm den Rücken zu. »Ich habe ihn auch dazu ermutigt.«

»Können wir es irgendwie rückgängig machen?«, fragte Raine Evie. »Gibt es einen Zaubertrank oder so?«

»Wir müssen zuerst herausfinden, um welche Art von Fluch es sich handelt.« Sie schaute William an und prüfte, ob es irgendwelche offensichtlichen Anzeichen gab. »Wir können nichts tun, bevor wir das nicht wissen.«

»Sollen wir es der Direktorin sagen?« Raine kaute auf ihrer Unterlippe. »Ein Fluch klingt ernst.«

»Auf keinen Fall.« Evie hob die Hand. »Wir würden das ganze Jahr sonst nachsitzen müssen.«

Raine schob diesen Gedanken beiseite. In der Bibliothek musste es etwas über Flüche geben. Vielleicht gab es ein oder zwei Bücher speziell über Ifrit-Flüche.

Adriens Schwert verschwand im Äther und er legte seinen Arm um Williams Schultern.

»Wir helfen dir, was auch immer es ist.« Er führte seinen Freund um eine Gruppe klatschender Hexen herum. »Wir stecken da zusammen drin.«

»Okay. Es tut mir leid, dass du verflucht wurdest. Ich hätte auf dich hören sollen.« Philip hob die Hände. »Verzeihst du mir?«

William grunzte und weigerte sich, ihn anzuschauen. Die Ifrit konnten sehr gefährlich sein. Wer wusste schon, welchen Fluch sie ihm auferlegt hatten? Er fühlte sich nicht so, als würde er sterben, aber das bedeutete nicht viel.

»Wir sollten zurück zur Schule gehen, bevor sie merken, dass wir fehlen.« Sara blieb stehen und betrachtete ein hübsches Kleid. »Wenn wir erwischt werden, können wir nie wieder herkommen.«

Die Gruppe drehte sich um und eilte den ganzen Weg zurück zur Wendeltreppe, wo Evie Raine half, einen Tarnzauber zu bilden. Raines eigene Magie fühlte sich schwach und träge an, aber ihre Freundin half ihr, sie herauszulocken und in einer seltsamen Blase um sich zu wickeln. Sie spürte den Zauber auf ihrer Haut und wollte ihn wegwischen, widerstand aber dem Drang, als sie die Treppe hinaufstiegen.

Ihre Zaubersprüche verblassten, als sie hinter einer Gruppe von Schülern auftauchten. Zum Glück erwischten sie keine Lehrer und sie machten sich auf den Weg zu ihrem baldigen Fernsehzimmer.

»Was machen wir jetzt wegen der Sitzmöglichkeiten?«, seufzte Evie leise. »Ich habe mich schon auf unseren Filmabend gefreut.«

»Ich habe alles im Griff.« Philip breitete die Arme weit aus. »Ich habe einen Deal mit einem Oberstufenschüler gemacht, der uns extragroße Sitzsäcke schenkt.«

Raine hob eine Augenbraue. »Und was schuldest du ihm dafür?«

»Mach dir darüber keine Sorgen.« Philip zuckte mit den Schultern. »Ich bin ein Unternehmer. Wir werden unser Fernsehzimmer haben. Das ist das Wichtigste.«

»Wir müssen daran denken, das Schloss mit Magie zu verschließen. Wie wir vorhin sagten, wird es nicht allzu viel brauchen.« Adrien fuhr mit den Fingerspitzen über das glatte Holz.

William ging mit hängenden Schultern und niedergeschlagenen Augen daher. Das Erlebnis mit dem Ifrit hatte nur schlechte Erinnerungen wachgerufen. Evie zog ein Twinkie aus ihrer Tasche und bot es ihm an.

»Keiner kann traurig sein, wenn er einen Twinkie hat«, sagte sie zu ihm.

Er lachte. Es war ein kurzer, rauer Ton, aber er erreichte seine Augen und er entspannte sich ein wenig, als er den Twinkie nahm.

Sie betraten den Raum, der ihr persönliches Heimkino werden würde und fanden eine Reihe von Besen und Kehrschaufeln vor, die auf sie warteten.

»Ich glaube, der Schulwart hat eine Nachricht für uns hinterlassen.« Sara schnappte sich einen Besen. »Es wäre schön, wenn es hier drin staubfrei wäre.«

Raine nahm noch einen und fegte in der hintersten Ecke, während sie über ihre Erfahrungen im Kemana nachdachte. Die verschwundenen Druiden waren etwas, über das sie mehr wissen musste. Sobald sie den Raum sauber gemacht hatten, würde sie in die Bibliothek gehen und sich dort umsehen. Sie könnte auch die Ifrit-Flüche untersuchen, wenn sie sowieso da ist, aber sie musste sich ebenfalls Zeit nehmen, um den Stall zu besuchen. Horace hatte gesagt, sie könne Smoke an diesem Tag sein Abendfutter geben. Sie genoss es, Zeit mit dem jungen Pferd zu verbringen und freute sich darauf, im Frühjahr mit ihm zu arbeiten.

»Erde an Raine.« Sara winkte mit der Hand vor Raines Gesicht. »Bist du da drin?«

»Entschuldigung«, nuschelte sie verlegen und wurde rot. »Ich habe über alles nachgedacht.«

»Wir sagten, es wäre eine gute Idee, in die Bibliothek zu gehen und nach Ifrit-Flüchen zu suchen.« Sie stemmte die Hände in die Hüften. »Wir dachten, du wärst begeistert.«

»Begeistert würde ich nicht gerade sagen.« Raine lehnte ihren Besen an die Wand. »Aber ja, ich hatte gehofft, die Flüche untersuchen zu können.«

»Natürlich hast du das.« Sara legte ihren Arm um Raines Schultern. »Wir haben noch eine Stunde bis zum Abendessen.«

»Oh!«, rief Evie aufgeregt, auf ihrer Unterlippe kauend. »Habe ich dir erzählt, dass ich einen Backclub gegründet habe? Mit den Küchenelfen. Bis jetzt sind wir nur zu dritt. Willst du dich uns anschließen, Raine?«

»Warum nur Raine?« Sara stemmte ihre freie Hand in die Hüfte. »Es könnte auch mir Spaß machen und William sieht aus, als könnte er ein wunderbarer Bäcker sein.«

»Ich könnte Wasser verbrennen«, entgegnete er trocken und alle lachten.

»Umso mehr ein Grund, dem Club beizutreten.« Evie legte ihre Hände in einer flehenden Geste zusammen. »Bitte?«

William seufzte. »Gut. Aber gib mir nicht die Schuld, wenn ich aus Versehen die Küche niederbrenne.«

Evie warf ihre Hände hoch und grinste. Sie wollte ihn umarmen, aber er verengte seine Augen und sie hielt in der Bewegung inne.

»Du wirst es lieben. Du kannst alles essen, was du im Backclub kreierst«, versicherte sie ihm.

»Du nimmst an, ich würde es wollen«, entgegnete William nur.

Kapitel 9

Raine kletterte mit einem Lächeln im Gesicht aus dem Bett. Es war der erste Unterrichtstag und ihrer begann mit dem Fach *Zaubertränke* bei Misses Fowler. Die Mädchen rannten zum Frühstück, wo sie die Jungs schon beim Essen vorfanden.

»Wir haben zuerst *Zaubertränke*«, sagte Sara und setzte sich schnell. »Was ist mit euch, Jungs?«

»Auch *Zaubertränke*.« Philip rührte seinen Haferbrei um. »Ich interessiere mich aber mehr für *Verwandlung*, die ist in der zweiten Stunde.«

»Ja«, pflichtete Sara ihm bei und biss in ihr Plundergebäck. »Der *Zaubertränke*-Kurs ist bestimmt voll langweilig.«

»Ich freue mich schon auf *Zaubertränke*.« Evie nahm einen Schluck von ihrem Orangensaft. »Ich finde das Herstellen von Zaubertränken beruhigend.«

Sara zog ein spöttisch angewidertes Gesicht und grinste sie an. »Jedem das Seine, nehme ich an.« Sie wandte sich an Adrien. »Ist nicht auch das Louper-Probetraining später?«, fragte sie ihn.

»Ja.« Der Elf beendete sein Pain au Chocolat. »Ich habe mir meinen Platz in der Mannschaft verdient.«

»Das ist arrogant.« Philip schaute ihn scharf an. »Du bist ein Studienanfänger.«

»Und?« Der Elf zuckte mit den Schultern. »Ich bin mir meiner Fähigkeiten bewusst. Das ist keine Arroganz.«

»Wie geht es dir heute?«, fragte Raine William lächelnd. »Irgendwelche Anzeichen von dem Fluch?«

»Ich bin mir nicht sicher.« William stocherte in seinem Omelett herum. »Vielleicht. Ich hatte die ganze Nacht Albträume.«

»Das war wahrscheinlich nur der Stress und die Nervosität.« Philip trank seinen Saft aus. »Es ist der erste Unterrichtstag. Das ist ganz normal.«

William nickte und stand auf.

Sie verließen den Speisesaal in Rekordzeit und schlossen sich dem Gedränge der Schüler auf den Fluren an. Kerry und ein dunkelhaariges, älteres Mädchen, das Raine nicht erkannte, versperrten ihnen den Weg und sahen die jüngeren Schüler an.

»Ah, seht, es ist die Dumpfbackentruppe«, spottete Kerry. »Es ist kurios, dass ihr euch alle zusammengetan habt.«

»Ich kann nicht glauben, dass sie jemanden reinlassen, die keine Ahnung von ihrer Magie hat.« Das andere Mädchen schaute Raine eindringlich an. »Die Kitsune und der halbe Ifrit sind lächerlich, aber wenigstens beherrschen sie etwas Magie.«

Raine antwortete augenrollend: »Es tut mir leid, dass ihr so unbegabt seid, dass ihr euch von uns bedroht fühlt.« Sie lächelte süßlich. »Ihr müsst ein schwieriges Leben führen.«

Kerry verengte die Augen, aber einer der Lehrer mischte sich ein. »Kommt, geht in den Unterricht, die erste Stunde beginnt gleich.«

»Was war ihr Problem?« Sara sah zu, wie Kerry davonstolzierte. »Und woher wissen sie von uns?«

»Das spricht sich herum.« Philip zuckte mit den Schultern. »Wissen ist Macht und so weiter. Klatsch und Tratsch ist eine Währung.«

William seufzte und steckte die Hände in die Hosentaschen, während er die Schultern hochzog. Er hatte auf ein wenig Frieden und Verständnis in der Schule gehofft.

Die Gruppe betrat das Zaubertränkelabor, wo Misses Fowler neben ihrem Schreibtisch bereits wartete. Ihre Mähne aus leuchtend rotem, sich kräuselnden Haar breitete sich wie ein Heiligenschein um sie herum aus. Die Lichtelfe lächelte höflich und schaute zielstrebig auf die übrigen Schreibtische. Evie saß neben Raine und Sara nahm den Platz neben Philip vor ihnen ein. William und Adrien saßen zu ihrer Linken.

»Guten Morgen und willkommen zu eurem ersten Kurs über Pflanzen in Zaubertränken. Ich bin Misses Fowler. Wir werden mit einer einfachen praktischen Lektion beginnen, in der ihr einen Vitalitätstrank herstellen werdet. Bitte versucht nicht, das Rezept zu verändern und lasst bitte nichts explodieren«, fing sie an.

Raine schaute auf die dunklen Flecken an der Decke über sich, als die Lehrerin Explosionen erwähnte.

Ein blonder Zauberer hob seine Hand.

»Ja?« Misses Fowler nickte ihm zu.

»Sind Vitalitätstränke nicht nur wertloses, gefärbtes Wasser, mit dem Betrüger in den Kemanas hausieren gehen?«, fragte der Schüler.

Die Miene der Lehrerin verhärtete sich. »Ich werde mich nicht zu den Tränken äußern, die im Kemana erhältlich sind – zu dem, wie ich hinzufügen möchte, Erstsemester keinen Zutritt haben. Dieser Trank ist brauchbar und effizient, wenn er denn richtig hergestellt wird. Wenn er falsch gemacht wird, wird er nichts bewirken, außer eure Lippen für ein paar Stunden hellviolett zu färben.«

Sie sah die Schüler an, die sich bereits nach Ablenkungen umsahen. »Ein Vitalitätstrank wird verwendet, wenn sich jemand schlapp fühlt oder einen Energieschub braucht. Sie werden manchmal zusammen mit Heiltränken verwendet, um einem Patienten zu helfen, ein wenig schneller zu heilen.«

Ein anderer Zauberer hob seine Hand.

Misses Fowler nickte ihm zu.

»Also Energydrinks? Wie die koffeinhaltigen, die die Menschen benutzen?«, hakte dieser nach.

»Heiltränke wirken langfristiger und haben nicht die süchtig machenden Eigenschaften, die die koffeinhaltigen Getränke haben. Sie leisten auch mehr, als nur wacher zu machen. Sie steigern das gesamte Energieniveau und die Heilungsfähigkeit«, erklärte die Lehrerin der Klasse.

»Ich sehe hier Geschäftspotenzial«, kommentierte Philip und sah Raine und Evie an. »Sie wären perfekt für die Prüfungszeit.«

Raine musste zugeben, dass er recht hatte, besonders für jene Schüler, die sich nicht die Mühe machen wollten, die Tränke selbst zu brauen.

»Du brauchst eine Genehmigung, um die Tränke an Mitschüler zu verkaufen und jeder Trank muss auf seine Qualität geprüft und bestätigt werden, dass er das tut, was du anpreist«, erklärte Misses Fowler und reichte Philip seine Rezeptkarte. »Wenn du es versuchen willst, musst du eine Reihe von Formularen ausfüllen, die alle im Verwaltungsbüro erhältlich sind.«

»Danke.« Er nahm die Rezeptkarte. »Das war sehr hilfreich und gut zu wissen. Ich bin sicher, Sie haben mir viele Stunden und Kopfschmerzen erspart.«

Die Lehrerin lächelte und verteilte weiter die Rezeptkarten. Philip überlegte bereits, wie er die Formulare und Lehrer, die sich in seine Geschäftspläne einmischten, umgehen konnte. Er hatte die Möglichkeit Geld zu verdienen und er würde nicht zulassen, dass ihm ein bisschen Bürokratie in die Quere kam.

Raine und Evie schauten auf ihre Rezeptkarte. Evie lächelte vor Erleichterung. Es war der gleiche Trank, den sie ein paar Jahre lang mit ihrer Tante gemacht hatte.

Raine las das Rezept dreimal, um sicher zu sein, dass sie alles verstanden hatte, bevor sie sich die Zutaten ansah, die die Lehrerin vor sie gestellt hatte. Jedes Kraut wurde in einer hübschen, kleinen Glasflasche mit einem handgeschriebenen Etikett darauf aufbewahrt. Sie nahm jedes Fläschchen in die Hand und vergewisserte sich, welches welches war, bevor sie es in der Reihenfolge der Verwendung aufstellte.

»Mach dir keine Sorgen«, meinte Evie und zog den kleinen Kessel näher an sie heran. »Ich habe das schon Hunderte von Malen gemacht. Ich helfe dir da durch.«

»Wie viel angeborene Magie braucht man denn für Zaubertränke?«, fragte Raine und legte den Rührstab neben den Kessel. »Es ist ein niedrigerer Magiebedarf erforderlich, nicht wahr?«

»Es erfordert nicht so viel wie zum Beispiel Verwandlung, aber deine Magie hat definitiv einen Einfluss auf den Trank«, erklärte Evie auf die Rezeptkarte zeigend. »Siehst du hier, … wenn du ihn umrührst, gibst du etwas von deiner eigenen Magie in das Gebräu. Das führt zu kleinen Veränderungen des Endprodukts, weshalb die Ergebnisse auch dann leicht unterschiedlich ausfallen, wenn jeder das gleiche Rezept buchstabengetreu befolgt.«

»Beginnt mit dem Brauen«, wies Misses Fowler an und setzte sich hinter ihren Schreibtisch. »Und bitte lasst nichts explodieren.«

Evie zeigte auf das Rezept. »Also, wir beginnen mit heiligem Basilikum und Goldrute.« Sie nahm die beiden Fläschchen in die Hand. »Wir brauchen nur eine kleine Menge, also ist ein Teelöffel von jedem alles, was das Rezept verlangt.«

Raine maß das heilige Basilikum mit absoluter Präzision ab und gab es in den Kessel. Evie hatte eine weitaus entspanntere Herangehensweise, da sie mit dem Brauen von Zaubertränken begonnen hatte, als sie elf oder so war. Sie wusste genau, mit wie viel sie auskommen und wie sie das Beste aus ihren Rezepten herausholen konnte.

»Jetzt fügen wir das kolloidale Silberwasser hinzu.« Evie reichte das Wasser an Raine weiter. »Einen Tropfen nach dem anderen. Versuche, dass jeder Tropfen in der Mitte des Kessels landet.«

Raine ließ sich Zeit und tropfte die Flüssigkeit genau dorthin, wo sie sie haben wollte. Sara hingegen verschränkte die Arme und starrte den blubbernden Kessel an, als ob er sie persönlich beleidigt hätte.

»Hier steht, dass wir es köcheln lassen sollen.« Philip schaute auf das Blatt. »Das sieht nicht nach Köcheln aus.«

»Es köchelt.« Sara zeigte darauf. »Es gibt einen stetigen Strom von Blasen.«

»Du solltest die Temperatur runterdrehen.« Evie runzelte die Stirn. »Ein Köcheln ist viel sanfter als das. Bei dir kocht es ja schon fast.«

»So geht's schneller.« Sara lächelte. »Und dann ist es vorbei und erledigt.«

Evie seufzte und sagte nichts mehr. Sie wusste, dass der Trank verdorben sein würde, aber wenn Sara nicht zuhören wollte, war das ihre Sache.

Sie führte Raine durch die folgenden Schritte. Zuerst fügten sie das Eichenblatt hinzu und rührten es zehnmal im Uhrzeigersinn, während sie es auf ein sanftes Köcheln brachten. Danach beobachteten sie es beide sorgfältig und Evie begann sich zu entspannen, als es den leicht süßen, heidnischen Duft annahm, der bedeutete, dass es fast fertig war. Der Trank von Sara und Philip hatte eine kränklich grüne Farbe angenommen und roch nach altem, rissigem Leder, ein sicheres Zeichen dafür, dass er gründlich verbrannt war.

William hatte Adrien erlaubt, die Kontrolle über die Herstellung des Trankes zu übernehmen, denn dem Halb-Ifrit fehlte das Vertrauen in seine Magie, um mehr zu tun, als zuzusehen, wie der Elf rührte und Zutaten hineingab. Adrien reichte ihm jedoch den Rührstab, als es zur zweiten Runde des Rührens kam.

»Du solltest etwas von deiner Magie hineinstecken«, sagte er zu William auf den köchelnden Trank deutend. »Es wird gut für dich sein, dich daran zu gewöhnen, deine Magie in einer kontrollierten Umgebung zu spüren.«

William hielt einen Moment inne, bevor er den Rührstab nahm. Seine Magie wogte in ihm und er kämpfte darum, sie unter Kontrolle zu halten, während er den Trank langsam umrührte. Nichts davon fühlte sich für ihn natürlich an. Ifrit waren Wesen des Feuers und des Chaos. Er weigerte sich jedoch, sich wegen seinem Erbe einschränken zu lassen. Mit intensiver Konzentration erlaubte er einem kleinen Teil seiner Magie, in den Trank zu gelangen. Zu seiner Erleichterung explodierte er nicht und veränderte auch nicht seine Farbe.

Misses Fowler ging im Klassenzimmer umher und betrachtete die Endprodukte, die die Schüler in Trinkbecher gegossen hatten. Sie seufzte, als sie den grünen Schleim von Sara und Philip betrachtete.

»Nun sagt mir doch mal, wie man das jetzt trinken soll?«, verlangte die Lehrerin und hielt den Becher gegen das Licht. »Ich bin mir nicht sicher, ob ihr es überhaupt aus dem Becher bekommt.«

»Wir haben etwas Neues kreiert. Statt eines Zaubertranks bieten wir Vitalitätshäppchen an.« Philip drehte seinen Charme auf elf. »Glauben Sie, es würde funktionieren?«

Die Lehrerin reichte ihm einen Löffel und den Becher. »Probier doch mal.«

Er kämpfte darum, das Entsetzen auf seinem Gesicht zu unterdrücken, aber selbst er musste zugeben, dass er sich das selbst eingebrockt hatte. Der Löffel kam kaum durch den festen Schleim im Becher, aber es gelang ihm, ein kleines Stück zu entnehmen. Das grüne Zeug schmeckte nach altem Leder und verrotteten Blättern. Philip suchte wild nach etwas Wasser, um den Geschmack aus seinem Mund zu spülen.

Evie reichte ihm ihren Becher mit dem Trank, der die richtige blassgoldene Farbe und flüssige Konsistenz hatte. Er schluckte ihn hinunter und spürte das leise Summen, als die Wirkung sofort einsetzte.

»Gut gemacht. Das war ein schön gebrauter Trank«, sagte die Lehrerin zu Evie und Raine.

Raine wollte sagen, dass es nur Evie war, aber ihre Freundin drückte ihren Arm und flüsterte: »Es war eine gemeinsame Leistung.«

Misses Fowler war ein wenig enttäuscht über die Anzahl der Tränke, die nicht dem geforderten Standard entsprochen hatten. Das Rezept war sehr einfach und die Ergebnisse gaben ihr nicht viel Hoffnung für die Zukunft der Klasse. Zu ihrer Überraschung hatte der junge Halb-Ifrit gut mit dem Elfen zusammengearbeitet und etwas nahezu Perfektes hergestellt. Ein Flackern von Feuer war in dem Gold zu sehen, aber sie vermutete, dass sich der Trank dadurch nur schneller auflösen würde, was keine Katastrophe war.

»Ich muss euch daran erinnern, das Rezept in Zukunft sehr genau zu lesen. Da wir noch zehn Minuten Zeit haben, werden wir einige Grundbegriffe behandeln, von denen ich fälschlicherweise angenommen hatte, dass ihr sie versteht«, stellte die Lehrerin fest und begann an die Tafel zu schreiben. »Ein Simmern ist ein sanfter Punkt unterhalb des Siedens. Es sollte nicht viele Blasen erzeugen oder, wie der Begriff *allmähliches Kochen* andeutet, anfangen zu kochen.«

Sie fuhr fort, die grundlegende Kochterminologie zu erklären, die sie für zukünftige Zaubertränke benötigen würden. Sara beobachtete die Uhr genau und sehnte sich danach, zum nächsten Kurs zu gehen. Raine hingegen machte sich sorgfältig Notizen, obwohl sie die meisten Begriffe schon kannte. Sie wollte auf Nummer sicher gehen.

Während der Rest der Schüler praktisch aus dem Zaubertränkelabor rannte, blieb Raine zurück und ging auf die Lehrerin zu.

»Würden Sie mir ein paar Bücher empfehlen, die ich in der Bibliothek lesen kann, damit ich Zaubertränke besser verstehe?«, fragte Raine sie und warf sich ihre Büchertasche über die Schulter. »Vor allem, wie ich meine eigene Magie in sie einweben kann.«

Misses Fowler sah absolut erfreut aus. »Ich werde den Gnomen eine Nachricht für dich zukommen lassen. Sie werden nach dem Unterricht eine Liste für dich bereithalten«, erwiderte sie.

»Danke schön.«

Raine eilte in den Korridor, wo ihre Freunde auf sie warteten.

»Hast du ernsthaft um eine zusätzliche Lektüre gebeten?« Sara schaute entgeistert. »Warum solltest du dir das antun?«

»Ich will Erfolg haben.« Raine zuckte mit den Schultern. »Und das Lesen wird mir dabei helfen.«

»Ich hätte nichts dagegen, nie wieder einen Zaubertrank zu sehen.« Sara wies den Weg zum Klassenzimmer, in dem *Verwandlung* unterrichtet wird. »Die sind so langweilig.«

»Zaubertränke sind sehr nützlich und werden oft unterschätzt«, wendete Evie ein und wich einer Elfe aus, die auf ein Poster an der Wand starrte. »Es gibt viele Fälle, in denen man zum Beispiel keinen Feuerball werfen kann, aber ein Trank das Problem löst.«

Sara sah nicht überzeugt aus.

Mister Hodges lehnte an seinem Lehrerpult und beobachtete, wie die Schüler hereinströmten. Sie sahen alle aufgeregt aus, was sich aber schnell legte, als sie herausfanden, dass dies eine reine Theoriestunde war. Alle waren erregt von dem Gedanken an Verwandlung, aber sie verstanden nicht, wie kompliziert es war. Sie wollten einfach nur eine Sache in eine andere verwandeln, ohne die harte Arbeit zu leisten, die dafür nötig war.

»Guten Morgen. Ich bin Mister Hodges und ich werde euch in *Verwandlung* unterrichten. Holt eure Hefte raus, denn wir haben heute viel zu besprechen«, begrüßte er die Klasse.

Zu Saras Entsetzen verteilte er Lehrbücher.

»Wir beginnen mit Seite fünf. Lest die Seiten fünf und sechs und wir werden die Informationen, die ihr dort erhaltet, in fünfzehn Minuten besprechen.«

Raine war glücklich beim Lesen. Sie schlug ihr Lehrbuch auf und versank in die Welt des Wissens. Die fraglichen Seiten bezogen sich auf die Ethik der Verwandlung, was für sie Sinn ergab. Es schien ein wertvoller Ansatzpunkt zu sein.

»Heute werden wir uns die Ethik der Verwandlung ansehen und dann auf die Magie eingehen, die damit verbunden ist«, stellte der Lehrer klar.

MÜNDEL DES FBI

Eine grünhaarige Hexe hob ihre Hand.

»Nein, wir werden heute keine praktische Arbeit machen.« Mister Hodges verlagerte sein Gewicht, als die Schüler sich unruhig bewegten. »Verwandlung ist der Akt der Transformation von einem Ding in ein anderes. Am offensichtlichsten ist das bei Wandlern wie mir. Wir haben die Fähigkeit, uns von einem Menschen in einen Wolf zu verwandeln und wieder zurück.«

Er sah sich im Raum um und wartete auf irgendwelche Spötter oder Kommentare. Wandler waren in der magischen Gemeinschaft nicht gut angesehen. Niemand sprach jedoch, also fuhr er fort.

»In diesem Jahr werdet ihr mit kleinen Veränderungen arbeiten, wie zum Beispiel der Verwandlung einer Rose in eine Lilie. Allerdings müssen wir zuerst die Ethik der Veränderung von Dingen erforschen. Es gilt als dunkle Magie, ein lebendes, empfindungsfähiges Wesen in eine andere Form zu verwandeln, es sei denn, es handelt sich natürlich um euch selbst.«

Eine andere Hexe hob ihre Hand. »Werden Sie uns lehren, wie wir uns verwandeln können?«, fragte sie.

»Nein. Das übersteigt den Rahmen dieser Schule. Das müsst ihr an einer höheren Bildungseinrichtung studieren«, antwortete Mister Hodges.

Diesmal hörte er das Gemurmel über Wandler. Er schob das alles beiseite, ließ sich nichts anmerken und lächelte einfach. Er war mit solchen Kommentaren aufgewachsen und es würde ihn jetzt nicht treffen.

Mister Hodges fuhr mit seinem vertrauten Vortrag über die Ethik der Verwandlung fort, den er in den Jahren, in denen er das Fach unterrichtete, viele Male gehalten hatte. Die meisten Schüler entwickelten nach ein paar Minuten einen glasigen Gesichtsausdruck, aber eine hörte ihm bei jedem Wort zu und machte sich viele Notizen. Er dachte, dass es das Mädchen war, das Agent Connor begleitet hatte.

Sobald er zur eigentlichen Magie hinter der Verwandlung überging, schienen die Schüler etwas aufmerksamer zu sein.

»Sie wollen uns also sagen, dass Magie etwas Lebendiges ist?«, fragte ein Lichtelf.

Mister Hodges lächelte höflich. »Das ist etwas, das der Lehrer für *Philosophie der Magie* behandeln muss. Ich sage euch, dass ihr Magie als ein lebendiges Wesen *betrachten* sollt. Auf diese Weise werdet ihr sie mit Respekt behandeln und sich ihr auf eine Weise nähern, die es euch ermöglicht, sie für die Verwandlung zu verwenden. Wenn ihr versucht, sie in die Unterwerfung zu prügeln, wird sich das Objekt, das ihr verwandeln wollt, euch widersetzen und die Magie wird sich versperren, wodurch sichergestellt wird, dass es sich überhaupt nicht verwandeln kann«, schilderte er den Schülern.

»Haben wir wirklich Unterricht in *Philosophie der Magie*?«, flüsterte Sara Raine und Evie zu. »Das klingt scheußlich.«

»Ich habe es nicht auf unserem Stundenplan gesehen.« Raine holte ihren Stundenplan hervor, um nachzusehen. »Ich finde, es klingt aber interessant.«

Sara rollte mit den Augen. »Ich interessiere mich ausschließlich für praktische Magie.«

»Würdest du das gerne mit der Klasse teilen?« Mister Hodges sah Sara eindringlich an. »Ich bin sicher, dass wir alle deine Gedanken faszinierend finden werden.«

»Ich habe nur gesagt, wie interessant der Prozess der Verwandlung ist.« Sara setzte sich aufrecht hin und lächelte. »Und wie sehr ich es schätze, dass Sie sich die Zeit nehmen, uns zu unterrichten.«

»Dann wirst du keine Probleme haben, den Test nächste Woche zu bestehen.«

Sara zuckte zusammen, als die anderen Schüler sie anglotzten. Eines Tages würde sie lernen, wann sie ihren Mund halten sollte.

Als der Unterricht vorbei war, wandte sich Raine an den Lehrer und bat um eine Liste von Texten, die sie lesen könnte, um die Mechanik der Verwandlung besser zu verstehen. Er lächelte zum ersten Mal an diesem Tag und gab ihr gerne eine ziemlich lange Liste. Raine hoffte, dass es den Gnomen nichts ausmachen würde, dass sie so viel Zeit in der Bibliothek verbrachte, aber sie wollte verstehen, wie alles funktionierte. Sie hoffte, dass, wenn sie das Innenleben verstand, es ihr helfen würde, ihre Magie in den Griff zu bekommen.

* * *

Raine eilte nach dem Abendessen über die Weide in Richtung der Ställe, denn sie hatte Horace versprochen, jeden Morgen und Abend mit Smoke zu arbeiten, wenn er gefüttert wurde. Sie hatte das Gefühl, dass sie mit dem jungen Pferd Fortschritte gemacht hatte und war dankbar für die Gelegenheit.

Smoke hatte seinen Kopf über die Stalltür gestreckt, als sie in die Scheune kam. Er beobachtete, wie Horace dem großen, fuchsfarbenen Vollblut ihm gegenüberstehend sein Heu für die Nacht gab. Raine trat in den Futterraum und hob den Eimer auf. Das Pferd lehnte seinen Kopf noch ein wenig weiter über die Tür, als es sie näherkommen sah.

»Du weißt, wie das funktioniert«, sprach sie an Smoke gewandt und hielt den Eimer außerhalb seiner Reichweite und streckte ihre Hand nach seiner Stirn aus. »Du lässt mich dich berühren, dann gebe ich dir Futter.«

Sie konnte mit ihren Fingerspitzen um den Ansatz seiner Ohren und seinen Hals hinunterfahren. Wenn es in diesem Tempo weiterging, hoffte sie, zu ihm in die Box gehen und seinen Rücken berühren zu können.

»Er kommt gut voran«, stellte Horace fest, als er sich neben sie stellte. »Ich schätze, er wird nächstes Jahr ein fantastisches Pferd sein. Er braucht einfach nur Zeit.«

»Da stimme ich zu.« Raine hielt Smoke den Eimer hin, damit er seinen nächsten Bissen nehmen konnte. »Er hat einen fantastischen Körperbau. Ich glaube, er wird ein gutes Springpferd werden.«

»Er hat auch einen guten und ehrlichen Blick. Ich denke, er wird mit dem richtigen Reiter sein Bestes geben.«

Horace kümmerte sich wieder um die anderen Pferde, um sie für die Nacht vorzubereiten und überließ es Raine, sich um Smoke zu kümmern. Smoke zeigte jetzt viel mehr Interesse an der Welt außerhalb seiner Box und Horace sagte, er sei ruhiger, wenn sie ausmisteten. Raine hoffte, ihm nächste Woche ein Halfter anlegen zu können und ihn zu führen.

Sie machte sich eine mentale Notiz, einige Bücher über Bodenarbeit und positives Verstärkungstraining für junge Pferde zu finden, sobald Smoke für diese Nacht versorgt war. Ihre Liste der Bücher, die sie gerne lesen möchte, war fast so lang wie ihr Unterarm. Die Gnome würden sich entweder sehr freuen, sie zu sehen oder verärgert sein, dass sie so viele Texte zu erobern hoffte. Raine hatte die Beziehung von den Gnomen zu den Büchern immer noch nicht ganz durchschaut. Sie wusste, dass sie sie bewachten, aber sie war sich nicht sicher, was sie davon hielten, dass andere Leute sie studierten. Es schien sehr unhöflich zu sein, das zu fragen.

Horace ließ sich auf der Bank vor seinem Feuer nieder, als die Sterne auftauchten. »Gute Nacht, Horace«, verabschiedete Raine sich winkend. »Ich sehe Sie morgen früh.«

»Genieß den Abend in der Bibliothek«, antwortete der Schulwart.

Raine eilte zum Hauptgebäude, fest entschlossen, mit ihrer Lektüre anzufangen. Sie wusste, dass die anderen unten im Fernsehzimmer die Sitzsäcke aufstellten und fühlte sich ein wenig schuldig, weil sie nicht mit ihnen dort war. Trotzdem hatte sie eine Menge durchzustehen. Im Gegensatz zu ihnen hatte sie keine Ahnung von ihrer Magie oder wie man sie beschwört, also musste sie erst etwas darüber lernen.

»Vergiss nachher nicht den Backclub«, rief Evie von der anderen Seite des Hauptflurs herüber.

Das hatte Raine völlig vergessen. Damit war ihr Plan, den ganzen Abend in der Bibliothek zu verbringen, dahin. Trotzdem wollte sie Evie unterstützen und das Backen hörte sich an, als würde es hilfreich sein, ihre Zaubertränke zu verbessern.

»Ich werde da sein«, rief Raine zurück.

Sie hatte eine Stunde in der Bibliothek und wollte sie sinnvoll nutzen.

Kapitel 10

Raine beanspruchte einen Tisch für sich. Drei Stapel Bücher warteten auf ihre Aufmerksamkeit, während sie in zwei verschiedene Notizbücher kritzelte. Sie hatte sich in ihre Kurse eingelebt und ihre Lehrer hatten es sich zur Gewohnheit gemacht, nach jedem Kurs eine Liste mit relevanten Texten in die Bibliothek zu schicken. Die Gnome waren nun an ihr fröhliches Lächeln gewöhnt, wenn sie jeden Nachmittag ankam und mit ihrer neuesten Sammlung von Büchern begann.

Es war ein Samstag und sie teilte ihre Zeit momentan zwischen Tränken, der Geschichte der Druiden und der Ifrit-Magie auf. Sie weigerte sich, die verschwundenen Druiden zu ignorieren. Sara und ihre Freunde planten, am Nachmittag ins Kemana zurückzukehren. Die Kitsune wollte unbedingt wieder zum *Bubble & Fizz* gehen und Raine würde jede Ausrede nutzen, um mehr Details von den Druiden zu erfahren.

William nahm den Platz ihr gegenüber ein und spähte über die Bücherstapel hinweg. Er sah erschöpft aus, hatte tiefe Augenringe und ein kleines Stirnrunzeln im Gesicht. Er nahm das oberste Buch des Ifrit-Stapels und sein Stirnrunzeln vertiefte sich.

»Ich schätze, ich sollte froh sein, dass sie mir bisher nur Albträume beschert haben«, seufzte er, während er in dem Buch blätterte. »Sie hätten mich in einen Salamander verwandeln können.«

Raine sah alarmiert zu ihm auf. »Sind sie schlimmer geworden? Die Albträume, meine ich«, erkundigte sie sich und legte ihren Stift weg. »Ich sage es nur ungern, aber du siehst absolut schrecklich aus. Hast du mit der Krankenschwester über ein Schlafmittel gesprochen?«

William klappte das Buch zu und ließ die Schultern hängen. »Das Schlafmittel hat nichts gebracht. Evie hat mir eins gegeben, auf das ihre Familie schwört, aber das hat auch nicht wirklich geholfen.« Er hob die Augen. »Aber sie werden immer noch schlimmer. Ich kann ihre Finger um meinen Hals spüren, wenn ich aufwache.«

Er rieb sich unbewusst den Hals und Raine suchte dort nach roten Flecken. Sie sah keine, aber sie hatte gelesen, dass Ifrit-Magie heimtückisch sein konnte. Die Leute nahmen an, es ginge nur um Feuer und irgendwelche Tricks, aber sie wirkten auch auf den Verstand der Menschen ein.

Adrien ließ sich neben William nieder und betrachtete die Stapel von Büchern. »Wie kannst du das alles lesen?« Er zeigte verwirrt auf den Stapel. »Das müssen mindestens fünfzehn sein.«

»Magie.« Raine grinste. »Ich wechsele zwischen den Themen, wenn mein Verstand einfriert. So ist es effizienter.«

Adrien schnaubte.

»Wie war das Training?« William studierte den Elfen, der sich in seinem Stuhl fläzte. »Du siehst aus, als wärst du drei Marathons gelaufen.«

»Ich glaube, das bin ich.« Adrien fuhr sich mit den Fingern durch die Haare. »Der Kapitän will an der Ausdauer des Zauberers arbeiten, also wurden wir in den Angriffsparcours geschickt. Dreimal.«

William grinste. »Du armer Elf musst zur Abwechslung auch mal arbeiten.« Er verschränkte die Arme. »Du hast ja so ein hartes Leben.«

Adrien ignorierte die kleine Stichelei und richtete seine Aufmerksamkeit wieder auf Raine. »Welche Themen sind heute von Interesse?«, fragte er.

»Ich versuche zu verstehen, was in der *Zaubertränke*-Stunde schiefgelaufen ist. Evie hat gesagt, dass der Pflanzenwachstumstrank ein ganz einfacher ist und sie hat keine Ahnung, was passiert ist. Ich habe das Rezept genau befolgt, also muss es etwas mit meiner Magie zu tun haben.« Sie deutete auf den mittleren Stapel. »Ich bin sicher, dass wir etwas tun können, um den Druiden zu helfen und wir müssen William helfen«, zählte sie auf.

Adrien fuhr mit dem Finger über die Buchrücken des Ifrit-Stapels. »Gib mir ein Ifrit-Buch. Ich werde sehen, ob ich etwas finde.« Er streckte seine Hand aus. »Mir wäre es lieber, wenn mein Freund nicht mehr leiden müsste.«

William erlaubte sich ein kleines, heimliches Lächeln. Die Dinge waren nicht einfach für ihn an der Schule gewesen. Zwischen dem Fluch und der Reaktion der anderen Schüler auf seine Herkunft hatte er eine schwere Zeit gehabt. Zu hören, dass der Elf ihn einen Freund nannte, gab ihm ein kleines Gefühl der Zugehörigkeit – etwas, das er vorher noch nicht erlebt hatte.

Raine reichte Adrien das vierte Buch von oben. »Das habe ich noch nicht durchgeblättert.«

»Wie geht es mit dem Pferd voran?« Adrien schlug das Buch auf. »Hast du schon angefangen, ihn zu führen?«

»Ja.« Raine strahlte vor Stolz. »Er akzeptiert jetzt ein Halfter und wir haben angefangen, ihn zu führen und ihn von dem Zwang und Druck, es tun zu *müssen*, wegzubewegen. Wir gehen viel langsamer vor, als wir es mit einem normalen Jungpferd tun würden, weil er so viel Angst vor Menschen hat. Aber er entwickelt sich prächtig«, schwärmte Raine.

»Wirst du ihn im Frühjahr reiten?« William nahm ein Ifrit-Buch. »Oder wird er dann immer noch zu wild sein?«

»Horace hat gesagt, ich kann ihn dann selbst einreiten.« Raine nahm ihren Stift wieder in die Hand. »Wir werden Magie benutzen, um sicherzustellen, dass ich mir keine Knochen breche.«

Sie begannen ihr jeweiliges Buch zu lesen und saßen eine Weile in angenehmer Stille da, bevor Sara und die anderen eintrafen. Philip drehte seinen Sitz nach hinten und setzte sich rittlings hin, während er sie alle beim Lesen angrinste.

»Hat sie dich zu ihrem Bücherwurmverhalten bekehrt?«, fragte er belustigt und hob den Umschlag von Williams Buch an. »Wir haben endlich den Fernsehraum fertiggestellt. Wir sollten bald unseren ersten Filmabend veranstalten können. Die DVDs sind bereits auf dem Weg.«

»Habt ihr Professor Powell gesehen?« Sara lehnte sich verschwörerisch näher. »Er sieht furchtbar aus. Man munkelt, er sei verflucht worden.«

Raine klappte ihr Buch zu und schaute sie scharf an. »Er wirkte in der letzten Stunde blass, aber ich bin sicher, er ist einfach nur krank.« Sie holte ihr anderes Notizbuch näher heran. »Warum glauben sie, dass er verflucht wurde?«, hakte Raine nach.

»Weil er nie krank wird.« Philip blätterte in dem Buch, das am nächsten bei ihm lag. »Sind wir bereit, später ins Kemana hinunterzugehen?«

Evie drückte Raines Schulter. »Ich helfe dir bei deinem Zauberspruch. Letztes Mal warst du wirklich nah dran.«

Einer der Gnome kam auf sie zu.

»Kannst du fassen, dass es fast Zeit für den großen Halloween-Ball ist, Raine?« Sara spielte mit einer Strähne ihres Haares. »Ich habe mein Kleid schon ausgesucht. Was ist mit dir?«

»Mein Onkel schickt mir ein Kleid zu.« Raine kaute auf der Spitze ihres Stifts. »Etwas Schwarzes und Passendes.«

Saras Mund fiel auf. »Du willst es dir nicht selbst aussuchen? Das ist dein erster großer Schulball«, sagte sie schockiert.

Raine zuckte mit den Schultern und blickte nicht von ihrem Buch auf.

»Meine Tante hat mir etwas genäht.« Evie fuchtelte mit dem Bündchen ihres Pullovers herum. »Ich habe es entworfen, aber ich bin schrecklich im Nähen.«

Sara schüttelte den Kopf, enttäuscht über ihre Gleichgültigkeit. »Ich habe etwas gefunden, in dieser malerischen, kleinen Boutique. Ich habe eine Liste von Zaubersprüchen, mit denen ich alles perfekt machen werde.« Sie sah Philip an. »Bist du bereit für den Ball?«

Er zuckte mit den Schultern. »Für Jungs ist es einfach. Wir brauchen nur einen schwarzen Anzug.«

»Werden sie etwas mit der ›Zwischenwelt‹ machen?«, fragte Adrien in die Runde und klappte sein Buch zu. »In Frankreich bieten wir normalerweise kleine Kugeln aus Lichtmagie an, in der Hoffnung, dass sie denen, die dort feststecken, helfen, dorthin zu gelangen, wo sie hingehören.«

»Die Leute bleiben dort stecken?« Raine schaute ihn scharf an. »In der Zwischenwelt?«

Der Elf schaute feierlich drein. »Ich glaube nicht, dass es allzu häufig vorkommt, aber es passiert. Wenn die Geschichten wahr sind, war die Direktorin dort viele Jahre lang gefangen«, verriet er.

Raine blickte in Richtung Tür und überlegte, ob Misses Berens ihr sagen würde, wie es da drinnen aussah. Ihr Vater hatte sie einen Magneten für Wissen genannt und dieses spezielle Thema war keine Ausnahme.

MÜNDEL DES FBI

✹ ✹ ✹

Professor Powell saß auf Misses Berens Couch und versuchte, tief Luft zu holen. Es spielte keine Rolle, wie sehr er versuchte, sich zu beruhigen, seine Lungen dehnten sich nicht genug aus. Die Krankenschwester hatte ihn – sehr zu seinem Leidwesen – gründlich untersucht. Er war, dank eines gesunden Lebensstils und Magie, seit drei Jahrzehnten nicht mehr krank gewesen. Dann wachte er plötzlich eines Morgens auf und fühlte sich träge und von da an wurde es nur noch schlimmer.

Vier schwarze Kreise hatten sich auf seinen Rippen gebildet. Er hatte in Büchern darüber recherchiert und die Krankenschwester danach gefragt, aber niemand schien etwas Hilfreiches zu wissen. Schließlich blieb ihm nichts anderes übrig, als Mara Berens aufzusuchen, in der Hoffnung, dass sie vielleicht eine Idee hatte, was los war.

Er saß ohne Hemd da und fühlte sich verletzlicher als er es gewohnt war, während Misses Berens sanft an den schwarzen Flecken herumstocherte. Er spürte die vertraute, kühle Aura ihrer Magie und glückliche Erinnerungen wurden wach. Es hatte eine Zeit gegeben, in der er sich auf ihre Hände auf seinem Körper gefreut hatte, aber *dieser* Moment war keiner von denen. Er hatte ihr vor vielen Jahren das Herz gebrochen und seitdem hatten sie Geheimnisse voreinander – große Geheimnisse, die ihre Vergangenheit und ihre Familien betrafen und Dinge, die nicht einfach beiseitegeschoben werden konnten.

Maras Magie drückte gegen seine eigene, während sie nach der Quelle dieses mysteriösen Übels suchte. Ihr Mund verzog sich zu einer dünnen Linie, als sie schließlich einen Faden von etwas auffing. Ein Hauch von dunkler Magie.

Natürlich hatte sie das schon vermutet. Es brauchte viel, um Xander Powell krankzumachen, aber es jetzt zu fühlen, machte es real.

»Ich weiß, dass es dunkle Magie sein muss, Mara. Weißt du, welche Art?«, fragte Xander nun und nutzte seine Frustration als Schutzschild gegen seine Ängste und Verletzlichkeit. »Ist es ein Fluch?«

Mara zog sich zurück und ließ sich die Empfindungen des Zaubers durch den Kopf gehen.

»Nein. Ich glaube, es ist ein Gift«, vermutete sie, während sie aufstand und zu ihrem Bücherregal ging. »Ich muss vielleicht in der Privatbibliothek und sogar in den Büchern im Tresorraum nachsehen.«

Xander presste seine Augen zusammen. Gift bedeutete, dass jemand, der ihm nahestand, es in sein Essen oder sein Getränk gemischt hatte. Er war so vorsichtig gewesen, wen er in seine Nähe ließ und trotzdem war er verraten worden. Die Liste potenzieller Feinde, die ihn verletzen oder töten wollten, war viel länger, als dass er sich erinnern konnte. Er würde Monate brauchen, um alle Namen aufzuschreiben und selbst dann würde er mit Sicherheit einige übersehen.

»Hast du …«, setzte Mara an.

»Nein. Ich habe nichts Ungewöhnliches gegessen oder getrunken. Auch hat mir niemand etwas geschenkt.«

Xander bereute es, sie unterbrochen zu haben, als er den Sturm in ihren Augen sah.

»Ich versuche, dir zu helfen.« Sie atmete langsam aus. »Musst du so ein sturer Esel sein?«

Er sah weg. »Ich lasse keine Menschen in meine Nähe, Mara, das weißt du.« Er leckte sich über die Lippen. »Ich bereite alle Speisen und Getränke selbst zu oder die Küchenelfen tun es. Wir vertrauen diesen Elfen mit unserem Leben. Ihre Loyalität zu uns und der Schule ist unübertroffen.«

»Das bedeutet, dass jemand etwas in deine eigenen Vorräte gemischt hat.« Mara setzte sich auf die Kante des Sofas. »Wir müssen herausfinden, um welches Gift es sich handelt, damit wir es bekämpfen können.«

Sie hasste es, ihn so zu sehen. Er saß groß und stolz da, aber sie konnte die leichte Rundung seiner Schultern und das ungewohnt Gläserne in seinen Augen erkennen. Xander Powell war der stärkste, leidenschaftlichste Mann, den sie je kennengelernt hatte. Jetzt aber konnte sie sehen, wie er langsam seinen Glanz verlor und sie wusste nicht, was sie dagegen tun sollte.

Xander zog sein Hemd wieder an und trank den letzten Rest seines Wassers.

»Ich werde in die Privatbibliothek gehen und sehen, was ich finden kann.« Er schenkte ihr ein sanftes Lächeln. »Ich danke dir. Das kann ich nicht oft genug sagen.«

Mara stand auf. »Ich begleite dich. So leicht werde ich meinen Professor für dunkle Magie nicht verlieren. Du bist schwer zu ersetzen«, versuchte sie die Situation aufzulockern.

Er schnaubte und versuchte, sein Lächeln zu verbergen. Er war nie über Mara hinweggekommen. Sie waren nun schon seit Jahrzehnten getrennt, doch sein Herz flatterte immer noch, wenn sie ihn anlächelte. Es würde nie eine andere Frau für ihn geben.

Die Sonne hing tief am Himmel, als sie ins Tageslicht traten. Dorvu flog langsam über sie hinweg und pustete kleine Wolken aus frostiger Luft, während er sich amüsierte. Der Drache hatte die älteren Schüler vermisst, die kürzlich ihren Abschluss gemacht hatten und die Erstsemester hatten ihm nicht so viel Aufmerksamkeit geschenkt, wie er es gerne gehabt hätte.

Der Drache plante, ihnen am nächsten Tag eine Eisbahn zu machen, in der Hoffnung, dass sie ihn als Freund sehen und mehr Zeit mit ihm verbringen würden. Es gab für ihn schließlich nur Jagen und Sonnenbaden, sodass sich ein Tag wie der andere anfühlte und die Schüler würden ihm immerhin etwas Abwechslung bescheren.

Xander und Mara gingen langsam über die Grasfläche in Richtung des Hauptgebäudes. Sein Atem ging schwer und sie machte sich mehr und mehr Sorgen. Er ging mit einem sturen Stolz, der fast die Schwäche überdeckte, die durch ihn hindurch sickerte, aber sie kannte ihn gut genug, um seine Schritte schwanken und die Anspannung in seinem Gesicht zu sehen.

Sie betraten das Hauptgebäude und bahnten sich ihren Weg vorbei an den emsigen Schülern, die lachten und über etwas scherzten, das Mara nicht ganz verstanden hatte. Ein paar Erstsemester flüsterten und zeigten in Richtung Speisesaal. Sie hoffte, dass sie nicht vorhatten, sich mit den Elfen anzulegen. Sie würden es sehr lange bereuen, wenn sie es täten. Das Personal war unglaublich freundlich und großzügig zu denen, die sie respektierten, aber es würde das Leben eines Schülers sehr unangenehm machen, sollten sie sich schlecht behandelt fühlen.

Xander hielt am Fuß der zweiten Treppe für einen kurzen Moment inne, bevor er hinaufstieg. Mara ging weiter, denn sie wusste, dass es seinen Stolz nur noch mehr verletzen würde, wenn sie seinetwegen anhalten würde.

Sie erreichten die schwere, dunkle Holztür und sie benutzte die spezielle und häufig geänderte Kombination der Magie, um sie zu entriegeln. Die Privatbibliothek enthielt die gefährlichen und sehr seltenen Bücher, die die Lehrer, Professoren und Dozenten im Laufe der Jahrzehnte gesammelt hatten. Als sie die Schule eröffnet hatten, hatten sie ihre Ressourcen in der Bibliothek, die vor ihnen stand, vereint. Es gab einige Folianten, die viele Menschen, einschließlich der dunkelmagischen Familien, sehr gerne erwerben würden. Diese befanden sich jedoch in der verbotenen Abteilung und das würde sie sich für den Schluss aufheben, da ein Gnom anwesend sein musste. Vielleicht würden sie hier in der Privatbibliothek etwas finden, das das überflüssig machte.

Der Raum war viel kleiner als die Hauptbibliothek, aber er enthielt trotzdem Bücherregale vom Boden bis zur Decke vollgepackt mit Büchern jeder Form, Größe und Farbe. Mara machte sich auf den Weg zu der Abteilung über Gifte der dunklen Magie, die eine Vielzahl von Texten enthielt.

Sie trafen eine unausgesprochene Vereinbarung, den Abschnitt in zwei Hälften zu teilen. Mara nahm die linke, Xander die rechte Seite und sie arbeiteten sich in einem angenehmen Schweigen vor, um die Buchrücken zu studieren und herauszufinden, welche am relevantesten sein könnten. Mara wählte sechs Bücher aus, mit denen sie anfangen würde. Jedes behandelte eine Vielzahl von Giften aus der ganzen Welt.

Es würde ein sehr langer Nachmittag werden.

* * *

Bibliothekar Leo Decker betrachtete Raine und ihre Freunde. Er hatte beobachtet, wie das Mädchen, seit die Schule begonnen hat, jeden Tag in die Bibliothek kam. Sie war fleißig beim Lesen und behandelte jedes Thema, das ihre Lehrer ihr gaben und mehr. Er hatte noch nie eine Schülerin gesehen, die so engagiert war wie sie. Das Mädchen war ihm ans Herz gewachsen und er wusste nicht, was er davon halten sollte.

»Ich schlage dir eine Wette vor.« Joe, sein Stellvertreter, stellte sich neben ihn. »Ich wette, dass die rothaarige Kitsune sie zermürbt und sie bis Weihnachten so wird wie die anderen Schüler.«

Der Chefbibliothekar lachte und seine Blume am Hut streckte die Zunge raus.

»Keine Chance. Sie ist zu sehr angetan von Büchern«, verteidigte er Raine und sah Joe grinsend an. »Aber um was wettest du?«

»Ein extra Stück vom Weihnachtskuchen der Elfen.«

Das war eine ernste Angelegenheit. Der Weihnachtskuchen der Elfen war bekanntermaßen außerordentlich gut und es war nicht ungewöhnlich, dass um das letzte Stück ein Handgemenge ausbrach. Er war sich nicht sicher, wie sie es machten, aber es war der Himmel auf einem Teller.

Er hielt Joe die Hand hin. »Abgemacht«, stieg Leo schließlich in die Wette ein.

Sie schüttelten die Hände und der Chefbibliothekar lächelte vor sich hin. Es kam nicht infrage, dass Raine ihre Bücher aufgeben würde. Das Stück Kuchen war so gut wie gesichert.

Kapitel 11

Raine stellte sich neben Evie und hielt ihren Zauberstab entschlossen in der Hand. Sie hatte geübt, ihre Magie zu spüren und den Tarnzauber zu beschwören. Sie schloss die Augen, spürte ihre Magie in sich und stieß sie in Richtung ihres Zauberstabs, wo sie sie für den Zauber fokussieren konnte. Ihre Magie fühlte sich hartnäckig und schwach an. Als sie die anderen gefragt hatte, wie sich ihre anfühlte, hatten sie sie wie einen Fluss beschrieben, der kanalisiert werden musste. Sie war sich sicher, dass sich ihre Magie auch noch so entwickeln würde, aber sie musste offensichtlich überredet werden.

Schließlich glitt der Zauberspruch in ihren Zauberstab und sie öffnete ihre Augen und lächelte. Sie flüsterte die Worte und fühlte, wie sich eine Tarnblase um sie herum bildete. In ihrem Geist sah sie, wie sie ihre Füße und Unterschenkel umhüllte, aber an diesem Punkt hörte sie auf. Es war besser als das letzte Mal, als sie sich in das Kemana geschlichen hatten, aber es war immer noch nicht der vollständige Zauber.

Evie flüsterte die Worte, während Raine ihre Magie hinzufügte und die Blase vervollständigte. Die anderen vollbrachten ihre eigenen Tarnzauber mit einem Schwung. William hatte sich, je mehr er sein Feuer unter Kontrolle halten konnte, mit einfachen Zaubern immer wohler gefühlt. Die Albträume verfolgten ihn aber immer noch und seine Schularbeiten hatten begonnen, darunter zu leiden.

Philip war entschlossen, zu den Ifrit zurückzukehren und zu versuchen, den Fluch aufzuheben. Er zeigte es nicht, aber er wollte den sturen Halb-Ifrit als Freund haben und er war loyal zu seinen Freunden. Der Elf und der Zauberer lieferten sich ein kurzes Blickduell, bevor Philip voranschritt und die kleine Gruppe die Treppe hinunter in das Kemana führte.

Der Samstag war ein sehr beliebter Tag in der unterirdischen Stadt und sie hofften, dass der Trubel der Menschenmassen sie verdecken würde. Raine konnte nicht anders, als ihre Schritte zu verlangsamen und die Aussicht auf die Stadt mit der Magie, die sich über ihr wölbte, zu bewundern. Sie schwor, dass es noch atemberaubender war als das letzte Mal.

Sie traten gerade von der Treppe, als ihre Tarnzauber plötzlich platzten. Eine erschrockene Kreatur drehte sich um und sah sie an. Raine ging automatisch in Kampfstellung, als sie das große, haarige Biest ansah. Es fletschte seine großen Zähne zu etwas zwischen einem Knurren und einem Lächeln. Die Schüler erstarrten und warteten darauf, wie es auf sie reagieren würde.

Schließlich rumpelte es davon. Evie entspannte sich und Raine wandte sich ihr zu. »Was war das?«, fragte sie Evie.

»Ein Kilomea. Auf Oriceran sind sie sehr kriegerisch, aber hier sind sie eher ruhig«, antwortete Evie, während sie sich umdrehte und sah, wie es hinter einen Stand trat, an dem zierliche Schmuckstücke verkauft wurden. »Sie besitzen hier unten sogar Geschäfte. Sie reagieren allerdings sehr wütend, wenn sie denken, dass jemand sie betrogen hat oder versucht hat, sie zu bestehlen.«

Raine konnte sich gut vorstellen, dass sie kriegerisch sein würden. Ihre großen Körper und großen Zähne gaben ihnen einen definitiven Vorteil gegenüber den eher geschmeidigen Elfen und Zauberern. Sie tippte eine eilige Notiz auf ihrem Handy ein, um sie in der Bibliothek nachzuschlagen.

»Wir gehen zum *Bubble & Fizz*, richtig?« Sara schaute über ihre Schulter zu Raine und den anderen. »Ich habe Lust auf Makkaroni mit Käse und ich schwöre, dass sie das auf ihrer Speisekarte haben.«

»Nervennahrung vom Feinsten.« Evie lachte. »Ich glaube, ich muss mal eine von ihren Pizzen probieren. Versteh mich nicht falsch, die Küchenelfen verwöhnen uns ziemlich, aber manchmal braucht man etwas Ungesundes, was nicht unbedingt gut für den Körper ist.«

Die Gruppe blieb dicht beieinander, während sie sich zwischen Gruppen von Hexen, Elfen und ein paar weiteren Kilomeas hindurchschlängelte. Raine glaubte zu sehen, wie ein Wille einen Anhänger von einem Stand eines Waldelfen entriss. Seine Hand bewegte sich so schnell, dass sie sich nicht ganz sicher war, ob es passiert war oder nicht. Die rattenähnliche Kreatur stopfte ihre Beute in die Falte seiner Haut und verschmolz mit der Menge, ohne auch nur einen Blick zurückzuwerfen.

»Komm einem Willen nicht zu nahe, wenn es nicht sein muss«, meinte Sara und nickte in Richtung der Kreatur. »Sie klauen alles, was nicht festgenagelt ist.«

»Sie sind sehr nett, wenn man sie erst einmal kennengelernt hat«, widersprach Evie auf ihrer Unterlippe kauend. »Und sie sind ihren Familien gegenüber sehr aufrichtig. Sie sind allerdings sehr unverblümt, also sprich nicht mit einem, wenn du eine dünne Haut hast.«

»Sind sie überhaupt mit den großen Ratten verwandt?« Raine sah zu Evie. »Die in den New Yorker U-Bahnen?«

»Ja.« Evie legte ihren Arm um Raine. »Sie sind Cousins.«

»Heißt das, es gibt auch Krokodilwesen?« Sie trat zur Seite, um eine Wandlerin mit ihren kleinen Jungen, die um ihre Füße herumliefen, vorbeizulassen. »Wie die Krokodile in der Kanalisation, meine ich.«

»Ich habe noch keine gesehen, aber ich habe gehört, dass es auf Oriceran alle möglichen seltsamen Dinge gibt.« Evie strich sich die Haare aus dem Gesicht. »Ich hoffe, ich stoße nie auf eines, falls es sie gibt.«

Sie nahmen sich Zeit und hielten inne, um sich Läden anzusehen, die alles von Kleidung bis hin zu Kurzzeitzaubern anboten.

»Wie funktionieren die?« Raine zeigte auf die auf Papier geschriebenen Zaubersprüche. »Sie sagen, es sind nur kurze Zaubersprüche?«

Sara rollte mit den Augen. »Die sind reine Geldverschwendung.« Sie nahm einen in die Hand. »Sie haben eine schwache Magie, die in die Tinte eingewoben ist. Du fügst einen Hauch deiner eigenen Magie hinzu, um den Zauber auszulösen und er hält nur eine Stunde, zwei, wenn du Glück hast.«

»Die können im Notfall zur Verteidigung nützlich sein.« Evie wühlte sich durch die angebotenen Sorten. »Sie können ausreichen, um dich aus einer brenzligen Situation zu befreien.«

»Warum benutzt ihr nicht einfach eure eigenen Zaubersprüche?« Philip sah sie verächtlich an. »Wir sind schließlich Hexen und Zauberer.«

»Manchmal ist eine Situation gefährlich und man erstarrt.« Evie verglich zwei Zaubersprüche miteinander. »Oder man hat nicht das Wissen, die Zaubersprüche zu benutzen, die man braucht, um aus der Situation herauszukommen.«

Sie reichte dem Standbesitzer, ein schlanker Lichtelf, drei Zauberspruchzettel.

»Nur die hier, bitte«, sagte sie. Er nahm das Geld an und sie verstaute die Einkäufe in ihrer Tasche. »Ich möchte lieber vorbereitet sein.« Evie hakte sich erneut bei Raine unter. »Man weiß nie, was einem begegnen könnte.«

Philip schüttelte den Kopf, murmelte etwas von Geldverschwendung und ging weiter.

Sie nahmen ein paar falsche Abzweigungen, bevor sie die kleine Buchhandlung fanden, in der das *Bubble & Fizz* untergebracht war. Sara schritt zum Regal, zog das Buch auf und flitzte die Treppe hinunter. Die anderen folgten ihr dicht auf den Fersen. Raine war erleichtert, als sie feststellte, dass das Café nur halb voll war und der Eckplatz, den sie sich letztes Mal ausgesucht hatten, noch frei war.

Die Fee flatterte an ihren Tisch und stellte eine große Schale mit M&Ms in die Mitte des Tisches.

»Ein Gruß aus der Küche. Wir haben heute ein Angebot für die Hershey's-Platte und die Makkaroni mit Käse. Außerdem gibt es einen geheimen Preis für jeden Tisch, der die richtige Kombination von Speisen bestellt«, erklärte sie der Gruppe als Begrüßung und reichte jedem eine Speisekarte. »Ich habe ein gutes Gefühl bei euch.«

Damit flog sie weg und ließ die Gruppe ein wenig verwirrt zurück.

»Nun, es gibt ein Angebot für die Makkaroni mit Käse, also war es eindeutig so gewollt.« Sara legte ihre Speisekarte weg. »Ich glaube, Mountain Dew, die koffeinhaltige Limonade, ist auch im Angebot.«

»Willst du dir eine Pizza mit mir teilen?«, fragte Raine an William gewandt. »Sie haben hier eine geniale Auswahl an Pizzabelägen.«

»Ich wär für Fleischpizza«, antwortete William und fuhr mit dem Finger auf der Speisekarte bis zur Rubrik ›Extra Zutaten‹. »Mit Ananas.«

Saras Mund fiel auf und Evie lachte. »Das kannst du doch nicht machen. Das ist Gotteslästerung.« Sara schaute entgeistert. »Ananas auf Pizza ist ein No-Go.«

Er lächelte und zuckte mit den Schultern. »Jetzt bestelle ich erst recht extra Ananas.« Er sah Raine an. »Magst du das auch?«, fragte er Raine.

»Sicher.« Sie zuckte mit den Schultern. »Ich bin glücklich mit Ananas auf Pizza.«

»Wer seid ihr?« Sara schüttelte den Kopf. »Ich kann nicht glauben, dass ich mit solchen Gotteslästerern befreundet bin.«

Sie bestellten jeweils etwas Herzhaftes und das Zuckerrausch-Bankett für danach.

»Wir sind doch nachher noch zum Filmabend verabredet, oder?« Philip wischte sich einen Krümel von seinen Chips mit Dip von seinem Hemd. »Ich habe die Snacks besorgt.«

»Um sieben Uhr.« Sara schob ihren Teller weg. »Ich kann es kaum erwarten, diesen B-Movie zu sehen. Er klingt absolut lächerlich.«

»Das ist der Spaß an der Sache.« Raine trank ihr Root Beer aus. »Sie sind viel zu albern, um wirklich beängstigend zu sein.«

William beobachtete das Entsetzen auf Saras Gesicht, als er das letzte Stück Pizza aß, das mit noch mehr Ananas belegt war als der Rest. Er genoss jeden Bissen und damit auch Saras Reaktion.

Der Zuckerrausch-Schmaus machte seinem Namen alle Ehre. Es gab drei Sorten Erdnussriegel, zwei Sorten von Hershey's-Schokolade und vier Eissorten mit Marshmallows,

Streuseln und drei verschiedenen Soßen. Nachdem die Schüler das gesamte Dessert gegessen hatten, machten sie es sich in der Sitzecke bequem und warteten darauf, dass der Raum aufhörte, sich zu drehen und zu vibrieren.

»Ich glaube, wir sind vielleicht ein bisschen zu weit gegangen«, sagte Adrien nach einer Weile und schloss die Augen. »Ich glaube nicht, dass mein Körper dafür gemacht ist, so viel Zucker zu konsumieren.«

William sah seine Freunde an, weil er sich hingegen komplett wohlfühlte. Er hatte bemerkt, dass er dazu neigte, mehr zu essen als früher.

»Raine.« Er wartete, bis sie ihn ansah. »Haben Ifrit einen anderen Stoffwechsel als Zauberer und so?«

»Ja. Die Leute glauben, dass es am Feuer liegt.« Sie rutschte auf ihrem Sitz hin und her. »Sie verdauen das Essen viel schneller und werden auch nicht betrunken.«

William dachte einen Moment lang über den Teil mit dem Nicht-Betrunken-Werden nach. Das schien ein wichtiger Teil des College-Lebens zu sein und er hoffte, dass sein Stoffwechsel sein soziales Leben nicht zu sehr beeinträchtigen würde.

Nachdem sie sich alle erholt hatten, verließen sie das *Bubble & Fizz* und traten wieder auf die Hauptgasse hinaus.

»Wir sollten gehen und die Ifrit suchen.« Philip drückte sich gegen die Wand, um einen Kilomea vorbeizulassen. »Um zu versuchen, den Fluch von William aufzuheben.«

»Ich will unbedingt mit den Druiden sprechen.« Raine sah zu, wie eine Hexe versuchte, ein Feiglingsspiel mit den Kilomea zu gewinnen. »Ich bin mir nicht sicher, ob die Ifrit wiederzutreffen, eine gute Idee ist.«

»Wir können William nicht weiter leiden lassen«, stellte Sara klar und stemmte die Hände in die Hüften. »Wir müssen sie dazu bringen, den dummen Fluch von ihm zu nehmen.«

»Warum teilen wir uns nicht auf?«, schlug Philip vor und sah sie mit einer hochgezogenen Augenbraue an. »Raine, Evie und Adrien gehen und nerven die Druiden. Sara und ich werden William mit seinem Fluch helfen.«

Raine spannte wegen der Andeutung, dass sie William nicht helfen wollte, ihren Kiefer an, ließ es aber durchgehen.

»Wir können nicht zu lange hier unten bleiben«, warnte Evie. »Je länger wir hier sind, desto wahrscheinlicher ist es, dass wir erwischt werden.«

»Dann ist es wohl am besten, wenn wir uns aufteilen.« Adrien machte einen Schritt in Richtung der Druiden. »Wir sollten uns in fünfundvierzig Minuten am Kilomea-Stand wiedertreffen.«

Philip nickte und machte auf dem Absatz kehrt, gefolgt von Sara und William.

»Ich hoffe wirklich, dass sie nicht alles noch schlimmer machen«, teilt Evie ihre Sorgen mit den anderen und folgte Adrien, während sie neben Raine herging. »Philip kann sehr dickköpfig sein, wenn er will.«

»Bei Ifrit muss man sich wirklich vorsichtig annähern. Ich bin mir aber sicher, dass es ihnen gut gehen wird.« Raine blickte auf den Boden, als ein Knochensplitter, der unter einem Holzbrett hervorlugte, ihre Aufmerksamkeit erregte. Sie beugte sich hinunter, um den Splitter genauer zu betrachten. »Sterben hier unten Menschen?« Sie deutete auf den Knochensplitter und blickte zu ihren Freunden hinauf.

»Menschen sterben überall dort, wo es mehr als zwei Personen gibt.« Adrien steckte die Hände in die Jackentaschen. »Dies ist eine Stadt. Es wird Mord und Verbrechen geben, wie in jeder Stadt.«

Evie legte ihre Hand auf Raines Schulter. »Es ist ein Knochensplitter. Das bedeutet, dass der, dem er gehört, schon lange nicht mehr unter uns weilt und ihn das auch nicht mehr kümmert.«

Raine richtete sich auf und schlängelte sich zwischen Käufern und Einwohnern hindurch, wobei sie in der Nähe von Adrien und Evie blieb.

Die Umgebung veränderte sich zunächst unmerklich, aber sie bemerkte die schlanken Ranken, die an der Decke entlang krochen und die Veränderung der Gerüche um sie herum. Die Gruppe näherte sich nun dem Druidenviertel und Raine bereitete im Geiste ihre Fragen vor. Eine gute Agentin wusste, worauf sie sich einließ und wie sie am besten von ihrem Verdächtigen bekam, was sie brauchte.

Raines Lektüre über die Druiden hatte ihr gesagt, dass sie normalerweise ein sehr friedliches Volk waren, das das Gleichgewicht und die Natur über alles schätzte. Das machte es noch seltsamer, dass sie verschwunden waren, da dies das Gleichgewicht des Ortes störte. Ihre Magie diente der Gemeinschaft, um den Wald um sie herum zu erhalten.

Sie erreichten den Hauptbereich des Druidenviertels und Raine bemerkte, dass es viel ruhiger war als beim letzten Mal, als sie dort waren. Sie näherte sich einem Druiden mittleren Alters mit langen, dunkelbraunen Haaren, das zu einer Reihe von Zöpfen zurückgebunden war.

»Guten Tag, ich würde Ihnen gerne ein paar Fragen zu den vermissten Mitgliedern Ihrer Gemeinde stellen«, sprach sie den Mann an und zog ein Notizbuch und einen Stift hervor. »Wie viele sind insgesamt verschwunden? Und wann hat das alles angefangen?«

Der Mann verengte seine Augen. »Das geht dich gar nichts an. Geh nach Hause, kleine Hexe«, erwiderte er säuerlich.

Raine würde nicht so leicht aufgeben. Sie fragte drei weitere Druiden, von denen jeder sie mit mehr Nachdruck abwimmelte als der vorherige. Schließlich trat eine ältere Frau mit dicken, stahlgrauen Strähnen in ihrem dunklen Haar aus einem der Häuser heraus.

»Komm nicht in unsere Gemeinschaft und stell keine Fragen, die du nicht stellen darfst«, stellte die alte Frau mit einer scheuchenden Geste ihrer Hände klar. »Geh jetzt.«

Sie waren sich der unzähligen Augenpaare bewusst, die sie aus Fenstern und Türöffnungen anstarrten. Das Gefühl, sehr unwillkommen zu sein, setzte sich zwischen Raines Schulterblättern fest und sie musste sich geschlagen geben. Man wollte nicht mit ihr reden und sie hatte keine Autorität, um sich bei dem Thema durchzusetzen. Es musste jemand anderes geben, der die Informationen hatte, die sie brauchte. Menschen waren verschwunden, was bedeutete, dass sie Hilfe brauchten.

Adrien legte seine Hand sanft auf ihre Schulter und führte sie an den Rand des Viertels, wo ein jüngerer Druide auf sie wartete. Er lehnte sich an den Ast eines Baumes und verbarg sich teilweise vor den Blicken der Einheimischen.

»Eine seltsame Gestalt hat sich mitten in der Nacht herumgeschlichen«, flüsterte er und sah sich verstohlen um, bevor er fortfuhr. »Sie trägt seltsame Gewänder und geht auf eine Art und Weise, wie es kein Mensch tun sollte.«

Mit diesen Worten duckte er sich zwischen dem Baum und dem Gebäude weg und verschwand in den Schatten. Ein Erfolgsgefühl erfüllte Raine. Sie hatte jetzt etwas, dem sie nachgehen konnte. Es gab endlich eine Spur.

* * *

William hielt sich zurück und wünschte, es wären Evie und Raine, die ihn zur Ifrit-Gemeinschaft begleiteten. Er schätzte Philips Engagement und Saras Feuer hatte seine Momente, aber er befürchtete, dass sie die heikle Situation nur noch schlimmer machen würden. Dennoch wollte er nichts sagen, aus Angst, es könnte sie verärgern. Freundschaft war etwas komplett Neues für ihn und, obwohl er es hasste, sich schwach zu fühlen, wollte er das zarte Band, das sie gebildet hatten, nicht zerstören. Er steckte die Hände in die Hosentaschen und richtete sich auf. Die Ifrit waren sein Volk und er würde nicht auf dem Bauch kriechen wie ein erbärmlicher Welpe.

Philip ging tief in das Ifrit-Viertel hinein, bevor er auf jemanden stieß, den er für das von ihm gewünschte Gespräch für geeignet hielt. Der Ifrit war ein großer Mann mittleren Alters mit dunklen Hörnern, die sich von seinen Schläfen aus kräuselten.

»Guten Tag. Es scheint ein Missverständnis gegeben zu haben«, fing Philip an und setzte sein charmantestes Lächeln auf. »Einer Ihrer Brüder hat einen Fluch auf meinen Freund hier gelegt. Wenn Sie ihn aufheben könnten, wären wir Ihnen sehr dankbar.«

Der Ifrit brüllte ein Lachen, das spöttisch um sie herum widerhallte. »Du glaubst, du kannst hier mit dem Köter hereinspazieren und einfach verlangen, dass der Fluch entfernt wird?«, fragte der Ifrit spöttisch und wischte sich die Tränen von den Wangen. »Du bist ein noch größerer Narr, als ich dachte.«

Sara trat einen Schritt vor. Etwas rührte sich in ihr, ein brennendes Feuer, das sie vorher noch nicht erlebt hatte. Sie hatte das Gefühl, als würden sich ihre Ohren an ihrem Schädel abflachen, bevor sie sagte: »Verspotte uns nicht. William hat nichts Falsches getan und ihr wagt es, ihn zu verfluchen?«

William stöhnte auf. Das war noch schlimmer, als er es sich vorgestellt hatte.

Der Ifrit fletschte die scharfen, weißen Zähne und trat vor, um Sara zu überragen, die sich weigerte, zurückzuschrecken. »Du hast die Frechheit, in unsere Nachbarschaft zu kommen und so mit uns zu sprechen, Fuchs?«

Sie hob trotzig ihr Kinn. »Nimm den Fluch von William«, forderte sie.

»Oder was?« Ein weiterer Ifrit trat neben den ersten. »Willst du uns anbellen?«

Sara verengte ihre Augen und verschränkte die Arme. Philip hielt seine Hände in einer beschwichtigenden Geste hoch.

»Das ist alles nur ein Missverständnis. Sicherlich lässt sich der Fluch rückgängig machen und wir können alle unserer Wege gehen?« Er hoffte, dass seine Formulierung vorsichtig genug gewesen war. »Ich bin sicher, meine Freundin hier hat es nicht böse gemeint.«

»Oh, ich meinte …« Er drückte Saras Arm, um sie zum Schweigen zu bringen.

»Ihr habt zehn Sekunden, um unsere Gegend zu verlassen, bevor wir euch zeigen, *wie* verflucht ihr sein könnt.« Der Ifrit trat einen Schritt vor. »Neun Sekunden.«

Philip packte Saras Arm und zog sie zurück, dann rannte die Gruppe so schnell sie konnte davon.

Zwei Straßen vom Rand des Ifrit-Viertels entfernt blieb Philip stehen und schnappte nach Luft. Er konnte sich nicht daran erinnern, in seinem Leben jemals so schnell gelaufen zu sein. Eine kleine Gruppe von Hexen, jede mit passenden weiß-blonden Haaren, hielt inne und zeigte lachend auf sie. William beruhigte sich und widerstand dem Drang, die beiden anzuschreien. Wer wusste schon, wie schlimm der Fluch jetzt sein würde und es gab nichts, was den Ifrit davon abhielt, sie ebenfalls zu verfluchen.

Ein kleiner, feuerorangener Kristallsalamander mit goldenen Punkten auf dem Rücken hüpfte an der Kante des Ladens entlang, an dem sie lehnten. William stampfte darauf und zerschmetterte ihn in kleine Stücke. Zur Sicherheit zermahlte er ihn mit seiner Schuhsohle.

»Das nächste Mal hörst du besser auf mich«, bat William, während er Sara anstarrte. »Ich verstehe, dass du helfen wolltest, aber du hast es vorhin wirklich vermasselt.«

Mit einem schlechten Gewissen senkte Sara ihren Blick und entschuldigte sich murmelnd bei William. Er erlaubte seinem Ärger, sich zu zerstreuen, anstatt ihn zu verzehren. William würde nicht wie seine Tante werden. »Trotzdem, danke für den Versuch«, fügte er noch hinzu und schaute zuerst Sara, dann Philip an.

»Wir sollten gehen und die anderen treffen. Wir ziehen eine Menge Aufmerksamkeit auf uns.« Philip drehte sich in Richtung des Kilomea-Stands um.

Sie zwängten sich zwischen Gruppen von tratschenden Elfen hindurch und wichen einem Willen aus, der sehnsüchtig auf eine besonders glitzernde Halskette starrte. Raine und die anderen warteten bereits am Verkaufsstand auf sie. Der Kilomea beobachtete sie mit tiefem Misstrauen und entspannte sich merklich, als sie zur Treppe eilten.

»Was ist denn mit euch passiert?«, fragte Raine und sah ihre Freunde besorgt an. »Ihr seht aus, als wärt ihr den ganzen Weg hierher gesprintet.«

»Das sind wir auch irgendwie«, erwiderte Sara und formte ihren Tarnzauber. »Ich erzähl's dir in der Schule.«

Evie half Raine noch einmal mit dem Tarnzauber und sie joggten daraufhin zusammen die Treppe hinauf. Ihre

Zaubersprüche endeten mit einem kleinen Knall, was sie alle zum Lachen brachte.

Die Freunde eilten zurück zur Schule, in den großen Gemeinschaftsraum, wo Oberstufenschüler auf den Sofas lümmelten und Zeitschriften lasen. Die Clique beanspruchte die letzte Gruppe von Sesseln und sie konnten sich das Grinsen nicht verkneifen.

»Also. Spuck's aus.« Evie schaute zu Sara, Philip und William. »Was ist passiert?«

Sara schaute Richtung Boden.

»Vielleicht haben wir sie etwas verärgert«, fing Philip zögernd an, während er sein Hemd richtete. »Unsere Formulierung war wohl nicht vorsichtig genug und sie haben uns vielleicht aus der Nachbarschaft verjagt.«

»Bist du okay, William?« Evie berührte seinen Arm. »Haben sie dir wehgetan?«

Er lächelte als Antwort. »Nein. Ich glaube nicht, dass sie mehr getan haben, als uns zu verjagen.« Er seufzte. »Es sieht aber so aus, als hätte ich diesen Fluch immer noch am Hals.«

»Was ist mit euch?« Philip ließ sich in seinem Sessel nieder. »Hattet ihr Glück?«

»Ich habe eine Spur.« Raine blätterte in ihrem Notizbuch. »Ist aber auch nicht viel.«

»Aber es reicht, um damit ein paar Stunden in der Bibliothek zu verbringen«, stichelte Sara.

»Ich glaube schon.« Sie las sich ihre gekritzelten Notizen durch. »Es ist nichts falsch an der Bibliothek, weißt du«, verteidigte Raine sich.

Sara verzog missbilligend ihren Mund. »Die ist nichts für mich.«

»Jedem das Seine.« Raine zuckte mit den Schultern. »Wir werden deinen Fluch beheben, William. Irgendwie.«

Kapitel 12

Raine verschränkte die Arme, als sie sich auf der Tribüne mit Blick auf das Louper-Feld niederließ. Sie setzte sich zwischen Evie und William, Philip und Sara saßen rechts neben dem Halb-Ifrit. Philip reichte ihnen eine kleine Tüte mit harten Bonbons.

»Feuerbonbons«, erklärte er und steckte sich eines in den Mund. »Die werden dich aufwärmen.«

Evie nahm eines und lächelte. »Sie sind sicher.« Sie packte ihres aus der einfachen, weißen Verpackung aus. »Sie schmecken nach Erdbeeren und Sahne und enthalten ein wenig Feuermagie, die dich aufwärmt.«

Raine nahm eines und bot sie William an, der nur mit den Schultern zuckte: »Ich habe meinen eigenen Feuerzauber.«

Raine genoss den reichen Erdbeer-Sahne-Geschmack, während sich die Wärme in ihr auszubreiten begann. Der stechende Schmerz in ihren Fingern und in ihren Ohrenspitzen verschwanden und an deren Stelle trat Wärme.

Die Menge wurde still, als die Cardinals, das Louper-Team der Schule, das Spielfeld betrat. Adrien ging mit hocherhobenem Kopf, den Blick geradeaus gerichtet, auf das Feld. Er beachtete die Menge nicht, da er sich auf die mentale Vorbereitung konzentrierte. Dies war das erste Spiel des Jahres und es war gegen einen langjährigen Rivalen, die Cincinnati Lions.

Matt war ein Unterstufenschüler und ein Wandler, der sich noch in seine neue Rolle als Kapitän einlebte. Er richtete seine dunklen Augen auf sein Team und nahm selbst seinen Mut zusammen. Dies würde ein schwieriges Spiel werden und es war sogar noch schwieriger, mit dem Wissen, dass es ihr erstes gemeinsames Spiel war. Cody und Daniel waren talentierte Zauberer mit solider Erfahrung, aber es fehlte ihnen gelegentlich an Selbstvertrauen und das könnte sie in den schlimmsten Momenten behindern. Adrien bot jedoch einen versteckten Vorteil. Das stählerne Auftreten des Elfen und sein Talent in der Kampfmagie würden ihnen einen Vorteil gegenüber den Lions verschaffen.

»Wir sind hier, um zu gewinnen. Legt alle Sorgen und Ängste beiseite«, motivierte Matt das Team und richtete sich entschlossen auf. »Das ist nur ein Aufwärmspiel, aber es wird richtungsweisend sein.«

Die anderen nickten verständnisvoll. Cody verlagerte sein Gewicht von dem einen Fuß auf den anderen, während sie darauf warteten, dass sich die Szene um sie herum veränderte. Er hasste das Warten, nachdem sich die Aufmerksamkeit der Menge gelegt hatte. Es fühlte sich fast so an, als würde die Stimmung der Zuschauer kippen, nach dem Ansturm der Begrüßung, die er so sehr genoss.

Stille senkte sich herab, als das Feld entglitt und zu etwas ganz anderem wurde. Das kurze, grüne Gras wich einem rissigen und bröckelnden Beton. Alte Hochhäuser ragten vor ihnen auf. Eine sanfte Brise wehte durch das widerstandsfähige Gras, das sich seinen Weg durch die Risse im Beton und die Trümmerhaufen um sie herum gebahnt hatte.

Die Stadt sah aus, als wäre sie einmal etwas gewesen, worauf man stolz sein konnte. Die Gebäude wiesen noch immer Spuren der glatten Kanten und glänzenden Oberflächen auf, die sie einst gehabt haben mussten. Matt ignorierte all das, sog tief die Luft ein und ließ seinen Instinkten freien Lauf.

Als Wandler konnte er manchmal spüren, wo sich das goldene Token befand, ein Talent, das sich schon in jungen Jahren manifestierte und ihm einen Vorteil gegenüber den anderen Spielern verschaffte.

Raine runzelte die Stirn und lehnte sich ein wenig näher an Evie. »Klär mich bitte auf, wie funktioniert das hier noch mal?«, bat sie und blickte auf das kleine Louper-Team inmitten eines kahlen Areals zwischen hohen Gebäuden mit fehlenden Dächern und kaputten Wänden. »Sie müssen das goldene Token finden, oder?«

»Es gibt noch ein anderes Team irgendwo in der Stadt. Wir werden sie sehen können, wenn die Cardinals näherkommen. Beide Teams werden versuchen, das goldene Token zuerst zu erreichen, aber auf dem Weg dorthin wird es Fallen und Dinge geben, die das Erreichen erschweren. Es wird darauf ankommen, welches Team das schnellere und clevere ist und am besten mit seiner Magie umgehen kann«, schilderte Evie und sah zu, wie Matt die Cardinals im Laufschritt um eine eingestürzte Mauer mit Metallträgern führte, die in ungünstigen Winkeln herausstachen. »Die Cardinals haben einen guten Ruf. Ich bin sicher, sie werden gewinnen.«

Adrien blieb, für mögliche Fallen oder Anzeichen des goldenen Tokens, wachsam. Die beiden Zauberer joggten in der Mitte der Gruppe. Cody versuchte, einen Verfolgungszauber zu bilden, aber etwas behinderte seine Magie. Der Elf verengte seine Augen, als er spürte, wie etwas gegen seine eigene Kraft drückte. Das war kein normaler Teil des Spiels, aber sie brachten gerne neue und interessante Herausforderungen ein.

Matt wurde langsamer und kletterte auf einen Haufen Betonplatten, um besser sehen zu können. Er drehte sich im Kreis und spähte Richtung Horizont. Die Lions waren irgendwo da draußen und er hatte keine Ahnung, wie nah sein Team am Token war. Sie mussten wirklich vorankommen, aber seine Instinkte blieben untätig.

»Wir müssen nach Norden gehen«, sagte Adrien und zeigte auf die hohen Gebäude, die in etwas besserem Zustand waren. »Das wird uns aus dieser verzauberten, toten Zone herausbringen.«

Der Wandler lächelte, sprang von dem Betonhaufen und setzte zu einem schnellen Joggen an. Sie sprangen über Risse im Boden und wichen scharfen Glasscherben aus, die aus grauen Hügeln und hohem Gras hervorlugten. Endlich meldeten sich Matts Instinkte und er hatte das Gefühl, wieder klar atmen zu können.

Adrien entspannte sich sichtlich, als seine Magie in seine Fingerspitzen zurückkehrte. Ein raschelndes Geräusch kam von links und alle drehten sich um, um sich ihm zuzuwenden. Der Elf beschwor sein Schwert und formte es in seinen Händen, während er sich in seine Kampfhaltung begab. Cody und Daniel formten mit ihren Zauberstäben jeweils Feuerbälle und Matt fletschte die Zähne.

Ein vages, menschenähnliches Wesen, geschmiedet aus verbogenen Metallträgern und zerbrochenem Glas, stürzte sich aus den hohen Gräsern auf sie. Adrien fluchte leise vor sich hin. Sein Schwert würde gegen diese metallene Monstrosität nichts ausrichten können.

Die Zuschauermenge keuchte auf, als sie sah, wie die metallene Bestie aus dem Grün auf das Team zustürmte. Die Zauberer erblassten, als sie merkten, dass ihre Feuerbälle nutzlos waren. Matt tat das Einzige, was er tun konnte.

»Lauft!«, schrie er.

Das Team raste die ehemals breite Straße hinunter. Sie sprangen zwischen verlassenen Autos hindurch und suchten nach einer Möglichkeit, ihren Verfolger loszuwerden. Die Metallkreatur stürmte hinter ihnen her. Bei jedem Schritt klapperten und krachten die Metallfüße, wenn sie auf die Straße prallten. Ein Quietschen schnitt durch die Luft, als die Metallgelenke aneinander schabten. Daniel blieb abrupt stehen und drehte sich zu dem Wesen um. Er hielt seinen Zauberstab hoch und flüsterte etwas. Cody eilte zu ihm und gemeinsam formten sie einen Wasserzauber, der die Gelenke der Kreatur verrosten ließ, sodass sie sich nicht mehr bewegen konnte.

Mit einem tiefen Stöhnen fiel die Kreatur auf den Boden und die Zuschauer brüllten vor Begeisterung.

»Das war wirklich knapp«, kommentierte Sara sich die Hand vor den Mund haltend. »Ich war mir nicht sicher, ob sie es schaffen würden.«

Das Team hielt nicht inne, um sich zu freuen, sondern joggte weiter die Straße hinunter, während jeder nach irgendeinem Hinweis suchte, wo das goldene Token sein könnte. Schließlich sah Matt etwas. Er kletterte auf die zerbrochenen Überreste dessen, was einmal ein Postamt gewesen sein könnte und hockte sich auf die Kante der oberen Wand. Ein goldener Schimmer fiel ihm ins Auge und er wusste, dass er das Token entdeckt hatte.

»Seht ihr den verrosteten Rahmen?«, fragte er sein Team, während er darauf zeigte. »Das Token liegt da oben.«

Cody fuhr sich mit den Fingern durch die Haare. Er hatte nichts gegen Höhen, aber Matt hatte nicht übertrieben, als er es einen *Rahmen* nannte. Es sah aus, als hätte ein Bautrupp das hoch aufragende Metallskelett errichtet und die Struktur nie fertiggestellt. Es ragte über ihnen auf, locker dreißig Stockwerke hoch. Von dort, wo sie standen, sah der Zauberer nichts, woran er sich festhalten konnte und schon gar keinen bequemen Aufzug, mit dem er fahren konnte. Metallsäulen boten die einzige Möglichkeit zum Klettern.

»Nur einer von uns muss zum Token kommen«, beruhigte Adrien Cody und schenkte ihm ein beruhigendes Lächeln. »Du und Daniel könnt unten bleiben und uns den Rücken freihalten.«

»Was für ein fantastischer Plan.« Daniel seufzte vor Erleichterung. Offensichtlich teilte er Codys Zögern, sich auf einen scheinbar anspruchsvollen Aufstieg einzulassen und sagte erleichtert: »Wir haben lieber festen Boden unter den Füßen.«

Die Menge verstummte, als die Lions erschienen. Sie steuerten direkt auf das Token auf seinem hohen Sockel zu. Die Cardinals verfielen in einen Sprint. Adrien und Matt stürzten sich auf die erste Strebe und kletterten wie wild empor.

Cody und Daniel hoben ihre Zauberstäbe und formten einen einfachen Zauber, der die Erdgeschossebene des Metallgerüsts so aussehen ließ, als sei sie von einer hohen Steinmauer umgeben. Es würde nicht lange halten, aber es würde ihren Teamkollegen einen Vorsprung verschaffen.

Die Lions blieben stehen und schauten misstrauisch auf die Wand. Ihr Wandler trat vor und ging in sich. Er schüttelte den Kopf und lief los, als er feststellte, dass es nichts weiter als ein Zauber war.

Adrien und Matt waren bereits in der dritten Etage, als die Lions ihren Aufstieg begannen. Doch so einfach waren die Louper-Kämpfe nie. Die Metallträger zitterten warnend, bevor sie sich verdrehten und flexibel wie Tentakel wurden. Sie schlugen gegen den Balken, an den sich Adrien und Matt klammerten, sodass er bebte und wackelte. Ein paar Sekunden lang konnten sie sich nur festhalten, bis sich der

Metallbalken stabilisierte und sie begannen, so schnell sie konnten, weiterzuklettern.

Einer der Lions wurde überrascht und rutschte von seinem Balken, sodass er auf dem Louper-Feld zurück in seiner Schule landete.

»Wurde er schwer verletzt?«, fragte Raine, die Stirn runzelnd. »Die Magie schützt sie, nicht wahr?«

»Er hat vielleicht ein paar blaue Flecken, aber nichts, was die Krankenschwester nicht in Ordnung bringen könnte.« Evie drückte ihre Hand. »Die Schulen passen gut auf ihre Louper-Spieler auf.«

Matt nutzte seine Wandlerkraft und -geschwindigkeit, um Adrien zu überholen. Leider schaffte es der Wandlerkapitän der Lions, die Lücke zwischen ihnen zu schließen. Adrien blieb so dicht hinter seinem Teamkollegen, wie er konnte, um zu versuchen, seinen Rücken zu schützen und ihre Siegchancen zu erhöhen. Das Token war jetzt nur noch zwei Stockwerke entfernt, aber beide Teams waren müde und hatten ihr Tempo gedrosselt.

Der Lionskapitän war nur eine Etage unter ihnen. Er gab sich, diese Tatsache erkennend, einen Ruck, um die Lücke zu schließen. Matt, der eine Niederlage nicht akzeptierte, gab alles, was er konnte.

Die drei Spieler zogen sich auf die letzte Ebene. Der Anführer des anderen Teams balancierte auf dem Balken rechts von Adrien. Sie alle mussten über den schmalen Balken balancieren, um das Token zu erreichen, das über der Mitte schwebte. Ein falscher Schritt und alles wäre vorbei.

Matt kreiste mit den Schultern und strahlte Selbstbewusstsein aus. Er hielt seinen Blick aufrecht und vertraute auf sein eigenes Gleichgewicht. Der Gegner versuchte, sich schnell zu bewegen, aber sein Fuß rutschte ab und er fiel fast vom Balken. Er fing sich und nahm einen langsamen, zitternden Atemzug, als er die freie Luft unter sich sah. Sie waren ein ganzes Stück weiter oben. Seine Teamkollegen sahen aus dieser Höhe wie winzige Ameisen aus und ihm wurde klar, dass er nicht nach unten hätte schauen dürfen.

Matt und sein Gegenüber waren beide auf halbem Weg über den Balken, als der Rahmen plötzlich zu schwanken begann. Zuerst nur in kleinen Bewegungen, die sich dann immer weiter erhöhten und dem Aufschlagen von Wellen an einem Strand ähnelten. Der Wandler schloss die Augen und spürte den Rhythmus. Mit geschlossenen Augen ließ er zu, dass sich sein Körper der Bewegung anpasste, während er einen vorsichtigen Schritt nach dem anderen in Richtung Ziel machte. Sie waren so nah dran und er würde jetzt nicht verlieren.

Der gegnerische Spieler besaß nicht die innere Ruhe, die Matt hatte und entschied sich stattdessen, auf allen Vieren auf dem Balken zu kriechen und sein Körpergewicht so nah wie möglich am Metall zu halten. Er versuchte schneller zu werden, als er sah, wie Matt mit einem für ihn ärgerlich ruhigen Gesichtsausdruck näher an das Token herankam.

Matt öffnete die Augen und grinste, als er sich nach vorne stürzte und sich den Preis schnappte. Er hielt ihn für alle sichtbar hoch und die Menge brach in Applaus und Jubel aus.

Die Stadt verblasste und die Cardinals standen mit einem breiten Grinsen im Gesicht in der Mitte des Feldes zurück in der Schule. Matt klopfte Adrien auf den Rücken. »Danke, dass du mir den Rücken freigehalten hast«, sagte er zu dem Elfen.

Adrien zuckte nur mit den Schultern und sagte nichts.

»Das war berauschend«, freute sich Raine und klatschte enthusiastisch. »Ich könnte allerdings nicht selbst spielen.«

»Ich auch nicht.« Evie sah zu Sara und Philip. »Wir müssen Adrien gratulieren.«

Sie bahnten sich ihren Weg durch die Menge, die immer noch jubelte. Max Regency, der Trainer der Cardinals, gratulierte dem Team. »Ich wusste, dass ihr es schaffen könnt. Die Meisterschaft wird unsere sein«, rief er feierlich.

Raine und ihre Freunde schafften es, sich durch die Menge zu quetschen und zu Adrien zu laufen. Evie zog ihn in eine Umarmung, was für ihn sehr unerwartet kam. »Du warst unglaublich!«, sagte sie und ließ ihn los, als sie sein Unbehagen bemerkte. »Was für ein fantastisches erstes Spiel.«

Der Elf lächelte und schob die Hände in die Hosentaschen. »Danke. Wir sind ein gutes Team.« Er nickte dem Trainer zu. »Und wir haben einen starken Trainer.«

»Schmeicheleien bringen dich überall hin.« Coach Regency hob sein Glas mit dem unangetasteten Scotch. »Außer aus dem Training. Sieh zu, dass du morgen früh in aller Frühe hier bist«, erinnerte er Adrien.

Die anderen Spieler stöhnten. »Bitte sagen Sie mir, dass es nicht der Angriffskurs sein wird.« Cody sah ihn mit großen, flehenden Augen an. »Wir haben etwas Besseres verdient.«

Der Trainer schnaubte. »Ich werde darüber nachdenken.«

Kapitel 13

Professor Xander Powell kämpfte damit, seine Ausstrahlung aufrechtzuerhalten. Er schloss seine Bürotür hinter sich und fühlte, wie es um ihn herum zischte. Er brauchte keinen Spiegel, um zu wissen, dass er wie der Tod aussah. Das Gift hatte nun seinen Tribut gefordert und brachte ihn langsam um. Er ging zu seinem bequemen Stuhl und sank hustend darin zusammen. Seine Energie hatte deutlich nachgelassen und seine Augen waren so glasig, dass es ihn erschreckte. Trotz ihrer Nachforschungen waren sie sich immer noch nicht sicher, was das Gift war oder wie es jemand geschafft hatte, es ihm zu verabreichen.

Mara Berens hatte jeden verhört, der in die Nähe seines Essens gekommen sein könnte, aber nichts herausgefunden. Die Küchenelfen waren wütend, dass es jemand geschafft hatte, einem ihrer Lehrkräfte zu schaden. Sie hatten demjenigen, der es gewagt hatte, Professor Powell zu verletzen, Rache geschworen und er schätzte das Gefühl und die Unterstützung.

Er hatte ein paar Mal im Kemana gegessen und sogar in Charlottesville, bevor das Gift zu wirken begann. Es könnte schon eine Weile in seinem Körper gewesen sein, bevor sich die Symptome bemerkbar gemacht haben. Welcher Feind das auch immer getan hat, wusste ganz genau, was er tat.

Mara kam mit bunten Fläschchen und Büchern unter dem Arm geklemmt in sein Büro. Sie legte alles sorgfältig auf den Schreibtisch und studierte ihn mit geschürzten Lippen. Er machte keinen Versuch, seine glänzende Fassade in ihrer Nähe aufrechtzuerhalten. Sie würde ihn nur dafür tadeln, dass er seine Energie verschwendete.

»Lucy hat dir noch ein paar Vitalitätstränke gemacht. Hier sind auch ein paar neue Heiltränke«, sagte sie und reichte ihm ein paar lavendelfarbene Fläschchen. »Wir glauben, dass wir die Art des Giftes, das verwendet wurde, eingegrenzt haben. Das heißt, wir sind dem Heilmittel einen Schritt nähergekommen.«

Xander zog den Stopfen von der ersten Phiole und trank den Inhalt in einem großen Schluck aus. Zu seiner Überraschung schmeckte es nach frischen Orangenblüten – eine gewaltige Verbesserung gegenüber dem letzten, der wie altes Teichwasser geschmeckt hatte.

Das sanfte Zischen des Vitalitätstranks strömte durch seine Adern und ließ ihn sich wieder etwas lebendiger fühlen. Der Raum wurde klarer und er erlaubte sich ein kleines Lächeln. Er war von guten Freunden und talentierten Zauberern umgeben.

Mara reichte ihm zwei weitere Fläschchen, sagte aber nicht, was es für welche waren, was bedeutete, dass er es wahrscheinlich gar nicht wissen wollte. Der zweite brannte wie billiger Whiskey, aber er nahm die letzten beiden trotzdem an.

Er schloss die Augen und genoss das Gefühl, wieder ein Teil der Welt zu sein. Durch das Gift hatte er sich seltsam ätherisch gefühlt, so als würde er den Kontakt zur physischen Welt um ihn herum verlieren. Es war ein zutiefst beunruhigendes und verstörendes Gefühl.

»Wir haben noch nicht aufgegeben«, sagte Mara und legte ihm die Hand auf die Schulter. »Wir werden denjenigen finden, der das getan hat und ihn vor Gericht bringen. Bist du sicher, dass du keine Ahnung hast, wer es sein könnte?«

Xander lächelte verschmitzt. »Meine Liste der Feinde ist viel zu lang, um sie auch nur auf zwanzig zu reduzieren«, antwortete er auf ihre Frage.

Mara schüttelte den Kopf und lehnte sich an die Kante seines Schreibtisches. »Warum konntest du es nicht beim Dilettieren belassen?«, fragte sie ihn die Arme verschränkend. »Warum musst du dich immer wieder in Dinge einmischen, die dich nichts angehen?«

Es war eine Auseinandersetzung, die sie im Laufe der Jahre viele Male gehabt hatten. »Weil sie jemandem wichtig sein mussten«, verteidigte er sich und begegnete ihren Augen. »Ich habe vielen Menschen geholfen, Mara. Ich weiß, dass du meine Methoden nicht gutheißt, aber ich habe Menschen geholfen.«

»Zu welchem Preis?« Sie schaute zu ihm. »War es das wert?«

»Ja«, antwortete Xander, ohne zu zögern.

Er vermisste sie und er hasste das Misstrauen, das zwischen ihnen gewachsen war, aber er bedauerte nicht die Tatsache, dass er im Laufe der Jahre vielen Menschen geholfen hatte. Er hatte Leben genommen, indem er dunkle Magie eingesetzt hat, aber es waren gefährliche Menschen gewesen, die mehr Schaden angerichtet haben als sonst was. Sein Verständnis von dunkler Magie hatte ihm erlaubt, andere zu schützen, die weniger fähig waren.

Es hatte eine Zeit gegeben, in der die dunkle Magie ihn zu verzehren drohte, aber selbst dann hat er seine Entscheidungen nie bereut.

Mara versuchte, seine Ansichten und Handlungen zu verstehen, aber er hatte ihr nie die Details genannt. Wie sollte sie ihm vertrauen und wirklich verstehen, wenn er sie abwimmelte?

»Lucy bringt einige seltene Pflanzen aus Europa mit. Sie sollen ihr helfen, effizientere Heiltränke herzustellen, damit du dich länger besser fühlen kannst«, erklärte sie schließlich und stand auf. »Ich schlage vor, du bedankst dich heute Abend nach dem Essen bei den Elfen für ihre Unterstützung.«

Mit diesen Worten ging sie.

Xander seufzte leise. Es war nicht seine Absicht, sie wegzustoßen, aber er befürchtete, dass er ihr einfach eine Zielscheibe auf den Rücken malen würde, wenn er sie in seine Welt holte und ihr alles erzählte. Mara hatte bereits ihre eigenen Feinde und sie brauchte nicht auch noch die Aufmerksamkeit der seinen auf sich zu ziehen. Er schloss die Augen und wünschte sich, er könnte ihr Lächeln sehen – das echte, strahlende Lächeln, das sie ihm geschenkt hatte, als sie zusammen waren – noch ein einziges Mal.

Sara konnte den ganzen Morgen nicht stillsitzen. Ihr Kleid hatte in ihrem Schlafsaal gewartet und sie hatte keine Gelegenheit gehabt, es vor dem Frühstück zu betrachten. Der große Halloween-Ball war am nächsten Tag und sie hatte vor, die Schönste auf dem Ball zu sein. Sara hatte noch nie einen Schulball besucht, da ihre Familie so etwas nicht für angemessen hielt. Das machte sie nur noch entschlossener, den Abend außergewöhnlich zu gestalten.

In dem Moment, als Misses Hudson die Klasse gehen ließ, rannte Sara aus dem Klassenzimmer in ihren Schlafsaal. Evie seufzte und ließ sie vorgehen. Raine blieb erwartungsgemäß zurück, um mit der Lehrerin über das zu sprechen, was sie in der Klasse besprochen hatten. Misses Hudson hatte bereits eine Liste mit Büchern parat, die sie in der Bibliothek ausleihen konnte. Raine lächelte und nahm die Liste entgegen.

»Ich hoffte, Sie nach Professor Powell fragen zu können. Er scheint sehr krank zu sein«, äußerte Raine ihre Vermutung und warf einen Blick auf die Liste. »Stimmt es, dass er vergiftet wurde?«

Raine wusste, dass es möglich war, dass die Lehrerin sie für die Frage tadeln würde, aber Professor Powell war immer gut zu ihr gewesen. Er hatte sich die Zeit genommen, ihr ein paar Extrastunden zu geben, damit sie ihre Magie wirklich spüren konnte. Sie schätzte das sehr und wollte ihm jetzt helfen, wenn sie denn konnte.

Misses Hudson schürzte die Lippen und schaute zur Tür. Da sie sonst niemanden sah und darauf vertraute, dass Raine vernünftig mit der Information umgehen würde, sagte sie einfach nur: »Ja. Ich fürchte, es ist wahr.«

»Gibt es eine Möglichkeit, wie ich helfen kann? Wenn Sie mir eine Richtung vorgeben, was ich genau erforschen soll, dann kann ich vielleicht helfen, ein Heilmittel zu finden«, bot Raine an, während sie ihre Liste in ihre Tasche steckte. »Ich weiß, Sie haben Ihre eigene Bibliothek, aber ein weiteres Paar Augen könnte helfen.«

Misses Hudson nickte mit einem nachdenklichen Ausdruck im Gesicht. »Ich werde mit Misses Fowler sprechen. Wir werden es als Extra-Guthaben betrachten.« Sie schloss die Tür zum Klassenzimmer, damit die anderen nicht lauschen konnten. »Es scheint ein Gift zu sein, das sein Wesen direkt angreift. Es wirkt langsam und fügt dem Opfer große Schmerzen zu, aber wir haben noch nicht herausgefunden, was es ist oder wie es genau funktioniert beziehungsweise, wie man es behandeln kann«, erklärte die Lehrerin Raine.

Raine kritzelte das auf ihren Notizblock. »Ich werde jetzt in die Bibliothek gehen. Ich gebe Misses Fowler morgen nach der *Zaubertränke*-Stunde meine vollständigen Ergebnisse«, beschloss sie.

Der Enthusiasmus des Mädchens zauberte ein Lächeln auf Misses Hudsons Gesicht. Sie wusste, dass Professor Powell es zu schätzen wüsste, auch wenn er es nicht gutheißen würde, eine Schülerin in die Erforschung seines Heilmittels einzubeziehen.

Raine eilte in die Bibliothek, wo sie auf Christie stieß.

»Hey! Morgen ist Halloween. Du bist sicher schon ganz aufgeregt. Hast du gehört, dass letztes Jahr ein paar Tote durch den Schleier kamen und zurück in die Zwischenwelt getrieben werden mussten? Das war ein echter Test für unsere Magie und unser Verhandlungsgeschick. Ich bin mir sicher, dass es dieses Jahr reibungsloser ablaufen wird. Der Ball klingt so, als würde er fantastisch werden. Da hast du doch ein Wörtchen mitzureden, oder? Als Mitglied der Schülervertretung und so. Ich habe darüber nachgedacht, mich dafür zu bewerben, aber ich glaube nicht, dass ich die richtige Person dafür bin. Ich bin mir auch nicht sicher, wie ich da reinpassen würde. Dieses Semester habe ich mit Geigenunterricht angefangen, außerdem spiele ich noch Flöte und Klavier, aber ich liebe die Geige«, plauderte Christie drauf los.

Raine versuchte, die Fragen und Aussagen in ihrem Kopf in eine logische Reihenfolge zu bringen.

»Ja, ich habe von dem letzten Halloween gehört. Ja, ich hatte ein bisschen Mitspracherecht bei der Dekoration, die wir verwenden werden, aber die Oberstufenschüler werden sie zusammenstellen. Ich finde die Geige wunderschön, auch wenn sie beim ersten Lernen wie eine erwürgte Katze klingt«, entgegnete Raine.

Christie schien bereit zu sein, weiterzureden, aber zum Glück kam eine ihrer Freundinnen aus dem zweiten Studienjahr auf sie zu und lenkte sie ab. Raine mochte Christie. Sie war sehr freundlich, aber sie redete so viel und Raine war gerade wirklich nicht in der Stimmung für Geplauder.

Sie begrüßte die Gnome mit einem Lächeln und Bibliothekar Leo Decker erwiderte es fröhlich. Einer der Älteren sah es und verdrehte die Augen. Er hatte den Gnom noch nie lächeln sehen und war sich sicher gewesen, dass sein Gesicht nicht zu diesem Ausdruck fähig war.

»Guten Tag, Mister Decker. Ich habe heute eine ziemlich lange Liste, obwohl ich gerne mit der Erforschung von Giften beginnen würde«, begrüßte Raine ihn und reichte ihm die Liste von Misses Hudson. »Haben Sie irgendwelche Vorschläge, wo ich anfangen sollte?«

Der Gnom trat näher und flüsterte: »Geht es um Professor Powell?«, fragte er.

Raine nickte. Mehr wollte sie nicht sagen, denn sie glaubte, dass die anderen Schüler es nicht wissen sollten.

»Gut, dann komm mit mir. Ich helfe dir gerne.« Er führte sie in den hintersten Teil der Bibliothek, wo die Schüler nur selten hingingen. »Ich habe ein wenig Zeit. Ich setze mich zu dir und helfe dir, deine Notizen zusammenzustellen.«

»Danke, das ist sehr nett.« Raine nahm das erste Buch, das der Gnom ihr anbot. »Kennen Sie sich mit Giften aus?«

»Ein wenig.« Er nahm vier weitere Bücher und reichte sie ihr. »Mein Fachgebiet ist eher Geschichte und Militärstrategie.«

»Würde es Ihnen etwas ausmachen, wenn ich Ihnen ein paar Fragen für meinen Geschichtsunterricht morgen

Stelle?« Sie verlagerte das Gewicht ihrer Bücher. »Ich weiß, Sie sind beschäftigt, also verstehe ich, wenn Sie Nein sagen.«

»Ich würde dir gerne helfen.« Er nahm das letzte Buch und wies auf einen freien Tisch. »Komm, da setzen wir uns hin.«

Der Chefbibliothekar ordnete die Bücher und formte ein Notizbuch und einen Stift aus dem Äther. Er schlug das erste Buch auf und machte sich in sauberer Handschrift Notizen. Raine schaute ehrfürchtig zu, bevor sie das Buch aufschlug, das ihr am nächsten lag und nach etwas über Gifte suchte.

✶ ✶ ✶

Sara sprang förmlich auf den roten Satinkasten zu, der auf ihrem Bett stand. Schon seit einem Monat wollte sie das Kleid unbedingt in echt sehen.

Sie nahm sich die Zeit, das Band vorsichtig zu lösen und beiseite zu legen, bevor sie die Schachtel öffnete und das zarte Seidenpapier zurückfaltete. Der Stoff schimmerte in einem tiefen Obsidian-Schwarz mit leichten Fasern in Kürbisorange. Sara holte es aus der Schachtel und quiekte vor Freude. Es war absolut perfekt. Der Rock war mit schwarzem und orangefarbenem Band verziert und der Unterrock gab ihm genug Volumen, um ein Retro-Flair zu erzeugen.

»Ist das das Kleid?«, fragte Evie sie und setzte sich auf die Kante ihres eigenen Bettes. »Kann ich es sehen?«

Sara drehte sich um und hielt es hoch. Es war wirklich ein Kunstwerk mit einer Vielzahl von kleinen Details am Ausschnitt und über der Brust. Auf den ersten Blick war es ein einfaches, schwarzes Satinkleid mit kleinen, orangefarbenen Schimmern, aber als Evie genauer hinsah, sah sie die schwarzen Rosen, die auf die linke Seite gestickt waren und die Art, wie das orangefarbene Band am unteren Rand wie Feuer flackerte.

»Es ist umwerfend«, bestätigte sie aufrichtig und Sara strahlte.

»Oh, du wirst fantastisch aussehen. Ein paar von den Älteren werden so neidisch sein. Welche Art von Magie wirst du benutzen, um es zu vollenden? Ich kann helfen, wenn du willst. Ich habe meinen Haar- und Make-up-Zauber geübt«, bot Christie an und trat einen Schritt näher, um das Kleid besser sehen zu können. »Bei deinem schönen roten Haar denke ich, dass ein schlichter Look am besten aussehen würde und wir können uns darauf konzentrieren, das Grün in deinen Augen zu betonen.«

Evie schüttelte den Kopf und begann mit ihren Hausaufgaben, während die anderen beiden über ihre Vorbereitungen für den Ball schwärmten. Sie freute sich zwar darauf, aber eigentlich nur auf den Spaß mit ihren Freunden. Tänze waren nicht ihr Ding und sie würde lieber backen oder im Garten spielen, als in hübsche Kleider zu steigen. Sie erwog, in die Bibliothek zu gehen, um sich Raine anzuschließen. Wenigstens würde es dort friedlicher sein.

Kapitel 14

Raines Onkel Jerry hatte das Kleid rechtzeitig für den Halloween-Ball verschickt. Sie hatte das Paket nach dem Unterricht geöffnet und war sehr zufrieden mit dem Ergebnis – ein einfaches, schwarzes Kleid, das über dem Knie endete und einen geraden Ausschnitt hatte. Es hatte keine Ärmel und schimmernde, schwarze Sterne waren auf den einfachen Rock gestickt. Sie kombinierte es mit einem Paar schwarzer Spitzenhandschuhe und niedrigen, schwarzen Pumps mit kleinen, orangefarbenen Schleifen auf der Rückseite.

Christie wuselte herum und half den jüngeren Mädchen mit etwas magischer Unterstützung beim Schminken und ihren Frisuren. Sara brauchte ewig im Bad und die anderen drängten sich um den Spiegel an der Wand im Schlafzimmer. Evie trug ein figurbetontes, rotes Kleid mit einem schwarzen Spitzenüberwurf. Sie hörte auf Christies Anweisungen und benutzte ihre Magie, um das Grün ihrer Augen sanft hervorzuheben und ihren Wangenknochen etwas Schimmer zu verleihen. Sie wollte es dezent halten.

Raine stand ganz still da, als Christies Magie sie umspielte. Sie spürte, wie sich ihr langes, dunkelblondes Haar hob und zu einer komplizierten Hochsteckfrisur verdrehte. Als sie ihre Augen öffnete, schimmerten sie mit einem blassgoldenen Lidschatten, der das Blau ihrer Augen hervorhob und ihre Lippen waren in einem sanften Altrosa geschminkt.

Sara kam aus dem Bad und sah aus wie eine Königin. Ihr Kleid saß perfekt und ihr Haar hatte einen sanften, goldenen Schimmer, weswegen es im Licht glitzerte. Sie wirbelte anmutig herum und konnte sich das Grinsen nicht verkneifen. Dies war ein wichtiger Abend für sie. Es war ihr erster Ball überhaupt und sie wollte sicherstellen, dass er perfekt verlief.

»Du siehst wunderschön aus«, kommentierte Evie und drückte ihre Hände. »Ich bin sicher, du wirst jedem den Kopf verdrehen.«

Sara errötete und richtete ihre Aufmerksamkeit auf Raine. »Wie schaffst du es, dass so ein einfaches Kleid so umwerfend aussieht?« Sie stemmte die Hände in die Hüften und lächelte. »Das musst du mir mal zeigen.«

Christie vollendete ihr eigenes Make-up und drehte sich zu den anderen um.

»Wow. Du siehst unglaublich aus«, sagte Evie an Christie gewandt und hielt sich die Hand vor den Mund. »Ist das für jemand Besonderes?«

Christie wurde rot. »Na ja. Vielleicht. Es gibt jemanden, den ich mag, aber ich weiß nicht, ob er weiß, dass es mich gibt. Ich meine, wir sind zusammen in ein paar Kursen, also muss er wissen, dass ich existiere, aber denkt er an mich auf eine Art, die bedeutet, dass er mich mag? Ich weiß es nicht. Ich sollte mit ihm reden, aber was, wenn er nein sagt? Die Demütigung könnte ich keinesfalls ertragen. Es ist so lächerlich. Ich mache mich für mich selbst hübsch, hoffe aber auch, dass er mich sieht«, meinte sie.

Raine verstand das als ein ›Ja, es gab jemanden‹.

Ein Klopfen ertönte an der Tür. Christie machte auf und wurde von einer Ansammlung von Komplimenten und begeisterten *Ohs* begrüßt. Sie umarmte grinsend ein großes, dunkelhaariges Mädchen und wurde in deren Gruppe aufgenommen und zum Ball entführt.

Sara legte ihren Arm um Evies Schultern. »Willst du William heute Abend einen Tanz schenken?«, fragte sie Evie.

Evies Augen wurden groß. »Ich denke schon. Ich meine, er ist ja ein Freund.« Sie errötete. »Wenn er tanzen möchte, sage ich nicht nein«, stellte sie klar.

Raine unterdrückte ein Lachen. Sie hatte Evie noch nie so aufgeregt gesehen. »Komm schon. Wir sollten gehen und die Jungs treffen.«

Wie Philip betont hatte, war es für sie viel einfacher. Sie trugen beide einen einfachen, schwarzen Anzug. William musste verhandeln, um genug Geld für seinen zusammenzukriegen, aber Evie fiel auf, dass er darin besonders schick aussah.

In der Schule war es wegen der ganzen Aufregung sehr laut. Eine kleine Gruppe von Oberstufenschülern stolzierte in kunstvollen, mit Magie und Seide gewebten Kleidern, an ihnen vorbei. Sara warf einen Blick auf ihr eigenes Kleid und ging aufrecht mit erhobenem Kinn. Sie würde ihre Nacht nicht damit verbringen, sich mit ihnen zu vergleichen.

»Du siehst sehr hübsch aus«, sagte William lächelnd zu Evie. »Ich meine, du bist immer ... Ich weiß nicht, wie man tanzt.«

»Ich bin mir ziemlich sicher, dass du einfach nur dastehen und deine Hüften zur Musik bewegen musst«, kommentierte Sara schulterzuckend. »Oder einfach nur schunkeln.«

»Weiß überhaupt jemand in unserem Alter, wie man tanzt?« Philip schaute die anderen an. »Ich meine richtig tanzen, den Walzer oder so.«

»Ich weiß es.« Evie sah ihn nicht an.

»Dann musst du das William beibringen.« Sara schenkte ihr ein Grinsen. »Ich bin sicher, er würde es gern lernen.«

»Ich möchte zumindest sicherstellen, dass ich niemandem auf die Füße trete.« William schob die Hände in die Hosentaschen. »Es muss ja nicht gleich etwas Ausgefallenes sein.«

Evie nahm seinen Arm. »Wir werden sehen, was für Musik läuft.«

Der Halb-Ifrit entspannte sich ein wenig. Es war das erste Mal, dass er an so etwas teilnahm und er hatte keine Ahnung, was ihn erwarten würde oder was er mit sich anfangen sollte. Alle anderen schienen nur wenig aufgeregt oder sogar völlig entspannt zu sein, aber seine Nerven lagen blank.

Sie erreichten den Speisesaal und hielten inne, um die Szenerie in Augenschein zu nehmen. Raine lächelte, erfreut darüber, dass sich die Oberstufenschüler genau an das vereinbarte Dekorationsschema gehalten hatten. Sie hatte vermutet, dass einige von ihnen vorhatten, es zu ignorieren und zu tun, was sie wollten. Sie hatten jeden Vorschlag der unteren Jahrgänge abgewehrt.

Schwarze Spinnweben hingen von den Ecken und glitzerten im weichen Mondlicht, das aus der Mitte des Raumes schien. An den Wänden waren Kürbisfelder platziert worden. Jeder Kürbis glühte sanft von magischem Feuer in seinem Inneren und ihre schrecklich verzerrten Gesichter bewegten sich ausreichend, um sie lebendig aussehen zu lassen. Flüstern war zwischen den Tönen der volkstümlichen Musik auszumachen, was den Eindruck vermittelte, dass die Geister überall um sie herum waren.

Als sie den Raum betraten, sahen sie den Friedhof in der hinteren Ecke in der Nähe der Live-Band. Sie hatten sich dieses Jahr für ein sehr menschliches Thema entschieden und es an die übertriebene Dekoration angelehnt, für die sich Menschen oft entscheiden. Die Grabsteine knarrten und schaukelten, während aus der frisch ausgehobenen Erde ein Stöhnen drang. Ab und zu tauchte eine knochige Hand aus der Erde auf, um wenige Sekunden später wieder zu versinken. Ein paar Unterstufenschüler erschreckten sich und sprangen zur Seite, als sie es zum ersten Mal sahen.

»Das ist unglaublich!« Sara machte vor Aufregung große Augen. »Wie hast du die *Phoenix Flames* überzeugt zu spielen?«, fragte sie an Philip gewandt.

Philip sah besonders zufrieden mit sich selbst aus. »Wir haben eine Abmachung getroffen.«

Sara zog ihn in die Mitte der Tanzfläche, wo sie dann zu ihrem Lieblingssong tanzte. Es war eine Rockmelodie, die allen ein Lächeln ins Gesicht zauberte und den Raum mit pulsierender Energie füllte. Die anderen fanden die leuchtend grüne blubbernde und gluckernde Punschschale. William verengte seine Augen und starrte die Schale angestrengt an, als er die Magie darin spüren konnte.

Adrien, der zu dem Schluss gekommen war, dass die Magie nichts weiter tat, als sie zum Glühen zu bringen, nahm das erste Glas. Er lächelte, als der Geschmack von frischen Blaubeeren und Vanilleeis seine Zunge traf. Die Tanzfläche hatte sich mit glücklichen Schülern gefüllt, die alle in Schwarz und Orange gekleidet waren.

»Es fühlt sich so lebendig an«, bemerkte Raine und kaute nervös auf ihrer Unterlippe. »Es scheint ein bisschen seltsam zu sein, wenn man bedenkt, wie dünn der Schleier ist.«

Evie legte den Arm um ihre Schultern.

»Wir feiern eine Verbundenheit mit den Verstorbenen und dem Leben, das sie gelebt hatten. Dies ist eine Zeit, in der die Dunkelheit vertrieben wird«, erklärte Evie ihr. Wie aufs Stichwort krabbelten schattenhafte Gestalten an der Decke entlang. »Es ist eine Zeit des Lichts und des Lachens, als Vorbereitung auf die dunkle Seite des Jahres.«

Raine gefiel diese Interpretation.

»Dann sollten wir tanzen.« Adrien hielt Raine die Hand hin. »Willst du mit mir tanzen?«

Sie nahm seine Hand und folgte ihm auf die Tanzfläche neben Evie und William. Raine war sich sicher, dass ihr Tanzen nicht dem Standard entsprach, aber das machte nichts. Die Musik floss durch sie hindurch und sie war noch niemandem auf die Füße getreten. Langsam verflog die Sorge um die Druiden und Professor Powell und sie erlaubte sich, die Nacht zu genießen. Sie war unter ihren neuen Freunden mit großartiger Musik, also gab es zumindest im Moment nichts, worüber sie sich Sorgen machen musste.

Seth verließ den Ball, um seine Gedanken zu sortieren. Er fühlte sich, als ob etwas nach ihm rief, eine vertraute Stimme, die er nicht ganz einordnen konnte. Als Erstsemester zögerte er, einen der Oberstufenschüler zu fragen, was das sein könnte. Sie schauten meistens auf die jüngeren Schüler herab, zumindest nahm er es so wahr. Außerdem war er nie wirklich beliebt gewesen und wollte nicht den Eindruck erwecken, dass er ein wenig seltsam war.

Die Musik dröhnte durch den Speisesaal und er überzeugte sich, dass er einfach nur einen Moment für sich allein brauchte. Er lehnte sich an die Wand des kleinen, dunklen Nebenraums und schaute aus dem Fenster auf das Gelände. Das Gras glitzerte silbern vom Frost und der Vollmond hing tief über ihm. Er war sich sicher, dass es irgendeinen Aberglauben über einen Vollmond in der Halloween-Nacht gab, aber er konnte sich nicht auf Anhieb daran erinnern.

»Seth? Komm zu mir«, flüsterte eine Stimme.

Er drehte sich im Kreis und sein Blick suchte in den Schatten, wer oder was ihm zugeflüstert hatte. Die Worte waren dieses Mal klar, aber sie jagten ihm einen Schauer über den Rücken.

»Du bist so nah dran, Seth. Nur noch ein paar kleine Schritte.«

Er runzelte die Stirn und versuchte, die Quelle der Stimme zu lokalisieren, die um ihn herum zu hallen schien. Zögernd stieß er sich von der Wand ab und trat vor. Die Stimme von Professor Powell schien in seinem Kopf zu erklingen.

Traue niemandem. Die dunklen Familien verstecken sich in den Schatten. Begib dich niemals in die Schatten. Er wiederholte die Worte laut, aber sie schienen ohne Wirkung zu bleiben.

»Seth. Hier drüben«, wiederholte die Stimme.

Irgendetwas zerrte an seinem Bauchnabel, es fühlte sich fast wie ein unsichtbarer Faden an, und trieb seine Füße voran. Es fühlte sich falsch an. Etwas musste sehr falsch sein. Er wusste, dass der dünner werdende Schleier, den dunkleren Kreaturen aus der Zwischenwelt erlaubte, hindurch zu schlüpfen. Ein weiterer Schauer lief ihm über den Rücken. Das musste es sein, womit er es hier zu tun hatte.

Er hob seinen Zauberstab und formte eine Lichtkugel, um die Dunkelheit zu verbannen, die näher zu kriechen schien. Der Mond verschwand hinter einer Wolke und die Dunkelheit verschlang den Raum.

Etwas zerrte an dem unsichtbaren Faden an seinem Bauchnabel und Seths Füße bewegten sich abermals wie von selbst.

Plötzlich verschob sich alles um ihn herum. Die Luft wurde dick und zähflüssig und er hatte Mühe zu gehen. Er versuchte sich durch sie hindurch zum Eingang zu schieben.

Wenn er einen Lehrer finden könnte, würde man ihm helfen, das zu überstehen, was auch immer es war.

Alles veränderte sich erneut. Die Dunkelheit erstarrte zu etwas, das sich wie eine dicke, klebrige Substanz anfühlte, die sich nicht bewegen ließ. Er schluckte seine Panik hinunter und versuchte sich zu erinnern, ob er so etwas im Unterricht behandelt hatte. Als er sich umdrehte, konnte er den Raum, in dem er sich befinden sollte, durch einen dünnen Nebel sehen. Er versuchte, ihn zu erreichen, konnte aber den verwunschenen Dunst nicht durchdringen.

Panik stieg in ihm auf. Er war in die Zwischenwelt gezogen worden. Er holte tief Luft und versuchte sich zu erinnern, was er darüber wusste. Der Schleier würde bis zum Sonnenaufgang dünn bleiben. Er musste eine Schwachstelle finden, die es ihm erlaubt, die Schule zu betreten.

Seth ging so schnell er konnte durch die dicke Luft, aber es fühlte sich an, als ob der Boden ihn hinunterziehen würde wie in einem Sumpf. Jeder Schritt war ein Kampf, aber er konnte es sich nicht erlauben, dort gefangen zu sein. Er würde nicht altern und könnte für eine Ewigkeit in dem schattenhaften Albtraum verweilen und langsam verrückt werden, während er verzweifelt nach einem Ausweg suchte.

＊

Mara Berens drehte den Kopf, als sie den Moment spürte, in dem jemand den Schleier durchbrach. Professor Xander Powell und Misses Eleanor Hudson sahen beide in die gleiche Richtung. Sie hatten es auch gespürt. Ohne zu sprechen, eilten sie zu dem kleinen Raum mit dem Erkerfenster auf der Rückseite des Gebäudes.

Erinnerungen überfluteten Maras Geist, während sie rannte. Sie war vier Jahre lang in der Zwischenwelt gefangen gewesen und wünschte dieses Schicksal niemandem.

Eleanor Hudson warf einen hellen Lichtzauber über jede Ecke im Zimmer. Professor Powell konnte fast den leichten Riss sehen, wo etwas durch den Schleier gezogen worden war. Mara näherte sich ihm und streckte ihre Finger langsam in die Luft. Der Riss war jetzt zu klein, als dass jemand zurückkehren könnte. Er hatte sich selbst versiegelt.

»Eleanor, könnten Sie …«, setzte Mara an.

Ihre Begleiterin hob die Hand, um Mara zu symbolisieren, dass sie bereits an dem notwendigen Zauber arbeitete. Die Hexe verlangsamte ihren Atem und beruhigte sich. Es war schon eine Weile her, dass sie einen so großen Zauber hatte sprechen müssen. Sie atmete langsam aus, rief ihren Zauber und legte ihn auf die Schule. Ihr nächster Schritt war es, den Zauber dazu zu bringen, verborgene Dinge sichtbar zu machen.

Als sie die Augen öffnete, konnte sie den verzweifelten Ausdruck eines ihrer Erstsemester sehen. Sein dunkles Haar stand in jedem Winkel ab, weil er offensichtlich mit den Fingern hindurchgefahren war. Er drückte seine Handfläche gegen den Schleier und krallte sich an der dünnen Nebelwand zwischen ihnen fest, während seine Augen sie im Stillen um Hilfe anflehten.

»Wir müssen ihn führen«, sagte Mara und schaute blinzelnd auf den Schleier, während sie versuchte, eine Stelle zu finden, an der sie eindringen konnten. »Es muss eine Schwachstelle geben, mit der wir arbeiten können.«

Xander legte seine Hand auf ihre Schulter, um sie zu beruhigen. Ihr Beschützerinstinkt gegenüber den Schülern und ihre Erinnerungen an die Zeit in der Zwischenwelt ließen ihr Herz und ihre Gedanken rasen.

»Ich werde bei ihm bleiben«, sagte Xander. »Du und Eleanor, ihr sucht Max. Es gibt eine Stelle in seinem Klassenzimmer, wo der Schleier sehr dünn ist, wenn ich mich recht erinnere.« Er legte seine Hand gegen den Schleier neben dem Jungen und rief seinen Verdünnungszauber. »Wir werden dich da rausholen«, sagte er zu dem verängstigten Jungen, obwohl er nicht sicher war, ob er ihn hören konnte.

Sein eigener geschwächter Zustand bedeutete, dass er vielleicht nicht genügend Magie zur Verfügung hatte, um eine echte Kommunikation zu ermöglichen, aber er zwang sich, sich zu entspannen. Xander fühlte sich dank des Giftes nutzlos. Wenn er bei voller Kraft gewesen wäre, hätte er den Jungen durch den Schleier zurückziehen können, aber jetzt kämpfte er damit, das zu formen, was noch vor ein paar Wochen einfache Zaubersprüche für ihn gewesen waren.

Misses Hudson und die Direktorin verließen den Raum und beeilten sich, Max Regency zu finden, der hoffentlich eine geeignete Stelle im Schleier kennen würde.

»Max!«, rief Misses Berens dem Gnom-Magier zu. »Wir brauchen Ihre Hilfe, um eine Schwachstelle im Schleier zu finden.«

Er hörte die Dringlichkeit in der Stimme der Direktorin, schüttete seinen Scotch in eine Topfpflanze und führte sie zu seinem Klassenzimmer. Er beschwor sofort seine Magie und bestätigte mit geschlossenen Augen, dass sich die Verzauberung in der Nähe des Fensters bemerkbar machte. Mara schickte den Rest der Lehrer los, um über die Schüler zu wachen und sicherzustellen, dass niemand sonst durch den Schleier gezogen wurde.

Es war einer ihrer schlimmsten Albträume. Sie konnte den Schüler nicht dort drinnen gefangen lassen.

Sie brauchten fast zwei Stunden, in denen Professor Powell und Max Regency zusammenarbeiteten, um den Schüler an den Ort zu führen, an dem sie ihn aus der Zwischenwelt herausziehen konnten.

Es ist dem Erstsemester hoch anzurechnen, dass er ruhig blieb, als er sich seinen Weg durch die dichten, gesichtslosen Schatten bahnte. Als eine dunkle Kreatur vor ihm auftauchte, zog er die Schultern zurück, hob seinen Zauberstab und sprach einen Zauberspruch, den Professor Powell ihm erst zwei Wochen zuvor beigebracht hatte. Eine Woge des Stolzes überkam den Lehrer, als er beobachtete, wie die dunkle Kreatur dorthin zurückhuschte, wo sie hergekommen war.

Es wäre so einfach gewesen, in dieser Situation die Kontrolle zu verlieren und in Panik zu geraten, aber der Schüler blieb ruhig und stark. Es war fast Sonnenaufgang, als er endlich das Klassenzimmer erreichte. Die Direktorin und Misses Hudson hatten den erforderlichen Zauber zum Durchbrechen gewoben, trauten sich aber nicht, ihn zu lösen, bevor Seth an seinem Platz war, aus Angst, dass er etwas anderes durchlassen würde.

Gemeinsam bildeten die Lehrer einen Schutzkreis und zogen Seth zurück in die Welt. Er landete mit einem Aufprall auf dem Klassenzimmerboden und schluckte schwer mit Tränen in den Augen.

»Danke«, sagte er schweißgebadet. »Ich danke Ihnen.«

Professor Powell half ihm auf die Beine und legte seine Hand auf die Schulter des Jungen.

»Du hast uns heute Abend stolz gemacht«, lobte der Professor den Jungen und schaute zu den anderen Lehrern, die zustimmend nickten. »Du hast diesen Zauber unter schwierigen Umständen ausgeführt und warst präzise und ruhig.«

Seth versuchte zu lächeln, aber jetzt, wo er in Sicherheit war, zitterten seine Beine und die Realität seiner knappen Flucht überwältigte ihn. Misses Hudson legte ihren Arm um seine Schultern und führte ihn zurück in Richtung Speisesaal.

»Was ist passiert?«, fragte sie sanft.

»Ich weiß es nicht.« Seth wischte sich über die Augen. Er wollte nicht, dass die anderen Schüler seine Tränen sahen. »Ich schaute aus dem Fenster, als ich auf einmal jemanden flüstern hörte. Ich sprach einen Lichtzauber, aber irgendetwas zerrte an mir und als Nächstes war ich in der Zwischenwelt«, erzählte Seth.

»Ich bringe ihn zur Krankenschwester«, sagte Misses Hudson zur Direktorin. »Wir werden ein paar Tage lang auf ihn aufpassen.«

Sie war sicher, dass es ihm körperlich gut ging, aber geistig würde er Zeit brauchen, um damit klar zu kommen.

Misses Berens schürzte die Lippen und schaute zu den Schülern, die eigentlich im Bett sein sollten. Sie hatten sich alle im Haupteingang und den umliegenden Gängen versammelt. Auf ihren Gesichtern wetteiferten Ausdrücke des Entsetzens und der Bewunderung.

»Ihr solltet doch schon im Bett sein«, sagte sie streng, aber mit einem sanften Unterton. »Ihr werdet nicht vom Unterricht freigestellt.«

Ein Stöhnen ging durch die Menge, bevor sie zu ihren Schlafsälen schlurften. Sie sah zu, dass alle die Treppe hinaufgingen, bevor sie sich zu Professor Powell umdrehte. Er sah blass und gezeichnet von der Nacht aus.

»Ich streiche deinen Unterricht für heute. Die Schüler können die Zeit zum Lernen nutzen«, entschied sie und blickte ihn unentwegt an. »Ich akzeptiere kein Nein als Antwort, Xander.«

MÜNDEL DES FBI

✶ ✶ ✶

»Kannst du glauben, dass jemand in die Zwischenwelt gezogen wurde?«, fragte Sara und zog sich ihren Pyjama an, bevor sie ihr Kleid sorgfältig aufhängte. »Das ist der Stoff, aus dem Albträume sind.«

»Ich bin so froh, dass sie ihn rausgeholt haben.« Evie schlüpfte unter ihre Bettdecke. »Ich hoffe, er ist nicht zu sehr von dem Erlebnis gezeichnet.«

»Weiß jemand, wie es passiert ist?« Christie bürstete ihr Haar. »Ich dachte, es gäbe zahlreiche Zaubersprüche und Verteidigungsmaßnahmen. Das wird doch nicht wieder einer dieser Angriffe sein, oder? Ich weiß nicht, was es mit dieser Schule auf sich hat, aber es ist immer etwas los. Oh, sag das nicht deinem FBI-Agentenfreund, Raine. Ich bin sicher, er bekommt einen Herzinfarkt. So schlimm ist es nicht. Na ja, ich nehme an, die Schule wurde vor ein paar Sommern teilweise in die Luft gesprengt, aber das hier klingt furchtbar.«

»Ich bin sicher, es war nur ein Zufall.« Evie drückte Raine über die Lücke zwischen den Betten hinweg die Hand. »Hattest du trotzdem ein schönes Halloween?«, fragte sie Raine.

»Es war größtenteils perfekt, danke.« Raine zog ihre Decken noch ein wenig höher. »Obwohl ich die verlorenen Stunden an Schlaf vermissen werde.«

Kapitel 15

Philip hielt gerade den Rucksack mit den Filmsnacks in der Hand, als Andrew den Raum betrat, woraufhin sich alle anspannten. Der Junge hatte seine eigene Freundesgruppe abseits der anderen gefunden, aber das hielt ihn nicht davon ab, sie bei jeder Gelegenheit zu schikanieren.

Er blickte auf den Rucksack und straffte die Schultern. Adriens Fingerspitzen juckten bei dem Wunsch, eine seiner Klingen zu beschwören.

»Was hast du da?«, fragte Andrew herausfordernd und zeigte auf die Tasche. »Ich denke, du solltest sie mir zeigen.«

Philip lachte. Adrien und William stellten sich an seine Seite.

Andrews Gesicht wurde rot vor Wut. Er war es nicht gewohnt, dass sich ihm jemand widersetzte. Er versuchte, sich auf Philip zu stürzen, der zur Seite auswich, sodass Adrien dem Tyrannen die Beine unter den Füßen wegfegen konnte. Der Elf drückte ihn mit einem Fuß zwischen seinen Schulterblättern zu Boden.

»Ich empfehle dir, nicht zu versuchen, uns etwas wegzunehmen«, drohte er und drückte mit dem Fuß ein wenig fester zu. »Wir haben alles mit Bomben versehen.«

Die drei Jungs hatten in den letzten Tagen ihre Freizeit genutzt, um sicherzustellen, dass Andrew nicht ihre Sachen durchwühlen konnte. Sie hatten den Verdacht, dass er das schon eine Weile getan hatte, also haben sie gehandelt. Ohne

MÜNDEL DES FBI

Beweise konnten sie nicht zu den Lehrern gehen, aber falls oder wenn Andrew mit leuchtend rosa Händen und neonblau-grün gestreiften Haaren auftauchen würde, hätten sie den Beweis, den sie brauchten.

Andrew fluchte, aber die Freunde ignorierten ihn und gingen. Sie hatten ihren ersten Filmabend vor sich.

✶ ✶ ✶

Raine hatte sich in den letzten Tagen sehr auf ihren Filmabend gefreut. Sie hatte sich mit ihrer Lektüre beeilt, um sicherzustellen, dass sie sich entspannen und den Abend genießen konnte. Sara vergewisserte sich, dass ihre Frisur perfekt saß, bevor sie die Treppe hinuntergingen.

Christie war mit ihren Freundinnen unterwegs, also brauchten sie keine Ausrede zu finden. Sie hatten sich Mühe gegeben, den Raum mit Zaubern zu versehen, um zu verhindern, dass andere Schüler ihn als ihren eigenen beanspruchten. Horace wusste, dass sie da drin waren, aber Raine hatte ein gutes Gefühl bei dem Schulwart. Er hatte ihnen geholfen, ein paar bequeme Sofas zu finden.

Sie trafen die Jungs an der Ecke des Flurs, der zu dem Raum führte. Philip hob den Rucksack mit einem Grinsen im Gesicht hoch.

»Ich habe die wichtigen Dinge. Wir können nächstes Mal andere holen, wenn wir wollen«, sagte er und sah sich um, um sicherzugehen, dass sie nicht gesehen worden waren. »Sollen wir?«

Sie folgten ihm zu dem Raum, den sie für sich beansprucht hatten. Philip öffnete die Tür mit einer schwungvollen Bewegung, die ihm ein Augenrollen von William einbrachte. Der Raum war sauber gefegt und enthielt nun ein paar große Sofas in einem rosa-grün geblümten Stoff, die der Zauberer irgendwie aufgetrieben hatte. Sie waren hässlich, aber sie waren weich und bequem genug, um darauf zu schlafen und den Sitzsäcken vorzuziehen, die er ursprünglich vorgeschlagen hatte.

Philip schloss die Tür hinter ihnen, während Adrien zum Fernseher ging.

»Heute Abend schauen wir *Fluch der Sumpfkreatur*«, sagte er und schob die DVD rein. »Es war ein ziemlicher Kraftakt und erforderte eine Menge Magie, um etwas so Altes auf eine DVD zu bekommen.«

Raine rollte sich mit einem zufriedenen Seufzer am Ende des etwas größeren Sofas zusammen. Evie und Sara saßen neben ihr und Philip stellte den kleinen, schmuddeligen Couchtisch neben sie. Er öffnete den Rucksack und leerte seinen Inhalt auf dem Tisch aus.

»Lakritzstangen!«, rief Evie grinsend und schnappte sich die Packung. »Du kannst welche haben, wenn du ganz nett fragst.«

Raine lachte. »Sara hat eine Tüte M&Ms und etwas süßes Popcorn mitgebracht.« Sie sah William an. »Würde es dir etwas ausmachen?«, fragte sie, mit dem Ziel, dass William den Mais in Popcorn verwandeln würde.

Der Halb-Ifrit hatte geübt, sein Feuer zu kontrollieren und war froh zu demonstrieren, wie weit er gekommen war. Er konzentrierte sich und flutete es in den Mais, der fast sofort poppte. Als er fertig war, reichte er Sara die Tüte zurück.

»Es ist perfekt!«, rief sie und ließ die M&Ms in die Popcorn-Tüte gleiten, die sie anschließend schüttelte. »Danke.«

William knallte noch ein paar Tüten Popcorn für die anderen, da jeder eine andere Geschmacksrichtung wollte. Adrien wollte Käse, während Philip sein Toffee-Popcorn mit

William teilte. Nachdem alle ihre bevorzugten Snacks parat hatten, begannen sie mit dem Film.

Sara lachte nach einer Minute. »Der Schauspieler ist so schlecht«, kommentierte sie den Film und beruhigte sich nur mühsam. »Er wirkt wie ein Roboter.«

»Die melodramatische Art, seine Brille abzunehmen, war erstaunlich.« Philip nahm noch etwas Popcorn. »Es war wie ein CSI-Moment der alten Schule. Wie hieß er noch gleich?«, fragte er in die Runde.

»Horatio Caine.« Evie biss in eine Lakritzstange. »Das ist der mit der Sonnenbrille.«

Sie bemühten sich darum, sich nicht über die Filmmusik lustig zu machen, aber schließlich gab Adrien auf. »Sind das Bongos?«, fragte er stirnrunzelnd auf den Fernseher schauend. »Spielen sie den Soundtrack wirklich auf Bongos?«

Sara konnte ihr Lachen nicht mehr zurückhalten. »Ich glaube, ja.«

Raine lächelte, als sie eine Lakritzstange von Evie nahm. Das Lachen tat ihr sehr gut. Sie hatte nicht erwartet, dass jemand den Film ernst nehmen würde, aber die Freude und das einfache Vergnügen zauberten ein Lächeln auf ihr Gesicht. Die Bindung zu ihren Freunden war gewachsen und sie freute sich darauf, noch mehr Zeit mit ihnen zu verbringen. Auch wenn sie die meiste Zeit abends mit Evie und Sara verbrachte, genoss sie doch auch die Gesellschaft der anderen.

»Sie sieht aus wie die Braut von Frankenstein«, meinte Evie und zeigte auf die Frau, die in die Szene gekommen war. »Ihr fehlt nur noch eine weiße Strähne an der Seite.«

»Die hat sie.« Philip gluckste. »Wirklich? Das ist sein Anmachspruch? ›Du triffst so viele interessante Leute‹?«, machte er sich über die besagte Szene lustig.

Sara grinste ihn an. »Seit wann bist du der Experte für Anmachsprüche?«, fragte sie.

Philip sah sie nicht an. »Ich weiß alle möglichen interessanten Dinge«, gab er an.

William und Adrien tauschten einen Blick aus und unterdrückten ihre Belustigung.

»Ach, komm schon.« Evie zeigte auf den Fernseher. »Sie wird ihn so eindeutig zum Sumpfmonster schleppen.«

Raine musste zustimmen. Die Frau sah aus, als hätte sie versucht, den Kerl von außerhalb zu verführen und das endete in solchen Filmen immer mit einem grausamen Tod. Sie nahm einen weiteren Bissen von ihrer Lakritzstange und beobachtete die billige Filmgeschichte belustigt.

»Wow! Seht euch diese Zimmereinrichtung an«, kommentierte William die nächste Szene mit dem Mund voll Popcorn. »Mir fehlen die Worte. Haben die Leute wirklich so dekoriert?«, fragte er ungläubig.

Raine rümpfte die Nase über die schrecklich braun-weiß verschmierten Wände und fragte sich, warum gerade diese Farben damals so beliebt waren.

»Verdammt. Ich dachte, die Frau würde ihn umbringen.« Sara seufzte dramatisch. »Wir wussten aber, dass er sterben würde. Das tun solche Typen immer.«

»Ich bin sicher, dass das irgendwo im Internet oder auf Social Media kommentiert wurde«, meinte Philip und nippte an seiner Cola. »Ich bin aber nicht in der Stimmung, das alles zu erforschen.«

»Einverstanden. Ich möchte einen Film zur leichten Unterhaltung sehen.« Sara stopfte sich noch etwas Popcorn in den Mund. »Ich mag es, dass die Frau das Gehirn dieser Mission ist.«

Die Gruppe schaute zu, wie die besagte Frau den von außerhalb kommenden Typen links liegen ließ, um das Öl im Sumpf zu untersuchen. Sie waren völlig fasziniert von der übertriebenen Filmgeschichte und den verblassten Farben.

»Solche Horrorfilme werden nicht mehr gedreht«, seufzte Evie und nahm noch eine Lakritzstange. »Was ein bisschen schade ist, wirklich. Die bereiten einem auf eine ganz andere Art Spaß.«

»Das zeigt, wie sich die Dinge verändert haben«, schlussfolgerte Adrien, sein Gewicht verlagernd. »Damals war das gruselig, als es neu war. Jetzt machen sich die Leute über Slasherfilme lustig und mögen die wirklich psychologischen Sachen.«

Evie rümpfte die Nase.

»Ich bin kein Fan von psychologischem Horror«, kommentierte Raine und betrachtete stirnrunzelnd die Szene im Fernseher. »Ich will nicht wirklich erschreckt werden. Ich mag eher den unverschämten Horror, über den man lachen kann. Slasherfilme können sehr lustig sein.«

»Psychologische Filme nutzen die Angst des Menschen aus, weil sie Dinge behandeln, bei denen es wahrscheinlicher ist, dass sie wirklich passieren könnten«, teilte William seine Gedanken und pustete sich abwesend einige Haare aus den Augen. »Ich glaube, man muss ein bestimmter Persönlichkeitstyp sein, um die wirklich zu genießen.«

Sie wurden wieder ruhiger, als der Film zum nächsten Teil der Handlung überging und der Soundtrack einen ahnungsvollen Ton annahm.

»Was ist eigentlich mit euch und Andrew los?«, fragte Sara. »Ist er immer noch ein Arsch?«

»Wir haben überall harmlose Bomben installiert, damit er auf frischer Tat ertappt wird, wenn er versucht, etwas zu stehlen.« Philip grinste sie an. »Hoffentlich wird er bald versetzt oder sogar von der Schule geworfen.«

»So schlimm?«, hakte Evie stirnrunzelnd nach. »Ich habe Paige nicht mehr gesehen, seit sie das Zimmer gewechselt hat.«

»Wir können nur auf das gleiche Ergebnis hoffen.« Adrien bewegte sich ein wenig. »Er hat eine komplizierte Persönlichkeit. Ich möchte ihn nicht verletzen, aber er macht weiter Druck und ich werde keine Wahl haben, wenn er noch weiter geht«, erklärte er.

»Und du weißt, dass du derjenige wärst, der in Schwierigkeiten gerät, wenn du ihm etwas antust.« Sara schüttelte den Kopf. »So ist das immer mit dieser Art von Menschen.«

»Das klingt, als hättest du Erfahrung«, kommentierte Philip. »Hattest du in der Schule viel Ärger?«

Sara zuckte mit den Schultern. »Nicht wirklich. Ich habe ziemlich schnell gelernt, wie man das Spiel spielt.«

»Ich bin froh, dass ich diese Spielchen hier nicht spielen muss.« William schaute kurz auf seine Hände, sein Ausdruck war angespannt. »Menschen können grausam sein.«

Adrien lächelte mitfühlend und bemerkte die dunklen Schatten unter den Augen seines Freundes. »Dein Trank lässt nach.« Der Elf stand auf, um einen weiteren Vitalitätstrank für William zu holen. »Ich hole dir noch einen.«

Evie hatte Tränke gebraut, um William durch den anhaltenden Ifrit-Fluch zu helfen. Seine Albträume hatten den Höhepunkt erreicht, was sein mittlerweile gewöhnlich gequälter Blick bewies. Evie suchte nach einer Möglichkeit, ihn durch Kräuter zu brechen und Raine hatte jedes Buch gelesen, das sie über Ifrit-Flüche finden konnte, war aber mit leeren Händen wiedergekommen. Sie wollten ihn aber nicht weiter leiden lassen.

William bedankte sich bei dem Elfen für den Trank und sie widmeten ihre Aufmerksamkeit wieder dem Film. Der Soundtrack war nun dramatisch geworden, mit einem schweren Paukenunterton, der andeutete, dass etwas Schlimmes bevorstand.

»Bringen die ernsthaft eine Warnung an Baumstämmen an?«, fragte Sara, eine Augenbraue hebend. »Das ist ... äh, etwas ungewöhnlich.«

»Es waren ganz andere Zeiten.« Evie zuckte mit den Schultern. »Man muss die ... weniger guten Dinge ignorieren.«

»Bedeutet das, dass wir bald das Sumpfmonster sehen werden?« William sah Evie und Raine an, die anscheinend die Experten waren. »Sie zeigen Krokodile und andere Dinge im Sumpf.«

»Nein.« Raine lächelte. »Das Monster wird nicht vor Einbruch der Dunkelheit auftauchen.«

»Das ist eine Regel«, fügte Evie hinzu.

William sah sie stirnrunzelnd an. »Gibt es wirklich Regeln für Horror?«

Die Gruppe drehte sich um und sah ihn an.

»Auf jeden Fall.« Sara stellte ihr Popcorn hin. »Kennst du nicht die Regeln des Horrors?«

»Nein.«

»Erstens, kein Sex. Niemals«, fing Philip grinsend an zu erklären. »Das wird dich sicher auf die schrecklichste Art und Weise umbringen.«

»Oh, schaut, er opfert Menschen.« Evie zeigte auf den Fernseher. »Jetzt weißt du, dass sein Tod schrecklich sein wird. Tut mir leid, wir haben über Horrorregeln gesprochen.«

»Meinen wir Regeln, nach denen der Horror lebt?« Raine runzelte die Stirn. »Oder Regeln, um einen Horrorfilm zu überleben?«

»Sie sind aneinandergefesselt.« Adrien streckte die Beine aus. »Man kann einen Horrorfilm nicht überleben, wenn man die Regeln nicht kennt.«

William schaute von einem zum anderen, verwirrter denn je.

»Kein Schwimmen. Schon gar nicht in einem Film, der das Wort *Wasser* im Titel hat«, erklärte Sara und hielt ihren Finger hoch. »Du wirst von etwas Schrecklichem gefressen werden.«

»Vertraue immer dem verrückt aussehenden Einheimischen am Anfang.« Philip lehnte sich ein wenig vor, seine Augen glitzerten belustigt. »Er wird dir sagen, wie du überleben kannst.«

»Das Monster taucht nur im Dunkeln auf«, fügte Evie hinzu. »So ist es gruseliger.«

Sie blickten zurück auf den Film, als sich der Ton der Musik änderte.

»Oh, seht ihn euch an, ein richtiger Gangster, der trägt seine Sonnenbrille im Haus.« Sara lachte. »Ich wette, die Sumpfkreatur wird es genießen, ihn zu töten.«

»Er braucht aber langes, krauses Haar.« Philip runzelte die Stirn wegen seines fehlenden Popcorns. »Verrückte Wissenschaftler haben immer langes, krauses Haar.«

»Da! Das Ungeheuer«, rief Evie und zeigte auf eine Hand mit Krallen, die aus dem Nebel auftauchte. »Verdammt, es ist nicht deutlich zu sehen. Ich dachte schon, es würde die Regeln für eine Sekunde brechen.«

»Du weißt, dass es in der Dunkelheit zum Leben erwacht und randaliert.« Raine nahm noch eine Lakritzstange. »Der Wissenschaftler wird versuchen, es zu kontrollieren, aber er wird gefressen werden, was er auch verdient hat.«

»Und das ist der Grund, warum ich nie campen gehen werde.« Sara zeigte auf den Fernseher. »Die liegen auf dem Boden und haben nicht mal ein schönes Feuer mit Marshmallows. Nein, wenn ich in die Wildnis gehe, dann wird es Glamping sein.«

»Was ist Glamping?« Adrien sah Sara an, um eine Erklärung zu erhalten. »Das klingt schmerzhaft.«

Raine lachte und versuchte, es hinter ihrer Hand zu verbergen. Sie hat es genossen, mit ihrem Vater und ihrem Onkel zu zelten. Zugegebenermaßen hatten sie allerdings ein Feuer und Marshmallows gehabt.

»Glamping ist glamouröses Camping«, klärte Sara Adrien auf und warf ihr Haar zurück. »Da hat man ein schönes Zelt mit einer bequemen Luftmatratze und manchmal auch ein bisschen Strom für das Nötigste. Aber wir haben ja Magie.«

»Was soll das bringen?« Adrien sah sie stirnrunzelnd an. »Beim Camping geht es doch darum, eins mit der Natur zu sein.«

Sie schnaubte. »Du bist ein Elf.« Sie winkte mit einem Lächeln ab. »Für dich ist die Natur anders.«

Adrien schüttelte den Kopf und schaute wieder zum Film.

»Moment, was habe ich verpasst?« Philip schaute auf den Fernseher. »Verwandelt er den Typen in eine Sumpfkreatur?«

»Nein, ich glaube, Sumpfkreaturen stammen von Krokodilen ab?« Evie kaute auf ihrer Unterlippe. »Ich bin mir nicht sicher, ob sie das erklärt haben. Die Kreatur hatte allerdings eine menschenähnliche Hand. Also vielleicht?«

»Der Typ sieht aus, als wäre er computeranimiert.« Sara zeigte auf den besagten Mann. »Schaut, wie er spricht. Das ist wirklich seltsam, wie ein Roboter, der Wörter aufsagt.«

Alle brachen in Gelächter aus, als einer der Schauspieler eine vage Bewegung eines Karateschlags auf den Hals des anderen machte und der Angegriffene daraufhin bewusstlos umfiel.

»Das war das Lächerlichste, was ich seit Ewigkeiten gesehen habe.« Sara wischte sich die Tränen von den Wangen. »Er hat den Typen nicht mal am Hals berührt.«

Die Gruppe beruhigte sich und versuchte sich wieder auf den Film zu konzentrieren. Raine hoffte, dass es nicht zu viele Kampfszenen gab, denn dann konnte sie sich ein Lachen nicht verkneifen. Sie waren so lächerlich.

»Wisst ihr, was das für Blumen sind?« Evie lehnte sich ein wenig näher heran. »Sie kommen mir bekannt vor. Ich glaube, sie gehören in einen Glückstrank.«

»Tut mir leid, Pflanzen sind nicht mein Ding.« Sara zuckte mit den Schultern. »Aber sie sind hübsch.«

»Wie soll er sehen, ob der Typ mit dem Kopf nickt?« Evie deutete auf die Szene im Fernseher. »Er ist völlig versteckt unter diesem dichten Nebel.«

»Die arme Schildkröte.« Sara sah weg. »Warum konnte er ihm nicht einfach einen Fisch geben?«

Evie legte ihren Arm um die Schultern von Sara. »Ich bin sicher, der Schildkröte ging es gut.«

William teilte seine Aufmerksamkeit zwischen dem Film und seinen Freunden auf, die grinsen mussten, während sie zusahen. Er hatte erwartet, dass sie den Film an sich genießen würden, aber er verstand jetzt, dass sie gerne darüber lachten, wie kitschig er war. Zuerst war er unsicher gewesen, was Horrorfilme anging, da sie überhaupt nicht sein Ding waren, aber er konnte sehen, dass sie einem eine Menge Spaß bereiten konnten.

»Sie hat eine Locke in der Mitte ihrer Stirn, damit du weißt, dass sie Ärger bedeutet.« Evie legte die leere Lakritz-Packung weg. »Es gab einmal ein Mädchen, das hatte eine kleine Locke in der Mitte ihrer Stirn. Wenn sie gut aussah, dann sehr, sehr toll, und wenn sie schlecht aussah, dann wirklich grauenvoll.«

»Was war das?« Philip schaute sie neugierig an. »Der Reim.«

»Etwas, das meine Großmutter immer sagte, als ich klein war. Es ist wohl aus einem Gedicht.« Sie lächelte und zuckte mit den Schultern. »Obwohl ich nie Locken hatte. Ich glaube, es ist ein alter, irischer Reim.«

Nach weiteren zwanzig Minuten begann das Finale. Alle lachten bei der nächsten Kampfszene schallend.

»Seine Faust hat den Kerl definitiv nicht berührt«, sagte Sara, als sie wieder zu Atem gekommen war. »Und er ging zu Boden wie ein Klotz.«

Sie sahen zu, wie das Finale eskalierte und die Feinde des Wissenschaftlers sich um sein Haus versammelten, um einen Angriff vorzubereiten.

»Wartet, war das das Monster?«, fragte William. »Dieses glupschäugige, scharfzahnige Ding?«

»Wie entsteht sowas aus einem Mann und einem Krokodil?« Philip starrte auf den Fernseher und wartete auf den nächsten Ausschnitt, wo das Monster zu sehen war. »Es sieht … durchgeknallt aus.«

»Wartet, wartet, das war das Ende?«, fragte Evie entgeistert und sah den Rest der Gruppe an. »Dieser kleine Kampf und die Krokodile und dann ist es vorbei?«

Philip spulte den Film ein wenig zurück.

»Es sieht so aus.«

»Nun, verdammt. Das hat sich wirklich nicht gesteigert. Kein Höhepunkt.« Sara beugte sich missbilligend vor. »Am Ende haben sie es irgendwie vermasselt.«

»Es war aber schon lustig.« Evie stand auf und sammelte die leeren Verpackungen ein. »Wissen wir schon, welchen Film wir uns als Nächstes ansehen werden?«

»Irgendwas mit Werwölfen«, erwiderte Adrien. »Ich weiß nicht mehr, was wir besprochen haben, aber ich hätte gerne etwas mit Werwölfen.«

»Klingt gut für mich.« Raine half Evie beim Aufräumen. »Es gibt ein paar klassische Werwolf-Filme.«

»Sagt mir ein paar und ich werde sehen, was ich tun kann, um sie zu bekommen.« Philip steckte die leeren Verpackungen in seinen Rucksack. »Wann wollen wir den nächsten Filmabend machen?«

»Nächste Woche?« William stand ebenfalls auf. »Wir könnten es zu einer Freitagabend-Sache machen.«

»Das hört sich gut an.« Raine lächelte. »Das wird uns etwas geben, womit wir uns am Ende der Woche entspannen können.«

»Das ist also ein Date.« Philip schnallte sich den Rucksack auf den Rücken. »Ich muss mich noch um ein paar Geschäfte kümmern. Sehen wir uns später?«

»Pass auf dich auf.«

»Lass dich nicht erwischen!«

Kapitel 16

Philip betrat ihr Zimmer als Erster. Andrew war schon den ganzen Morgen verdächtig ruhig gewesen und hatte William nicht ein einziges Mal angegriffen, seit Adrien ihn festgenagelt hatte. Philip verstand jetzt, warum. Der Junge starrte sie an, sein Haar war eine Mischung aus neongrünen und blauen Strähnen und seine Hände waren leuchtend rosa.

»Das hast du mir angetan«, warf er Philip verärgert vor.

»Genau genommen, hast du es dir selbst angetan«, entgegnete Philip und ließ die Hände grinsend in die Hosentaschen gleiten. »Du hättest nicht versuchen sollen, uns zu beklauen.«

Andrew versuchte sich auf ihn zu stürzen, aber sowohl William als auch Adrien reagierten zu schnell, als dass er auch nur in seine Nähe kommen konnte. Der Halb-Ifrit stieß ihn zu Boden und Adrien drückte einen Fuß an seine Kehle, bevor er sich aufrappeln konnte.

»Wir werden dich jetzt zur Direktorin bringen«, stellte der Elf spöttisch grinsend klar. »Du kannst froh sein, wenn du auf der Schule bleibst.«

Der Ausdruck des Jungen verfinsterte sich, aber er sagte nichts. William zog ihn auf die Füße und Adrien packte ihn am Kragen seines Hemdes und marschierte mit ihm aus dem Zimmer. Philip lächelte. Er war zwar kein Kämpfer, aber er wusste, wie er sich mit Leuten anfreunden konnte, die kämpfen konnten.

Die anderen Schüler hielten inne und starrten sie an, als der Elf den Dieb zum Büro der Direktorin führte. Er war nur ein paar Zentimeter größer als Andrew, aber sein Auftreten gab ihm das Gefühl, den Zauberer zu überragen. Der Junge blickte jedem in die Augen und forderte sie auf, ihn zu fragen, was passiert war. Keiner tat es, bis sie auf Sara trafen.

»Ich nehme an, das ist der diebische Arsch, mit dem ihr euch ein Zimmer teilt.« Sie verschränkte die Arme. »Hat er es geschafft, etwas zu klauen?«

Adrien schüttelte den Kopf. »Unsere Magie war effizient. Er hatte keine Gelegenheit dazu gehabt.« Er schob Andrew vor. »Wir bringen ihn zur Direktorin.«

»Da ist ein neuer Typ.« Sara schaute die Treppe hinunter zur Eingangstür. »Ich wette, er wird euer neuer Zimmergenosse.«

Adrien seufzte leise. Er hatte im Stillen gehofft, dass die drei keinen weiteren Mitbewohner bekommen würden.

Philip klopfte an die Bürotür der Direktorin, während William auf der anderen Seite von Andrew stand. Feuer flackerte über seine Fingerknöchel als leise Warnung an Andrew, nichts zu versuchen.

Misses Berens forderte sie auf einzutreten. Sie war nicht sonderlich überrascht, die Jungs zu sehen, da sie wusste, dass sie seit einiger Zeit Probleme mit Andrew hatten.

»Er hat versucht, uns zu bestehlen«, begann Adrien zu erklären und schob den Übeltäter vor. »Seine Haare und Hände beweisen das. Wir haben unsere Sachen mit einer Art Bomben versehen, die dieses Ergebnis hervorrufen würden, sollte sich jemand daran zu schaffen machen.«

Misses Berens schürzte ihre Lippen und starrte Andrew an. Der Junge hob sein Kinn, ganz unschuldig tuend.

»Andrew wird sofort euer Zimmer verlassen und ich werde die Frage seiner Bestrafung und seiner zukünftigen Anwesenheit an dieser Schule mit den Lehrkräften besprechen«, erwiderte die Direktorin.

Die Augen des Jungen verengten sich. Er stammte aus einer guten Familie und seine Eltern würden wütend werden, wenn sie hörten, dass er rausgeschmissen wurde. *Die Schuldirektorin würde das nicht wagen*, dachte er arrogant.

Mister Hodges betrat das Büro. Der Wandler überragte Andrew und starrte ihn mit dem goldenen Glanz seiner Wolfsaugen an. Der Junge versuchte zu entfliehen, bemerkte aber, dass er nirgendwo hingehen konnte.

»Du wirst den Rest des Vormittags bei mir bleiben«, befahl der Wandler. Den Jungs entging das Knurren in den Worten des Lehrers nicht.

»Danke, Mister Hodges«, erwiderte die Direktorin lächelnd. Sie sah Philip und seine Freunde an. »Ihr dürft nun gehen.«

Ein paar Gnome liefen vor ihnen die Treppe zu den Schlafsälen hinauf und Schüler hielten inne und tuschelten, als sie vorbeikamen.

»Stimmt es, dass ihr Andrews Haare grün und blau gefärbt habt?«, fragte eine blonde Hexe.

Philip zuckte mit den Schultern. »Er hat es verdient«, entgegnete er nur.

Sie wandte sich grinsend an ihre Freunde. Philip war sich nicht sicher, wie sich das auf seinen Ruf auswirken würde. Er hatte sorgfältig darauf geachtet, das Image eines scharfsinnigen Geschäftsmannes mit genug Charme zu kultivieren, um auch einem Eisbären Eis verkaufen zu können.

Die Gnome kamen ihnen nun auf dem Treppenabsatz entgegen, doch diesmal trugen sie zwei prall gefüllte Taschen, aus einer davon ragte ein Ärmel heraus.

Adrien lächelte, als er Andrews Besitz erkannte. Er war jetzt endgültig weg. Jetzt mussten sie nur noch abwarten, wie der neue Typ war. Adrien hoffte auf jemanden, der sich ruhig und unauffällig benehmen würde.

Cameron starrte den Gnom an, der ihn zu seinem Zimmer geführt hatte. Er ging hinein und fand es spärlich, aber bewohnbar. Er hatte schon schlimmeres gesehen, also ließ er seine Tasche auf das nun leere Bett fallen, das kürzlich mit frischer Bettwäsche bezogen worden war und atmete tief ein. Cameron rümpfte die Nase, als er einen Elfen und einen Ifrit ausmachen konnte. Trotzdem war es wahrscheinlich einfacher, als zu versuchen, ein Zimmer mit einem anderen Wandler zu teilen.

Er hatte begonnen auszupacken, als der besagte Elf und der Ifrit hereinkamen. Alle blieben stehen und sahen sich an. Cameron verengte seine Augen ein wenig und ließ sie gelblich aufblitzen, um deutlich zu machen, was er war. Er stammte aus einer sehr langen Linie von Wandlern und war sich der Vorurteile gegenüber seiner Art durchaus bewusst.

Der Zauberer grinste und streckte seine Hand aus. »Hey, ich bin Philip. Und du bist?«, stellte er sich vor.

Cameron sah auf die dargebotene Hand und dann auf den Zauberer. »Cameron.«

Er packte weiter aus und ignorierte sie, solange er konnte. Ihre durchdringlichen Blicke brannten sich in seinen Rücken, aber er ignorierte sie. Der Wandler hatte bereits vier Schulen besucht, diese hier würde Nummer fünf werden. Cameron wusste es besser, als zu versuchen, gute Freunde zu finden. Das funktionierte nie. Er sollte eigentlich wieder bei seinem Rudel und seiner eigenen Art sein, denn niemand verstand sein Bedürfnis, wegzulaufen oder sein Essen zu bewachen.

Es folgte immer das gleiche enttäuschende Muster. Am Anfang waren die Leute freundlich zu ihm, weil er neu war. Doch als sich irgendwie herumsprach, dass er ein Wandler war, behandelten sie ihn wie einen Freak und das machte ihn wütend. Auf der letzten magischen Schule hatten sie versucht, ihn als Minderwertigen zu vertreiben. Er hatte sogar versucht, das Auto des Direktors in Brand zu setzen, damit er die Schule verlassen konnte.

Sein Rudel bestand darauf, dass er eine gute Ausbildung bekam, aber er war sich sicher, wenn er von dieser Schule verwiesen würde, würden sie aufgeben und ihn zu Hause unterrichten. Dann bräuchte er sich nicht um die Blicke und das Getuschel zu kümmern und wäre unter seinesgleichen, wo er hingehörte.

»Warum wurdest du versetzt?«, fragte William den Wandler neugierig musternd. »Du musst wohl irgendwas vermasselt haben.«

Cameron drehte sich um und sah ihn an. Sein dunkles Haar war unordentlich und hing ihm bis knapp über die Ohren, seine dunklen Augen waren verengt und ein leises Knurren erklang in seiner Kehle. Der Halb-Ifrit hob eine Augenbraue und erlaubte dem Feuer, seine Hände und Haare zu überziehen. Beide konnten dieses kleine Spielchen spielen.

Der Wandler drehte sich nun vollständig um, hob sein Kinn und richtete sich auf.

»Ich habe das Auto des Direktors in Brand gesetzt«, antwortete er und verschränkte die Arme, womit er Williams Haltung nachahmte. »Es stellte sich heraus, dass sie so etwas nicht leiden können.«

Adrien legte den Kopf leicht schief und war sichtlich verwirrt. »Warum hast du das getan?«

Cameron starrte ihn an. »Du bist kein Psychiater. Ich habe es getan, weil es Spaß gemacht hat. Ende der Geschichte.«

Der Elf glaubte das nicht eine Sekunde lang. Der Wandler hatte eindeutig ein Ziel vor Augen gehabt und er vermutete, dass es darin bestand, von der Schule, auf der er war, suspendiert zu werden.

»War es eine menschliche Schule?«, hakte Adrien nach.

»Nein, eine magische. War aber nicht so schön wie dieser Ort.«

Adrien tauschte einen Blick mit Philip aus. Sie hatten das Gefühl, dass sie den Neuankömmling ziemlich gut verstanden.

Der Zauberer lehnte an der Wand und überkreuzte seine Beine.

»Ich wette, sie haben dich schlecht behandelt, weil du ein Wandler bist, richtig?« Philip wartete nicht auf eine Antwort. »Sie haben wahrscheinlich behauptet, du hättest keine Magie, also gehörst du nicht dazu. Da du schwach bist, hast du beschlossen, dich aus der Situation zu befreien.«

Cameron begann weiter seine Sachen auszupacken, während er seine Zähne fletschte. Philip blieb völlig ungerührt. Er wusste, dass Adrien und William mit ihm fertig werden würden, wenn es nötig war.

Als seine neuen Zimmergenossen weder zusammenzuckten noch irgendwie reagierten, riss sich Cameron zusammen. Normalerweise versuchten andere ihn dann anzugreifen oder wären zurückgewichen, wenn er so die Zähne fletschte. Er wusste nicht recht, wie er jetzt mit der Situation umgehen sollte.

»Ich war nicht schwach«, stieß er nach einem kurzen Schweigen hervor.

»Dein Getue scheint mir schwach zu sein.« Philip zuckte mit den Schultern. »Du bellst nur und beißt nicht.«

Damit stieß er sich von der Wand ab und ging um Cameron herum, um sich auf sein eigenes Bett zu setzen. »Wir gehen bald wieder runter ins Kemana, oder?«, fragte er an William und Adrien gewandt, während er sich auf seinem Bett ausstreckte. »Ich habe Heißhunger auf einen Eisbecher vom *Bubble & Fizz*.«

»Ich glaube, wir haben uns auf nächsten Samstag geeinigt«, antwortete Adrien und setzte sich auf die Kante seines Bettes. »Raine will sich vorher noch ein bisschen mit den Druiden beschäftigen.«

Philip schnaubte. »Das lässt sie nicht los, oder?«

»Sie will FBI-Agentin werden, wie ihr Vater und ihr Onkel.« William nahm ein Notizbuch in die Hand. »Das ist ja dann logisch, dass sie ihnen helfen will.«

»Und das bewundere ich, wirklich.« Philip legte den Arm über sein Gesicht. »Aber ich werde nicht stundenlang mit ihr in der Bibliothek verbringen. Weck mich, wenn es Zeit zum Essen ist.«

Cameron setzte sich auf sein Bett und runzelte die Stirn, während er seine Mitbewohner verstohlen ansah. Sie scherten sich nicht um sein Knurren oder sein Verhalten. Noch nie hatte jemand so reagiert. Die Stichelei des Zauberers, dass er schwach sei, hatte ihn ebenfalls verletzt.

»Kommst du mit uns ins Kemana, Wandler?« Philip hob den Arm und sah ihn an. »Wir können einen Tarnzauber für dich machen.«

Cameron unterdrückte ein Lächeln und bemühte sich darum, einen finsteren Gesichtsausdruck zu bewahren. »Sicher«, erwiderte er schließlich.

Noch nie hatte ihn jemand eingeladen, sie irgendwohin zu begleiten. Er war noch nicht einmal eine Stunde in der Schule und hatte schon ein wenig Hoffnung. Das war etwas, das er seit Jahren nicht mehr gespürt hatte.

✳ ✳ ✳

Raine saß an ihrem üblichen Platz in der Bibliothek, versteckt hinter einer sorgfältig aufgebauten Bücherwand. Die Gnome beobachteten sie mit väterlichem Stolz, während sie in zwei Notizbüchern blätterte und ihre Kritzeleien mit dem verglich, was sie in dem neuesten Buch gefunden hatte.

»Wissen wir, was sie heute erforscht?«, fragte Bibliothekar Leo Decker seinen Kollegen Joe.

»Etwas, was mit Druiden zu tun hat. Sie hat alle Druidenbücher durchgearbeitet, aber sie sind nicht Teil eines ihrer Kurse«, entgegnete Joe.

Die Blume des Chefbibliothekars machte Faxen, während er auf seine Fersen zurückwippte und überlegte, ob er sie ansprechen und fragen sollte oder nicht. Nach einer Minute siegte seine Neugierde und er ging auf das Mädchen zu.

»Guten Tag, Raine, und was schaust du dir heute an?«, begrüßte er sie.

Sie sah auf und schenkte ihm ein breites Lächeln. Die Gnome waren äußerst sympathisch und fanden ihre Leidenschaft und Hingabe für die Bibliothek bewundernswert.

»Ich untersuche die Geschichte und Kultur der Druiden. Ich habe ein paar Zeichen gesehen, die wie Runen aussahen, die denen der Druiden ähneln und ich möchte herausfinden, was sie bedeuten«, erklärte sie Leo.

»Ah, gut, dann solltest du auch ein paar Bücher über Symbolik lesen.« Er drehte sich um und ging auf die entsprechende Abteilung der Bibliothek zu.

Es war ein weniger betretenes Gebiet, da die Lehrer diese Themen nicht wirklich abdeckten. Die Gnome haben darauf bestanden, den Bereich zu erhalten, da Symbole sehr wichtig waren, besonders in der Magie. Sie hatten versucht, sie in den Lehrplan aufnehmen zu lassen, waren aber gescheitert. Misses Berens verstand ihre Argumente, aber sie hatten einfach nicht genug Zeit dafür und wollten lieber, dass die Schüler praktische Magie lernten.

Der Chefbibliothekar zog einen kleinen Hocker hervor und kletterte darauf, um ein Buch mit blauem Einband und silberner Schrift auf dem Buchrücken herauszuholen. Er bahnte sich seinen Weg entlang des Bücherregals und wählte drei weitere aus.

»Diese sollten dir einen besseren Einblick verschaffen«, sagte er und legte sie behutsam auf ihren Tisch. »Ruf mich, wenn du noch etwas brauchst.«

»Vielen Dank, Mister Decker, Sie sind so hilfsbereit.«

Er neigte den Kopf ein wenig, um sein Lächeln zu verbergen. Obwohl die meisten Schüler normalerweise immer höflich waren, gab es niemanden sonst an der Schule, der so dankbar und lernbegierig war wie Raine.

Sie schlug das erste der Bücher über Symbolik auf und suchte nach Kapiteln, die sich auf Runen oder Druiden bezogen. In der Stille der Bibliothek war sie in ihrem Element – verloren inmitten der Worte und des Wissens.

Die Zeit verging und Raine realisierte, dass sie mindestens ein paar Stunden gelesen haben musste. Sie war in einen Bann gezogen worden und recherchierte Symbole für ihre eigene Bildung und nicht nur für das Druiden-Dilemma. Glücklicherweise führte sie das zu genau dem, wonach sie gesucht hatte. Sie war gerade dabei, das Buch über alte Symbole zuzuklappen, als ihr eine Zeichnung der Markierung, die sie im Kemana gesehen hatte, ins Auge fiel.

Sie notierte sich den Namen und suchte ihn in den anderen Texten, während die Aufregung in ihr aufblühte. Jetzt hatte sie echte Fortschritte gemacht. Mit den relevanten

Büchern um sich herum verteilt, notierte Raine alles, was sie über das Symbol finden konnte.

Stirnrunzelnd erkannte sie, dass diese Markierung ein Zeichen für ein Territorium und Versteck war. Wenn sie es richtig verstand, beanspruchte jemand mit einem Verständnis für Druidenmagie diesen Teil des Kemana als seinen eigenen und versteckte außerdem etwas vor Außenstehenden. Das war nicht ganz das, was sie sich erhofft hatte, aber der Hinweis darauf, dass in jedem Symbol ein einzigartiges Erkennungszeichen eingewebt war, gab ihr einen weiteren Funken Hoffnung. Sie musste nun herausfinden, wie sie diese Signatur erkennen konnte.

* * *

Evie beobachtete die Küchenelfen mit Ehrfurcht. Sie backte nun schon seit ein paar Monaten mit ihnen und war immer noch von ihrer Effizienz und Anmut verzaubert. Die Anführerin, Victoria – oder Tori, wie die anderen Elfen sie nannten – vermischte die Zutaten für den Teig mit einer Handbewegung. Der Rührbesen bewegte sich in sauberen, rhythmischen Kreisen, während sie sanft einen Teig für Gebäck ausknetete.

Die Elfen hatten sie unter ihre Fittiche genommen und ihr erlaubt, wirklich zu lernen, wie man backt. Sie liebte den Backclub, aber das hier war etwas anderes.

»Komm und hilf mir, Pain au Chocolat zu machen«, sagte Tori und nickte in Richtung Kühlschrank neben ihr. »Der Teig ist gleich fertig zum Verarbeiten. Vergiss nicht, dich anzustrengen.«

Evie nahm den großen Klumpen Teig aus dem Kühlschrank und legte ihn auf ihren üblichen Platz auf der Arbeitsplatte. Sie lächelte, sich bewusst, dass sie ihren eigenen Bereich zum Arbeiten hatte. Die Elfen ließen bisher niemanden mit ihnen kochen und sie hatte sich einen Platz auf ihrer Arbeitsplatte verdient.

Sie nahm die Frischhaltefolie ab und legte sie vorsichtig beiseite, bevor sie den Teig bearbeitete. Durch die intensive Herstellung von Brot und Backwaren hatte sie an Kraft in den Armen dazugewonnen.

Tori lächelte mit einem Anflug von Stolz. Evie hatte sich als Bäckerin wirklich weiterentwickelt. Evie kannte ausschließlich die Grundlagen, als sie hier ankam, aber jetzt lernte sie, ihre Magie auch in die Backwaren einzuweben. Sie musste allerdings ein wenig dazu überredet werden und Tori hegte den Gedanken, dass vielleicht jemand in ihrer Familie zu streng zu ihr gewesen war. Das Mädchen ließ Toris Mutterinstinkt zum Vorschein kommen und sie hatte das Bedürfnis ein ernstes Wort mit demjenigen zu reden, der sie so nervös gemacht hatte, dass sie sich nicht getraute, ihre Magie beim Backen zu benutzen.

»Die werden für Professor Powell sein, also webe etwas Vitalität und Gesundheit in den Teig«, sagte Tori zu Evie. »Denk daran, was ich gesagt habe. Dehne die Fäden der Magie mit dem Teig aus, denn dieser sollte dünn und zart sein. Das wird eine leichte Süße hinzufügen, die die dunkle Schokolade gut ergänzt.«

Die Schokolade, die sie für Professor Powells Pain au Chocolat verwendeten, stammte aus Frankreich, wo sie mit einem schwierigen Heilzauber versehen worden war. Diese spezielle Schokolade war weder günstig, noch war sie leicht zu verarbeiten, aber der Professor hatte ein wenig Energie gewonnen, seit sie sie verwendet hatten.

Evie lächelte und nickte verständnisvoll, als sie die kleine Phiole mit der goldenen Flüssigkeit aus dem

Zaubertränke-Regal vor ihr auswählte. Die Elfen fügten ihrem Essen oft ein wenig Magie hinzu, was sie den Schülern aber verschwiegen. In der Prüfungsphase mischten sie ein wenig Konzentration und Ruhe hinzu, um ihnen durch die schwierige Zeit zu helfen.

Evie hatte die Küchenelfen mehr und mehr zu schätzen gelernt, als sie sie kennenlernte und die kleinen Aufmerksamkeiten sah, die sie in alles steckten. Sie gab sechs Tropfen des goldenen Trankes in den Teig und schloss die Augen, um sich auf die Magie zu konzentrieren. Während sie den Teig dehnte und immer wieder auf sich selbst zurückfaltete, zog sie die verzauberten Fäden dünn und straff. Die Profiköche in Frankreich brauchten neun Monate, um zu lernen, wie man ein gutes Croissant macht, also war sie begeistert, dass sie die zarten, dünnen Schichten in nur zwei Monaten geschafft hatte. Sie waren nicht ganz perfekt, aber ihr letzter Versuch hatte Komplimente von den Elfen und Lehrern erhalten.

Evie vertiefte sich in ihre Arbeit. Sie war in der Küche zu Hause. Der Akt des Backens hatte etwas wunderbar Beruhigendes an sich. Alles war so einfach und doch so unglaublich präzise. Für jedes Gebäck wurde ein ähnliches Mehl-, Butter- und Heferezept verwendet, doch je nachdem, wie die Zutaten gehandhabt und kombiniert wurden, entstand immer etwas völlig anderes daraus. Diese einfache Tatsache allein war schon bezaubernd.

Als der Teig fertig war, trat sie zur Seite, damit Tori ihn fertigstellen konnte. Evie war noch nicht ganz bereit, mit der Schokolade richtig umzugehen. Die Magie, die sie enthielt, war empfindlich und temperamentvoll und das Etikett an dieser speziellen Schokolade bedeutete, dass Evie sie nicht zum Üben benutzen sollte. Die Küchenelfen hatten ihr aber versprochen, sie zu unterrichten, sobald Professor Powell geheilt war.

✶ ✶ ✶

Philip und die anderen bestanden darauf, dass Cameron sich ihnen zum Abendessen anschloss. Die Jungs wussten, dass der Wandler dringend gute Freunde brauchte und hatten beschlossen, das für ihn zu sein. Cameron hatte sie nur angestarrt und angeknurrt, aber sie ignorierten es als das, was es war – Gewohnheit und die Angst, eine Beziehung zu jemandem einzugehen.

Adrien verdrehte die Augen und legte Cameron die Hand auf den Rücken. »Sei kein mürrisches Hündchen und komm mit uns zum Essen«, sagte er zu ihm.

Das Gesicht des Wandlers erstarrte förmlich bei den Worten. Philip und William mussten wegschauen, um ihr Lachen zu verbergen.

Cameron steckte die Hände in die Hosentaschen und sagte kein Wort, als er den anderen in den Speisesaal folgte. Niemand schaute ihn auch nur an, als er die Gänge entlangging. Er sah zwei andere ältere Wandler, die beide seine Anwesenheit wahrnahmen, aber mehr nicht. Sie wussten, was er war und sie akzeptierten es. Cameron räumte gedanklich zähneknirschend ein, dass die Schule vielleicht doch nicht so schlecht sein würde.

Kapitel 17

Misses Berens lächelte zum ersten Mal seit Wochen, als sie auf ein goldumrandetes Kapitel in einem sehr alten Buch zeigte.

»Wir haben es gefunden. Wir wissen, was es für ein Gift ist. Jetzt können wir daran arbeiten, das Heilmittel zu finden«, stellte sie zufrieden fest und reichte das Buch an Professor Powell weiter. »Es ist das Schattengeist-Gift. Ein wirklich bösartiges Gebräu, aber wir haben bisher das Richtige getan.«

Sie legte ihre Hand auf seine.

»Wir können dich heilen. Hilft dir das, um zu wissen, wer dir das angetan hat? Es muss über ein Getränk in einer Vollmondnacht verabreicht worden sein.«

Xander lehnte sich in seinem Stuhl zurück und rieb sich die Schläfen. Es war schwieriger geworden, sich zu konzentrieren, je mehr das Gift in seinen Geist und seine Magie eindrang. Es gab unzählige Leute, die er über die Jahre verärgert hatte. Viele von ihnen waren mit dunkler Magie begabt, sodass das die Liste nicht wirklich eingrenzte. Er könnte vielleicht zwanzig oder so aufzählen, die sich mit dunkelmagischen Giften und Tränken auszeichneten. Doch keiner der Namen fiel ihm ein.

Agent Bruce Connor trat in das kleine Cottage-Wohnzimmer und musterte kurz die Anwesenden.

»Sie wollten mit mir sprechen?«, fragte er und sah die beiden Professoren an. »Über das Heilmittel?«

Die Direktorin nickte. Der Agent wusste nicht viel über Magie, aber er war wissbegierig, seit er sich auf dem Schulgelände niedergelassen hatte.

»Wir werden eine Reihe von Dingen aus Charlottesville brauchen«, erklärte Misses Berens und reichte ihm eine Liste. »Dort gibt es einen Laden für magische Artikel, der Sie erwarten wird.«

Er nickte und ging, froh, endlich helfen zu können. Sein Mangel an magischen Kenntnissen hatte ihm das Gefühl gegeben, nutzlos zu sein und Professor Powell war nicht in der Lage gewesen, eine kurze Liste von Verdächtigen zu liefern. Das hatte den Agenten jedoch nicht davon abgehalten, in der Vergangenheit des Professors zu graben, während er selbst versuchte, die Verdächtigen einzugrenzen.

Bruce hatte zehn Namen, die er von Misses Berens überprüfen lassen wollte, aber es gab nicht wirklich einen passenden Zeitpunkt. Es war klar, dass sie und Professor Powell eine gemeinsame Vergangenheit hatten und zwar eine sehr intime, wenn er die Situation richtig einschätzte. Trotzdem wusste er nicht, wie er das Thema Professor Powells Feinde betreffend bei ihr ansprechen sollte.

Der Agent ging zu seinem Auto, einer schwarzen Limousine, wie sie die meisten Agenten fuhren. Sie war völlig unauffällig und fügte sich in jede Umgebung gut ein. Er fragte sich, ob vielleicht jemand in der Agentur das Auto mit einem Zauberspruch belegt hatte, der dazu führte, dass die Menschen die Limousine nicht wahrnahmen. Es war nicht unwahrscheinlich, aber er glaubte nicht, dass die wenigen Hexen oder anderen Magier, die mit der Agentur zusammenarbeiteten, sich um solch profane Dinge wie Autos kümmern würden. Sie waren sehr an Raine interessiert und hatten große Hoffnungen, dass sie der magischen

Gemeinschaft eine größere Anerkennung innerhalb der Agentur verschaffen würde, also waren ihre Ziele viel höher gesetzt als der Agententransport.

Als er hinter dem Lenkrad saß, überprüfte er die Adresse auf der Rückseite der Liste. Er hatte schon viel Zeit in Charlottesville verbracht und noch nie einen Laden für magische Artikel gesehen. Ein Lächeln flackerte in seinem Gesicht auf, als er erkannte, dass es in einem Blumenladen versteckt war. Er musste zugeben, dass er nie einen Blumenladen für so etwas vermutet hätte.

Es war schon spät am Tag, die Geschäfte hatten geschlossen und die Straßen waren ruhig. Die meisten Leute saßen drinnen, sahen fern und aßen zu Abend. Bruce störte sich nicht an dieser Zeit des Abends, in der alles ruhig war, die volle Nacht aber noch nicht ganz begonnen hatte.

Er fuhr auf einen kleinen Parkplatz und überprüfte den Namen des Ladens. *Don's Blumen und Geschenke* war ein kleines Geschäft in einem Backsteinhaus mit einer grünen Markise. Der unauffällige Laden war modern und sauber und er hätte es überhaupt nicht mit magischem Bedarf in Verbindung gebracht. Er hatte etwas Altes und vielleicht auch ein wenig Protziges erwartet.

Bruce spähte an den Vasen in den Fenstern vorbei und suchte nach einem Zeichen, dass noch jemand da war. Er klopfte an die Tür und wippte auf seinen Fersen vor und zurück, während er wartete. Die Direktorin hatte darauf bestanden, dass jemand da sein würde und er wollte sie nicht enttäuschen.

Ein älterer Herr mit einer Strähne blass-silbernen Haares in der Mitte seines Kopfes öffnete die Tür.

»Guten Abend, Sir. Ich hoffe, dass ich diese Dinge hier kaufen kann«, begrüßte er den Mann und reichte ihm die Liste. »Glauben Sie, Sie können mir helfen?«

»Lila! Hier ist ein Kunde für dich«, rief der alte Mann.

Er schob die Liste einer jüngeren blonden Frau mit dichten Locken zu, die leicht angespannt lächelte. »Na ja, die sind ein bisschen teuer. Sie sind ziemlich selten«, sagte sie und sah ihn mit verengten Augen an. »Was sagten Sie, wofür Sie sie brauchen?«

»Die sind für Mara Berens.«

Sie entspannte sich sofort und geleitete Bruce in den Laden. Er folgte ihr an den großen Blumenarrangements vorbei und stellte fest, dass er keine Ahnung gehabt hatte, dass es Gänseblümchen in so vielen verschiedenen Farben gab. Lila führte ihn in einen kleinen Hinterraum, in dem an jeder Wand helle Holzregale angebracht waren, auf denen Gläser und Fläschchen standen, die mit – so nahm er an – getrockneten Kräutern gefüllt waren.

»Ich schreibe es auf das Konto von Misses Berens«, meinte Lila und wählte drei kleine Fläschchen und ein großes Glas aus und schöpfte die Kräuter in kleine Pappbehälter. »Das wird schon gehen, nehme ich an.«

»Ja. Perfekt, danke«, bedankte sich der Agent.

Misses Berens hatte ihm nicht gesagt, wie er für die Lieferungen bezahlen sollte, also nahm er an, dass das so schon funktionieren würde. Lila reichte ihm die kleinen Kisten und geleitete ihn aus dem Laden. Er war sich nicht ganz sicher, was er da trug, aber er wusste, dass sie wichtig waren. Bruce verstaute seine Einkäufe in einer größeren Tasche, die er sorgfältig in den Beifahrerfußraum stellte, bevor er zur Schule zurückkehrte.

Jetzt konnten sie Professor Powell endlich helfen und ihn heilen.

* * *

Raine blickte stirnrunzelnd auf das Buch und seufzte, als sie ihren Zauberstab erneut hob. Sie übte den Lichtkugelzauber, der ihren Freunden so mühelos gelang. Ihre Magie war jetzt näher an der Oberfläche und sie war sich ihr bewusster, aber sie kämpfte immer noch damit. Es half nicht, dass sie es beim ersten Versuch relativ leicht geschafft hatte oder dass die Zauberbücher es alle so einfach klingen ließen. Sie musste ihre Magie sanft durch ihren Zauberstab bewegen, der die Magie fokussieren und dann die Lichtkugel visualisieren lassen würde.

Ihre Kraft pulsierte durch ihren Zauberstab und bildete einen kleinen Funken, der innerhalb von zwei Sekunden verpuffte. Raine ging zurück zu ihren Büchern und las sie erneut, fand aber nichts Neues. Sie tat genau, was dort stand, aber aus irgendeinem Grund funktionierte es einfach nicht. Vielleicht besaß sie ja doch nicht so viel Magie, wie die Leute dachten.

Bibliothekar Decker schlenderte zu ihr hinüber. Seine Mohnblume begrüßte sie mit einem sanften Grinsen, das ihr das Stirnrunzeln wegwischte.

»Gibt es etwas, bei dem ich helfen kann?«, begrüßte er sie.

Raine seufzte.

»Ich versuche, eine Lichtkugel zu formen. Ich habe es einmal geschafft, aber seitdem bin ich immer wieder gescheitert und bei allen anderen sieht es immer so leicht aus«, sagte sie verzweifelt und deutete auf die Bücher. »Ich tue, was in den Büchern steht, aber es klappt einfach nicht.«

Der Chefbibliothekar runzelte die Stirn. »Nun, versuch es doch noch mal und ich werde sehen, ob ich herausfinde, was schiefläuft.«

Als Joe die beiden hörte, ging er um das Bücherregal herum, stellte sich neben Leo und schaute interessiert Raine an. Raine hob ihren Zauberstab und versuchte, die Lichtkugel zu visualisieren. Der Funke schaffte es dieses Mal kaum aus dem Zauberstab. Ihr Frustrationspegel stieg deutlich an.

»Du setzt nicht genug Magie frei«, sagte Joe lächelnd. »Du brauchst ein bisschen mehr Vertrauen in dich selbst.«

Raine unterdrückte ein Seufzen. Das klang nicht nach etwas Greifbarem, mit dem sie arbeiten konnte. Im Prinzip mochte sie Philosophie, aber sie war viel zu pragmatisch veranlagt, um sich in solchen Situationen damit zu beschäftigen.

»Atme tief ein und spüre deine Magie.« Bibliothekar Decker bewegte seine Hände in einer Yoga-ähnlichen Geste, um das tiefe Einatmen zu demonstrieren. »Dann, wenn du sie gut im Griff hast, gibst du sie in deine Lichtkugel frei.«

Raine kreiste mit den Schultern und schloss die Augen, um zu versuchen, ihre Magie zu spüren. Sie war sich eines flüssig-feurigen Gefühls tief in ihrem Inneren bewusst, aber es war viel tiefer, als all die Bücher vermuten ließen, dass es sein sollte. Ein nagender Zweifel ließ sie sich fragen, ob mit ihrer Magie etwas nicht in Ordnung war.

»Schieb alle Zweifel beiseite.« Leo Decker verschränkte die Arme. »Du hältst dich selbst zurück.«

Raine verbarrikadierte den Zweifel mental und schob ihn in den hinteren Teil ihres Geistes. Sie war auf dieser Schule, also besaß sie eindeutig Magie. Es war Zeit, mit solchen Dingen voranzukommen.

Die Kraft sammelte sich in ihr und gelang in ihren Zauberstab. Es war mehr als der kleine Funken, den sie beim letzten Mal freigesetzt hatte und der Fortschritt erheiterte sie. Das Bild des Lichts formte sich leichter in ihrem Geist. Als sie ihre Augen öffnete, sah sie eine kleine Kugel von der Größe eines Golfballs vor sich schweben. Sie spendete zwar nicht viel Licht, aber sie war definitiv besser als ein Funke.

»Ein Fortschritt!«, rief Joe klatschend. »Jetzt können wir vorankommen.«

»Er hat recht. Wenn du aufhörst dir selbst im Weg zu stehen, können wir dir wirklich helfen.« Der Chefbibliothekar lächelte. »Jetzt musst du das Bild in deinem Kopf klarer werden lassen.«

Er war stolz darauf, wie weit Raine während ihrer Zeit an der Schule gekommen war. Sie hatte sehr hart gearbeitet, um jeden kleinen Schritt zu erreichen und sie hat trotz der Schwierigkeiten nicht aufgegeben. Was die anderen Schüler als leicht ansahen, musste Raine sich hart erarbeiten und sie schreckte nicht ein einziges Mal vor der Herausforderung zurück.

Sie verbrachten die nächste Stunde damit, sie durch die Erschaffung von Lichtkugeln zu führen und am Ende war sie in der Lage, eine große, helle, weiße Kugel zu formen. Raines Kugel konnte mit der von Adrien konkurrieren, die eine große Scheune erhellen konnte. Sie grinste voller Stolz, als die Kugel vor ihr schwebte und dabei auf und ab hüpfte. Ein wenig bedauernd ließ sie die Kugel mental verpuffen und schloss die Zauberbücher.

»Ich danke Ihnen beiden«, sagte Raine und überlegte, ob sie Mister Decker umarmen sollte, aber das erschien ihr ein wenig dreist. »Ich weiß Ihre Hilfe sehr zu schätzen.«

»Es war uns ein Vergnügen. Du bist jederzeit willkommen, um mit uns zu zaubern.« Der Gnom neigte seinen Hut. »Komm jetzt nicht zu spät zum Essen«, verabschiedete er sie.

Kapitel 18

Sara hob ihren Pinsel und betrachtete den Untergrund, den sie beim letzten Treffen des Kunstclubs vor ein paar Tagen gemalt hatte. Er war etwas dunkler getrocknet, als sie erwartet hatte und sie hielt nun inne, um zu überlegen, wie es weitergehen sollte. Das Bild sollte ein majestätischer Phönix werden, der sich aus der Asche erhebt. Sie kaute auf ihrer Unterlippe und überlegte, wie sie die Flammen und Farben am besten zum Leuchten bringen konnte, so wie sie es sich ursprünglich vorgestellt hatte.

»Wenn du das Zaubergold verwendest, werden die Lichter aufgehellt und die Schatten stärker hervorgehoben, was dem Ganzen mehr Dramatik verleiht«, gab Rachel ihr den Tipp.

Sara sah Rachel überrascht an. Sie hatte vergessen, dass noch andere Leute mit ihr im Raum waren.

»Du hast recht. Danke«, antwortete sie grinsend und nahm ihre Palette wieder in die Hand.

Wenn sie malte, fühlte sie sich, als ob sie jemand anderes wäre. Der Akt des Ausmalens der Farben und des Hinzufügens von Schichten, um etwas Schönes zu schaffen, gab ihr Frieden und Ruhe von ihrem eigenen Geist. Ihre Magie hatte sich immer noch nicht so gut entwickelt, wie sie gehofft hatte und das begann sie zu beunruhigen. Der Rest ihrer Familie hatte ihre Kitsune-Magie bereits früh entwickelt. Es kursierten immer mehr Gerüchte darüber, dass sie vielleicht keine echte Fuchsmagie besaß.

* * *

Philip überflog den Geschäftsplan ein letztes Mal und runzelte die Stirn. Die Zahlen passten nicht zusammen. Er war im Unternehmerclub, der sich darauf spezialisiert hatte, Technologie mit Magie zu kombinieren. Sein Plan war ganz einfach gewesen. Er wollte einen Zauber verwenden, um das Kreieren holografischer Anzeigen zu unterstützen. Die Menschen waren nicht in der Lage gewesen, ihre holografische Technologie auf eine Größe zu schrumpfen, die in eine Tasche passte, aber die Magie würde sie dazu befähigen.

Er dachte, dass, wenn sie kleine, tragbare Anzeigen für Unternehmen erstellen könnten, es helfen würde, Verbindungen mit Menschen zu schaffen. Deren Blick auf die Magie war immer noch bestenfalls misstrauisch und das war wirklich nicht sehr gut fürs Geschäft, weder für sie noch für die Magier.

Sie hatten es geschafft, die Magie mit der Technologie zu vereinen, aber die Zahlen stimmten immer noch nicht überein. Die Materialien, die sie brauchten, um die Magie länger als einen Tag aufrechtzuerhalten, waren sehr kostspielig. Der Preis wäre so hoch, dass niemand bereit wäre, für die Anzeige zu bezahlen. Er hatte argumentiert, dass es sich von selbst bezahlt machen würde und dass solch kleine und präzise Hologramme die Aufmerksamkeit der Leute auf sich ziehen und sich in die Gedächtnisse einprägen würde. Der Rest des Clubs war sich da nicht so sicher.

»Nun, was ist, wenn wir den Kupferfaden austauschen ...«, setzte Philip an.

»Nein. Wir haben festgestellt, dass es Kupfer sein muss. Bronze ist nicht rein genug. Die Magie rebelliert gegen die

Verunreinigungen und lässt das Hologramm zerfallen«, entgegnete ein anderer Clubteilnehmer.

Philip seufzte. *Es muss doch eine Lösung geben.*

»Was wäre, wenn wir uns auf einen anderen Markt fokussieren würden? Wir könnten den High-End-Markt anvisieren, der bereit wäre, für etwas Neues und Ungewöhnliches zu zahlen«, schlug er vor und schaute in die Gruppe, die sich um ihn versammelt hatte. Er war der einzig anwesende Erstsemester. »Wie wäre es, wenn wir sie nicht als Werbung verwenden, sondern als etwas, das eher zur High Society passt?«

Ein Raunen ging durch die Gruppe und Philip wusste, dass er an etwas dran war. Er war sich nicht ganz sicher, wie genau sie das Konzept für einen neuen Zweck verändern konnten, aber er hatte volles Vertrauen darin, dass sie es herausfinden würden. Die Hologramm-Idee war zu gut, um sie einfach aufzugeben.

Ein Timer ertönte und der Club löste sich auf. Philip war der Zweite, der ging. Er musste mit Evie sprechen, die, wie er wusste, mit den Elfen in der Küche war. Er mochte es nicht, von einem Geschäft abhängig zu sein und er hatte eine Idee, von der er sicher war, dass sie ihnen ein kleines Vermögen einbringen würde.

Philip drängte sich an einer kleinen Gruppe von Elfen vorbei, die über irgendeine dubiose Band oder Fernsehsendung diskutierten – er war sich nicht ganz sicher, welche. Evie würde in zwei Minuten fertig sein und er musste sie erwischen, solange sie noch auf dem Hochgefühl der Arbeit mit den Elfen ritt. Er wusste, dass sie dann in bester Laune sein würde und viel aufgeschlossener für seine Ideen war.

Evie trat gerade aus der Küche, als er ankam. Ihr dunkles Haar war mit einer Reihe von Haarklammern aus dem

Gesicht zurückgesteckt, jede mit einem kleinen Schmetterling darauf. Mehl klebte an ihrem Schlüsselbein und ihrer Wangen, doch sie strahlte über beide Ohren.

»Hey Evie, kann ich mal mit dir reden?«, fragte Philip und steckte die Hände in die Hosentaschen, um weniger bedrohlich zu wirken. »Es dauert nur eine Minute.«

Sie zuckte mit den Schultern. »Klar. Was gibt's?«, fragte sie.

»Ich habe einen neuen Geschäftsplan, bei dem ich gerne deine Hilfe in Anspruch nehmen würde.« Er beobachtete ihre Reaktion. »Jeder liebt Snacks, besonders Kekse. Ich dachte, wir könnten welche verkaufen. Das ganze Geld würde dann in unsere Gruppenkasse fließen.«

Evie überlegte. Sie backte wirklich gerne und Philip hatte recht damit, dass jeder Kekse liebte. Es gab auch einige neue Rezepte, die sie ausprobieren wollte. »Die Gruppenkasse, was?«

»Ja. Ich dachte, es wäre eine nette Idee, eine gemeinsame Kasse zu haben, deren Geld wir für Gruppenaktivitäten verwenden könnten. Kinoabende, Ausflüge nach Charlottesville und so weiter.«

Evie musste zugeben, dass sich Philips Vorschlag gut anhörte. Sie genoss es, mit der Clique abzuhängen, die sie gefunden hatte und sogar Cameron hatte begonnen, ein wenig aufgeschlossener zu werden.

»Okay, ich bin dabei.« Sie streckte ihre Hand aus. »Du kümmerst dich um die geschäftliche Seite und ich erledige das Backen.«

Philip schüttelte ihr enthusiastisch die Hand. »Abgemacht.«

Er war zuversichtlich, dass sie ein Vermögen machen würden und er hatte einen kleinen Zaubertrank entdeckt, der dafür sorgen würde, dass ihr Kundenstamm nicht widerstehen könnte für mehr zurückzukommen.

★ ★ ★

Raine führte Smoke auf den Allwetterreitplatz und streichelte ihm sanft die Nase. Sie hatte viel darüber gelesen, wie sie die nächste Phase seiner Ausbildung am besten angehen sollte. Es war an der Zeit, sein Training mit Menschen zu beginnen. Er lief wunderbar am Führstrick und folgte ihr überall hin, wo sie ohne Strick hinging. Jetzt war es an der Zeit, ihn dazu zu bringen, an der Longierleine zu gehen und die Richtung dabei zu wechseln.

Die Ohren des jungen Pferdes zuckten hin und her, während er auf alles um sie herum lauschte. Raine lenkte seine Aufmerksamkeit wieder auf sich und führte ihn in einem großen Kreis herum, während sie ihn an die Longierleine und sanft an den Ablauf des Longierens gewöhnte. Zuerst verkrampfte er sich, nicht ganz sicher, was sie mit ihrem sanften Druck verlangte. Es brauchte Geduld, aber schließlich ging er um sie herum und entspannte sich. Raine änderte die Richtung, um zu vermeiden, dass er zu viel auf einer Seite arbeitete, was ihn aus dem Gleichgewicht bringen könnte. Er war aufnahmefähig und bereit, zu tun, was sie verlangte.

Horace schaute mit einem Lächeln vom Rand des Platzes aus zu. Smoke wuchs zu einem wunderschönen Pferd heran und er hatte eine starke Bindung zu Raine entwickelt. Sie hatte in den letzten Monaten morgens und abends mit ihm trainiert und das zeigte sich deutlich. Das Pferd konzentrierte sich auf sie und tat sein Bestes, um das zu tun, was sie von ihm verlangte. Er nahm das Training gut an und das würde es im Frühjahr viel einfacher machen, ihn zu reiten.

Sobald Smoke anfing, kleine Anzeichen von Müdigkeit zu zeigen, begann Raine, ihn spielerisch an Dinge zu gewöhnen, die er später brauchen würde. Sie lief über farbige Stangen, die sie auf den Boden gelegt hatte und er folgte ihr, ohne sie auch nur anzusehen. Viele junge Pferde schnaubten und taten so, als wären farbige Stangen Raubtiere. Smoke dagegen hatte so viel Vertrauen in Raine, dass er überhaupt keine Angst zeigte.

Zum Abschluss gab es eine schöne Ganzkörperpflege und eine Handvoll Möhren. Raine konnte das Glücksgefühl nicht aus ihrem Gesicht verbannen. Die Arbeit mit dem Pferd gab ihr ein Gefühl der Freude und Zufriedenheit, das sie anderswo nicht bekommen konnte. Es war ein absolutes Vergnügen, mit Smoke zu arbeiten und zu sehen, wie er sich von einem ängstlichen Jungpferd zu dem zunehmend selbstbewussten Hengst vor ihr entwickelte und das ließ ihr Herz vor Stolz anschwellen.

* * *

Cameron saß auf der Kante seines Bettes und blickte aus dem Fenster auf die Wälder und die Berge dahinter. Der Vollmond rückte näher und das Bedürfnis zu jagen verzehrte ihn. Er wollte unbedingt zu Hause bei seinem Rudel in seiner vertrauten Umgebung sein. Ein älterer Wandler hatte ein lokales Rudel erwähnt, das sich freuen würde, wenn er mit ihnen jagen gehen würde, aber das fühlte sich nicht richtig an.

Er seufzte und schloss die Augen, bevor er sich von der Verwandlung einnehmen ließ. Einige Zeit in seiner

Wolfsgestalt zu verbringen, würde ihm guttun. Sein menschlicher Körper fühlte sich eng und kratzig an und er musste seine Glieder strecken. Die Verwandlung geschah schnell und so natürlich wie das Atmen. Seine Familie war eine der ersten gewesen, die die dunklen Zauberer in Wandler verwandelt haben.

Demzufolge, was sein Großvater ihm erzählt hatte, waren sie Menschen gewesen, aber die dunklen Zauberer hatten versucht, eine Wandler-Armee aufzubauen und einen Zauber gefunden, der Menschen verwandelte. Es gab auch jetzt noch neue Familien, die verwandelt wurden. Es war zwar illegal, aber das hielt die Zauberer nicht auf. Einige Wandler waren deswegen verbittert gestimmt gegenüber dem Rest der magischen Gemeinschaft. Sie dachten, sie hätten mehr tun sollen, um sie aufzuhalten.

Camerons Familie war jedoch vollkommen zufrieden. Er schämte sich nicht für seine Fähigkeit, sich in einen Wolf verwandeln zu können und er wusste, dass er trotz allem, was die anderen Magier sagten, Magie besaß. Cameron war vielleicht nicht in der Lage, sie zu benutzen oder Zaubersprüche zu bilden, wie sie es konnten, aber er besaß definitiv Magie. Er fühlte sie tief in seinen Knochen.

Kapitel 19

Philip legte seinen Arm um Camerons Schultern und zerrte ihn praktisch auf die Tribüne, wo die Mädchen schon auf sie warteten. Der Wandler verbrachte nun schon ein paar Tage bei ihnen und er hielt immer noch an der knurrigen, mürrischen Haltung fest. Philip hatte ihn sofort durchschaut und kaufte ihm sein Verhalten keine Sekunde lang ab. Während William und Adrien eine ruhigere Herangehensweise wählten und ihn über die Dinge nachdenken ließen, war der Zauberer zu dem Schluss gekommen, dass eine forschere Herangehensweise erforderlich war.

Er führte Cameron zu dem Sitz neben Raine und setzte sich auf die andere Seite von ihm.

»Gegen wen spielen sie heute?«, fragte Philip und zog seine Feuerbonbons aus der Tasche. »Jemand, der einen guten Ruf hat?«

»Die Dallas Fireflies«, teilte Sara ihm mit und schnappte sich ein Feuerbonbon. »Es ist eiskalt heute. Ich kann sogar meinen Atem sehen. Ich habe das Gefühl, die Lehrer sollten einen Feuerzauber oder so etwas wirken.«

Sara schaute hoffnungsvoll zu William, der schmunzelte und sich selbst ein Bonbon nahm. Er hatte mehr Kontrolle über seine Magie gewonnen, aber er hatte nicht genug Selbstvertrauen, um zu versuchen, einen Feuerzauber zu wirken, der groß genug war, um die ganze Gruppe zu wärmen.

Sara lutschte an dem harten Bonbon und bezog daraus Wärme. Raine nahm zwei und reichte eines an Cameron.

Sie wusste bereits, dass der Wandler wahrscheinlich keines haben wollte. Er war bei solchen Dingen seltsam stur. Cameron lächelte und nahm es dankend an. Er wünschte, er könnte sich in seine Wolfsgestalt verwandeln und etwas Wärme gewinnen. Schnaufend lutschte er an seinem Bonbon und beobachtete das Feld.

✶ ✶ ✶

Adrien lächelte zur Abwechslung mal. Der Elf zeigte nicht oft Emotionen, zumindest nicht abseits seiner kleinen Clique. Er konnte sich entspannen und sich erlauben, das Leben mit ihnen zu genießen. Philip erwies sich als guter Freund, auch wenn Adrien seine Lust am Geschäfte machen nicht immer guthieß.

Cody und Daniel hüpften auf ihren Fußballen und versuchten, sich aufzuwärmen, während Matt durch die Menge nach jemandem Ausschau hielt. Adrien bemerkte die Veränderung an ihm, als ein kleines Halb-Elfen-Mädchen ihm zuwinkte. Es gab keine Zeit, um weiter darüber nachzudenken, denn die Landschaft um sie herum begann sich plötzlich zu verändern.

Der bitterkalte Wind verschwand und wurde durch eine leichte, trockene Wärme ersetzt. Adrien drehte sich langsam im Kreis und versuchte sich zu orientieren und zu erkennen, wo sie sein könnten. Der Raum, in dem sie sich befanden, war steril mit kahlen, weißen Wänden und blass-silbernen Böden. Kleine, runde Lampen, die in gleichmäßigem Abstand an der Decke angebracht waren, spendeten helles Licht, das in seinen Augen unangenehm brannte, wenn er direkt hineinsah.

Matt reckte den Kopf in die Luft und machte sich auf den Weg zu der schlichten, schwarzen Tür direkt vor ihnen.

Sie schritten hindurch und fanden sich in einer Kunstgalerie wieder. Adrien wusste nicht viel über Kunst, aber er dachte, dass diese speziellen Bilder vielleicht surrealistisch waren. Keines von ihnen ergab einen Sinn, aber sie hatten die klaren Linien, die ihn glauben ließen, dass sie nicht impressionistischer Art waren.

Er hielt inne, um einen Baum zu betrachten, der auf einem Buch stand – der Stamm gebogen und verdreht mit einem Gesicht, das aus den Schatten hervorlugte. Sein Stirnrunzeln vertiefte sich. Das war kein Kunststil, der ihn ansprach. Er wollte sich gerade umdrehen und gehen, als das Gesicht im Baum ihm zublinzelte. Er schüttelte den Kopf und hoffte, dass die Hindernisse in diesem Spiel nicht von dem Kunstwerk stammten. Die Vorstellung, gegen Bäume mit Gesichtern oder Uhren mit Armen und Beinen zu kämpfen, gefiel ihm nicht.

Matt führte sie durch zwei weitere Räume, die mit surrealistischen Gemälden behängt waren und hielt in einem größeren Raum inne. Von ihm aus gingen vier Gänge ab, ohne dass klar erkennbar war, wohin sie führten. Cody und Daniel hatten an Verfolgungszaubern gearbeitet. Die Zauberer drehten sich mit hochgehaltenen Zauberstäben zueinander um. Sie flüsterten alte Worte, die von Hilfe und verlorenen Wegen sprachen. Eine kleine Fee, ähnlich wie Tinkerbell, formte sich zwischen ihnen.

»Es sollte eigentlich ein Orb werden, ein Geisterfleck!«, stieß Cody hervor und sah die Fee entsetzt an. »Warum ist es Tinkerbell?«

»Ich bin ein wenig vom Weg abgekommen ...«, entschuldigte Daniel sich und kaute auf seiner Unterlippe. »Hoffentlich klappt es auch so.«

Die kleine Fee flatterte mit ihren Flügeln, bevor sie auf den Korridor auf der linken Seite zeigte und in diese

Richtung flog. Matt funkelte die Zauberer an, aber jetzt war nicht der richtige Zeitpunkt, um mit ihnen über Fokus und Konzentration zu schimpfen. Er musste darauf vertrauen, dass die kleine Fee als Fährtenleserin geeignet war.

Sie rannten der Illusion hinterher und ihre Schuhe quietschten auf dem silberglänzenden Boden. Die Fee schrie alarmiert auf, bevor sie in einem Schauer aus rosa und lilafarbenen Funken explodierte. Eine Gruppe älterer Menschen mit kleinen Hüten und dunkelvioletten Westen kam auf das Team zu.

»Was hast du mit der armen Fee gemacht?«, fragte einer.

»Warum ist sie explodiert?«, fragte ein anderer.

»Was hat sie dir je angetan?«

»Du bist grausam. Dir sollte nicht erlaubt sein, hier zu sein.«

Die Gruppe schloss sich um die Spieler, ohne ihnen Zeit zu geben, auf den Ansturm von Fragen zu antworten. Matt flitzte los, packte Cody am Kragen und riss ihn aus dem Griff eines grauhaarigen Mannes.

»Komm schon. Weiterlaufen«, wies er ihn an.

Die Fremden nahmen die Verfolgung auf und hielten das Tempo. Adrien glaubte nicht, dass sie eine echte Bedrohung darstellten, aber er wollte nicht langsamer werden, um das herauszufinden. Daniel verlor fast das Gleichgewicht, als er versuchte, zu schnell um eine Kurve zu rennen. Matt half ihm, sich aufzurichten, während er sie vorwärtstrieb.

Die Gruppe von Menschen blieb plötzlich stehen und Adrien versuchte zu erkennen, warum. Sie hatten sich in einen Raum mit stahlgrauen Wänden begeben, die mit Masken beschmückt waren. Ein Schauer lief dem Elfen über den Rücken, als er auf die verzerrten und grotesken Gesichter starrte, die ihn anschauten.

221

Eine hölzerne Maske mit roten Flecken und scharfen Stoßzähnen bewegte sich. Sie schob sich von der Wand nach vorne und ein schlanker, stahlgrauer Körper formte sich darunter. Der Körper war langgestreckt und die Proportionen stimmten überhaupt nicht. Adrien beschwor reflexartig seine Schwerter und bewegte sich auf die neue Kreatur zu, während Matt eine andere auf der anderen Seite des Raumes in Angriff nahm.

Die Zauberer erschufen Feuerbälle und warfen sie auf andere Ziele. Die hölzernen Masken fingen Feuer und ohrenbetäubende, gespenstische Schreie erfüllten den Raum. Adrien wollte sich am liebsten die Ohren zuhalten und sich zusammenrollen, bis sich der Lärm verflüchtigte.

Sie suchten nach einem Ausgang. An diesem Punkt würde ihnen jeder Ausgang recht sein.

Cameron lehnte sich aufmerksam nach vorne und beobachtete die Ereignisse, die sich vor ihm abspielten. Das Team war wie gelähmt von dem schrecklichen Geräusch. Er konnte den Ausgang sehen, den sie nehmen mussten. Wenn sie es nur durch die Tür schaffen würden, die dem blonden Zauberer am nächsten war, wären sie frei.

Die Fireflies rannten vor empfindungsfähigen Vasen davon, denen kurze, stämmige Beine entsprungen waren. Die Zauberer hatten Luftstöße in ihre Richtung geschleudert, die allerdings nichts bewirkten. Feuer schien nichts ausrichten zu können, also beschlossen sie, dass das Beste, was sie tun konnten, zu rennen war. Leider bewegten sich die Vasen viel schneller, als es ihnen zustand.

Raine versuchte, nicht zu lachen, als sie beobachtete, wie die Keramiken das gegnerische Team durch die Galerie jagten. Es fühlte sich falsch an zu lachen, aber es war so eine absurde Sache, die sie da beobachtete.

Matt sah endlich die Tür. Durch die Schreie fühlte sich sein Kopf an, als würde er in zwei Teile zerspringen, aber er war der Kapitän und musste die Kontrolle behalten. Er zerrte seine drei Teamkollegen mit Gewalt durch die Tür. Zur Erleichterung aller ließ der Lärm nach. Aber die Ohren klingelten und die Köpfe pochten vor Anspannung.

Daniel schnappte nach Luft, bevor er einen weiteren Ortungszauber versuchte. Er hatte das Gefühl, dass dies seine Schuld war und ihm war schmerzlich bewusst, dass die Zeit ablief. Cody begriff schnell und fügte seine Magie der von Daniel hinzu. Sie arbeiteten zusammen – Zwillinge im Geiste, wenn auch nicht durch Blut.

Sie konzentrierten sich so stark wie möglich und zu Matts Erleichterung bildete sich eine kleine, grüne Kugel zwischen ihnen. Sie huschte schnell nach rechts und verschwand durch die Wand. Matt starrte die Zauberer an, die hilflos mit den Schultern zuckten.

Die Kugel tauchte wieder auf, nachdem sie offenbar das Problem erkannt hatte und verschwand in Richtung des hinteren Teils des Raums. Sie spähten um den Torbogen herum und sahen, wie das gegnerische Team vor einer Reihe von Vasen mit kleinen, stämmigen Beinen davonlief. Die Zauberer versuchten gelegentlich, Feuerbälle auf die Vasen zu werfen, aber mit wenig Wirkung.

»Wir müssen Professor Powell fragen, wie man mit empfindungsfähigen Keramiken umgeht«, stellte Matt grinsend fest, während er dem gegnerischen Team zunickte.

Die Kugel bewegte sich in die entgegengesetzte Richtung, also weg von ihren Gegnern und sie eilten ihr nach. Adrien hielt Ausschau nach Vasen und anderen Keramiken. Er wollte nicht unbedingt gegen eine Töpferurne kämpfen. Allein der Gedanke daran, kränkte sein Ego. Sie hielten am Eingang zu einem Raum inne, der aussah, als wäre er zu einem impressionistischen Gemälde geworden. Auf dem Boden kräuselte sich etwas Blaues, von dem Adrien dachte, es könnte das Wasser eines plätschernden Baches oder eines ähnlichen Gewässers sein. Dunkle Flecken in der groben Form von Booten schwebten an den Wänden entlang und eine dunkelorangene Kugel mit orangefarbenen Wellen um sie herum schwebte neben der Türöffnung.

Matt streckte seinen Fuß zaghaft aus und berührte das Blau. Zu seinem Entsetzen sank er darin ein wie in Treibsand.

»Wer von euch kann ein Floß oder so bilden?«, fragte er die Zauberer ansehend. »Ich schätze, das lehren sie nicht wirklich in der Grundausbildung in Zauberei.«

Cody und Daniel führten ein stummes Gespräch, das aus hochgezogenen Augenbrauen, angespannter Kiefermuskulatur und kleinen, ruckartigen Handbewegungen bestand.

»Wir glauben, dass wir einen Erd-Elementar-Zauber anpassen können, der uns hilft«, antwortete Cody und kaute auf seiner Unterlippe. »Hoffentlich.«

»Die Zeit tickt.« Matt machte eine Bewegung, die demonstrieren sollte, dass sie es eilig hatten.

Adrien trat neben die Zauberer. »Wir bringen die Erde in eine zentrale Bahn.« Der Elf stellte sich im Geiste eine gerade Linie zwischen ihnen und der Türöffnung vor. »Das war dein Gedanke, ja?«

Sie nickten und hoben ihre Zauberstäbe.

Adrien hatte seine Magie bis dato noch nicht zusammen mit der von Zauberern eingesetzt, aber die Zeit rannte ihnen davon. Er rief die Magie der Erde und presste sie gegen das blaue Scheinwasser. Die Magie der Zauberer verband sich mit seiner und er spürte, wie sie stärker wurde. Das Blau veränderte sich und sah fester aus.

Matt stieß mit seinem Zeh an den glasig aussehenden Teil. Es war fest.

Ein Aufprall von Keramik gegen eine Wand erregte ihre Aufmerksamkeit. Das gegnerische Team rannte in einen anderen Raum in der Nähe mit zwei armlosen Statuen darin, die ihnen nun dicht auf den Fersen waren.

»Ich glaube nicht, dass ich mich jemals wieder in einer Kunstgalerie sicher fühlen werde«, kommentierte Raine und betrachtete stirnrunzelnd die Statuen. »Und ich werde nie wieder einer Statue zu nahekommen.«

Cameron lachte. »Ich bin sicher, du könntest die Statue besiegen.« Er grinste. »Sie hätte nicht die geringste Chance.«

Sie war nicht ganz überzeugt, lächelte aber trotzdem. Es gefiel ihr, den Wandler entspannt zu sehen und dass er ein wenig mit ihr redete. Seit sie ihn kennengelernt hat, war er mehr als reserviert und gab kaum mehr als kurze Antworten.

Adrien ging voran und schob dabei noch mehr Erdmagie in den Weg, um sicherzustellen, dass seine Teamkollegen nicht in die Farbe gesaugt wurden.

Das gegnerische Team stürzte in den Raum hinter ihnen, als Cody aus dem Weg trat. Eine große, schlanke Hexe trat auf den schmalen Pfad, den Adrien und die Zauberer gebildet hatten, stürzte aber, als er zu bröckeln begann, weil sie die Magie zurücknahmen. Sie fiel in die dickflüssige, blaue Farbe und verschwand – sie wurde aus dem Spiel geworfen.

Das gegnerische Team blickte von den Statuen hinter sich zu den Cardinals vor sich. Matt führte sein Team durch den nächsten Raum voller moderner Kunst und sah schließlich das goldene Token auf einem Glassockel in der Mitte eines schlichten Raums. Er umrundete ihn und überprüfte den Sockel auf mögliche Fallen. Der Anführer des gegnerischen Teams betrat den Raum triefend von blauer Farbe. Er war offensichtlich knapp entkommen, was wahrscheinlich eine gute Geschichte abgeben würde. Matt ließ seine Bedenken hinter sich und sprang auf das goldene Token zu.

Die Menge jubelte und schrie vor Freude. Sie hatten es geschafft. Das war der erste Schritt auf dem Weg zur großen Meisterschaft.

Adrien grinste und schaute zu seinen Freunden auf der Tribüne, die alle wild applaudierten. Sogar Cameron stimmte mit ein. Adrien hatte gewusst, dass der Wandler auftauen würde.

Kapitel 20

Raine hatte endlich den Tarnzauber gemeistert und meldete sich freiwillig, um Cameron einen zu erschaffen. Evie stand bereit, um zu helfen, da es schwieriger war, es für jemand anderen zu tun. Raine schaffte es fast Cameron mit dem Zauber komplett zu umhüllen, aber Evie trat dazwischen und vervollständigte den Tarnzauber. Sie drückte Raines Hand.

»Du wirst besser«, sagte sie.

Raine lächelte, glücklich darüber, dass sich ihre harte Arbeit ausgezahlt hatte. Cameron blieb dicht bei ihr, als sie an den älteren Schülern vorbeischlüpften und die Treppe zum Kemana hinunterhuschten. Ihre Tarnzauber hielten nicht lange an und sie mussten sich in der Menge verlieren, bevor die Oberstufenschüler oder irgendwelche Lehrer sie entdeckten. Cameron war zum ersten Mal dort, atmete tief ein und nahm alle Gerüche in sich auf, sobald er in den Handelsposten geschlüpft war, um seine Rubin Coins zu bekommen.

Die Tarnzauber verpufften, als sie an einem Willen-Verkaufsstand vorbeiliefen und sich hinter der nächsten Ecke versteckten.

»Wir sind auf dem Weg zum *Bubble & Fizz*, richtig?«, fragte Sara an die anderen gewandt. »Cameron muss diesen Ort sehen.«

Der Wandler war nicht ganz so beeindruckt von dem Namen des Ortes. Er zog Fleisch und herzhafte Dinge den

Süßen vor, aber er hatte begonnen, eine Bindung zu der Gruppe aufzubauen und wollte das nicht vermasseln.

»Auf jeden Fall.« Evie grinste. »Ich denke, das wäre auch eine gute Gelegenheit, mit den Ifrit zu sprechen.«

William verengte seine Augen.

»Sieh mich nicht so an.« Evie starrte zurück. »Du kannst so viel schimpfen, wie du willst. Tatsache bleibt, dass wir diesen Fluch aufheben lassen müssen. Du siehst aus wie die Hölle in Person und es wird nur noch schlimmer.«

»Was sollen wir gegen eine Gemeinschaft von Ifrit tun?«, fragte William und schaute wegen ihres herausfordernden Blickes weg. »Wir haben nicht die geringste Chance.«

»Eigentlich …«, setzte Raine lächelnd an und lenkte seine Aufmerksamkeit auf sich. »Ich habe in der Bibliothek gelesen, dass es unser gutes Recht ist, die Aufhebung des Fluchs zu verlangen, weil er deine Blutlinie beleidigt. Sie können argumentieren, dass du nicht rein bist, aber indem sie dich verflucht haben, haben sie deinen Vater entehrt. Das ist genug, um sie zu zwingen, ihn zu entfernen. Sie sind sehr ehrenhaft und ich glaube, du hast gesagt, dass dein Vater sehr respektiert wird.«

»Ja. Er ist ein großer Häuptling oder so.« William steckte die Hände in die Taschen. »Ich denke, es ist einen Versuch wert«, gab er schließlich nach.

Er wollte sich nicht an eine falsche Hoffnung klammern. Er hatte sich ein wenig an die Albträume gewöhnt. Sie waren nicht angenehm, wie die dunklen Schatten unter seinen Augen deutlich verrieten, aber er konnte mit ihnen leben.

Cameron starrte auf die Hexen, die den Kristallladen betrieben und die Gnome, die den teuren Schmuck bewachten. Er hielt ein Knurren zurück, als er ein paar Kilomeas mit einem Waffenladen sah. Er traute den Kreaturen nicht besonders. Sie waren zu anfällig für Aggressionen und waren in der Lage, Wandler-Knochen zu brechen.

»Was hat es denn mit dem benannten Ifrit auf sich?«, fragte er und steckte die Hände in die Taschen. »Du bist ein Halbblut, richtig?«

William spannte sich an. »Mein Vater war ein Ifrit. Meine Mutter war keine.«

»Was ist dein Erbe?« Sara sah Cameron eindringlich an. »Wenn man bedenkt, dass du das Thema angesprochen hast und so.«

»Vollblütige Wandler, die viele Generationen zurückreichen. Wir waren eine der ersten Blutlinien, die verwandelt wurden. Ich bin der Sohn des Alphas eines sehr respektierten Rudels«, erklärte Cameron schulterzuckend. »Ich habe nicht wirklich auf die Namen geachtet, aber unserer hat in der Wandler-Gemeinschaft Gewicht.«

Er sagte es so, als hätte er davon gesprochen, dass er Vanilleeis mag. Da war keinerlei Arroganz in ihm.

»Was ist mit dir?« Cameron nickte Sara zu. »Normalerweise sieht man Kitsune nicht zusammen mit dem Rest der Magier.«

Eine dunkelhaarige Hexe blieb stehen und starrte Sara an, als sie das Wort *Kitsune* hörte. Sara starrte zurück, als ob sie sie herausfordern wollte. Die Hexe hob ihren Zauberstab, aber ihre Freundin drückte ihn herunter und die Schüler gingen weiter.

»Ich stamme aus einer alten Linie, aber das tun die meisten Kitsune.« Sara wandte ihre Aufmerksamkeit einer Kristallrose zu, die sich langsam verfärbte. »Ich denke, wir sollten unser Zimmer dekorieren. Was denkt ihr?«, fragte sie die Mädels.

Raine schürzte die Lippen. »Es wäre nicht fair, das ohne Christies Beitrag zu tun.« Sie lehnte sich gegen die

Wand des Ladens. »Es wäre vielleicht cool, ein paar Poster aufzuhängen.«

Cameron ließ den auffälligen Wechsel des Themas über sich ergehen. Die Blutlinie bedeutete einigen Magiern viel, auch seinen Eltern. Er war anders behandelt worden, weil er das einzige Kind der Alphas war.

»Alte Horrorfilmplakate wären doch lustig.« Evie spielte abwesend mit dem Saum ihres Shirts. »Obwohl ich Drucke von Aquarellbildern bevorzuge.«

Raine sah Sara an. »Wir könnten etwas von deiner Kunst aufhängen.« Sie grinste. »Das würde es wirklich persönlich machen.«

»Wir alle könnten etwas malen?« Evie sah die anderen Mädchen an. »Ich bin zwar keine große Künstlerin, aber ich würde es versuchen.«

»Ja! Ich würde euch gerne den Kunstraum zeigen. Ihr werdet es lieben. Die haben da alles. Ich bin bei meinem aktuellen Projekt auf eine Blockade gestoßen, aber vielleicht wird das alles auflockern.«

»Wir bemalen keine Sachen«, kommentierte Adrien die Arme verschränkend und sah die drei anderen Jungs an. »Wenn wir überhaupt dekorieren, stimme ich für nützliche Dinge wie Messer.«

»Die Professoren werden uns auf keinen Fall erlauben, Messer an die Wand zu hängen«, warf William kopfschüttelnd ein. »Und wir sind sowieso keine mittelalterlichen Ritter oder so.«

Der Elf grinste und schlenderte in Richtung *Bubble & Fizz* davon. Cameron durfte sein Schlafzimmer im Rudelhaus nicht persönlich gestalten, aber die Idee, sein Schlafsaalzimmer zu personalisieren, gefiel ihm.

»Was ist mit Postern von Waffen?«, schlug Cameron vor und sah Philip und William an. »Poster sind doch erlaubt, oder?«

»Ich hätte lieber Musik- und Filmposter.« Philip verschränkte die Arme. »Waffen scheinen nicht so cool zu sein.«

»Warum dekoriert nicht jeder von uns den Platz an der Wand, der seinem Bett am nächsten ist?« Cameron wollte diesen Plan nicht aufgeben. »Dann ist es nicht so wichtig.«

Philip gefiel der Gedanke nicht, dass der Raum nicht mit seiner Vision übereinstimmte, aber das war es nicht wert, eine große Sache daraus zu machen.

»Abgemacht.« Er nickte fest. »Wir können uns hier, nachdem wir beim *Bubble & Fizz* waren, umsehen.«

William versuchte zu entscheiden, was er in seinem Raum haben wollte. Er hatte nie herausgefunden, welche Filme oder Musik er mochte, da seine Tante ihm solche Unterhaltungen nicht erlaubt hatte. Er interessierte sich nicht für Kunst wie die Mädchen und er stimmte Philip zu, was Bilder von Waffen anging.

Sie gingen durch die Menschenmassen und sahen einen Plakatladen, der von einem Paar junger Hexen mit leuchtend lila Haaren betrieben wurde. Ein Trio von Landschaften erregte Williams Aufmerksamkeit. Das Erste zeigte eine karge Wüste mit roten Felsformationen und einem dunklen Sturm am Horizont. Das Zweite war ein lebendiger Regenwald voller Tiere und Farben und das letzte war eine einfache Strandfotografie mit einem ruhigen Meer. Er kramte in seiner Tasche herum, um zu sehen, wie viel Geld er zusammenkratzen konnte.

Es reichte nicht für beides, sodass er sich entweder für das *Bubble & Fizz* oder die Poster entscheiden musste. Er runzelte die Stirn und ging weiter.

Cameron sah, wie William die Plakate ansah. Seine Eltern gaben ihm ein sehr hohes wöchentliches Taschengeld und er hatte nichts, wofür er es ausgeben konnte. Der

Halb-Ifrit verließ den Laden und sah entmutigt aus und das hasste der Wandler. Er hob die Poster auf und packte ein Viertes hinzu, auf dem kahle Klippen mit einer Reihe hellrosa Blumen an der Kante zu sehen waren. Er bezahlte sie und bat um ein kleines oranges Band, um sie zusammenzuhalten, ohne sie zu zerdrücken.

Der Wandler joggte, um den Rest der Gruppe einzuholen und reichte dem Halb-Ifrit die Poster, ohne ihn anzusehen. William fühlte zuerst einen Anflug von Wut, aber er erkannte, dass Cameron einfach versucht hatte, großzügig zu sein. Der Wandler weigerte sich zu sprechen oder ihn anzusehen und hielt ihm einfach nur die Poster hin, damit er sie nehmen konnte.

William nahm sie schließlich an und sagte: »Danke.«

Cameron lächelte, antwortete jedoch nichts.

* * *

Sie hatten ihren bevorzugten Platz im *Bubble & Fizz* eingenommen. Cameron studierte die Speisekarte mit einem verwunderten Ausdruck auf seinem Gesicht. Er hatte angenommen, dass sie scherzten, als sie sagten, die Speisekarte bestehe aus Zucker, Schokolade und ungesunder Nervennahrung wie Pizza.

»Hat jemand Lust, sich eine Pizza mit mir zu teilen?«, fragte er und blickte hoffnungsvoll zu seinen Begleitern. »Ich dachte an die mit Schinken, Peperoni und rotem Pfeffer.«

William wollte etwas sagen, aber Sara hielt ihm den Mund zu. »Nein. Er mag Ananas auf seiner Pizza«, hielt Sara William auf. Sie nahm ihre Hand weg und er sah sie missbilligend an.

Cameron überlegte sich das. »Ich bin mit Ananas einverstanden.«

Der Halb-Ifrit grinſte. »Und ich bin mit dem Schinken, der Peperoni und dem roten Pfeffer einverſtanden.« William grinſte Sara an. »Ich würde mir gerne eine mit dir teilen«, sagte er dann an Cameron gewandt.

Der Reſt der Gruppe beſtellte Makkaroni mit Käse oder große Eisbecher. Sara beſtellte extra Streusel und Plätzchenteig zu ihrem Dessert dazu und schien sehr zufrieden mit sich zu sein. Sie ſtellte feſt, dass sie sich umso mehr nach Zucker sehnte, je mehr ihre Kitsune-Magie wirkte. Ihre Schweſtern liebten auf jeden Fall alles, was zuckerhaltig war, also gab es vielleicht einen Zusammenhang zwischen beidem.

»Gibt es eine beſtimmte Art, sich den Ifrit zu nähern?«, fragte Evie Raine. »Bei diesem Thema, meine ich. Sie sind irgendwie unheimlich.«

»Selbſtsicher auftreten. Schwäche wird sie aggressiv machen und sie werden uns einfach herumschubsen«, erklärte Raine und richtete sich auf. »Wir sind im Recht und wir können nicht gehen, bevor sie uns nicht geben, was wir wollen. Oh, und wir müssen jeden der kleinen Glassalamander zerſtören, die sie gerne hinter den Leuten herschicken. Sie sind Spione und wenn wir sie zerſtören, senden wir ein Zeichen, dass wir nicht herumpfuschen werden.«

William ließ die Schultern hängen. Ihm gefiel die neue Wendung des Geſþrächs nicht. Es iſt nicht einfach mit Ifrit klarzukommen und Raine hatte recht, sie hasſten Schwäche. Trotzdem waren sie ihrer kleinen Gruppe zahlenmäßig überlegen und hatten mehr Magie in ihrem kleinen Finger, als sie alle zusammen. Das verhieß nichts Gutes für ihre Erfolgsaussichten.

✷ ✷ ✷

Cameron rümpfte die Nase, als der Geruch von Rauch und Feuer ihn umgab. Er war noch nie einem Ifrit begegnet, aber der Geruch von Feuer weckte den Instinkt in ihm, weglaufen zu wollen. Das war nichts, womit man sich anlegte. Raines Fingerspitzen strichen über seinen Handrücken und er beruhigte sich ein wenig. Sie waren da, um William zu helfen und er würde keinen Rückzieher machen und wie ein Feigling fliehen.

Raine ließ sich die Worte wiederholt durch den Kopf gehen. Sie wollte sicher sein, dass sie sich perfekt ausdrückte, damit sie nicht in einen schrecklichen Deal mit den Ifrit hineingezogen wurden. Sie bogen um die Ecke und sahen das Feuer und die Glassalamander. Drei dunkelrote Kreaturen huschten tiefer in das Viertel, wahrscheinlich um ihren Herren zu sagen, dass sie sich näherten. Sie stampfte auf einen zu, der sich in Reichweite bewegte.

Eine junge Ifrit verengte ihre Augen auf die Gruppe schauend, ließ sie aber ohne Probleme passieren. Je weiter sie in das Viertel vordrangen, desto mehr wurden sie sich der beobachtenden Augen bewusst. Schließlich trat der breite, ältere Ifrit, den sie zu sprechen erwartet hatten, aus einem Laden heraus und stellte sich mitten auf den Weg. Er verschränkte die Arme vor der Brust und schaute die Schüler verächtlich an.

»Wir sind hier, um zu verlangen, dass Sie das Unrecht, das Sie begangen haben, wiedergutmachen. Sie haben die Blutlinie, die William trägt, nicht respektiert, als Sie ihn verflucht haben. Wenn Sie so etwas tun, ziehen Sie den gerechten Zorn der gesamten fraglichen Blutlinie auf sich«, sagte Raine ruhig. Sie stand aufrecht und blickte ihn furchtlos an. »Sie kennen die Gesetze und die Strafe wird mit voller Härte vollstreckt werden.«

Die Flammen des Ifrit schlugen himmelwärts und leckten an den Kanten der Gebäude auf beiden Seiten. Raine versteifte ihren Rücken und hob lediglich eine Augenbraue. Sie konnten sie nicht verletzen, während sie legale Geschäfte machte – das hoffte sie jedenfalls. Das hatte sie in einer ihrer Recherchen gelesen, aber so sehr sie Bücher auch liebte, es gab Zeiten, in denen sie falsch lagen.

»Er wurde verflucht, weil er kein reines Blut hat.« Der Ifrit trat einen Schritt näher. »Seine Blutlinie ist von keiner ...«, begann der Mann.

Raine hob die Hand, um ihn zu unterbrechen.

»Das ist nicht von Bedeutung. Er ist immer noch der Sohn seines Vaters. Der Fluch hat die alten Gesetze gebrochen, die seit Generationen gelten und wir haben das Recht, die Versammelten aufzurufen, um eine gerechte Strafe für das Leiden unseres Freundes zu fordern.«

Langsam breitete sich ein Grinsen auf dem Gesicht des Ifrit aus, aus Respekt vor der kühnen jungen Hexe vor ihm. Er winkte mit der Hand und William spürte, wie der Fluch in ihm brach. Plötzlich war sein Kopf klarer und er fühlte sich, als wäre ihm eine Last abgenommen worden.

»Geht jetzt. Euer Geschäft ist abgeschlossen.« Der Ifrit deutete zurück in die Richtung, aus der sie gekommen waren. »Wenn ihr Geld tauschen wollt, werden wir es annehmen«, sagte er zum Abschied.

Raine drehte sich langsam um und ging mit erhobenem Kopf davon, wobei sie darauf achtete, eine selbstbewusste Haltung beizubehalten. Die anderen folgten ihrem Beispiel und taten dasselbe. Sara widerstand dem Drang, dem Ifrit die Zunge herauszustrecken, denn sie glaubte nicht, dass es ein Gesetz zum Schutz von Kitsunen gab.

Als sie in Sicherheit und weit weg von den Ifrit waren, grinsten alle.

»Du warst unglaublich.«

»Wer hätte gedacht, dass Bücher so nützlich sein können?«

»Mir wäre es lieber, wenn wir das nicht noch einmal machen müssten …«

»Danke«, sagte William zu Raine und umarmte sie schnell. »Ich weiß es zu schätzen, dass du dich so intensiv um mich kümmerst.«

Die Gruppe setzte eilig ihre Tarnzauber wieder ein und verließ das Kemana. Evie schaute auf ihre Uhr und stellte fest, dass sie in wenigen Minuten mit den Elfen in der Küche sein musste.

Die Gruppe trennte sich und kehrte in ihre jeweiligen Zimmer zurück. William stand am Ende seines Bettes und starrte lange auf die Wand, während er überlegte, wie er seine neuen Poster am besten aufhängen sollte. Sie gaben ihm Hoffnung und etwas, auf das er sich konzentrieren konnte. Er wollte die Welt bereisen und alles sehen, was sie zu bieten hatte.

Cameron verwandelte sich in seine Wolfsgestalt und streckte sich mit einem glücklichen Lächeln auf seinem Bett aus. Die Schule und alle Schüler waren gar nicht so schlecht. Er hatte die Ifrit nicht gemocht, aber das Kemana hatte Potenzial für eine Menge Spaß. Die Leute dort betrachteten ihn mit Verachtung als niederen Wandler, aber es störte ihn nicht mehr. Er hatte seine Freunde, die ihm den Rücken stärkten und ihnen zeigten, dass weit mehr in ihm steckte, als nur der Sohn des Alphas.

Kapitel 21

Misses Fowler wartete geduldig, während sich jeder auf seinem bevorzugten Platz niederließ. »Heute werdet ihr einen Beruhigungstrank brauen«, eröffnete sie die Stunde.

Evie legte ihre Hand auf die von Raine. Das war ein weiteres Rezept, das Evie schon oft gemacht hatte, da ihre Tante oft ihre Nerven beruhigen musste. Raine tat sich schwer mit Zaubertränken, da sie sich noch nicht ganz mit ihrer Magie verbunden hatte. Evie half ihr jedoch dabei.

»Das Rezept steht auf der Karte, die vor euch liegt. Ihr werdet diesen Trank individuell brauen, ihr könnt euch dabei aber gerne unterhalten.«

Raine las sich das laminierte Rezept zweimal durch. Es war ein komplizierter Trank, aber sie hatte mehr als genug Zeit, um es Schritt für Schritt durchzuarbeiten. Sie ordnete ihre Zutaten vor sich in der Reihenfolge, in der sie sie verwenden würde.

Sara starrte auf ihre Rezeptkarte und murmelte etwas vor sich hin. Sie verstand nicht, warum Zaubertränke so schwierig waren. Es ging einfach darum, ein Rezept zu befolgen, aber sie war auch keine gute Köchin.

Raine ließ die drei blassrosa Rosenblütenblätter vorsichtig in das eiskalte Wasser fallen. Sie rührte dreimal im Uhrzeigersinn und einmal gegen den Uhrzeigersinn um. Evie sah ihr zu und lächelte, als das Wasser einen glitzernden Schimmer annahm. Bis jetzt war es gut gelaufen.

Sie folgten gemeinsam dem Rezept. Evie sagte nichts, denn sie wollte nicht, dass Raine das Gefühl bekam, sie würde es ihr nicht zutrauen. Raine schürzte die Lippen, während sie den blubbernden Trank mit einem Lavendelstängel umrührte. Der Trank sollte sich eigentlich in ein helles, glitzerndes Blau verwandeln, aber er nahm einen deutlich grünlichen Farbton an.

»Du musst deine Magie durch den Lavendelstängel in den Trank fließen lassen«, flüsterte Evie.

Raine beschwor ihre Magie und versuchte, sie durch den Lavendel fließen zu lassen. Zuerst widerstand der Stängel ihr, aber sie blieb hartnäckig, bis er nachgab und die Magie in den Trank floss, sodass schon bald die richtige Schattierung von Blau erschien.

Sie fuhr fleißig mit den letzten Schritten fort und war erfreut zu sehen, dass er die gleiche Farbe und Konsistenz wie Evies hatte. Die Lehrerin kam vorbei, um die Versuche zu beurteilen.

»Gut gemacht, Raine. Das ist dir wunderbar gelungen«, lobte sie die Schülerin.

Ein Glücksgefühl durchflutete sie. Sie fühlte sich, als ob sie wirklich Fortschritte gemacht hatte. Ihre harte Arbeit begann sich langsam aber stetig auszuzahlen. Jetzt war sie bereit zu fragen, ob sie etwas Zeit im Zaubertränke-Labor haben könnte, um zusätzlich zu üben. Es war gut möglich, dass die Lehrerin Nein sagen würde, aber sie brauchte wirklich die zusätzliche Zeit, um die Fähigkeiten, die sie gelernt hatte, auf praktische Art und Weise anzuwenden.

Sara verschränkte die Arme vor der Brust und starrte auf ihren schwarzen Trank. »Ich habe das Rezept befolgt«, sagte sie.

»Du hast zu viel Feuermagie reingetan.« Evie drückte Saras Schulter. »Es ist nicht deine Schuld.«

Sara schaute zu Boden. Sie hasste es, mit ihrer Magie zu kämpfen. Für den Rest ihrer Familie sah es so einfach aus und sie hatte immer noch keine Fortschritte mit ihrer gemacht. Sie ärgerte sich und verließ die Klasse, um zum Kunstclub zu gehen. Beim Malen würde sie sich viel besser fühlen.

Evie und Raine warteten, um mit Misses Fowler zu sprechen.

»Genau die Mädchen, mit denen ich reden wollte.« Sie lächelte und versuchte, ihre rote Mähne aus den Augen zu schieben. »Ich brauche ein wenig Hilfe bei meinem Gewächshaus. Ich hatte gehofft, dass ihr zwei dazu bereit und in der Lage wärt«, sprach sie ihre Bitte aus.

Evies Augen leuchteten auf. Sie hatte die Gartenarbeit vermisst.

»Das würde ich gerne«, entgegnete Evie und biss sich auf die Unterlippe. »Ich meine. Danke, dass Sie an uns gedacht haben, Misses Fowler.«

Raine war sich nicht sicher, ob das eine gute Idee war. Sie schaffte es sogar, ihren Kaktus zu töten.

»Dann kommt mit. Ich führe euch herum.«

Evie war sich nicht sicher, warum sie nicht wusste, dass es auf dem Gelände ein riesiges Gewächshaus gab. Ihr wurde klar, dass sie bisher nicht wirklich viel erkundet hatte. Es könnte da draußen alle möglichen interessanten Dinge geben, von denen sie nichts wusste.

Sie folgten der Lehrerin über einen schmalen schwarzen Steinpfad, der zum Gewächshaus führte, das sich im Sonnenlicht ausbreitete. Der silberne Drache war in der Nähe gelandet und beobachtete sie leicht lächelnd.

»Haben Sie neue Helfer?«, fragte er und trat einen Schritt näher. »Ich denke immer noch, Sie sollten Hühner züchten.«

Misses Fowler schüttelte den Kopf. »Ich züchte keine Hühner, die du dann fressen kannst.«

Der Drache legte sich hin und Raine war sich sicher, dass er schmollte.

Die Frau öffnete eine kleine Tür und führte die Mädchen hinein. Evie nahm einen tiefen Atemzug und lächelte über den reichen Kräuterduft, der sie sofort umgab. Die Luft war feucht und warm – eine vertraute Umgebung, die Evie das Gefühl gab, zu Hause zu sein. Raine wagte es nicht, irgendetwas zu berühren, für den Fall, dass sie es versehentlich verletzen würde.

Kurze, gedrungene Grünpflanzen mit rot gespitzten Blättern standen in dunkelblauen Keramiktöpfen in ordentlichen Reihen zu ihrer Linken. Evie atmete ihren süßen Zuckerstangenduft ein, bevor sie sich beeilte, um Misses Fowler einzuholen.

»Wenn ihr die Heilkräuterabteilung hier hinten gießen könntet, würde ich das sehr zu schätzen wissen.« Die Lehrerin zeigte auf einen großen Bereich voller grüner Kräuter in jeder Form und Größe. »Und das Beschneiden der Rosen wäre auch sehr nützlich.«

»Haben Sie einen Ort, wo Sie die Stängel und Blütenblätter aufbewahren?« Evie lächelte. »Ich nehme an, sie werden im Unterricht verwendet.«

Raine wanderte zu den Rosensträuchern und lächelte über die unzähligen Farben, die dort zu sehen waren. Misses Fowler hatte sogar einige blaue Rosen, die unglaublich selten waren. Die Menschen färbten sie normalerweise, anstatt sie zu züchten, aber es gab ein oder zwei ungewöhnliche Hybriden. Sie würde einen Blick auf ihren Zeitplan werfen und ihre Zeit im Gewächshaus mit ihrer Zeit mit Smoke vereinbaren müssen.

Evie grinste sie an. »Dieser Ort ist erstaunlich.«

»Das ist er wirklich.« Raine lächelte. »Verdammt, ich wollte fragen, ob ich meine Zaubertränke im Labor üben darf.«

Sie sahen sich um, aber die Lehrerin war bereits verschwunden. Raine machte eine mentale Notiz, sie zu fragen, wenn sie sie das nächste Mal sah. Es war kein Weltuntergang, ein paar Tage ohne zusätzliches Training auszukommen.

Kapitel 22

Raine bürstete sich die Haare und versuchte zu verstehen, was genau sie fühlte. Es war ihr erstes Thanksgiving ohne ihren Onkel Jerry und das machte sie traurig. Dennoch konnte sie nicht anders, als über die Freude zu lächeln, die ihr Zimmer erfüllte. Christie redete in einem Affentempo, während Sara über jede Geschichte lachte, die sie erzählte. Evie hockte über einem neuen Rezeptbuch, das die Elfen ihr gegeben hatten. Sie würde ihnen helfen, die verschiedenen Desserts zu kreieren, die später beim Thanksgiving-Fest serviert werden sollten.

Das waren ihre neuen Freunde und sie verstanden sie auf eine Art und Weise, wie es zuvor niemand getan hatte. Sie vermisste Onkel Jerry, aber sie wusste, dass er nicht in diese Welt passen würde, egal wie sehr er es versuchte. Magie umgab sie dort und das war zunehmend ein großer Teil von dem, wer und was sie war.

Schmetterlinge flatterten in Evies Magen, als sie in die Küche ging. Das Festmahl zu Thanksgiving war der Höhepunkt des Jahres, was das Essen anging. Da zogen die Elfen alle Register und dieses Jahr war sie mit dabei. Zu Hause war sie immer in das Kochen einbezogen worden, aber das hier war etwas anderes. Alle erwarteten ein wahres Spektakel von den Küchenelfen und sie würde ihnen helfen, für die ganze Schule zu kochen.

Sie betrat die Küche und fröhliche Musik erfüllte den Raum. Tori und Mags tanzten breit grinsend um den großen Vorbereitungstisch herum. Der Raum war erfüllt von Magie und Glück. Welche Sorgen Evie auch immer gehabt haben mochte, diese verblassten in dem Moment, in dem sie über diese Schwelle trat.

»Heute, da wir ein zusätzliches Paar Hände haben, werden wir eine Auswahl an Desserts servieren. Wir machen das zum größten und besten Fest bisher«, verkündete Tori und sah Evie an. »Evie hier wird drei Kuchen backen und diese Walnusskekse, die uns so gut gefallen haben. Mags wird sich um den Käsekuchen und die Torte kümmern. Ich werde diesen wunderbaren Kürbis-Walnuss-Blechkuchen machen.«

Evie schluckte schwer. Sie hatte erwartet, dass sie ein paar Dinge backen würde, aber sie hatte nicht mit drei Sorten Kuchen und ein paar delikaten Plätzchen gerechnet. Sie hatte gehofft, dass Tori die Walnusskekse übernehmen würde, aber sie fühlte sich auch geehrt, dass sie Evie zutraute, sie zu machen.

Die Elfen flatterten herum und alle machten sich an die Arbeit. Die Truthähne und der Schinken waren bereits im Ofen und die Preiselbeeren wucherten in verschiedenen Formen. Evie ging zu ihrem Arbeitsplatz und studierte die Rezepte, die sie bekommen hatte. Eine zufriedene Ruhe legte sich über sie und sie begann mit den süßen Kuchenkrusten.

Sie waren trügerisch schwer zu meistern. Evies Familie war stolz darauf, die Kunst einer dünnen, knusprigen und ausgewogenen Kruste perfektioniert zu haben. Ihr Rezept war über Generationen weitergegeben worden und es war aufregend, es an diesem Morgen anzuwenden. Das Wichtigste war, dass man schnell arbeitete, sanft mit dem Teig umging und kalte Zutaten verwendete. In dem Moment, in dem die Butter erwärmt wurde, geriet die Konsistenz ins Wanken und das Ganze war ein kläglicher Fehlschlag.

Evies Magie floss reibungslos, als sie damit den Schneebesen zum Mischen der Zutaten ansetzte, während sie mit dem zarten Gebäck fortfuhr. Die Zeit verging wie im Flug, während sie backte. Tori schaute ein paar Mal vorbei, um nach ihr zu sehen und war großzügig mit ihren Komplimenten. Als ihre Desserts auf dem großen Tisch in der Mitte platziert wurden, war sie zu Recht stolz auf sich. Ihr Gitterwerk auf dem Kürbiskuchen war perfekt und die Walnusskekse waren gleichmäßig groß aus zartem, leichtem Teig. Es war ihre beste Arbeit bisher und sie dankte den Elfen dafür.

»Geh und genieß das Festmahl«, befahl Tori grinsend und umarmte sie. »Wir sind stolz darauf, dich bei uns in der Küche zu haben.«

Evie strahlte und erwiderte die Umarmung. Die anderen versammelten sich zu einer riesigen Gruppenumarmung. Evie schaffte es schließlich, sich aus der Umarmung herauszuwinden und in den Speisesaal zu gehen, wo sie ihre Freunde, die bereits auf sie warteten, vorfand.

* * *

Raine schaute ehrfürchtig in den Speisesaal. Die älteren Schüler hatten sich um die Dekoration gekümmert und haben eine erstaunliche Arbeit geleistet. Schnüre mit winzigen Kürbissen und kleinen Truthähnen hingen an unsichtbaren Zauberfäden von der Decke herab. Zarte, seidige Blätter in allen herbstlichen Farben überzogen die Decke in einem Kaleidoskop von Farben und Formen und gaben dem Raum ein Gefühl von Wärme und Komfort.

Jeder Tisch hatte eine andere Hauptdekoration in der Mitte stehen. Das auf ihrem Tisch war ein kompliziertes Arrangement aus orangenen und goldenen Bändern, die um dicke Spitzkerzen gewunden waren. Kleine Keramikkürbisse waren mit Glasblättern durchsetzt, die langsam die Farbe wechselten.

Alle Kerzen im Raum leuchteten auf einmal auf und entlockten einem Neuling am Nebentisch ein erschrockenes, überraschtes Quieken. Raine löste das tiefbernsteinfarbene Band um ihr Silberbesteck, als der erste Gang auf dem makellosen weißen Teller vor ihr erschien.

Große Suppenschalen waren mit einer cremigen, orangefarbenen Suppe mit einem zarten Spritzer von etwas, das wie Sahne aussah, gefüllt. Cameron schnupperte an seiner und rümpfte die Nase.

»Das sind gewürzte Karotten und Pinienkerne«, klärte Evie lächelnd auf und nahm ihren Löffel in die Hand. »Es ist göttlich.«

Der Wandler blickte zu den anderen, als sie begannen, ihre Suppe zu essen. Pinienkerne klangen nicht so, als ob sie gegessen werden sollten. Trotzdem probierte er zaghaft einen Löffel voll.

»Was war deine Aufgabe bei diesem Fest, Evie?«, fragte Sara und sah sie an. »Du hast die Desserts gemacht, richtig?«

»Nicht alle. Ich habe den Kürbiskuchen, den Süßkartoffelkuchen und den Preiselbeer- und Apfelkuchen gemacht. Die Walnusskekse sind auch von mir«, antwortete Evie.

»Danach werden wir uns nicht mehr bewegen können.« Philip grinste. »Das klingt fantastisch. Ich kann es kaum erwarten, sie zu probieren, Evie.«

Sie beendeten ihre Suppe und die Elfen gaben ihnen ein paar Minuten zum Entspannen und Reden, bevor der nächste Gang kam. Das klassische Thanksgiving-Menü mit Truthahn und Preiselbeergelee erschien und Cameron sah schon viel glücklicher aus.

»Ich wusste nicht, dass Truthahn so gut sein kann«, meinte Sara, während sie ein weiteres Stück abschnitt und den Kopf schüttelte. »Ich dachte, er wäre trocken und zäh.«

»Das ist erstaunlich«, stimmte Raine zu. »Wir müssen etwas Nettes für die Küchenelfen tun, um ihnen für ihre harte Arbeit zu danken.«

»Einverstanden.« William nickte enthusiastisch. »Ich habe noch nie ein so gutes Thanksgiving erlebt.«

Als der Hauptgang beendet war, streckte jeder ein wenig die Beine aus und schaute sich um. Die Elfen ließen ganz offensichtlich vor jeder Person ein kleines, weißes Kärtchen mit dem Wort *Dankbarkeit* in goldener Schrift darauf erscheinen.

Philip hob seine Karte auf und begann. »Heute bin ich dankbar für die tollen Möglichkeiten, die diese Schule bietet. Ich bin dankbar für gute Freunde, unglaubliches Essen und das Potenzial für so viel mehr«, sagte er.

Cameron und William sahen beide weg. Keiner von beiden war besonders gut darin, sich zu bedanken. Der Wandler hatte eine turbulente Vergangenheit mit dem Feiertag und William hatte ihn noch nie so gefeiert. Er war sich nicht sicher, wie er seine Freude ausdrücken sollte.

Raine hob ihre Karte auf und lächelte, als sie ihre Freunde ansah. Die Schule hatte ihre Welt geöffnet und ihr so viel zum Nachdenken und Genießen gegeben.

»Ich bin dankbar für meine großartigen Freunde. Für meine wunderbare Familie, auch wenn es keine Traditionelle ist. Ich bin dankbar für die Gnome und Lehrer und alles, was sie für uns tun. Ich bin dankbar, dass ich die Chance bekommen habe, diese unglaubliche Welt voller Magie zu erforschen und die Werkzeuge zur Verfügung zu haben, um die Welt zu einem besseren Ort zu machen«, bedankte Raine sich.

Die anderen am Tisch folgten ihrem Beispiel und sprachen ihre Dankbarkeit für ihre neu hinzugewonnen Freunde und die magische Schule aus. William schaffte es, ehrlich über seine Dankbarkeit für die Akzeptanz zu sprechen, die seine Freunde ihm entgegenbrachten. Er hatte nie Glück oder eine Familie gekannt, die auch nur im Entferntesten mit dem vergleichbar war, was sie ihm gezeigt hatten.

Agent Connor war überwältigt von der Qualität und der Vielfalt der Speisen, die ihm beim Thanksgiving-Festmahl vorgesetzt wurden. Es war alles völlig jenseits seiner menschlichen Erfahrung. Er sah Raine ein paar Mal an und freute sich, dass sie eine tolle Zeit mit ihren Freunden verbrachte. Er hatte am Morgen mit Jerry gesprochen und versprochen, dass sie nach dem Festmahl mit ihm telefonieren würde.

Professor Powell sah gezeichnet und blass aus, aber er hatte sich bemüht, an den Tisch der Lehrer zu kommen. Die Fakultät war besorgt, dass er nicht mehr lange in der Lage sein würde, seinen Unterricht zu führen. Das Gift nagte an ihm und sie hatten noch immer kein Heilmittel gefunden.

Die kleine Schar winziger Truthähne, die als Hauptdekoration ihres Tisches fungierte, flatterte mit den Flügeln und lief herum, sehr zu Bruce' Freude. Er hatte sich noch nicht an die schiere Menge an Magie um ihn herum gewöhnt, die ihn tagtäglich umgab. Misses Berens hob ihr Weinglas mit einem traurigen Lächeln.

»Wir sollten uns bei den Küchenelfen für dieses schöne Fest bedanken«, sagte sie in die Runde.

Alle hoben zustimmend ihre Weingläser. Bruce sah, dass die Elfen, die von der Küchentür aus zusahen, sichtlich erfreut über den Tribut waren. Er machte sich eine mentale Notiz, auf sie zuzugehen und ihnen ordentlich zu danken, sobald das Festmahl beendet war.

»Das war ein schwieriges Jahr.« Die Direktorin schürzte ihre Lippen. »Aber es gibt immer etwas, wofür man dankbar sein kann. Ich bin dankbar für meine Freunde, die mir geholfen haben, durch schwierige Zeiten zu gehen und mir in der Dunkelheit beistehen. Ich bin dankbar für meine Familie. Auch wenn sie heute nicht hier sein können, weiß ich, dass sie sicher und wohlauf sind.« Sie drückte Professor Powells Hand. »Und ich bin dankbar für die Magie, die Professor Powell wieder ganz gesund machen wird.«

Die Lehrer nickten nachdenklich. Sie hatten alles gegeben, um das Heilmittel für ihn zu finden, aber es erwies sich als besonders schwierig. Das Gift war etwas sehr Ungewöhnliches und das Heilmittel war in keinem der Texte, die sie finden konnten, angesprochen worden.

Nachdem alle ihre Dankesreden gehalten hatten, ließen die Elfen die Nachspeisen in der Mitte des Tisches erscheinen. Die winzigen Truthähne rannten los, schlugen mit den Flügeln und gackerten über die Störung. Bruce hielt seine Hand an den Rand des Tisches, als einer versuchte, zu fliehen. Er wollte ihn nicht durch den Saal jagen müssen.

»Wow.« Misses Fowler betrachtete das Arrangement aus Torten und Desserts. »Sie haben sich wirklich selbst übertroffen.«

»Evie O'Connell hat ihnen dieses Jahr geholfen.« Misses Berens lächelte. »Sie haben sich in sie verguckt, seit sie den Backclub gegründet hat.«

Die Direktorin nahm sich ein kleines Stück von dem Süßkartoffelkuchen und einen der zarten Kekse. Sie biss in das Konfekt und fand das Gebäck leicht und süß mit einer reichhaltigen Walnussfüllung.

»Ich muss versuchen, das Rezept für diese Kekse zu bekommen.« Miss Grant nahm noch einen. »Das sind kleine Stückchen vom Himmel.«

Die Lehrer nahmen jeweils ein Stück von jedem Dessert und genossen die Weine, die die Elfen dazu servierten. Alles war perfekt. Die Schüler waren alle glücklich und wohlerzogen und niemand versuchte, mit Essen zu werfen. Mara schüttelte den Kopf und erinnerte sich an das letzte Mal, als jemand mit Essen geworfen hatte.

Die Elfen billigten die Verschwendung von Lebensmitteln nicht, vor allem, wenn sie so viel Zeit und Mühe in sie gesteckt hatten. Sie hatten alles verschwinden lassen, nur um es bei den Schülern wieder auftauchen zu lassen. Es hatte den ganzen Tag gedauert aufzuräumen. Zum Glück warnten die älteren Schüler die jüngeren davor, das zu wiederholen.

Christie grinste ihre Freunde an. Thanksgiving war nichts, was sie in England feierten, aber sie hatte sich daran gewöhnt, den Feiertag zu lieben. Alle waren so glücklich und voller Leben.

»Ich denke, wir sollten versuchen, so etwas nach England zu bringen. Ich weiß, dass wir kein richtiges Thanksgiving feiern können, weil wir nicht die Geschichte dahinter haben und das wäre komisch. Obwohl das einige Amerikaner nicht davon abhält, die *Guy Fawkes Night* zu feiern. Ich glaube, sie haben den Film *V wie Vendetta* gesehen und sind dann davon ausgegangen. Aber ich glaube, ihr liebt einfach Feuerwerk.« Sie holte tief Luft. »Wie auch immer, ich denke, einen Tag zu haben, an dem alle glücklich und dankbar sind, ist eine wirklich gute Idee. Ich meine, es bringt uns dazu, uns auf das Glück zu konzentrieren und auf die Dinge, die das ermöglichen. Es kann so einfach sein, sich in die beängstigenden und unangenehmen Dinge zu verstricken, aber wir müssen manchmal innehalten und uns Zeit für die schönen Dinge im Leben nehmen und den Augenblick genießen«, teilte Christie umschweifend ihre Gedanken mit.

Ihre Freunde nickten alle zustimmend. Sie wussten, dass es besser war, noch nicht zu antworten, da Christie wahrscheinlich noch einen ausschweifenden Monolog halten würde, bevor sie die Chance bekämen, wirklich zu reden. Sie krümmte ihre Zehen und fühlte, wie das Glück sie vollständig erfüllte. Als sie das erste Mal an die Schule gekommen war, hatte sie nicht wirklich reingepasst, aber jetzt hatte sie eine Clique. Alles war perfekt.

* * *

Agent Connor ging auf Raine zu, als sie den Speisesaal verließ.

»Ich habe deinem Onkel versprochen, dass du ihn heute anrufst«, teilte er ihr mit.

Raine lächelte. Sie hatte gehofft, mit ihm sprechen zu können.

Er nahm sie mit ins Büro der Direktorin und gab ihr ein Handy, bevor er den Raum verließ, um ihr etwas Privatsphäre zu geben. Ein Anflug von Trauer überkam Raine, aber sie schob ihn beiseite. Ihr Onkel würde Freunde um sich haben und sie wusste, er würde sich freuen zu hören, wie gut alles für sie gelaufen war. Dank all ihrer Lektüren und der Hilfe der Gnome hatte sie jetzt sogar ihre Magie im Griff.

»Hey, Onkel Jerry. Frohes Thanksgiving«, begrüßte sie ihren Onkel.

»Raine, es ist so schön, von dir zu hören. Frohes Thanksgiving. Wie geht's dir?«, erwiderte er.

»Mir geht es gut. Ich arbeite mit einem jungen Pferd namens Smoke. Ich werde im Frühjahr auf ihm reiten und ich denke, er hat echtes Potenzial als Springpferd. Außerdem habe ich hier fantastische Freunde gefunden und meine Magie entwickelt sich wirklich gut. Oh, und sie haben die erstaunlichste Bibliothek hier«, erzählte sie.

»Das klingt wunderbar. Ich freue mich sehr für dich.«

»Wie sieht es bei dir aus?«

»Alles gut. Es ist ruhig ohne dich, aber ich habe der Agentur wieder ausgeholfen und das fühlt sich gut an. Wir machen da draußen einen echten Unterschied.«

»Ich kann es kaum erwarten, ein Agent wie du und Papa zu sein. Ich hoffe, ich lerne mehr Kampf- und Verteidigungsmagie, damit ich eine bessere Agentin werden kann.«

Sie konnte den Stolz ihres Onkels am Telefon spüren und konnte sich das Lächeln auf seinem Gesicht vorstellen.

»Dein Vater wäre so stolz auf dich.«

»Danke. Das bedeutet mir sehr viel.«

Kapitel 23

Matt sah sein Team an, das erwartungsvoll darauf wartete, dass er sprach. Er war nicht sehr gut darin, aufmunternde Reden zu halten, doch aus irgendeinem Grund wurde es den Kapitänen aufgetragen. Er überlegte, ob er den Trainer fragen sollte, ob er diesen Teil in Zukunft auslassen könnte.

»In Ordnung. Also, das ist es. Das heutige Spiel ist der entscheidende Moment. Wenn wir dieses hier gewinnen, sind wir in der ersten Phase der Meisterschaft.«

Cody wippte auf den Fußballen. Es war bitterkalt und er wollte endlich mit dem Spiel beginnen. Er hoffte, es würde irgendwo sein, wo es warm und trocken war.

Cameron hatte den Platz neben Raine auf der Tribüne eingenommen. Diesmal hatte er die Feuerbonbons mitgebracht und reichte sie der kleinen Gruppe, während sie auf den Beginn des Spiels warteten. Eine kleine Gruppe von Feen saß in der obersten Reihe und ihre Flügel glitzerten im fahlen Sonnenlicht wie frischer Frost. Sie plauderten miteinander und waren die ersten, die jubelten, als die Mannschaft auf das Feld kam.

Etienne schritt mit einer Entschlossenheit voran, die Cameron amüsierte. Der Elf war so ernst. Sein Bruder Adrien war nicht viel anders. »Man kann sie fast nicht auseinanderhalten«, kicherte Cameron. Er lehnte sich ein wenig näher an Raine, die ihre Hände aneinander rieb, während sie darauf wartete, dass das Feuerbonbon sie wärmte. Er fühlte, wie sich langsam eine Zuneigung in ihm regte, das Gefühl, dass seine Freunde ein zweites Rudel für ihn geworden waren. Cameron würde ihnen das natürlich nicht sagen, aber er genoss es. Zum ersten Mal hatte er das Gefühl, wirklich dazuzugehören.

Große Bäume nahmen Gestalt an und farbenprächtige Blumen bildeten einen Teppich unter dem dichten Blätterdach. Adrien sah sich schnell um, um einen Eindruck davon zu bekommen, wo sie sich befanden. Es war offensichtlich ein Wald, aber die Art des Waldes würde ihnen eine Vorstellung davon geben, welche Fallen sie erwarten würden.

Ein leises Schnauben ertönte links von ihnen und das Team drehte sich um, um einen irischen Elch zu sehen. Die hirschähnliche Kreatur war etwa sechseinhalb Meter groß, vielleicht sogar noch größer. Sein riesiges Geweih stand weit vom Kopf ab und war mit scharfen Spitzen versehen. Adrien kreiste mit den Schultern und beschwor Pfeil und Bogen aus dem Äther. Nach den Kommentaren beim Filmabend hielt er es für eine gute Idee, mit einem solchen zu trainieren.

Der Elf war im Laufe der Jahre an den meisten Waffen ausgebildet worden. Seine Familie war stolz auf ihr kriegerisches Erbe und nahm ihre Rolle als Wächter und Beschützer sehr ernst. Adrien war da nicht anders. Sobald die Schule beendet war, würde er nach Frankreich zurückkehren und das Amt eines Wächters übernehmen. Der Elch drehte sich zu ihnen um, als Adrien langsam einatmete und auf sein Herz zielte. Er ließ den Pfeil los und der Elch verschwand daraufhin in einer sanften Rauchwolke.

»Wow, ich dachte, Elfen wären nur in Filmen fantastische Bogenschützen.« Cody strahlte ihn an. »Das war so cool.«

Adrien schürzte die Lippen und sein Pfeil und Bogen verschwanden. Matt atmete tief die Luft ein und suchte nach irgendwelchen Hinweisen, wohin sie gehen sollten. Etwas kitzelte seine Instinkte und er ließ sich davon leiten. Die Zauberer versuchten einen Verfolgungszauber zu bilden, aber ihre Magie verpuffte bei jedem Versuch.

»Manchmal blockieren die Louper-Verantwortlichen Fährtenleser wie beispielsweise einen Orb.« Matt zuckte mit den Schultern. »Wir kriegen das auch so hin.«

Sie liefen in einem gleichmäßigen Tempo durch den Wald mit leuchtend rosa und weißen Blumen unter den Füßen und breiten Bäumen um sie herum. Die Stämme waren breiter, als Adriens Arme reichen würden und das gab ihm ein Gefühl der Behaglichkeit. Vögel brachen aus den Bäumen und zwitscherten alarmiert. Das Team wurde langsamer und versuchte zu erkennen, was sie aufgeschreckt hatte.

Raine fiel die Kinnlade herunter, als sie sah, wie sich die riesige Eiche bewegte. Ihr Stamm teilte sich in zwei Beine und zwei der breiteren Äste bildeten die Arme. Der Baum näherte sich dem Team systematisch. Sie würden unter ihrem Fuß zerquetscht werden – oder was auch immer einen Baum zum Bewegen bringt. Sie wollte ihnen zurufen und sie warnen, während sie sich zusammenkauerten und versuchten, die Quelle des Geräuschs zu lokalisieren.

Etienne war der erste, der die Magie des Baumwesens spürte. Sein Bruder spürte dasselbe. Er schubste Cody und rief den anderen zu, wegzurennen. Adrien blickte zu seinem Bruder zurück. »Hilf den anderen!«, rief er ihm zu.

Sie würden keine Chance gegen die Kreatur haben. Keiner von ihnen hatte auch nur annähernd genug irdische Magie, um sie zu besiegen. Ihre einzige Wahl war zu rennen. Natürlich konnten sie nicht vor etwas dieser Größe davonlaufen, aber sie mussten es zumindest versuchen.

Die Spieler duckten sich unter schweren Ästen hindurch und sprangen über kleine Bäche, um dem Baumriesen zu entkommen, der sie mit lässiger Leichtigkeit verfolgte. Ohne Vorwarnung traten ihre Füße ins Leere und sie fielen in eine pechschwarze Dunkelheit.

Zuerst dachte Etienne, dass sie wieder auf dem Feld landen würden und in eine Art Falle geraten waren. Stattdessen landeten sie auf etwas Weichem und Modrigem. Seine Augen brauchten einen Moment, um sich daran zu gewöhnen, aber es schienen Federn und getrocknete Blätter zu sein.

Matt rappelte sich auf und Adrien ebenfalls, bevor er Daniel aufhalf.

»Was jetzt?« Cody sah Matt an. »Hast du eine Idee, wie es weitergehen soll?«

Daniel benutzte seinen Zauberstab, um eine helle, weiße Lichtkugel zu formen. Cody fügte zwei weitere hinzu und sie konnten den schmutzigen Tunnel um sie herum deutlich sehen. Wurzeln ragten aus den Decken und Wänden und es gab nur eine Richtung, in die man gehen konnte.

»Es sieht so aus, als würden wir in diese Richtung gehen«, kommentierte Etienne trocken. Adrien folgte ihm dicht auf den Fersen.

Sie schlichen eine gefühlte Stunde durch den unterirdischen Korridor. Raine lehnte sich in ihrem Sitz nach vorne und hielt Ausschau nach dem gegnerischen Team oder kommenden Fallen. Sie war völlig in das Spiel und den Sieg der Cardinals vertieft. Cameron lächelte, als er ihren in das Spiel versunkenen Gesichtsausdruck beobachtete.

Etienne fuhr mit den Fingerspitzen an der schmutzigen Wand entlang und versuchte, irgendeine Magie zu spüren, die einen Hinweis darauf geben könnte, wonach er Ausschau halten sollte. Etwas erregte seine Aufmerksamkeit, als sich der Tunnel in zwei Teile teilte. Die Magie kribbelte und dann wurde alles totenstill, bevor er eine Vibration unter seinen Füßen spürte.

»Lauft!«, rief der Elf und schob Matt in den linken Tunnel. »Wir müssen rennen.«

Er war sich nicht sicher, was genau auf sie zukam, aber er wusste, dass es magisch und gefährlich war. Sie hörten das Geräusch von Hufen, die hinter ihnen auf den feuchten Boden stampften. Ein süßer, erfrischender Geschmack überzog ihre Zungen und der Geruch von Pferden stieg ihnen in die Nasen.

»Einhörner!« Matt zwang sich, schneller zu laufen. »Lasst sie nicht zu nahe herankommen.«

Die strahlend weißen Pferde mit langen, scharfen, goldenen Hörnern stürmten hinter ihnen her. Alle zusammengezählt, erfüllten sie den Tunnel.

Cody warf ein paar Feuerbälle. Eines der Einhörner fing Feuer, aber das machte die Kreatur nur wütend und sie stieß ein furchtbares Brüllen aus.

»Seit wann und warum brüllen Einhörner?«, rief Adrien.

»Weil sie bösartige Monster sind und Monster brüllen nun mal«, antwortete Matt.

Seltsamerweise ergab das einen Sinn. Sie tauchten in einen kleineren Tunnel ein und sahen endlich etwas Positives. Das goldene Token lag vor ihnen in der Mitte einer kleinen Wasserschüssel. Das gegnerische Team stürmte aus einem anderen Tunnel mit einer Armee von blutverschmierten Singvögeln hinter sich auch darauf zu. Ihr Kapitän stürzte nach vorne und schnappte sich das Token, bevor Matt es erreichen konnte.

Adrien kämpfte um seinen Atem, als die kalte Luft ihn traf und sie wieder auf dem Feld standen.

Matt fuhr sich mit den Fingern durch die Haare. »Wir waren so verdammt nah dran«, knurrte er frustriert.

»Einhörner, Mann? Ich werde jetzt eine Woche lang Albträume haben.« Cody runzelte die Stirn. »Wer tut einem so was an?«

Sie lachten alle, mehr um die Frustration zu verdrängen als aus echtem Humor heraus.

»Es gibt noch ein Spiel.« Etienne klopfte ihrem Kapitän auf die Schulter. »Das werden wir gewinnen.«

Kapitel 24

Raine runzelte die Stirn, als sie ein Hexenpaar sah, das im Flur eine Packung von etwas kaufte, das wie handgemachte Kekse aussah. In letzter Zeit hatte es eine Häufung von Keksverkäufen gegeben und sie war sich nicht sicher, warum. Sie vermutete, dass Philip irgendwie involviert war, angesichts seiner Liebe zum Geschäft und die Schüler schienen gerne dafür zu bezahlen.

Sie ging in die Bibliothek, wo der Chefbibliothekar neben einem frischen Stapel von Büchern auf sie wartete.

»Wissen Sie, was es mit den ganzen Keksen auf sich hat?«, fragte sie ihn, einen Blick über die Schulter werfend und sah, wie jemand anderes einen Einkauf tätigte. »Sie scheinen aus dem Nichts aufgetaucht zu sein.«

»Ich bin mir nicht sicher, aber ich mag sie nicht. Das sind keine gewöhnlichen Leckerbissen«, antwortete er und warf einen Blick auf einen älteren Waldelfen, der versuchte, welche in die Bibliothek zu bringen. »Es steckt Magie in ihnen, aber ich habe noch keine in die Finger bekommen, um herauszufinden, welcher Art.«

Raine blickte auf den verlockenden Bücherstapel und dann auf den Flur und seufzte. Wenn sie eine FBI-Agentin sein wollte, musste sie auch die kleinen Verbrechen untersuchen. Die Leckereien konnten natürlich harmlos sein, aber etwas an dem Gesichtsausdruck der Schüler beim Kauf beunruhigte sie. Es sah ganz und gar nicht nach einer harmlosen Begeisterung für Zucker aus.

»Ich werde es mir ansehen«, beschloss sie und legte ihre Hand auf den Bücherstapel. »Wären Sie verärgert, wenn ich später käme und sie lesen würde?«

»Natürlich nicht. Aber bitte erzähl mir die ganze Geschichte mit den Keksen, wenn du zurückkommst.« Er hob die Bücher auf. »Und ich werde hier sein, wenn du Hilfe mit der Magie, die sie enthalten, brauchst.«

Raine schlenderte in den Flur und folgte einem Hexenpaar, das seine Beute festhielt, als sei sie die Quelle des Lebens selbst. Als sie sich ernsthaft umsah, stellte sie fest, dass die meisten Schüler die gebackenen Leckereien umklammerten.

Irgendetwas war ganz eindeutig seltsam. Jeder scherzte darüber, dass Pfadfinderkekse süchtig machten, aber sie begann sich zu fragen, ob diese Kekse das vielleicht wirklich bewirkten. Sie beschloss, den Kurs zu ändern, als sie niemanden sah, der die Kekse verkaufte und ging auf der Suche nach Evie in die Küche.

Sie klopfte an die Küchentür und wartete.

Die Ober-Elfe mit dem rosafarbenen Haarschopf öffnete die Tür und hob eine Augenbraue.

»Hi, könnte ich bitte einen Moment mit Evie sprechen?«, fragte Raine höflich.

Die Elfe schaute über ihre Schulter und rief Evie zu sich.

»Hey! Also, ähm … das wird sich jetzt wirklich seltsam anhören, aber im Moment werden sehr viele Kekse verkauft.« Raine strich sich die Haare hinters Ohr. »Du weißt nicht zufällig etwas darüber, oder?«

»Klar. Philip hatte diese Geschäftsidee, meine selbstgebackenen Kekse zu verkaufen, damit wir eine Gruppenkasse eröffnen können«, erklärte Evie schulterzuckend. »Sie sind einfach zu machen und sie verkaufen sich fast schneller, als ich sie machen kann. Wir haben aber einen schönen Batzen Geld in unserer Kasse.«

Raine seufzte. »Ist da zufällig Magie in den Keksen?«

Evie runzelte die Stirn. »Nein. Das sind normale Kekse. Hauptsächlich Schokokekse, aber es gibt auch welche mit weißer Schokolade und Macadamia.«

»Hast du eine Ahnung, wo Philip ist?«

Evie kaute nachdenklich auf ihrer Unterlippe. »Ich denke, er ist wahrscheinlich im Filmraum.«

»Danke. Viel Spaß beim Backen«, verabschiedete sich Raine.

Sorgenfalten erschienen auf Evies Stirn. Sie hatten mit dem Verkauf eine ganze Menge Geld verdient und es war seltsam, dass sie so beliebt waren. Sie wusste, dass ihre Kekse gut waren, aber waren sie wirklich *so* gut?

»Geh.« Tori scheuchte Evie aus der Küche. »Du warst sowieso nur am Putzen. Finde heraus, was das kleine Schwein mit deinen kostbaren Keksen angestellt hat.«

Evie gab Tori eine kurze Umarmung und eilte Raine hinterher. »Warte, ich komme mit dir«, rief sie ihr hinterher.

Als sie durch die Flure gingen, begann Evie zu erkennen, was Raine beunruhigt hatte. Hier war definitiv etwas Seltsames im Gange. Ihr entgingen auch nicht die seltsamen Ausdrücke in den Augen der Schüler, als ob Magie im Spiel wäre. Evie hatte allerdings keine Magie in die Kekse getan. Dieses Risiko würde sie nie eingehen.

Die Mädchen betraten den Filmraum und fanden Philip vor, der gerade Geld zählte, während er sich Notizen in einem einfachen schwarzen Buch machte.

»Ist das alles von den Keksen?«, fragte Evie und zeigte auf das Geld. »Das ist ziemlich viel.«

»Wir machen uns gut. Wir haben schon fünfhundert Dollar verdient. Ich denke, wir werden uns einen neuen

Fernseher kaufen können und es wird viel für Gruppenausflüge übrig sein.«

Evie und Raine tauschten einen Blick aus.

»Hast du etwas mit den Keksen gemacht?« Evie stellte sich mit verschränkten Armen vor Philip hin. »Ich mache gute Kekse, aber so gut sind sie auch wieder nicht.«

Philip wich ihrem Blick aus.

Evie stupste sein Bein mit ihrem Schuh an. »Philip. Was hast du getan?«, hakte sie nach.

Er seufzte und hob den Blick. »Gut. Ich habe ein kleines Extra hinzugefügt, um sicherzustellen, dass wir einen schönen Gewinn machen«, gab er zu.

Evie starrte ihn an. Sie war verletzt und absolut wütend. »Du hattest so wenig Vertrauen in meine Backkünste, dass du das Bedürfnis hattest, *ein kleines Extra hinzuzufügen*?«

»Was hast du reingetan, Philip?« Raine trat neben Evie. »War es Magie?«

»Es waren nur ein paar Tropfen. Keine große Sache.« Philip fuhr sich mit den Fingern durch die Haare. »Nur ein kleiner Trank.«

»Ein Zaubertrank, der was bewirkt?« Raine sah sich nach Anzeichen für ein Gebräu um, sah aber nichts. »Was ist die beabsichtigte Wirkung?«

»Leichte Abhängigkeit«, murmelte Philip.

»Was?« Evie warf entsetzt die Hände hoch. »Du hast meine Kekse zu welchen gemacht, die süchtig machen? Was ist los mit dir? Du hast mich in eine Drogendealerin verwandelt? Wie soll ich dir jetzt noch vertrauen können? Warum hast du das getan? Geld ist nicht alles!«

»Welche Art von Trank?« Raine trat näher an ihn heran und ihre Hände ballten sich zu Fäusten. »Und ist es dunkle Magie?«

»Nein. Es ist nicht – zumindest glaube ich nicht, dass es dunkle Magie ist.« Er stand auf. »Seht ihr, es ist einfach etwas Cloud in einen Trank untergemischt.«

Evies Kinnlade fiel herunter. »Cloud? Ist dir klar, dass ein langfristiges Einnehmen davon zu ernsthaften Abhängigkeiten und körperlichen Problemen führen kann?«, fragte sie und hielt sich zurück, um ihn nicht zu erdrosseln, indem sie ihre Hände zusammenschlug. »Mit so etwas spielt man nicht herum.«

»Was ist Cloud?« Raine blickte von einem zum anderen. »Es klingt illegal.«

»Es ist nicht illegal. Es ist dazu gedacht, die Nerven zu beruhigen, aber wenn man es mit Zucker versetzt, bewirkt es etwas mehr.« Evie seufzte. »Aus diesem Grund ist es schwer zu besorgen.«

»Also, woher hast du es, Philip?« Raine warf ihm ihren besten FBI-Agenten-Blick zu. »Weil wir alle wissen, dass du ein B-Schüler in *Zaubertränke* bist.«

Er schaute wieder weg und wippte unbehaglich mit den Füßen. »Ein Geschäftskontakt.«

Evie legte ihre Hände fest auf seine Schultern. »Sag mir wer.« Sie sah Raine an. »Wir müssen herausfinden, wie wir das rückgängig machen können.«

»Wir werden zu Misses Fowler gehen müssen.« Raine ballte und löste ihre Fäuste in dem Versuch, ihre aufsteigende Wut zu zügeln. »Wie schwer hat er die Schüler verletzt?«

»Das wollte ich nicht. Es sollte sie nur ein bisschen besser schmecken lassen, damit sie für mehr zurückkommen.« Philip leckte sich nervös über die Lippen. »Ich wusste wirklich nicht, dass es Schmerzen verursachen kann.«

Die Mädchen traten zurück und seufzten. Philip schien aufrichtig zu sein.

»Wir werden zu Misses Fowler gehen. Sie wird die beste Idee haben, wie man das rückgängig machen kann.« Evie packte Philip am Arm. »Und du wirst deiner Strafe nicht entgehen.«

* * *

Sie konnten Misses Fowler nicht finden und begnügten sich stattdessen mit Misses Berens. Philip versuchte, alles in ein positives Licht zu rücken, aber er fand nichts, was seiner Sache helfen würde. Ihm war nicht klar gewesen, dass dieser Trank so potenziell gefährlich war und er hatte einfach etwas Geld für seine Freunde verdienen wollen. Er wusste, dass William mit Geld zu kämpfen hatte und er hatte gehofft, einen Weg zu finden, dem Halb-Ifrit zu helfen.

Die Direktorin rief sie in ihr Büro und Evie gab Philip einen kleinen Schubs.

»Was ist passiert?«, fragte Misses Berens und blickte alle nacheinander scharf an. »Ist jemand verletzt?«

Evie stieß Philip hart in die Rippen. »Nein. Ich ... na ja, ich habe es vermasselt«, gab Philip seufzend zu. »Ich wollte etwas Geld verdienen, um meinen Freunden zu helfen und habe etwas Cloud, eine Art Droge, in die Kekse getan, die Evie freundlicherweise für mich gebacken hat. Jeder, der die Kekse gekauft hat, ist jetzt süchtig. Mir waren die Gefahren des Cloud-Verzehrs nicht bekannt, bis Evie es mir gesagt hat.«

Die Direktorin schloss die Augen und rieb sich die Schläfe. Sie konnte schon die Blicke spüren und die Beschwerden der Eltern hören. Erst hatten dunkle Zauberer die Schule angegriffen und Teile von ihr in die Luft gejagt.

Jetzt hatte einer der Schüler den Rest süchtig nach Cloud gemacht. An manchen Tagen dachte sie, die Schüler würden ihr Ende sein.

»Wir müssen Misses Fowler finden und mit den Küchenelfen sprechen. Du wirst Misses Fowler helfen, das Heilmittel zu brauen und Evie wird mit den Elfen zusammenarbeiten, um es in die Mischung zu geben.« Sie sah Philip streng an. »Du wirst die Kekse mit dem Gegenmittel persönlich an jeden einzelnen Schüler dieser Schule verteilen – und zwar kostenlos. Von jetzt an wirst du einen Geschäftsplan aufstellen und ihn mir und Professor Powell zur gründlichen Prüfung vorlegen. Hast du das verstanden?«, stellte sie klar.

Misses Berens beschwor ihre Magie und streckte ihre Hand aus. Philip schüttelte ihre Hand, um die Vereinbarung zwischen ihnen zu besiegeln. Er konnte kein weiteres Unternehmen gründen, ohne dass sie und Professor Powell es vorher geprüft hatten. Natürlich hatte er bereits versucht, Wege zu finden, das zu umgehen, aber das würde er vor niemandem der Anwesenden zugeben.

Sie eilten aus dem Raum und suchten Misses Fowler. Sie war in ihr Büro zurückgekehrt und hörte schweigend zu, während die Schuldirektorin die ganze Geschichte erzählte.

»Er hat was getan?«, fragte die Lehrerin für *Zaubertränke* entrüstet und sah Philip die Hände in die Hüfte stemmend an. »Du wirst für den Rest der Woche jeden Abend Kessel schrubben.«

Philip seufzte vor Erleichterung. Er hatte mit etwas viel Schlimmerem gerechnet.

* * *

Evie kehrte in die Küche zurück.

»Tori, könntest du mir helfen, das hier in die Kekse zu mischen?«, fragte sie und hielt einen dicken, weißen Sirup hoch. »Das ist das Heilmittel gegen die Cloud-Sucht.«

Tori hob eine Augenbraue. »Dieser Junge hat Cloud in deine Kekse getan?«

Evie nickte. Sie war immer noch wütend, dass Philip das getan hatte.

Die Elfe legte ihren Arm um Evies Schultern und führte sie zu ihrem Arbeitsplatz.

»Das wird ein bisschen schwierig, aber wir schaffen das schon. Wir werden uns auch für den Jungen etwas Passendes einfallen lassen.«

Philip begann im Westflügel und bahnte sich methodisch seinen Weg durch die Schule, um die kostenlosen Kekse zu verteilen. Es tat ihm in der Seele weh, sie umsonst zu verschenken und sein Geschäft auf diese Weise zu verlieren. Die Gewinnspannen waren erstaunlich gewesen und er würde in nächster Zeit kein anderes tragfähiges Geschäft aufbauen können.

Die Nachricht von den kostenlosen Keksen sprach sich bald in der Schule herum und die restlichen Schüler strömten zu ihm, was ihm einige Laufwege ersparte. Als er endlich alle Kekse verteilt hatte, machte er sich auf den Weg in den Speisesaal zum Abendessen. Eine große Menge an Kesseln wartete auf ihn, sobald er gegessen hatte, aber er war hungrig und freute sich auf eine warme Mahlzeit.

Er setzte sich auf seinen üblichen Platz und versuchte, den Blick von Raine zu ignorieren. »Hat jemand heute etwas

Lustiges erlebt?«, fragte Philip und sah den Rest der Gruppe an.

»Warum hast du alle zu Abhängigen gemacht?« William verschränkte die Arme. »Was ist so schlimm an legalen Geschäften?«

Philip war sich nicht sicher, wie er erklären sollte, dass sein Verständnis von Geschäftsethik nicht ganz mit dem von William übereinstimmte, und zwar auf eine Weise, die ihn nicht wie einen Arsch aussehen ließ.

»Nun, ich dachte, es wäre ein legitimes Geschäft. Schau dir Fast-Food-Läden an. Es ist nicht so ungewöhnlich, dass sie extra Salz auf oder in das Essen geben, um dann den Verkauf von Getränken zu fördern.« Er zuckte mit den Schultern. »Mir war nicht klar, dass es Schaden anrichten würde. Ich hätte es nicht getan, wenn ich das gewusst hätte«, verteidigte er sich.

»Du meinst, du hättest einen anderen Weg gefunden, sie süchtig zu machen?« Evie war stinksauer.

»Es tut mir leid, Evie, wirklich. Deine Fähigkeiten im Backen sind erstaunlich und es hätte nie funktioniert, wenn die Kekse bescheiden gewesen wären. Es tut mir leid, dass ich deine Gefühle verletzt habe. Das war nie meine Absicht.« Er sah weg. »Ich weiß die ganze harte Arbeit, die du reingesteckt hast, auch wirklich zu schätzen. Ich wollte etwas Geld sammeln, damit wir alle etwas davon haben und es genießen können.«

Er hielt sich zurück zu sagen, dass er William helfen wollte, da er dachte, der Halb-Ifrit würde beleidigt sein und ihn vielleicht in Brand stecken.

Ihr Essen erschien und Philip war noch nie in seinem Leben so glücklich, eine Schüssel Chili con Carne zu sehen. Zu seiner Verwirrung und seinem Entsetzen schmeckte der erste Bissen wie nasser, schimmeliger Schlamm.

»Schmeckt das Chili gut?« Er schaute zu den anderen und runzelte die Stirn. »Meins schmeckt wie Schlamm.«

Evie grinste. »Das hat man davon, wenn man sich mit dem Gebäck von Elfen anlegt.« Sie nahm einen großen Löffel von ihrem Chili. »Alles wird ein paar Tage lang nach Schlamm schmecken.«

Philip schaute sehnsüchtig auf sein Essen. Er war am Verhungern, aber eine Schüssel mit Schlamm gefiel ihm überhaupt nicht. Nach einem langen Moment, in dem er versuchte zu überlegen, wie er die Elfenmagie umgehen konnte, nahm er noch einen Löffel voll. Es würden ein paar sehr lange Tage werden.

Raine und Evie folgten Philip in das Zaubertränke-Labor, um ihm Gesellschaft zu leisten, während er die Kessel schrubbte. Raine konnte nicht anders, als darüber nachzudenken, wie viele Verbrecher so angefangen haben wie Philip. Es war so einfach mit guten Absichten und dem Wunsch, Geld für andere zu verdienen, zu beginnen. Sein Verständnis von Ethik und Geschäft machte ihn besonders anfällig für den kriminellen Weg. Raine mochte die Vorstellung nicht, ihn später einmal verhaften zu müssen.

Philip blickte auf die ganzen Kessel und seine Schultern sackten nach vorne. Er wusste, dass er Menschen in Gefahr gebracht hatte und er würde sich nicht vor seiner Strafe drücken, aber das bedeutete auch nicht, dass er sie genießen würde.

Er zog seine rosafarbenen Gummihandschuhe an und machte sich an die Arbeit.

»Wisst ihr, wir könnten uns in der Vorweihnachtszeit kitschige Weihnachtsfilme ansehen«, schlug Evie vor und setzte sich auf den Tisch, der Philip am nächsten war. »Das würde zu unserem kitschigen Thema passen.«

»Ich weiß nicht«, meinte Raine kopfschüttelnd. »Die kitschigen Horrorfilme haben etwas Charmantes und Lustiges an sich. Ich glaube, es liegt daran, wie übertrieben alles dargestellt wird. Außerdem sind die Monster völlig unglaubwürdig.«

»Diese Weihnachtsgeschichten sind auch völlig unglaubwürdig.« Philip schrubbte kräftiger. »Ich meine, die Reporterin heiratet den Prinzen, den sie vor drei Tagen getroffen hat?«

»Du bist so ein Spielverderber.« Evie lachte. »Bist du einer von diesen ›Alles nur Humbug‹-Typen?«

Philip schnaubte. »Nein. Ich bin eher ein Realist.« Er stand auf und streckte sich. »Sie sind so konstruiert. Zumindest beim Horror sollen sie lächerlich sein. Die Weihnachtsfilme geben den Leuten eine seltsam falsche Hoffnung.«

»Niemand glaubt wirklich, dass ein Prinz auf seinem Ross auftauchen wird.« Evie lachte. »Ich bin sicher, einige Leute würden sich das wünschen, aber niemand erwartet es.«

»Ich denke immer noch, dass Raine recht hat. Die Horrorfilme sind besser.« Er schrubbte an einem besonders hartnäckigen grünen Fleck. »Irgendeine Idee, was in diesem hier gemacht wurde?«

»Ich glaube, es war ein Wachstumstrank für die Rosen.« Evie schaute es sich an. »Oder vielleicht ein Gesundheitstrank?«

Philip seufzte. »Nun, er ist sehr eingebrannt.«

»Meinst du, er hat seine Lektion gelernt?« Evie sah Raine an. »Oder soll ich ihm das Geheimnis vorenthalten, wie man das loswird?«

Raine schaute Philip an, der sie hoffnungsvoll ansah.

»Ich weiß nicht ... er scheint nicht so reumütig zu sein.«

»Und er hat eine Menge Leute in Gefahr gebracht.« Evie sah Philip an, der ihr seine beste Welpenaugen-Imitation schenkte. »Ich nehme an, es sind noch viele Kessel übrig.«

Kapitel 25

Philip sah wirklich bemitleidenswert aus, als er vorsichtig in sein Omelett biss. Wieder einmal schmeckte es wie Schlamm. Es waren drei Tage vergangen und Evie begann, ein wenig Mitgefühl für seine miese Lage zu entwickeln. Doch dann dachte sie daran, wie gefährlich seine Handlungen gewesen waren und das Mitleid verblasste.

Die Küchenelfen hatten ihn genau auf Anzeichen von Reue beobachtet und – was noch wichtiger war – auf jeden Versuch, die Auswirkungen des Zaubers abzuschwächen. Wenn er dabei erwischt wurde, hatten sie geschworen, dass es ein Jahr anhalten würde.

Misses Berens schüttelte den Kopf, als sie den verwundeten Welpenblick sah, den Philip seinen Freunden zuwarf. Sie hatte lange genug gelebt, um seine Persönlichkeit zu durchschauen. Er brauchte harte Konsequenzen, damit er auf dem rechten Weg blieb. Sie war sich sicher, dass er seinen Freunden gegenüber loyal war, aber seine Liebe zu Geld und dem Geschäft machte es schwierig, ihm die richtige Moral verständlich zu machen.

»Er sieht aus, als hätte er seine Lektion gelernt«, bemerkte Misses Fowler und sah Philip an. »Sieh ihn dir an. Er ist todunglücklich.«

Miss Grant schüttelte den Kopf.

»Lass dich nicht von ihm täuschen. Er weiß genau, wie er die Leute dazu bringen kann, das zu tun, was er will.« Sie nippte an ihrem Orangensaft. »Ich weiß, das klingt grausam. Er ist erst vierzehn, aber er tritt in die Fußstapfen seines Vaters.«

Misses Fowler wartete darauf, dass Miss Grant das weiter erläutert.

»Er ist der Sohn von George Webster.« Die Direktorin schob ihren leeren Teller beiseite. »Der Business-Großunternehmer.«

»Ah.« Misses Fowler merkte, wie ihr Mitgefühl schwand. »Ich verstehe.«

George Webster war ein talentierter und zielstrebiger Geschäftsmann, der sogar für viele magiebezogene Wohltätigkeitsorganisationen und gute Zwecke gespendet hatte. Er war nie dabei erwischt worden, etwas Illegales zu tun, aber sein Ruf definierte ihn als Mörder. Misses Berens hoffte im Stillen, dass Philips Freunde seine scharfen Kanten abmildern und ihm mehr Empathie für die Menschen um ihn herum geben würden.

Die Freunde beendeten das Frühstück und machten sich lässig auf den Weg in den Gemeinschaftsraum. Es regnete in Strömen und Raine hatte ihre Zeit vor dem Frühstück mit Smoke verbracht. Das junge Pferd mochte das regnerische Wetter nicht besonders und das machte die Arbeit mit ihm auf dem Reitplatz schwierig. Er hat am Ende seiner Leine getänzelt und sich immer wieder in Richtung Stall zurückgezogen.

»Hat jemand von euch schon die Hausaufgaben für Geschichte gemacht?«, fragte Sara und ließ sich in den Sessel fallen. »Ich schwöre, das ist unmöglich.«

Raine lachte.

»Es ist nicht unmöglich. Man braucht nur die richtigen Bücher«, entgegnete sie und zog die Beine an ihren Körper. »Hast du die Gnome um Hilfe gebeten?«

Sara wollte nicht zugeben, dass sie eigentlich noch gar nicht in der Bibliothek gewesen war.

»Könnt ihr glauben, wie viel wir für *Zaubertränke* lesen müssen?« Philip seufzte. »Ich schwöre, in meinem Kopf ist nicht genug Platz für all diese Kräuter.«

Evie zeigte auf die Seite, die er sich ansah. »Der Schlüssel ist, sie im Geiste in Familien zu gruppieren.« Sie zeigte auf den Familiennamen unter jedem Diagramm. »Sobald du die Familie der Pflanze kennst, hast du eine ungefähre Vorstellung davon, um welche Art von Kraut es sich handelt. Dann kannst du von dort aus weitermachen.«

Philip war nicht überzeugt. Die Pflanzen sahen für ihn alle gleich aus. Sie waren alle grün und hatten Blätter.

Raine schlug ihr eigenes Buch auf und las weiter über die Geschichte der Hexen und Elfen in Südamerika. Am Anfang war sie überrascht gewesen, wie viel Einfluss sie auf die Geschichte und Kultur der Azteken gehabt hatten. Doch je mehr sie las, desto mehr ergab alles einen Sinn. Der Stil der Schriftsprache, der dort unten angenommen wurde, passte gut zu vielen der alten Zaubersprüche, die die alten Hexenzirkel verwendeten. Der Chefbibliothekar hatte ein sehr altes Buch über alte Hexenmagie gefunden und ihr einige der Piktogramme darin gezeigt.

Sie fand die Art und Weise, wie alles zusammenkam, absolut faszinierend. Wenn man eine Sache betrachtete, konnte man einen Zusammenhang zu etwas ganz anderem finden und plötzlich fügte sich alles zu einem schönen Bild zusammen. Es machte sie wütend, dass sie bei dem Druidenproblem keine Fortschritte gemacht hatten. Dennoch war sie entschlossen, dass sie den Hinweis finden würden, der die ganze Sache lösen würde.

✶ ✶ ✶

Raine saß in der Klasse über *Kemanas* und *unterirdische Städte* bei Miss Annabelle Grant und fühlte sich ein wenig schuldig, weil sie sich in die unterirdische Stadt geschlichen hatte. Sie versuchte, interessiert zu wirken, als die Lehrerin Dinge erklärte, die sie mit eigenen Augen gesehen hatte, aber nicht hätte sehen dürfen. Es lag nicht in ihrer Natur, gegen Regeln zu verstoßen, aber sie hatten keinen Schaden angerichtet. Sobald sie das Druidenproblem gelöst hatten, würden sie etwas Gutes getan haben.

Die Lehrerin erklärte, dass jedes Kemana einen großen Kristall im Herzen hat.

»Die Magie im Inneren dieses Kristalls versorgt das Kemana mit Energie. Es gibt nirgendwo sonst auf der Welt eine vergleichbare Magie. Tatsächlich hilft der Kristall im Kemana unterhalb dieser Schule, die Verteidigungs- und Schutzmaßnahmen rund um diese Schule zu betreiben. Wir erhielten die Erlaubnis von den Bewohnern des Kemana, dies zu tun«, schilderte Miss Grant.

Ein Waldelf hob seine Hand. »Ist es wahr, dass jemand letztes Jahr versucht hat, die Magie aus dem Kristall zu stehlen?«, fragte er.

Miss Grant lächelte angespannt. Es stimmte, aber sie hatten versucht, die Details vor den Schülern zu verbergen und den Eltern, was das anging. Einer von ihnen, der Lehrer für *Magie und Mechanik*, hatte tatsächlich geglaubt, er könne mächtiger werden, indem er die Magie aus dem Kristall stahl.

Sie hatten im Nachhinein herausgefunden, dass er zu einer Bruderschaft von Zauberern gehörte, die speziell mit gefährlicher Magie handelten, um die Macht der

Magieanwender zu verbessern. Soweit Miss Grant wusste, waren sie nicht bösartig, sondern nur schlecht geführt.

»Ja, das ist wahr«, bestätigte sie schließlich und setzte bewusst ein offenes und unbefangenes Lächeln auf. »Es ist auch wahr, dass die Person erwischt und für das fehlerhafte Verhalten hart bestraft wurde.«

Dieser Teil stimmte nicht ganz. Der besagte Mann war nicht wirklich gefangen worden. Er war von einer Dunkelheit verzehrt worden, die niemand vollständig identifiziert hatte.

»Kann mir jemand sagen, welche Nachbarschaften und Wesen sich hier im Kemana befinden?« Die Lehrerin sah sich im Raum um. »Irgendjemand?«

Nur zwei Hände gingen hoch. Sie war überrascht, als sie sah, dass Philip einer von ihnen war.

»Kilomeas und Willen«, beantwortete er die Frage.

»Wer hier kann mir etwas über die Willen sagen?« Die Lehrerin schaute sich noch einmal im Raum um. »Ist jemand schonmal einem Willen begegnet?«

Raine behielt ihre Hand unten. Sie war sich nicht sicher, ob sie sich nicht verraten würde, wenn sie etwas sagte. Trotzdem wandte sich die Lehrerin ihr zu.

»Raine?«

»Ich habe gelesen, dass die Willen große Rattenwesen sind, die sehr loyal sind und mit den großen Ratten in der New Yorker U-Bahn verwandt sind«, antwortete sie auf die Frage und kaute auf ihrer Unterlippe, als würde sie nachdenken. »Und ich glaube, sie sollen wohl sehr gerne Dinge stehlen.«

»Bei den Willen muss man vorsichtig sein. Die nehmen sich alles, was nicht festgenagelt ist«, sagte ein Zauberer vor Raine.

»Es ist erschreckend, wie sie Dinge in ihren Falten verstecken.«

»Absolut ekelhaft. Ihr würdet nicht wollen, dass das, was sie gestohlen haben, zurückkommt.«

Die Lehrerin hielt ihre Hand hoch. »Was könnt ihr mir über ihre bevorzugte Wohnsituation sagen?«

Eine dunkelhaarige Hexe in der ersten Reihe hob ihre Hand. »Sie bevorzugen Orte, die schäbig sind und viele Verstecke für ihr Diebesgut bieten. Sie genießen es, in der Nähe ihrer Familien zu sein, wo sie diesen Zuneigung bieten und sie beschützen können.«

Raine wusste das alles und war zum ersten Mal in einer Klasse gelangweilt. Normalerweise war alles so glänzend und neu, dass sie aufgeregt war. Dieses Mal teilten sie Wissen, das sie bereits hatte und das hasste sie.

»Was backst du später?«, flüsterte sie Evie zu.

»Brownies mit Walnüssen«, erwiderte Evie und kritzelte auf ihren Notizblock. »Die Elfen bringen mir bei, wie man sie richtig reichhaltig und weich in der Mitte macht.«

Raine beobachtete, wie ihre Freundin eine kleine Skizze, die aus Pilzen mit Beinen bestand, die in einem Laden herumzulaufen schienen, kritzelte. Evie fügte kleine Details hinzu, wie einen Kleiderständer und einen kleinen Muffin, ebenfalls mit Beinen. Es ergab überhaupt keinen Sinn, aber sie schaute fasziniert zu.

Die Gruppe schaffte es durch den letzten Unterricht für den Tag und Philip schleppte sich zum Speisesaal. Cameron hatte sich ihnen im Geschichtsunterricht angeschlossen. Er nahm nicht an den Kursen mit dem Schwerpunkt Magie teil, da er keine Magie anwenden konnte.

»Werdet ihr euch heute Abend das Volleyballspiel ansehen?«, fragte Sara die Gruppe und hakte sich gut gelaunt bei Evie unter. »Es ist magisches Volleyball.«

»Ich backe heute.« Evie lächelte. »Ich perfektioniere meine Brownies.«

»Ich werde zusehen. Ich habe noch nie Zaubervolleyball gesehen.« Raine schob ihre Büchertasche ein wenig hin und her. »Wann ist es?«

* * *

Raine saß mit Sara und Cameron auf der Tribüne. Die Halle sah genauso aus wie in ihrer alten Schule. Die glänzenden, hellen Holzböden waren auf die gleiche Weise markiert und das Netz sah identisch aus. Raine fragte sich, inwiefern es magisch war oder ob es überhaupt magisch war. Sara wollte Gesellschaft, um es sich anzusehen und Raine wusste, dass sie die Wahrheit ein wenig verdrehen würde, wenn es sein musste, um zu bekommen, was sie wollte.

Die Mannschaften gingen auf den Platz und der Schiedsrichter gesellte sich bald zu ihnen. In dem Moment, in dem der Pfiff ertönte, begann sich der Boden zu bewegen. Er wölbte sich von vorne nach hinten, wie Wellen, die gegen einen Strand schlagen. Als das erste Team den Ball schlug, änderte er seine Bewegung und das Kräuseln begann in der Mitte des Platzes direkt unter dem Netz.

Raine war sich nicht sicher, wie das Team es schaffte, die Füße auf dem Boden zu halten, während dieser sich wölbte und kräuselte. Je länger das Spiel andauerte, desto dramatischer wurde die Bewegung. Anfangs hatte sich der Boden am Scheitelpunkt jeder Welle um nicht mehr als drei Zentimeter gehoben. Nun kämpften sie um ihren vierzehnten Punkt und der Boden hob sich nun um fast einen halben Meter. Die Mannschaft musste über das sich bewegende Holz springen und ausweichen.

»Spielen sie bis 25 Punkte?«, fragte Raine und beobachtete, wie ein Spieler des blauen Teams über eine Bodenwelle sprang und den Ball auf die andere Seite schmetterte. »Weil diese Wellenkämme jetzt wirklich hoch sind.«

»Nein, achtzehn. Die Bodenwellen sind auf dreißig Zentimeter in der Höhe und zwanzig Zentimeter in der Breite begrenzt.« Sara zeigte auf das Spielfeld. »Sonst könnten sich die Spieler nicht um sie herumbewegen«, erklärte Sara.

Raine war sich wirklich nicht sicher, wie sie bei der Größe, die sie bereits hatten, zurechtkamen.

»Sollen wir etwa zum Spaß Volleyball spielen?« Sie strich sich die Haare aus dem Gesicht. »Im Sportunterricht, meine ich.«

»Ja, ich denke schon. Ich selbst bevorzuge Völkerball.« Sara grinste. »Der Ball wehrt sich.«

Raine hatte bisher nur normales Tennis in der Turnhalle gespielt und ist ein bisschen gesprintet, aber nichts mit Magie. Als sie das Volleyballspiel beobachtete, war sie unglaublich froh, dass das alles war, was sie versucht hatte und hoffte, dass es dabei bleiben würde.

Kapitel 26

Raine machte es sich auf ihrem Lieblingsplatz auf der Couch bequem, während Philip am DVD-Player herumspielte. Er und Sara sahen sich immer wieder an und dann zu Cameron, der sich neben Raine gesetzt hatte.

»Warum seht ihr mich ständig an?«, fragte er und verengte seine Augen. »Was führt ihr im Schilde?«

»Wir diskutieren gerade darüber, ob wir *Dracula* oder *Frankenstein* schauen wollen«, antwortete Philip lächelnd. »Ich glaube, *Dracula* hat gewonnen.«

»Was ist aus *American Werewolf* geworden?« William begann das Popcorn zu machen. »Darauf hatte ich mich schon gefreut.«

»Nun, mit Cameron«, begann Philip, aber der Blick des Wandlers brachte ihn zum Schweigen.

»Du dachtest, ich würde mich durch Werwolf-Filme beleidigt fühlen«, reimte Cameron sich zusammen, was Philip sagen wollte und hob eine Augenbraue. »Zufälligerweise liebe ich Werwolf-Filme. *Ginger Snaps – Das Biest in dir* ist einer meiner Favoriten, weil er urkomisch und unterhaltsam ist. Er ist sich völlig bewusst, was er ist und spielt damit. Die Werwölfe sind auch nicht so schlecht, nicht im Vergleich zu anderen. Der Werwolf in *Van Helsing* mit – wie heißt er noch? – Hugh Wie-auch-immer. Aber das ist das Beste, was mir auf Anhieb einfällt. Zugegeben, das ist kein Werwolf-Film, aber der Punkt steht. *Underworld* ist zum Augenrollen, aber ich schaue ihn trotzdem manchmal, aber nur das Original, nicht die Fortsetzungen. Die Art und Weise, wie Werwölfe darin dargestellt werden, ist ein bisschen nervig, aber es ist, was es ist. Dahingegen ist *Blood and Chocolate* für mich viel zu romantisch, aber ich mochte die Art und Weise, wie der Rudelteil dargestellt wurde.«

Er lehnte sich ein wenig zurück und genoss das Unbehagen in Saras und Philips Gesichtern.

»Ich fühle mich völlig wohl in meiner Haut als Wandler. Ich würde wirklich gerne *American Werewolf* sehen. Ich kenne den Film noch nicht.« Er nahm die Tüte mit süßem und salzigem Popcorn, die William ihm reichte. »Danke. Möchtest du auch etwas?« Er bot dem Halb-Ifrit die offene Tüte an.

William rümpfte die Nase. »Nein. Zucker und Salz zusammen ist für mich ein No-Go. Ich bleibe bei M&Ms, danke«, lehnte er ab.

Cameron schaute nach, welche Art von M&Ms William aß, falls er welche tauschen wollte. Er hatte aber die knusprige Sorte, auf die er nicht so scharf war.

Evie reichte Raine eine Packung Lakritzstangen, bevor sie sich neben William niederließ. Adrien sah sehr erfreut aus, als er sein Käse-Popcorn sah und griff zu, noch bevor der Film begonnen hatte.

»Sind alle bereit?« Philip schaute sich um. »Hoffentlich wird das hier nicht ganz so lächerlich wie das mit den Sumpfkreaturen.«

»Das Lächerliche war ja der Spaß.« Evie warf mit einem von Williams M&Ms nach ihm. »Deshalb gucken wir alten, kitschigen Horror und nicht das moderne Zeug.«

Philip lächelte. Er hatte den Film mit den Sumpfkreaturen auf eine seltsame Weise genossen. Er hoffte immer noch, dass der mit den Werwölfen nicht ganz so steif und lächerlich sein würde.

Der Film lief gerade mal fünf Minuten, als Cameron die Stirn runzelte. »Reden die Briten wirklich so?«, fragte er.

»Bewohner von Yorkshire tun das.« Evie biss ein Stück von ihrer Lakritzstange ab. »Ein Teil meiner Familie stammt von dort. Die meisten von uns sind Iren, aber einige sind nach Schottland und durch ganz England gezogen«, erklärte sie.

»Wie groß ist deine Familie?« Sara stahl ein wenig von Philips Toffee-Popcorn. »Klingt, als wäre sie riesig.«

Evie zuckte mit den Schultern. »Ja, ich denke, es gibt viele von uns. Es gibt ziemlich viele Familienzweige und wir bleiben alle in Kontakt.«

»Gibt es Untertitel für das hier?« Adrien schaute stirnrunzelnd auf den Fernseher. »Ich bin mir nicht sicher, ob sie noch Englisch sprechen.«

Evie lachte, aber Raine musste zugeben, dass sie sich mit dem starken Akzent schwertat. Philip kramte die Fernbedienung des Fernsehers hervor und fand die Taste, die die Untertitel aktivierte. Er wollte nicht zugeben, dass auch er keine Ahnung hatte, was die Engländer gesagt hatten.

»Ihr wisst, dass sie im Moor wandern werden.« Sara zeigte auf sie. »Viel zu viele Leute haben ihnen gesagt, sie sollen sich davon fernhalten.«

»Sollte das gerade ein Wolfsgeheul sein?«, fragte Raine und sah ihre Freunde an. »Es klang eher wie ein kranker Hund.«

Alle lachten.

»Nun, wir können feststellen, dass der Film fantastische Spezialeffekte vorweist«, bemerkte Evie zwischen ihrem Lachen.

»Es klingt wie ein Elefant oder ein Nashorn, jetzt, wo sie näher sind.« William gluckste. »Wie soll das auch nur annähernd wie ein Wolf klingen?«

Cameron sah mit einem breiten, albernen Grinsen zu. Raine lächelte, weil sie den Wandler noch nie so entspannt gesehen hatte. Sie kaute gerade auf einer Lakritzstange herum, als der Werwolf in Sichtweite erschien.

»Ist das ein ausgestopfter Hund?«, fragte Adrien fassungslos und steckte sich mehr Popcorn in den Mund, unfähig, den Blick abzuwenden. »Hat jemand von euch den ganz alten Werwolf-Film gesehen, in dem sie einen ausgestopften Hund über einen Balkon geworfen haben und die Zuschauer glauben sollten, dass es ein Werwolf war, der abhaut?«

»Das hast du dir ausgedacht.« Sara sah ihn entrüstet an.

Adrien schüttelte den Kopf. »Nein, ich schwöre, ich habe ihn gesehen. Ich kann mich aber nicht mehr erinnern, wie der Film hieß.«

»Das ist viel besser als Schleimkreaturen.« Sara nahm einen Schluck von ihrer Cola. »Werwölfe sind der Hammer.«

»Hey! Wir sehen uns auch noch *The Slime People* an.« Evie stupste sie in die Rippen. »Das ist ein superkitschiger Klassiker. Du wirst ihn lieben.«

Sara versuchte erneut, etwas von Adriens Popcorn zu stehlen. »Nun, ich liebe Käse.«

Der Elf verengte die Augen, erlaubte ihr aber eine kleine Handvoll.

»Hat der Arzt seiner Sekretärin gesagt, sie soll der Person am Telefon sagen, dass er tot ist?« Raine holte tief Luft, um ihr Lachen zu beruhigen. »Das kommt mir ein bisschen extrem vor.«

»Meinst du, es würde auffallen, nicht zum *Zaubertränke*-Unterricht zu gehen?«, fragte Sara an Evie gewandt, während sie auf ihrer Unterlippe kaute. »Sie würden es überprüfen, oder?«

»Sie würden auf jeden Fall nachsehen.« Evie holte sich noch eine Lakritzstange aus der Packung. »Außerdem könntest du nicht in die Kunst-AG oder in den *Verwandlung*-Unterricht gehen, wenn du tot wärst.«

Sara seufzte melodramatisch. »Stimmt. Aber Zaubertränke sind scheiße.« Sie schenkte Evie einen Welpenblick. »Du könntest meine Hausaufgaben für mich machen, du liebst doch Zaubertränke.«

Evie schnaubte. »Auf gar keinen Fall.«

»Haben sie die Kneipe wirklich *Das abgeschlachtete Lamm* genannt?« Cameron sah Evie an. »Ist das ein normaler Name für eine Kneipe in England?«

»Nein. Überhaupt nicht.« Evie runzelte die Stirn. »Sie mögen die Krone und königliche Namen – *Queen Victoria* ist sehr beliebt.«

»Ah, *Das abgeschlachtete Lamm* ist also etwas Grausames für den Film?« Cameron richtete seine Aufmerksamkeit wieder auf den Fernseher. »Das scheint schon eine sehr genaue Beschreibung zu sein.«

»Das ist aber die Natur dieser Art von Filmen, nicht wahr?« Philip streckte die Beine vor sich aus. »Deshalb sind sie auch so kitschig und bereiten Spaß. Es gibt nicht einen Hauch von Subtilität in ihnen.«

»Was war das?« Sara zeigte auf den Bildschirm. »Das Ding mit den großen Zähnen – sollte das ein Werwolf sein? Es sah eher wie ein Zombie-Gorilla aus«, kommentierte sie.

»Ich bin mir nicht ganz sicher.« Evie sah etwas genauer hin. »Ich glaube schon. Ich meine, das gehört doch zu seiner Verwandlung, oder? Aber du hast recht, es sieht absurd aus.

Ich hätte nie gedacht, dass das Werwölfe sind, wenn ich nicht wüsste, dass dies ein Werwolf-Film ist.«

»Werwölfe sind wirklich einfach darzustellen, jeder weiß, wie sie aussehen. Wie schaffen es so viele Leute, das zu vermasseln?« Raine seufzte. »Ich meine, es ist eine Mischung aus Wolf und Mensch. Trotzdem gehen einige von ihnen damit in wirklich seltsame Richtungen.«

»Ich denke, die eigentliche Frage hier ist, warum sind sie keine Vampire?« Philip grinste die anderen an. »Wir alle wissen, dass Vampire den Werwölfen überlegen sind.«

»Nein, die eigentliche Frage ist, ob das ein Kuss sein soll.« Sara zeigte noch einmal auf den Bildschirm. »Sie sehen aus, als wüssten sie nur von einer vagen Beschreibung auf irgendeiner antiken Schrifttafel, was ein Kuss ist.«

»Werwölfe sind viel besser als Vampire«, konterte Raine und warf Philip einen strengen Blick zu, bevor er das Thema Kuss vertiefen konnte. »Vampire sind Parasiten.«

»Die haben aber mehr Sexappeal.« Sara nippte an ihrer Cola. »Ich meine, diese pelzigen Wesen sind nicht besonders attraktiv. Vampire im Gegensatz sind anmutig.«

»Nicht immer. Die ursprünglichen Vampire waren eher Leichen, ausgemergelt und fast zombiehaft.« Cameron dachte einen Moment lang nach. »In Wirklichkeit sind sie einfach Zombies, die Blut trinken, statt Hirn zu essen.«

»Auf keinen Fall.« Saras Mund fiel in gespieltem Entsetzen auf. »Vampire sind intelligent, reich und exotisch.«

Cameron lachte. »Wie Raine schon sagte, sie sind einfach nur Blutsauger.« Er legte seine Füße auf den Couchtisch. »Sie können ohne menschliches Blut nicht überleben.«

»Werwölfe sind arme Monster, weil sie nicht mehr gruselig sind.« Philip seufzte leise. »Früher, als Wölfe noch furchteinflößend waren, waren sie großartig, aber in der heutigen

Zeit sind Wölfe einfach nicht mehr unheimlich. Um ein richtiges Monster zu sein, braucht es schon eine furchterregende Grundlage. Wölfe haben das nicht. Vampire hingegen sind räuberische Menschen. Sie verstecken sich unter uns und was ist gruseliger als das?«

»Du vergisst das wirklich überlegene Wesen hier.« Adrien breitete die Arme weit aus. »Elfen sind eindeutig die Besten.«

Alle brachen in Gelächter aus.

»Elfen sind nicht furchterregend!« William deutete auf Adrien. »Lass dir die Haare lang wachsen, dann können wir dir eine Schleife ins Haar binden. Elfen sind ungefähr so furchterregend wie ein Kaninchen.«

»Wärst du dann mein Zwerg?« Der Elf grinste ihn an. »Wenn ich der Bogenschützen-Elf bin.«

Der Halb-Ifrit rieb sich das Kinn. »Ich bin mir nicht sicher, ob ich mir den Bart abrasieren würde«, sagte er nachdenklich und alle lachten wieder.

»Ich finde es traurig, dass wir einen Punkt erreicht haben, an dem uns die klassischen Monster keine Angst mehr machen«, überlegte Cameron auf seiner Unterlippe kauend. »In den modernen Filmen geht es wirklich um andere Menschen und manchmal um Geister und so etwas, was eigentlich Allegorien sind oder etwas, worüber ich nicht nachdenken möchte.«

»Du meinst, du bist traurig, dass du die armen Menschen nicht erschrecken kannst?« Adrien grinste. »Der arme kleine Wandler verliert seinen Spaß.«

Cameron lachte, gab aber keine Antwort.

Alle wandten ihre Aufmerksamkeit wieder dem Film zu und Raine runzelte die Stirn über einen älteren Mann aus der Oberschicht, der die Kneipe betrat.

»Bitte sagt mir nicht, dass das Van Helsing ist.« Sie seufzte. »Ich dachte, er sollte ein knallharter Typ sein. Er sieht aus, als würde er einen Laden für Herrenausstattung besitzen oder so.«

»Ein Herrenausstatter?« Evie lachte. »Ich weiß, was du meinst. Er sieht wirklich nicht aus wie ein Werwolf-Jäger.«

»Das ist seine Tarnung.« Philip grinste. »Er kann sich überall anpassen.«

»Offensichtlich nicht.« William zeigte auf den Fernseher. »Sie schmeißen ihn aus der Kneipe.«

»Sein Guinness-Bier wurde gerade nachgefüllt.« Sara zeigte lachend darauf. »Meinst du, wir könnten die Elfen dazu bringen, uns nachfüllbaren Kaffee zu geben?«, fragte Sara.

»Nein.« Evie schnaubte. »Die Elfen hassen allein die Idee, dass wir schon Kaffee trinken. Sie denken, die Schüler würden viel zu viel Ärger machen und mit dem Koffein im Blut Einschlafprobleme haben.«

Sara seufzte melodramatisch.

»Ich könnte uns wahrscheinlich Kaffee besorgen, wenn ihr das wirklich wollt«, bot Philip an und hielt seinen Blick auf den Fernseher gerichtet. »Ich glaube nicht, dass es zu viel kosten würde.«

Sara kaute auf ihrer Unterlippe. Sie hatte versucht, sparsam zu sein, damit sie ihrer Schwester zu Weihnachten etwas Schönes schenken konnte, aber Kaffee war so verlockend. Das Koffein hatte eine interessante Wirkung auf Kitsune. Es gab ihnen Energie und machte sie aufmerksamer. Allerdings konnte es leicht süchtig machen und Sara war sich nicht sicher, ob es das wert war.

»Nein, wir werden es auch so überleben.« Sie lächelte. »Ich nehme einen Vitalitätstrank, wenn ich wirklich etwas brauche.«

»Übertragen sie Darts im Fernsehen?«, fragte William Evie. »Gibt's das da?«

»Vielleicht.« Evie zuckte mit den Schultern. »Ich kenne niemanden, der sich für Darts interessiert, also bin ich mir nicht sicher.«

»Ich dachte, Darts wäre nur ein Kneipenspiel?« Cameron runzelte die Stirn. »Warum sollten sie es im Fernsehen übertragen?«

»Sie bringen alles ins Fernsehen, wenn die Leute es sehen wollen.« Philip war wegen seinen Gedanken an neue Geschäftsmöglichkeiten abgelenkt. »Also müssen die Leute Darts mögen.«

»Häkelst du, Evie?« Sara sah Evie an. »In diesem Film gibt es ein paar nette Häkeldecken.«

Evie hob die Augenbraue. »Nein. Ich hatte nie den Wunsch das zu lernen. Du etwa?«

Alle Augen richteten sich auf Sara. »Ja, es ist schön und beruhigend im Winter.« Sie errötete. »Ich kann allerdings nichts allzu Kompliziertes häkeln.«

Raine konnte sich nicht vorstellen, wie die feurige Kitsune häkelte. Das war viel zu ruhig und geordnet für sie. Sara war immer so munter und hasste es, ruhig oder reglos zu sein.

»Was hat es mit dieser Verwandlung auf sich?« Cameron zeigte auf den Fernseher. »Warum ist seine Hand so lang? Wie kann das überhaupt einen Sinn ergeben? Haben sie noch nie eine Wolfspranke gesehen?«

»Nun, er ist sicherlich dramatischer als andere, die ich gesehen habe.« Raine betrachtete den Film mit zusammengepressten Lippen. »Sie ziehen es wirklich in die Länge.«

»Ich muss das als eine der schwächeren Transformationen vermerken.« Cameron verschränkte die Arme. »Obwohl ich nicht sicher bin, welche ich an die Spitze setzen würde. Die Verwandlung von Van Helsing in *Van Helsing*, der modernen Version mit Hugh Jackman, war ziemlich gut.«

»Hast du irgendwo eine Liste für dieses ganze Werwolf-Zeug?« Evie stupste Cameron in die Rippen. »Denn du scheinst alles fein säuberlich geordnet zu haben.«

Er zuckte mit den Schultern. »Nur eine mentale Liste.«

Sie schauten sich den Film relativ ruhig und gelassen weiter an. Sara warf beim großen Finale die Hände in die Luft. »Das war's?«, fragte sie.

»Sieht so aus.« Evie zuckte mit den Schultern und begann, den Müll wegzuräumen. »Es ist irgendwie passend.«

Sara stemmte die Hände in die Hüften. »Es war so enttäuschend. Nach all dem, beenden sie es so?« Sie ärgerte sich. »Ich will eine Überarbeitung.«

»Ich glaube, sie haben auch noch nie ein Gewehr abgefeuert.« Philip sammelte die weggeworfenen Verpackungen neben sich ein. »Weil sie sich nicht wie Gewehre anhörten, selbst in so einem kleinen Raum nicht.«

Sara schnaufte wieder. »Also haben sie es rundum vermasselt.«

Raine legte ihren Arm um die Schultern ihrer Freundin. »Es war gar nicht so schlimm.«

Sara lachte. »Nein, es war schlimmer. Aber das nächste Mal sehen wir uns *Slime People* an.« Sie schaute die Gruppe an. »Stimmt's?«

»Ich denke, es ist eigentlich an der Zeit für Vampire.« Philip lächelte. »Aber wer ist für *Slime People*?«

Raine hob ihre Hand. Sie war nicht so sehr an Vampiren interessiert. Cameron schloss sich ihr an, aber alle anderen behielten ihre Hand unten. Es sah so aus, als wären sie überstimmt worden.

»Vampire gewinnen«, verkündete Philip und zog seinen Rucksack auf. »Wir können morgen besprechen, welchen wir schauen wollen. Es ist schon später, als ich dachte.«

Sara schaute auf ihre Armbanduhr und stöhnte. »In fünfzehn Minuten geht das Licht aus.«

»Ich werde mich nicht beeilen.« William verschränkte die Arme.

»Armer Zwerg«, ärgerte Adrien ihn grinsend, aber der Halb-Ifrit weigerte sich, auf die Stichelei einzugehen.

Kapitel 27

Raine strich sich die Haare aus dem Gesicht und versuchte, das Buch über Druiden zu finden, in dem das Symbol, das sie erforschen wollte, zuerst erwähnt worden war. Sie hatte etwas übersehen, das wusste sie. Ihre seitenlangen Notizen hatten nicht viel hergegeben, mit dem sie arbeiten konnte. Es war lediglich von Territorien, alten Pfaden und Schatten die Rede. Sie wusste, dass die Druiden im Kemana alle der gleichen Gruppe angehörten, also würde es keinen Streit um das Territorium geben. Das Druidentum gehörte zu den alten Pfaden und die Schatten konnten alles Mögliche bedeuten.

Der Chefbibliothekar brachte ihr drei weitere Bücher, die sie durchsehen konnte. Sie hatte bereits jedes Buch über Druidentum in der Bibliothek durchgesehen, also hatte er eines aus der Privatbibliothek des Professors mitgehen lassen, nachdem er sich vergewissert hatte, dass es nichts Gefährliches enthielt.

Raine bedankte sich und sah das neueste Buch durch, in der Hoffnung, dass es das fehlende Bindeglied liefern würde. Es war ein nasser und trüber Tag. Regen strömte an den Fenstern herunter und Grau verzehrte den Himmel über ihr. Normalerweise hätte sie es für einen perfekten Tag gehalten, um in der Bibliothek zu sitzen, aber sie wurde das Gefühl nicht los, dass den Druiden die Zeit davonlief.

Evie schob den Bücherhaufen zu einer turmhohen Säule des Wissens zusammen und legte ein einzelnes schwarzes, in Leder gebundenes Buch auf den Tisch.

»Ich habe meiner Tante Beth erzählt, dass wir die alten Druidentraditionen erforschen. Sie hat mir das hier heute Morgen geschickt«, fing Evie an zu erzählen, während sie sich setzte. »Sie ist die Hüterin des Wissens in meiner Familie. Tante Beth weiß alles, was es über irische Magie zu wissen gibt und die Druiden fallen darunter.«

»Hast du es schon durchgeblättert?«, fragte Raine und schlug das Buch vorsichtig auf. »Mit den anderen habe ich überhaupt kein Glück gehabt.«

»Nein, ich habe es direkt zu dir gebracht.« Sie lehnte sich vor und senkte ihre Stimme. »Philip versucht, sich Eintritt in die Bibliothek der Lehrer zu verschaffen, um zu sehen, ob wir von dort bessere Informationen bekommen können.«

Raine schüttelte den Kopf. Philip war sich sicher, dass er jedem alles entlocken konnte. Sie war sich allerdings sicher, dass ihm das nicht gelingen würde. Trotzdem schätzte sie den Gedanken und den Versuch. Ihre Freunde brauchten ihr nicht mit den Druiden zu helfen.

Evie rückte mit ihrem Stuhl ein wenig näher und sie blätterten in dem alten Buch mit den hauchdünnen Seiten.

Raines Gesicht erhellte sich, als sie das Trio von Symbolen zusammen sah. Endlich sah es so aus, als könnten sie eine Spur haben. Sie las sich durch die Seiten und fand heraus, dass die Symbole ein Zeichen eines alten Zweigs des Druidentums waren. Sie waren das Siegel eines dunkleren Pfades, der von der Mainstream-Gemeinschaft verdrängt worden war und dem der Zugang zum kollektiven Wissen und zur Magie verwehrt wurde.

»Was soll das bedeuten?«, fragte Evie stirnrunzelnd, als sie die Seiten betrachtete. »Versuchen die dunklen Druiden, den anderen zu schaden?«

»Könntest du deine Tante Beth speziell nach ihnen fragen?« Raine sah Evie hoffnungsvoll an. »Wäre das zu verdächtig?«

»Nein, ich denke, das wäre okay.« Evie holte ihr Handy aus der Tasche. »Wir machen das am besten außerhalb der Bibliothek.«

Raine nahm das Buch von Tante Beth, sammelte ihre Notizbücher auf und folgte Evie aus der Bibliothek. Bibliothekar Decker beobachtete sie genau. Er hoffte wirklich, dass sie nichts Gefährliches vorhatten. Er hatte Raine liebgewonnen. Die irische Hexe war immer höflich und hatte ihm zum Dank dafür, dass er ihrer Freundin geholfen hatte, ein paar Kekse geschenkt. Er stemmte die Hände in die Hüften und ignorierte seine Blume am Hut, die einem unliebsamen Schüler die Zunge rausstreckte.

Evie unterhielt sich leise mit ihrer Tante und Raine versuchte, nicht nervös auf- und abzulaufen. Sie begannen sich über das Wetter und das Backen zu unterhalten, bevor sie schließlich zu den dunklen Druiden kamen. Sie kaute auf ihrer Unterlippe und wartete, als Evie die Stirn runzelte und sich zurück an die Wand lehnte. Raine fing Fetzen des Akzents ihrer Tante auf – *eine Mischung aus starkem Bostoner-Akzent und Kanadischem*, dachte sie. Es war ein ungewöhnlicher Akzent, von dem sie nicht glaubte, dass sie ihn irgendwo anders schon mal gehört hat.

Schließlich legte Evie auf und holte tief Luft.

»Okay. Demzufolge, was Tante Beth sagte, ist es sehr wahrscheinlich, dass es ein einsamer dunkler Druide ist, der versucht, seinen Hain wieder aufzubauen. Sie sagt, das Schattensiegel bedeutet, dass er Schattengänger ist und um ihn aufzuhalten, müssen wir Lichtmagie einsetzen, um das zu blockieren. Die normalen Druiden sollten in Ordnung sein.

Der dunkle Druide braucht sie für seinen Hain und wenn sie verletzt sind, haben sie weniger Magie. Wir werden sie im Herzen des Waldes finden können. Dort wird es etwas geben, das *Nematon* genannt wird. Es hat was mit Bäumen zu tun. Sie sagte, wir sollen nach natürlich vorkommenden Torbögen Ausschau halten, nach perfekten Kreisen, die von Bäumen gebildet werden und solchen Dingen«, fasste Evie zusammen.

»Was machen wir mit dem dunklen Druiden?« Raine verlagerte ihr Gewicht. »Ich meine, wie bringen wir die anderen Druiden sicher von ihm weg?«

Evie sah weg. »Tante Beth hat gesagt, wir sollten den dunklen Druiden töten. Eine weitere Option wäre ihn mit Lichtmagie zu binden und einen Zauber durchzuführen, der die Macht bricht, die seine dunkle Magie über ihn und den Wald gelegt hat. Dann werden die anderen Druiden übernehmen, ihn reinigen und ihm die Magie entziehen, wenn es nötig ist.«

Raine nickte. Sie wollte wirklich niemanden umbringen. »Und was jetzt?« Sie sah Evie an. »Wir brauchen einen Plan.«

»Nun, wir stellen Tränke und andere Dinge her, die uns helfen. Unsere Magie und Zauber sind nicht stark genug, um gegen so etwas anzukommen.«

»Sara wird wütend sein.« Raine lachte. »Sie hasst Zaubertränke.«

Evie zuckte mit den Schultern. »Sie kann jederzeit hierbleiben, wenn sie sich zu stark fühlt, um Hilfsmittel zu verwenden«, meinte sie gleichgültig.

* * *

Evie hatte Misses Fowler überredet, sie im Zaubertränke-Labor üben zu lassen. Sie verheimlichte nur, dass sie nicht wirklich das übte, was sie im Unterricht gelernt hatten. Jeder aus ihrem Freundeskreis versammelte sich dort und sie alle brauten nützliche Tränke für die bevorstehende Begegnung mit dem dunklen Druiden.

»Mache ich das richtig?«, fragte Sara und zeigte auf ihren Kessel. »Ich möchte wirklich nicht etwas vermasseln, das mir das Leben retten könnte.«

Evie betrachtete die sanft blubbernde, weiße Flüssigkeit und nickte. »Es ist perfekt«, versicherte sie ihr.

Cameron schleppte Zutaten und Utensilien hin und her. Sein vertrauter finsterer Blick war zurückgekehrt, aber er beschwerte sich nicht. Wenn er ehrlich war, war er froh, helfen zu können. Sein Mangel an Magie als Wandler machte solche Dinge schwierig. Trotzdem beschwerte sich niemand und er tat sein Bestes, um zu helfen, wo er konnte.

»Klär mich bitte noch mal auf, was genau brauen wir hier zusammen?« Philip rührte seinen Trank um. »Das ist ein leichter Trank, oder?«

Evie nickte. »Ja. Dein Trank wirkt wie ein großes Sonnenfeuer. Du wirfst ihn mit voller Wucht auf etwas und er explodiert mit einem riesigen Ausbruch von strahlend weißem Licht. Das wird jeden Schatten zerstören, den der Druide zu bilden versucht.« Sie zeigte auf den Trank von Sara. »Das ist etwas, um unsere eigene Magie zu stärken und zu befreien. Raine macht einen Heiltrank und William arbeitet an dem Bindemittel für das Ritual.«

Sie kehrte zu ihrem eigenen Kessel zurück. »Ich durchtränke diese Kristalle mit reinem Licht. Wir können sie in einem Kreis um einen Bereich platzieren und sie werden wie ein Käfig wirken, um den Druiden einzusperren.«

Raine hatte erwogen, einem der Lehrer oder sogar Agent Connor zu erzählen, was sie vorhatten. Sie mussten sich ins

Kemana und in das Herz des Waldes hinter dem Druidenviertel schleichen. Sie hatte das Für und Wider abgewogen. Wenn sie es jemandem erzählten, mussten sie zugeben, dass sie das Kemana entgegen den Schulregeln besucht hatten. Das würde ein Jahr Nachsitzen bedeuten und keine Möglichkeit, wieder zum *Bubble & Fizz* zu gehen.

Andererseits, wenn sie ruhig blieben, war sie zuversichtlich, dass sie die Druiden retten konnten. Wenn sie es jemandem erzählten, bestand eine gute Chance, dass diese Person ihnen sagen würde, sie sollten sich da raushalten. Was, wenn die Druiden deswegen sterben würden? Sie wusste, dass sie nicht mit dem Tod von Unschuldigen leben konnte. Es war ein großes Risiko, aber sie musste diesen Leuten helfen, wenn sie konnte.

* * *

Agent Connor war durch den ganzen Staat gefahren, um die Kräuter und Kristalle zu besorgen, die für das Heilmittel gegen Professor Powells Vergiftung benötigt wurden. Leider gab es eine letzte Zutat die nur Misses Berens beschaffen konnte. Professor Powell hatte Mühe seine Augen offenzuhalten, als er in seinem alten Sessel zusammensackte. Der Stoff war an den Armlehnen abgenutzt und die Sitzfläche gab unter ihm nach, aber er hatte zu viele Stunden in diesem Sessel verbracht, um ihn wegzuwerfen.

Lucy Fowler und Annabelle Grant hatten beide ein Auge auf ihn, während er unruhig schlief. Die Direktorin hatte gehofft, dass es einen anderen Weg gab, aber die Zeit lief ihr davon. Sie drehte sich um und ging hinaus in den nassen, trüben Tag. Es schien passend, dass kalter Regen auf sie herunterprasselte, wenn sie sich der vor ihr liegenden Aufgabe stellen musste.

Sie stieg in ihr Auto und fuhr mit den Fingerspitzen über die einfache schwarze Brosche in ihrer Tasche. Es war ein Familienerbstück gewesen, etwas, an dem sie gehangen hatte, seit sie ein kleines Mädchen war. Sie wusste, dass es das Einzige war, was funktionieren würde.

Mara fuhr vom Schulgelände und schaltete das Radio ein, um sich während der langen Fahrt tief ins Nirgendwo nicht ganz so allein zu fühlen. Ein langsamer Akustiksong ertönte und der Sänger trällerte über Liebe und Verlust. Eine Träne erschien in Maras Augenwinkel. Xander konnte ein sturer Narr sein und er hatte sicherlich einige Fehler in seiner Zeit gemacht, aber sie war nicht bereit ihn zu verlieren.

Sie hatten eine lange und stürmische Geschichte zusammen.

»Ich darf ihn nicht verlieren«, murmelte sie vor sich hin und umklammerte das Lenkrad etwas fester. »Das wird funktionieren.«

Die letzte Zutat der Heilung klang auf dem Papier so einfach und doch würde es ein Opfer erfordern. So funktionierten diese Dinge nun mal. Manchmal war die Magie kalt und grausam in ihrem Bedürfnis nach dem Gleichgewicht. Sie seufzte und besänftigte ihre Nerven. Es gab keinen Grund, sich über das Unvermeidliche aufzuregen. Die Brosche war nur ein Besitz. Die Erinnerungen, die mit ihr verbunden waren, würden bei ihr bleiben.

Sie fuhr durch den starken Regen, während sich die Landschaft um sie herum veränderte. Die Sonne war bereits untergegangen, als sie den *Monongahela National Forest* erreichte. Der Winter hatte die Laubbäume entlaubt und die schlanken Stämme dunkel und kahl hinterlassen. Mara fuhr tiefer in den Wald hinein und versuchte sich genau zu erinnern, welche Abzweigung sie nehmen musste. Es war leicht sich zu verfahren, sobald man die Hauptstraße verließ, aber sie hatte keine Wahl.

Sie bog ab und parkte ihr Auto an einem hübschen Aussichtspunkt mit Blick auf die scharfen Spitzen der Berge und einen Bach unter ihr. Nachdem sie noch mal tief Luft geholt und ihre Kräfte gesammelt hatte, stieg Mara aus ihrem Auto und machte sich auf den Weg zwischen den hohen Baumstämmen hindurch und über den aufgeweichten Boden hinweg. Sie war seit Jahrzehnten nicht mehr dort gewesen, doch ihr Instinkt leitete sie. Sie hatte gehofft, nie wieder einen Fuß dorthin zu setzen.

Alles veränderte sich subtil um sie herum, als sie begann, die scharfen, grauen Felsen hinaufzusteigen. Die Magie wurde deutlich spürbar. Sie überzog ihre glatte, kalte Haut mit einem prickelnden Gefühl. Sie hatte jetzt *ihren* Raum betreten und sie würden sich ihrer bewusst sein. Mara kletterte weiter die Felsen hinauf, trotz der Müdigkeit in ihren Gliedern und der Taubheit, die sich in ihren Händen ausbreitete. Sie tat dies für Xander.

Schließlich erklomm sie die Felsformation und fand sich vor einer einfachen Blockhütte wieder. Das Feuer im Inneren flackerte und durch die großen Fenster hatte man zweifellos einen atemberaubenden Blick über das Tal. Sie klopfte ihre Klamotten ab und versuchte, sich so vorzeigbar wie möglich zu machen. Ihre Jeans war mit Schlamm bespritzt und ihre Haare klebten vom Regen an ihrem Kopf. Dennoch ging sie mit Stolz und Würde heran, als sie auf die Veranda trat und an die Tür klopfte.

Ein paar Minuten lang geschah nichts. Mara hob die Hand, um erneut zu klopfen, als die Tür plötzlich aufschwang und eine junge, rothaarige Hexe mit violetten Augen zum Vorschein kam.

»Mara Berens. Wir wussten, dass wir dich wiedersehen würden«, begrüßte sie sie.

Sie sagte nichts und behielt einen neutralen Ausdruck bei. Die jüngere Hexe trat zur Seite und Mara betrat die Blockhütte. Die Wärme breitete sich in ihr aus und wusch die Schmerzen in ihren Knochen weg.

»Möchtest du etwas Tee?«, fragte eine ältere grauhaarige Hexe.

»Nein, aber danke. Ich bin wegen der Phönixwurzel hier«, entgegnete Mara.

Spannung erfüllte sofort die Luft. Mara wusste, dass sie nicht glaubten, dass sie für eine Tasse Tee gekommen war und doch wollte sie verzweifelt an den alten Traditionen und Ritualen festhalten. Sie war zu müde, um Interesse an diesem besonderen Spiel vorzutäuschen.

»Du weißt, welches Opfer wir dafür verlangen werden?« Die jüngere Hexe trat vor, um ihr gegenüberzutreten. »Wir werden Blut, Geist und Erinnerung benötigen.«

Maras Kiefer spannte sich an. Ein Stück Geist zu verlangen, war in der Tat ein sehr hoher Preis. Sie erinnerte sich daran, dass das alles für Xander war und nickte.

Mara folgte der jüngeren Frau tiefer in die Blockhütte und vorbei an dem großen, offenen Feuer und der Gruppe von Hexen, die um einen Tisch versammelt waren und Karten spielten. Sie schenkten ihr keine Beachtung. Mara ging mit hoch erhobenem Kopf. Sie würde nicht vor jemandem zu Kreuze kriechen, um die Wurzel zu bekommen.

»Und was hast du vor, damit zu tun?«, fragte die jüngere Hexe und hielt Mara die Tür auf, damit sie hindurchgehen konnte. »Es ist ein mächtiges Kraut.«

Mara beachtete sie nicht. Wissen war eine kostbare Sache, an der man festhalten sollte. Es war viel zu leicht, etwas zu sagen, was sich später als dein Verhängnis erweisen würde, wenn du unter solchen Hexen wandelst.

Sie traten in einen einfachen Raum mit schlicht weißem Boden und dunkel-cremefarbenen Wänden. Anders als der Rest der Blockhütte mit seinen Holzwänden war die Einrichtung in diesem Raum komplett aus Keramik. Es war viel einfacher, Blut und andere Flüssigkeiten von Keramik zu bekommen als von Holz.

Die ältere Hexe blieb draußen und hielt Wache. Ihr jüngeres Gegenstück schlüpfte in eine dunkelgrüne Robe mit Goldbesatz und zog die Kapuze hoch. Mara widerstand dem Drang, die Augen zu verdrehen. Solche Dinge wurden nur für das Ego und das Aussehen getragen. Sie trugen nichts zur Unterstützung der Magie bei.

Sie kniete in der Mitte des Raumes und entblößte ihr Handgelenk, wohl wissend, wie diese Dinge funktionierten. Die Hexe kniete vor ihr und zog ein gebogenes silbernes Messer aus einer Falte in ihrem Gewand. Mara zuckte nicht zurück, als die Frau ihr Handgelenk aufschnitt und sah zu, wie Tropfen ihres Blutes auf den weißen Boden zwischen ihnen fielen.

Als Nächstes kam der Preis, etwas von ihrem Geist herzugeben. Die Hexe nahm eine kleine Taschenuhr und drehte den großen Zeiger auf die Zahl fünf und den kleinen Zeiger auf die Zahl zwei. Mara biss die Zähne zusammen und sagte nichts. Sie würde fünf Jahre und zwei Monate ihres Lebens hergeben. Das war für Xander. Sie würde sogar ein Jahrzehnt hergeben, wenn es bedeutete, dass er sicher und gesund war.

Magie pulsierte zwischen ihnen und Mara hielt ein Keuchen zurück, als sie spürte, wie die Jahre aus ihrem Wesen gerissen wurden. Das zerrende Gefühl wurde zu etwas viel

Grausamerem, als es an Intensität zunahm und die letzten Sekunden aus ihr gerissen wurden. Ihr Herz raste und pochte gegen ihre Rippen, aber sie hielt ihre ruhige Fassade aufrecht.

Schließlich drückte die Hexe ihre Fingerspitze in die kleine Lache von Maras Blut und zeichnete damit entlang ihrer Lippen. Mara schloss die Augen, als sie alte Erinnerungen in einem Farbenrausch durch ihren Geist flackern sah. Die Magie fand eine Erinnerung, die ihr gefiel – ein besonders süßer Moment, als sie ein kleines Mädchen gewesen war. Sie glitt durch ihre mentalen Finger und hinterließ einen kleinen dunklen Fleck, eine Lücke, wo die Erinnerung einst gewesen war.

»So, es ist vollbracht«, sagte die junge Hexe schließlich.

Mara stand auf und fuhr mit den Fingern über ihr Handgelenk. Es war dank des Zaubers vollständig verheilt. Die junge Hexe reichte ihr eine Wurzel, die an Ingwer erinnerte und schaute demonstrativ zur Tür. Ihre Zeit mit dem Hexenzirkel war vorbei. Es war Zeit, zu Xander zurückzukehren.

Die ältere Hexe hielt ihr die Hand hin, als sie den Raum verließ. Mara ließ ihre Brosche in die ausgestreckte Handfläche fallen, ohne sie anzuschauen. Sie hatte die letzte Zahlung geleistet.

* * *

Professor Powell schürzte die Lippen, als er in einen vertrauten Albtraum hineingezogen wurde. Er wurde durch einen unbekannten Wald verfolgt, in dem sich die Schatten an seinen Beinen festkrallten, die Bäume sich verdrehten und in seine Rippen und Arme bissen. Das Ding war hinter ihm und er konnte spüren, wie es näherkam. Seine Beine gehorchten seinen Befehlen nicht und die Schatten zogen ihn in ihre Dunkelheit. Die kalte Seide ihrer Magie streichelte seine glühende Haut und flüsterte etwas von Glückseligkeit. Er wusste es besser, als den Schatten zu vertrauen. Nur Lügen verbargen sich in ihren dunklen Tiefen.

Er öffnete plötzlich die Augen und grub seine Finger in den vertrauten Stoff seines Lieblingssessels. Er war sicher in seiner Hütte. Miss Grant schenkte ihm ein schwaches Lächeln und hielt ihm einen süß duftenden Tee hin. Er nahm ihn mit zittrigen Händen an und trank einen Schluck. Der Honig- und Lavendelgeschmack überzog seine Zunge und spülte die Bitterkeit des Albtraums weg.

Seine Magie war jetzt tief in ihm begraben. Als er versuchte, seine Zehen zu bewegen, reagierten sie nur langsam. Das Gift war durch seinen Körper gewandert und er wusste nicht, wie viel Zeit er noch hatte. Er wünschte sich, Mara wäre da, damit er ein letztes Mal ihre schönen Augen sehen könnte.

* * *

Maras Hände waren völlig taub, als sie an ihren Schlüsseln herumfummelte und es schließlich schaffte, die Tür zu ihrem Auto zu öffnen. Sie kletterte hinein und schaltete die Klimaanlage ein, während sie sich fröstelnd an das weiche Leder schmiegte. Der Regen prasselte jetzt in schweren Strömen vom Himmel und Donner rollte mit hellen Blitzen über sie hinweg. Sie schluckte schwer und legte den Rückwärtsgang ein. Sie musste zurück zu Xander.

Es war kurz vor Sonnenaufgang, als sie endlich auf ihren üblichen Parkplatz auf dem Schulgelände fuhr. Der Regen hatte nachgelassen, aber der Boden war aufgeweicht. Dorvu, der Drache, sah besonders mitleiderregend aus, als er unter dem Unterstand hervorlugte, den Horace für ihn gebaut hatte. Der Drache hasste große Stürme. Sie machten ihm keine Angst, aber sie machten ihn unglücklich. Mara fühlte mit ihm, aber sie hatte größere Probleme, um die sie sich kümmern musste.

Sie eilte den Weg hinunter zu Xanders Hütte. Die Lichter waren noch an, aber es war eine lange Nacht gewesen. Sie wusste nicht, ob noch jemand wach sein würde. Betäubt und müde ging sie hinein und zog ihren Mantel und ihre Stiefel aus. Der Rest ihrer Kleidung klebte an ihrer kalten, nassen Haut, aber sie ignorierte es und ging zu Xander.

Er saß da und starrte ins Leere, seine Augen waren blass und glasig. Misses Fowler eilte zu ihr.

»Haben Sie es bekommen?«, fragte sie.

Die Direktorin nickte und reichte ihr die Wurzel.

»Es wird eine Stunde dauern, bis es zusammengebraut ist. Nehmen Sie in der Zeit eine heiße Dusche und essen Sie etwas.«

Mara riss ihren Blick von Professor Powell los. Seine Wangen waren eingefallen und der Funke hatte seine Augen fast vollständig verlassen. Er war ein schöner Mann, der noch vor Monaten die Blicke auf sich gezogen hatte. Das Gift hatte ihn verzehrt und sie wusste immer noch nicht, wer es getan hatte. Sie hatten die Liste auf drei Personen eingegrenzt, aber sie konnten sich nicht sicher sein, wer genau der Täter war. Eine bösartige Stimme in ihrem Hinterkopf verlangte, dass sie alle drei erschlagen sollte. Sie waren allesamt gefährliche, dunkle Zauberer.

Mara ignorierte die Stimme und kehrte in ihre eigene Hütte zurück, um eine heiße Dusche zu nehmen. Mister Hodges würde an diesem Morgen für sie über die Schule wachen, während sie sich um Xander kümmerte. Das Lehrerkollegium hatte sich in dieser schwierigen Zeit um sie geschart und sie schätzte deren Hilfe und Unterstützung sehr.

Sobald sie in frische, saubere Kleidung gekleidet war, kehrte sie in Xanders Hütte zurück. Sie hockte auf der Armlehne seines Sessels und verschränkte ihre Finger mit seinen. Er beachtete sie nicht und sie glaubte nicht, dass er wusste, dass sie da war. Xander war in irgendeinem Traum oder tiefen Gedanken versunken. Mara hoffte, dass er sich dort nicht mehr lange verirren würde.

Misses Fowler erschien umgeben von einer lilafarbenen Rauchwolke aus der Küche. Sie hielt eine kleine, zierliche Keramiktasse in der Hand, die in Xanders Haus völlig fehl am Platz wirkte. Mara nahm die Tasse und drückte sie an seine Lippen. Eine Furche bildete sich zwischen seinen Brauen, aber er trank reflexartig.

»Wie lange wird es dauern?«, fragte Mara und vermied es Misses Fowlers Blick zu begegnen. »Und wie stehen die Chancen?«

»Sechs Stunden und sechzig Prozent.«

Es hatte kein unfehlbares Heilmittel für das Gift gegeben. Nicht für das Stadium, das er erreicht hatte. Er hatte jetzt eine 60%ige Überlebenschance. Innerhalb von sechs Stunden würden sie wissen, ob es funktioniert hatte.

* * *

Xander blinzelte und runzelte angesichts des hellen Sonnenlichts, das durch die Fenster schien, die Stirn. Er fühlte sich, als wäre er aus einem sehr langen Traum aufgewacht. Alles fühlte sich fester und gleichzeitig ein wenig verschwommen an. Maras Finger drückten die seinen und er sah sie lächelnd an. Sie blinzelte die Tränen weg und er strich mit dem Daumen über ihren zarten Wangenknochen.

»Ich könnte dich nicht verlassen. Nicht so«, flüsterte er.

Mara sah weg. Sie konnte ihre tiefe Erleichterung, ihn wieder bei sich zu haben, nicht in Worte fassen. Die Farbe war in seine Haut zurückgekehrt und er bewegte sich bereits so gut wie seit einem Monat nicht mehr. Miss Grant brachte einen großen Teller mit frisch zubereiteten Sandwiches und kleinen Küchlein. Mara merkte, dass sie seit dem Vortag nichts mehr gegessen hatte und nahm sich eines.

Der Sturm hatte sich verzogen und brachte neue Hoffnung auf eine schöne Woche mit sich, die vor ihnen lag.

Kapitel 28

Professor Xander Powell holte tief Luft und spürte, wie sich seine Magie in ihm entzündete. Das Heilmittel für das Gift hatte sich einen Weg durch seinen Körper gebahnt und er fühlte sich endlich wieder gesund genug, um zu unterrichten. Die Schüler strömten in den Raum und zum ersten Mal seit langer Zeit war er nicht von ihrem Geschwätz genervt. In der Tat genoss er es sogar.

Sobald allesamt Platz genommen hatten, klatschte er in die Hände, um ihre Aufmerksamkeit zu erregen.

»Heute werdet ihr lernen, wie man Fesselungszauber durchbricht«, begann er und sah sich um, um sicherzugehen, dass alle zuhörten. »Sie sind eine gängige Waffe, die dunkle Zauberer gerne benutzen. Sobald man gefesselt oder eingeschränkt ist, ist man ein leichtes Ziel für viel gefährlichere Angriffe und Flüche.«

Ein Schweigen machte sich im Raum breit. Jetzt hatte er wirklich ihre Aufmerksamkeit.

»Es gibt eine Vielzahl an verschiedenen Formen von Fesselungszaubern. Die Offensichtlichen sind natürlich Seile und ähnliches. Heute schauen wir uns die Zauber an, die wie Treibsand funktionieren und die häufig verwendeten Seile«, teilte er der Klasse den Ablauf der Stunde mit.

Die Schüler beobachteten ihn mit gespannter Aufmerksamkeit.

»Wer will zuerst das Versuchskaninchen sein?« Er hielt ein Grinsen zurück, denn das wäre grausam. »Irgendjemand?«

Evie, die irische Hexe, hob langsam ihre Hand. Professor Powell nickte und bedeutete ihr, nach vorne zu kommen.

»Der Schlüssel, um diesen Zaubern zu entkommen, ist, ruhig zu bleiben. Ähnlich wie echter Treibsand werden sie sich zusammenziehen und dich mehr einschränken, wenn du anfängst in Panik zu geraten und zu kämpfen.« Er wandte sich an Evie. »Ich werde die Fesseln locker halten. Du musst ruhig bleiben und deine Magie durch deine Hände in die Lianen fließen lassen. Du wirst nicht immer in der Lage sein, deinen Zauberstab zu benutzen, also musst du in der Lage sein, dich zu konzentrieren«, erklärte der Professor.

Evie nickte und hörte sich die Worte an, die sie aussprechen musste. Sie ließ sie sich durch den Kopf gehen und vergewisserte sich, dass sie sie auswendig kannte, bevor der Professor dem Rest der Klasse den Zauberspruch erklärte. Sie begann zu denken, dass sie es bereuen würde, sich als Versuchskaninchen geopfert zu haben. Ihr Spezialgebiet waren Zaubertränke und Kräuter. Ihre Zauberkünste waren nicht schlecht, aber es fehlte ihr an Vertrauen.

Dicke Ranken drückten plötzlich ihre Arme an ihren Körper und obwohl sie wusste, was es war, fühlte sie Panik in ihrer Kehle aufsteigen. Sie schloss die Augen und stellte sich sie selbst in der warmen, feuchten Luft des Gewächshauses vor. Der vertraute Anblick der grünen Kräuter und Blumen formte sich um sie herum und Ruhe kehrte in ihr ein und verdrängte die Panik.

Als Nächstes fühlte sie tief in sich hinein und spürte ihre Magie. Sie hatte noch nicht viel ohne ihren Zauberstab gemacht und es war unnatürlich und schwierig für Hexen, dies zu tun. Elfen brauchten keinen Zauberstab, aber sie hatte kein Elfenblut, von dem sie wusste.

Ihre Magie kämpfte gegen sie, als sie versuchte, sie in ihre Hände zu leiten. Die Magie floss instinktiv in ihren Zauberstab, aber sie zog die Magie zurück und lenkte sie um. Die Ranken zogen sich um sie zusammen und begannen, ihre Atmung zu behindern. Entschlossen trieb sie ihre Magie in ihre Hände und die Ranken explodierten nach außen.

Der Professor schenkte ihr ein kleines, anerkennendes Lächeln und schickte sie zu ihrem Platz zurück. Raines Augen waren groß, als Evie sich setzte. Sie drückte die Hand ihrer Freundin. »Geht es dir gut?«, fragte sie Evie.

»Ja. Es hat mich allerdings sehr überrascht«, gab Evie zu.

Raine kaute auf ihrer Unterlippe. Sie hatte erst begonnen, ihre Magie durch ihren Zauberstab fließen zu lassen und war sich nicht sicher, ob sie sie in ihre Hände lenken konnte. Dennoch, als der Professor sie aufforderte sich zusammenzutun, sagte sie Evie, sie solle den Ranken-Zauber machen. Raine stellte sich eine ruhige, friedliche Wiese vor, auf der die Sonne schien und konzentrierte sich darauf, als sie die Ranken um sich herum spürte. Sie schluckte ihre Angst und Panik hinunter und kämpfte darum, ihre Magie zu finden. Sie wusste, dass sie da drin war und dass sie damit arbeiten konnte.

Das flüssige Feuer ihrer Kraft glitt durch ihre mentalen Fingerspitzen und weigerte sich, ihr zu gehorchen. Es blieb tief in ihr und die Ranken begannen sich zu straffen. Sie erinnerte sich an das, woran sie mit den Gnomen gearbeitet hatte, tauchte ihre mentale Hand hinein und zog magische Fäden heraus. Ihre Magie begann zu fließen und sie spürte, wie sie durch ihre Adern in ihre Hände glitt.

Die Visualisierung der sich auflösenden Ranken fiel ihr nicht leicht. Jedes Mal, wenn sie es versuchte, zogen sich die Ranken ein wenig fester zu. Sie schluckte schwer und beugte ihre Hand, um ihre Fingerspitzen gegen sie zu drücken. Genug Magie sickerte durch, um sie ein wenig zu lockern.

Sie hatte einige Fortschritte gemacht. Raine konzentrierte und sagte sich, dass sie sich vorstellen sollte, wie die Ranken in kleine Stücke explodierten. Sie stellte sich vor, wie sich jedes kleine Stückchen auflöste. Plötzlich konnte sie aufatmen und die Ranken waren weg. Sie öffnete ihre Augen und grinste.

Evie umarmte sie ganz fest. »Ich bin so stolz auf dich. Ich weiß, dass dir das Umgehen mit Magie nicht so leichtfällt wie den anderen. Aber du arbeitest so hart und du hast erstaunliche Fortschritte gemacht«, lobte Evie sie.

Sara fiel das Auflösen der Ranken leicht. Zum ersten Mal glitt ihre Magie in ihre Fingerspitzen und tat, was sie verlangte, ohne jegliche Probleme. Sie lächelte und fragte sich, ob ihre Kitsune-Magie endlich zu erwachen begonnen hatte. Eine kleine Flamme der Hoffnung entzündete sich.

Williams Feuer durchflutete sein System und der Professor legte seine Hand auf die Schulter des Jungen. »Nein. Du kannst nicht bei allem auf dein Feuer zurückgreifen«, sagte er zu dem Jungen.

William knirschte mit den Zähnen und suchte in sich selbst nach dem Rest seiner Magie. Sie war viel schwieriger zu finden und abzurufen als sein Feuer, das so natürlich kam. Er sah, wie Raine ihre Ranken auseinander sprengte und holte tief Luft. Sie arbeitete hart und er würde nicht nachgeben. Er nahm sie als Vorbild und zwang sich, sich wirklich zu konzentrieren.

Die Ranken waren brutal einschnürend und hatten ihm fast den Atem geraubt, als William sie schließlich durchbrach. Er schnappte nach Luft, lächelte aber, als er merkte, dass er mit seiner anderen Magie Erfolg hatte.

Professor Powell kehrte an das Lehrerpult zurück und begann, sie über die anderen Formen von einschränkenden Zaubern zu unterrichten. Die Schüler hatten gut mitgearbeitet und das zauberte ihm ein echtes Lächeln auf sein Gesicht. Sie hörten auf alles, was er sagte und gaben ihr Bestes. Agent Connor hoffte, dass einige von ihnen angehende Agenten werden würden. Als er sich umsah, dachte Professor Powell, dass sie auf jeden Fall die Fähigkeiten dazu hätten. Vor allem Raine hatte eine Entschlossenheit, von der er sicher war, dass sie wirklich alles tun konnte, was sie sich in den Kopf gesetzt hatte.

Er formte den nächsten Zauberspruch, diesmal um die Füße eines übermütigen Elfen. Die Augen des Jungen weiteten sich, als er plötzlich in den Holzboden gesaugt wurde. Er steckte schon bis zu den Knien im Boden, bevor er sich überhaupt daran erinnerte, dass es einen Zauber gab, um sich zu befreien. Der Schüler fuchtelte mit den Händen und murmelte die Worte, die er brauchte. Professor Powell hielt einen frustrierten Seufzer zurück.

Schließlich, als der Elf bis zu den Rippen im Boden steckte, riss er sich zusammen und sprach den Zauberspruch. Professor Powell vermutete, dass Mara sagen würde, er hätte seine Schüler zu sehr gedrängt, aber er hatte es mit dunkler Magie zu tun gehabt. Er wusste, dass sie zu verhätscheln nur dazu führen würde, dass sie verletzt oder schlimmer noch, sogar getötet würden, sollten sie damit konfrontiert werden. Die Schule bildete sie aus, um sowohl sich selbst als auch die Allgemeinheit zu schützen.

Raine runzelte die Stirn, als ihre Füße in den Boden hineingezogen wurden. Es war ein so seltsames Gefühl, als das Holz zu einer dicken, zähflüssigen, schlammartigen Substanz wurde. Sie schaute runter und sah, wie die

Holzmaserung sich mit der dunkelbraunen Substanz vermischte, die sich um ihre Knöchel wickelte.

Sich selbst beruhigend, suchte sie noch einmal nach ihrer Magie. Diesmal fiel es ihr leichter, aber ihre Beine sanken trotz ihres ruhigen Zustands in das Holz ein. Sie verlangsamte ihre Atmung und registrierte die aufsteigende Panik, die sie vorher nicht bemerkt hatte. Raine erinnerte sich daran, dass sie im Klassenzimmer war und der Professor sie nicht im Boden versinken lassen würde.

Sie konzentrierte sich auf das Gesicht ihres Vaters und schöpfte Kraft aus ihrer Entschlossenheit, ihn stolz zu machen. Er war ein engagierter Agent gewesen, der im Kampf gegen dunkle Hexen und Zauberer gestorben war. Er hatte sein Leben der Sicherheit guter, unschuldiger Menschen gewidmet und sie würde sich nicht von einem dummen Fesselungszauber besiegen lassen.

Ihre Magie kam schleppend, aber sie floss durch sie hindurch. Raine trieb sie in den Boden und konzentrierte sich in ihren Gedanken auf das lächelnde Gesicht ihres Vaters. Er war ihre Welt gewesen und man hatte ihn ihr genommen. Eines Tages würde sie in der Welt auf diesen Zauber treffen und sie würde darauf vorbereitet sein.

Raines Füße kamen frei und das Holz war wieder fest. Sie atmete langsam durch die Nase aus und ließ den Ansturm der Gefühle los. Sie war in Sicherheit und ihr Vater würde stolz darauf sein, wie weit sie gekommen war.

Der Bibliothekar Decker sah von seinem Buch über den Einfluss der Oriceraner auf die alte Maya-Kultur auf, als er Raine hereinkommen sah. Er hob ihren Bücherstapel hoch und begrüßte sie mit einem Lächeln. Seine Blume am Hut schnitt ihr zur Begrüßung eine Grimasse.

»Hast du heute etwas Interessantes gelernt?«, begrüßte er sie und reichte ihr die Bücher. »Wie ich sehe, hattest du einen Kurs über *dunkle Magie* bei Professor Powell.«

»Ja. Wir haben etwas über Fesselungszauber gelernt. Er ließ uns den Ranken-Zauber üben und den, der den Boden in etwas wie Treibsand verwandelt«, erwiderte Raine lächelnd. »Es war sehr schwierig, meine Magie in die Hände fließen zu lassen, aber ich habe es geschafft.«

Der Chefbibliothekar lächelte, als Stolz in ihm aufstieg. Er und Joe hatten ihr geholfen, ihre Magie in den Griff zu bekommen und sie hatte seitdem echte Fortschritte gemacht.

»Wohin gehen die Beine bei so einem Zauber?« Raine runzelte die Stirn. »Ich meine, sind meine Beine im eigentlichen Fundament der Schule versunken?«, fragte sie.

»Ja.« Bibliothekar Decker nickte und führte sie zu ihrem Lieblingstisch. »Der Zauber hat den Boden, auf dem du standest, in etwas verwandelt, das mit Treibsand vergleichbar ist. Wärst du dort stecken geblieben, hätte jemand dein Skelett im Fundament der Schule gefunden«, erklärte er.

Raine dachte darüber nach und kam zu dem Schluss, dass das sehr logisch war. Allerdings gefiel ihr die Vorstellung nicht, so im Boden festzustecken.

»Haben Sie irgendwelche Tipps, wie man mit diesen Zaubern umgeht?« Sie legte die Bücher ab. »Professor Powell sagte, der eigentliche Schlüssel sei, ruhig zu bleiben.«

Er nickte. »Bei Themen der dunklen Magie muss ich mich Professor Powell beugen. Er ist der ansässige Experte.« Er wippte auf seine Fersen zurück. »Die Magie reagiert auf deinen emotionalen Zustand und ein ruhiger emotionaler Zustand gibt ihr weniger Kraft. Wenn du in Panik gerätst, reagieren deine Magie und dein Körper auf eine Weise, die den Zauber verstärkt.«

Raine nickte. Sie hatte in einem ihrer Bücher etwas über Magie wie diese gelesen. Es war so eine komplizierte Sache, aber wenn man tief genug hineinfühlte, konnte man den emotionalen Zustand im Herzen von vielem davon finden. Das brachte sie auf den Gedanken, dass es vielleicht eine emotionale Blockade in ihr gab, die ihre Magie behinderte.

»Könnte es sein, dass meine Magie wegen meinen Emotionen schwerer heraufzubeschwören ist?« Sie setzte sich hin. »Vielleicht merke ich nicht, dass ich sie behindere.«

»Und das könnte auch das Problem bei deiner Kitsune-Freundin sein.« Bibliothekar Decker sah sich um, um sicherzugehen, dass die hitzköpfige Kitsune nicht zuhörte. »Sie hat eine Menge Magie in sich, aber sie kann sie nicht sehr gut einsetzen. Es könnte eine emotionale Blockade vorliegen, die sie daran hindert, wirklich darauf zugreifen zu können.«

Raine überlegte, ob es eine gute Idee wäre, das Sara gegenüber zu erwähnen. Der Ausdruck auf seinem Gesicht deutete darauf hin, dass es wahrscheinlich das Beste war, sie das allein durcharbeiten zu lassen. Ihre Freundin war ein geschlossenes Buch, auch wenn sie die Menschen von etwas anderem überzeugen wollte.

Kapitel 29

Raine trat über den kleinen umgestürzten Baum und sah sich um. Sie hatten es ohne Zwischenfälle hinunter ins Kemana geschafft und schienen wenig Aufmerksamkeit der Druiden selbst auf sich gezogen zu haben, als sie an den ersten Häusern vorbeigingen und zwischen die Bäume schlüpften. Von dem Ort ging eine unheimliche Aura aus und sie spürte die Anwesenheit der Druiden stärker als in den Gassen. Sie folgten dem Ortungszauber, den Adrien gebildet hatte.

»Louper zu spielen hat durchaus seine Vorteile«, kommentierte Philip und beobachtete den Fährtenleser, wie er um einen schlanken Baum herumflog. »Obwohl ich immer noch denke, dass das Argument berechtigt ist, dass Verfolgungszauber im Spiel Betrug sind.«

Adrien warf Philip einen scharfen Blick zu, bevor er sich wieder entspannte. Er wusste, dass der Zauberer nur Konversation betreiben wollte und es nicht böse gemeint hatte. Dennoch konnte er die Verschiebung der Magie um sie herum spüren und das ließ ihn zusammenzucken.

Cameron lief neben Raine und hielt seine Ohren nach ungewöhnlichen Geräuschen offen. Er hatte sich entschieden, seine Freunde in seiner großen Wolfsgestalt zu begleiten, denn er hatte das Gefühl, dass er so besser in der Lage war, auf sie aufzupassen. Sie besaßen alle Magie, aber er war sich nicht sicher, ob die Tränke bei ihm funktionieren würden. Evie hatte ihm versichert, dass sie bei einem

Menschen funktionieren würden, aber seine Wolfsgestalt fühlte sich wie die bessere Wahl an.

Raine streckte ihre Finger aus und strich über Camerons Scheitel. Etwas an der Art, wie er ging, ließ sie annehmen, dass er nervös war und sie wollte ihn beruhigen. Das leise Klirren von Glas gegen Glas durchbrach die unheimliche Stille. Jeder von ihnen hatte kleine Taschen voller Tränke und Kristalle bei sich, um sie gegen den Druiden einzusetzen. Evie hatte die Zaubertrankherstellung geleitet, aber Raines Stunden in der Bibliothek erlaubten ihnen, Optionen zu erforschen, an die Evie nicht gedacht hatte und sie hatten einige Feuerkristalle sowie Tränke hergestellt.

»Der Druide wird irdische Magie haben, was bedeutet, dass Luft und Wasser nicht sehr gut gegen sie wirken werden. Feuer sollte in der Lage sein, sich durch das Holz zu brennen, das er versuchen wird zu benutzen. Meine Lektüre besagt, dass Druiden sich mehr auf Pflanzen und Tiere konzentrieren als auf echte Erdmanipulation«, erklärte Raine und versuchte, zwischen den immer dichter werdenden Bäumen vor ihr etwas zu sehen. »Williams Feuer sollte aufgrund der Natur der Ifrit besonders gut gegen sie sein.«

Keiner sagte etwas. Das hatten sie alles schon im Zaubertränke-Labor besprochen, das war nichts Neues. Die Stille war so bedrückend, dass es sich anfühlte, als würden sie in einer Blase stecken, die drohte sie zu erdrücken. Dennoch gingen sie tiefer in den Wald hinein, fest entschlossen, die Druiden zu retten. Niemand sonst schien es zu bemerken oder sich darum zu kümmern, also lag es an ihnen.

Sara balancierte einen kleinen, schwarzen Kristall auf ihren Fingerknöcheln, während sie sich nach irgendwelchen Anzeichen von Bewegung umsah. Sie hatte nie viel Interesse an Naturwanderungen gehabt und dies war keine Ausnahme. Ein kleiner Vogel ergriff die Flucht und die Äste zitterten, sodass überall Wassertropfen landeten. Die Gruppe erstarrte und schaute sich nach einem unsichtbaren Raubtier um.

Nichts erschien und sie gingen weiter. Adrien spürte die Veränderung der Magie, als sich eine Dunkelheit über den Boden unter ihnen schob. Sein Verstand erwartete, dass die Ranken lebendig werden würden oder sich vielleicht eine weitere unsichtbare Falltür öffnen würde, wie sie es bei seinem letzten Louper-Spiel erlebt haben. Er biss die Zähne zusammen und erinnerte sich daran, dass dies kein Sport war. Es standen Leben auf dem Spiel und er verfluchte sich dafür, dass er keinen klaren Kopf hatte. Seine Familie hatte ihn sein ganzes Leben lang auf solche Situationen vorbereitet.

Philip legte seinen Arm um Saras Schultern und versuchte, die unruhige Kitsune zu beruhigen. Er fühlte sich selbst nicht übermäßig selbstbewusst, aber er konnte eine glaubwürdige Maske aufsetzen und manchmal war das alles, was nötig war.

»Habt ihr eine Ahnung, wie weit es noch ist?«, fragte er an Adrien und Raine gewandt. »Gehen wir in die richtige Richtung?«

»Ich bin mir nicht sicher und ja.« Adrien zeigte auf den Ortungszauber. »Der Orb leuchtet hell, das heißt, wir sind auf der richtigen Spur.«

Die kleine blau-weiße Kugel hüpfte neben einem Baum auf und ab und wartete darauf, dass die Gruppe über einen kleinen Bach sprang und sie einholte. Sara schnaufte, als ihr Stiefel im Schlamm versank und sie ihn mit einem lauten Stöhnen wieder herausziehen musste. Sie begann wirklich zu bereuen, dass sie sich von Raine zu dieser Sache hat überreden lassen.

Sie liefen noch eine halbe Stunde durch den Wald, bevor die Kugel an Größe zunahm und einen lilafarbenen Farbton annahm. Sie waren nah dran und Adrien konnte es spüren. Die dunkle Magie kam von den Bäumen aus und fügte der Luft einen bitteren Geschmack hinzu. Im Stillen hofften sie, dass der Druide nicht zu tief in der dunklen Magie steckte. Wenn er zu weit auf dem dunklen Pfad war, würde es keine Möglichkeit geben, ihn zu retten. Die Mainstream-Druiden würden ihm das Leben nehmen.

Ein Schauer lief Raine über den Rücken und sie schaute sich um, um herauszufinden, was ihn verursacht hatte. Irgendetwas weckte ihre Instinkte, entweder zu rennen oder zu kämpfen, aber alles sah aus wie in den letzten zwanzig Minuten. Ausgereifte Bäume mit dunkler Rinde und kahlen Ästen umgaben sie. Dicke, holzige Ranken umrankten die breiten Stämme und eine dicke Schicht alter Blätter bedeckte den schlammigen Boden.

Jedes Anzeichen von Leben war in der Sicherheit der Schulverteidigung zurückgelassen worden. Raine wickelte ihre Finger um eine kleine Feuerkugel. Evie und William hatten zusammengearbeitet, um etwas von seinem Feuer in kleine Glaskugeln zu füllen, die beim Aufprall auf etwas explodieren würden. Es funktionierte so, dass es alles Magische, das es berührte, verzehren würde. Evie hatte noch weiter damit experimentieren wollen, aber William hatte sie nur böse angeschaut.

Raine richtete sich auf und fragte sich, was ihr Vater und Onkel Jerry tun würden. Sie würden die Situation einschätzen, alle Zaubertrankwaffen finden und eingreifen, um den Verdächtigen zu kontrollieren.

»Wir sollten uns trennen und nach den natürlichen Torbögen suchen, die uns zeigen werden, wo er ist. Wir wollen ihn nicht verlieren«, schlug Raine vor und deutete nach rechts. »Sara, Philip und Adrien sollten nach rechts gehen. Wir gehen nach links und treffen euch in zehn Minuten auf der anderen Seite dieser Baumgruppe.«

Die Gruppe trennte sich ohne ein Wort. Cameron lehnte sich einen Moment lang an Raines Oberschenkel, bevor er mit ihr die Spitze übernahm. Williams Feuer überzog seine Hände, als er sich zurückzog, um alle vor Angriffen von hinten zu schützen. Sie konnten spüren, dass sie nah dran waren, aber sie hatten noch keine seltsamen Torbögen oder ähnliches gesehen. Raine hoffte, dass sie nicht über etwas anderes Dunkles und Unheimliches gestolpert waren. Sie hatten nur eine begrenzte Anzahl von Tränken dabei.

Sie folgten der geschwungenen Baumreihe zu ihrer Rechten und suchten an den Baumstämmen und am Boden nach Anzeichen von Siegeln, Runen oder anderen magischen Markierungen. Da war nichts. Doch plötzlich waren sie überall. Cameron schnaubte und rieb sich die Nase. Der magische Schleier, durch den sie getreten waren, brachte ihn dazu, niesen zu wollen.

Evie umklammerte ihren Zauberstab, als sie eine Reihe von natürlich geformten Torbögen sah, von denen jeder auf eine perfekt kreisförmige Lichtung blickte. Dort waren die Gefangenen und es war schlimmer, als sie erwartet hatte. Zehn oder mehr Druiden lagen geknebelt und gefesselt in der Mitte der Lichtung. Sie waren schlammig, ihr Haar war wirr und sie sahen verzweifelt aus.

Der Rest der Gruppe schlängelte sich neben Raine und Cameron vorbei.

»Es sieht so aus, als hätte der dunkle Druide vor, sie zu opfern«, flüsterte Evie.

Raine nickte und weigerte sich, ihr Urteilsvermögen von Emotionen trüben zu lassen. Sie war da, um Leben zu retten. Emotionen konnten später kommen, wenn sie den Job, für den sie da waren, erledigt hatten. Adriens Orb war verschwunden, da er nicht mehr gebraucht wurde.

»Da drüben ist ein Altar aus Ranken«, bemerkte Philip und zeigte auf eine zweite Reihe von Torbögen jenseits der Kurve der Lichtung. »Steht in deinen Büchern, wie lange wir Zeit haben?«

Raine schloss die Augen und versuchte sich zu erinnern, was sie darüber gelesen hatte. »Ich glaube, wir haben bis zum Sonnenuntergang Zeit, um sie herauszuholen.« Sie sah sich um. »Hat jemand den dunklen Druiden gesehen?«

Die Temperatur in der Luft sank plötzlich, bevor sie sich wieder regenerierte. Eine schemenhafte Gestalt trat aus dem Schatten einer alten Eiche. Sie trug ein langes, schwarzes Gewand mit einer tiefen Kapuze, die die Gesichtszüge der Gestalt verdeckte.

»Wir müssen die Kristalle platzieren, um ihn auf der Lichtung zu halten«, wies Raine ihre Freunde an und holte ihre Kristalle hervor. »Er wird uns gleich sehen, also macht schnell.«

Sie hatten sich einen Plan ausgedacht, wie sie den Kreis am besten einrichten könnten, während sie im Zaubertränke-Labor waren. Jeder von ihnen zog eine Handvoll klarer Quarzkristalle heraus und brachte ihn zu der ihm zugewiesenen Position. Camerons Nackenhaare stellten sich auf und er rannte mit gefletschten Zähnen auf die Lichtung. Er diente als Ablenkung, während die anderen die Falle aufstellten. Sobald sie ihn gefangen hatten, konnten sie ihn fesseln und das Reinigungsritual beginnen.

Der dunkle Druide drehte sich zu Cameron um. Der Wandler spürte, wie sich der Boden unter seinen Pfoten bewegte. Er sprang zur Seite, bevor der Schlamm Hände formte und versuchte, ihn hinunterzuziehen. Er biss auf die Finger und schüttelte den Kopf. Einige rissen ab und er spuckte sie angewidert aus. Der dunkle Druide sollte diese Art der Erdbeherrschung nicht haben. Das hatte ihre Erwartungen bereits übertroffen.

Er umkreiste den Mann und wich dem Schlamm aus, der sich an ihn klammerte, während er näherkam. Seine Absicht war nicht, dem Druiden zu schaden, sondern ihn einfach abzulenken, während seine Freunde den Kreis bildeten.

Raine setzte ihren Kristall zu ihren Füßen ab und spürte den Funken der Magie darin. Sie ging vier Schritte nach links und setzte den nächsten. Cameron huschte hin und her und schnappte nach der schattenhaften Gestalt, um sie auf sich zu lenken. Sie hatte nur noch zwei weitere Kristalle übrig, bevor die Falle sicher war.

Cameron jaulte auf, als ihn etwas Hartes in die Rippen traf. Schmerz durchzuckte ihn und er spürte die vertraute Wärme des Blutes durch sein Fell sickern. Er fletschte die Zähne und rannte vorwärts, als der Druide Raine ansah. Er würde nicht zulassen, dass ihr etwas zustieß. Sie war die erste Person gewesen, die ihn als Menschen angesehen hat und nicht als Abscheulichkeit oder als Sohn des Alphas.

Raine keuchte, als sie sah, wie der Gestaltwandler seine Zähne in den Arm des Druiden bohrte. Er sollte ihn nur ablenken, ihm nicht zu nahekommen. Sie setzte ihren letzten Kristall ein und ein Kreis aus reinem weißem Licht bildete sich um sie herum. Der Druide schrie und trat nach Cameron, der sich mit allem, was er hatte, festhielt. Er grub seine Hinterfüße in den Boden und zerrte den Druiden von den Gefangenen weg in Richtung William, dessen Feuer nun seine Arme hinauflief.

Durch den Schmerz war der Wolf langsamer, aber er war entschlossen, dafür zu sorgen, dass seinen Freunden nichts geschah. Der Druide rief einen Schatten, der sich um Camerons Kehle legte und sie langsam mit kalten Ranken, die sich ihren Weg zu seinem Maul bahnten, zusammendrückte. Er atmete schwer ein und kämpfte gegen das Schwindelgefühl und die schwarzen Flecken vor seinen Augen an.

Plötzlich verpuffte der Druck und er ließ den Druiden los, der nun lautstark fluchte. Raine warf eine weitere Kugel nach ihm.

»Ich war ein Champion im Softball. Die beste Werferin, die meine Schule je gesehen hat.«

Der Mann breitete seine Arme weit aus und Dunkelheit sammelte sich um ihn, während er sang. Die Schattenfäden breiteten sich über den Boden aus und rasten auf die jungen Schüler zu. Cameron humpelte davon, um seine Wunden zu heilen, während er nach dem besten Weg suchte, seinen Freunden zu helfen. Evie und Philip benutzen jeweils einen Lichttrank. Blendendes, weißes Licht explodierte und füllte das Pentagramm, das sie mit den Lichtkristallen gebildet hatten. Der Druide schrie wieder – ein gequältes, hohes Heulen, das Raine an eine Todesfee erinnerte.

Sara hatte sich leise einen Weg zu den gefangenen Druiden gebahnt. Sie arbeitete daran, sie loszubinden und überprüfte, ob sie alle in Ordnung waren. Sobald sie frei waren, gab sie einer älteren Frau einen blassrosa Heiltrank, weil sie sehr erschöpft aussah. Licht und Feuer explodierten um sie herum, aber Sara versuchte, es zu ignorieren und sich auf ihre Aufgabe zu konzentrieren.

Ein jüngerer Druide war bewusstlos und sie kämpfte darum, ihn wieder zu Bewusstsein zu bringen. Sie durften ihn nicht verlieren. Sie waren da, um jeden einzelnen von ihnen zu retten. Sara schüttelte ihn und duckte sich, als ein Feuerball über ihren Kopf flog und zu den Füßen des Druiden landete. Schließlich erwachte der junge Mann mit einem tiefen Stirnrunzeln. Sara hielt ihm den Hinterkopf und half ihm, einen Heiltrank zu trinken. Sie hatte keine Ahnung, was der dunkle Druide mit ihnen gemacht hatte, aber sie hoffte, dass sie sich schnell erholen würden.

Raine war ständig in Bewegung. Sie hatte keine Lust, ein leichtes Ziel für den Zorn des dunklen Druiden zu bieten. Seine Robe war, dank Williams Feuerkugeln, versengt und durchlöchert. Evie und Philip sorgten für ein ständiges Bombardement mit Licht, das den Druiden daran hinderte, seine Schattenmagie einzusetzen. Leider hatte das Feuer eine begrenzte Wirkung gegen die irdische Magie.

Es lag an Raine, die Bewegungen des Druiden zu kontrollieren und die notwendige Magie für das Reinigungsritual vorzubereiten. Er hatte mindestens zehn andere entführt und ihnen Schaden zugefügt, aber sie weigerte sich zu glauben, dass er jenseits der Erlösung war. Cameron nahm ihr einen der größeren Kristalle aus der Hand und trabte mit ihm im Maul davon. Er brachte ihn am nördlichen Punkt des Pentagramms, das sie gebildet hatten, in Position. Raine konnte sich ein Lächeln nicht verkneifen. Der Wandler hatte es in so kurzer Zeit so weit gebracht.

Kaum hatte sie die Silberscheibe am südlichen Punkt platziert, konnte sie sich plötzlich nicht mehr bewegen. Ihre Füße wurden tief in den Schlamm gesaugt. Sie holte ihren Zauberstab und erinnerte sich daran, was die Gnome ihr beigebracht hatten. Die Stimme ihres Vaters hallte in ihrem Kopf wider und erinnerte sie daran, ruhig zu bleiben. Panik half ihr nicht weiter. Sie fand ihre innere Gelassenheit und rief das flüssige Feuer, das ihre Magie war. Die Gnome hatten ihr geholfen, den Zauber zu verfeinern, den Professor Powell sie gelehrt hatte, um sich von der Fesselungsmagie zu befreien.

Zuerst weigerte sich ihre Magie, sich zu rühren. Sie blieb tief in ihrem Inneren, ein lodernder Pool der Macht. Sie konnte nicht darauf zugreifen und Panik stieg in ihr auf, als ihre Knie im Schlamm versanken. Noch einmal konzentrierte sie sich und beruhigte sich. Sie musste ihren Vater und Onkel Jerry stolz machen. Sie grub sich tiefer in ihre Magie ein und führte sie nach außen. Es begann als kleines Rinnsal und dann brach ein Damm. Er flutete sie und füllte ihren Zauberstab mit explosiver Magie, die den Schlamm wegsprengte und einen kleinen Krater hinterließ. Sie krabbelte heraus und stieß die silberne Scheibe in den Boden.

Cameron rannte zu ihr und stupste sie mit seiner Nase an, um sie zum letzten Punkt des Pentagramms zu führen. Er sprang vor sie, als eine dicke Ranke aus dem Boden brach und sich nach ihr schlängelte. Der Wolf versenkte seine Zähne tief in den holzigen Stamm und riss ihn mit einer Reihe von tödlichen Angriffen auseinander.

Evie und Philip hatten den größten Teil der Lichtkugeln und Tränke verbraucht, aber Sara hatte zum Glück bereits die anderen Druiden außerhalb des Lichtkreises in Sicherheit gebracht. Sie hatte ihren Arm um die Körpermitte einer älteren Druidin mit langen, stahlgrauen Haaren gelegt. Sie hatte sich den Knöchel gebrochen und war über den unebenen Boden gestolpert. William stürzte herbei und bildete eine Feuerwand, als der dunkle Druide versuchte, eine Reihe von scharfen Holzpfeilen auf Saras Rücken abzuschießen. Die Geschosse verbrannten und hinterließen kleine Häufchen von Ruß dort, wo William die Feuerwand gebildet hatte.

Schweiß rann dem Halb-Ifrit von der Stirn und er wusste, dass er dieses Niveau der Magie nicht mehr lange aufrechterhalten konnte. Sie brauchten Raine, um die letzte Holzscheibe an ihren Platz zu setzen. Sie stolperte und Cameron fing ihren Sturz mit seinem Körper ab. Er führte sie zu der richtigen Position, wo sie sich hinkniete und hoffte, dass das Vertrauen ihrer Freunde in sie gut begründet war.

Sie alle hatten einen besseren Zugang zu ihrer Magie als sie, aber sie hatten sie nominiert, um das Reinigungsritual zu beginnen.

Sie schloss die Augen und spürte, wie Camerons Kopf an ihrer Schulter ruhte, um ihr Halt zu geben und sie zu beruhigen. Ihre Magie kam diesmal leichter und schien fast begierig zu sein. Sie flüsterte die alten Worte, die sie in der Nacht zuvor immer wieder geübt hatte, um sicherzustellen, dass ihre Aussprache perfekt war. Ihre Magie strömte in die Holzscheibe und sie lockte die Kraft um das Pentagramm herum in die anderen vier Gegenstände.

Der Druide schrie vor Wut, als die Magie anfing, Wurzeln zu schlagen, um ihn an Ort und Stelle zu halten. Ihre Freunde kamen an ihre Seite und rezitierten gemeinsam die nächste Strophe des Zaubers. Raine stand auf, sie hielten sich an den Händen und ließen ihre Magie tiefer in das Pentagramm fließen. Konzentriert auf ihre wichtige Aufgabe, ignorierten sie das Strampeln und Fluchen ihres Gegners.

Die Schmerzensschreie und Qualen waren fast unerträglich. Raine schloss ihre Augen, in der Hoffnung den Lärm verdrängen zu können und versuchte, den Geruch von brennendem Haar und Fleisch zu ignorieren. Sie fuhren mit dem Zauber fort und schrien die Worte lauter und lauter, als die Magie ihren Höhepunkt erreichte. Es gab keinen Raum für Zweifel. Sie versuchten Leben zu retten und der Schmerz würde verblassen, sobald der Einfluss, den die Dunkelheit auf ihn hatte, gebrochen war.

Sie waren nicht in der Lage, das Dunkle in ihm vollständig zu entfernen, aber sie mussten tun, was sie konnten und dann den Druiden erlauben, zu tun, was nötig war.

Der Zauber war beendet und Stille legte sich über sie. Raine öffnete die Augen und sah einen jungen Mann mit angesengtem Haar in einem zerknitterten Kleiderhaufen. Er rollte sich zusammen und flüsterte immer wieder einen Satz, den sie nicht ganz verstehen konnte. Der Lichtkreis um sie herum zischte und verblasste. Jetzt lag es an den Druidenältesten.

»Geht es einem der Druiden gut genug, um uns zu helfen, ihn in ihre Nähe zu bringen?«, fragte Philip und sah Sara an. »Sie sahen aus, als ob sie in ziemlich schlechter Verfassung sind.«

Eine alte Frau mit knochigen Händen und weißem Haar, das bis zur Taille zu einem dicken Zopf zurückgebunden war, trat hinter der breiten Eiche zu ihrer Linken hervor.

»Ihr habt uns hier heute eine große Ehre erwiesen«, sagte sie zu der Gruppe. Zwei weitere Druiden traten hinter dem Baum hervor. »Wir werden die Mühe nicht vergessen, die ihr auf euch genommen habt, um unser Volk zu retten.«

Die beiden letzteren rannten zu denen, die Sara in Sicherheit gebracht hatte. Die Gruppe kauerte sich zusammen, während sie zitterten und versuchten, sich gegenseitig Trost zu spenden. Raine wusste nicht, welche Tortur sie durchgemacht hatten, aber sie hoffte, dass sie sich erholen würden. Sie legte ihre Hand auf Camerons Kopf und beobachtete, wie die alte Druidin auf den jungen Mann zuging.

Sie hockte sich neben ihn und legte ihre Hand an seine Wange.

»Oh, Jordan, du hattest so viel Potenzial«, sagte sie zu dem Mann, der den Blick hob und die Frau ansah, während ihm Tränen über die Wangen kullerten. »Du hättest so viel sein können.«

Er schluchzte. »Ich wollte Ehre und Stolz in unseren Hain zurückbringen. Ich wollte keinen Schaden anrichten, aber es gab keinen anderen Weg«, verteidigte er sich.

Die alte Frau nickte und half ihm auf die Beine. »Danke.« Sie nickte den Schülern zu. »Ihr müsst jetzt zu eurer Schule zurückkehren. Eure Lehrer werden nicht ganz so verständnisvoll sein.«

»Wir werden jahrelang nachsitzen müssen, wenn wir hier draußen erwischt werden.« Sara betrachtete ihre schlammigen Klamotten. »Wie sollen wir das erklären?«, fragte sie.

»Wir sind durch den Wald gewandert und haben uns verlaufen«, fiel Philip schulterzuckend eine Ausrede ein. »Wir sind Erstsemester. Es ist nicht unsere Schuld, dass wir die Magie noch nicht richtig spüren können.«

Sara reichte Raine ihren letzten Heiltrank und sie kniete sich vor Cameron, um ihm zu helfen, ihn zu trinken. Der Schmerz verblasste fast sofort aus seinem Kopf. Er würde zwar noch blaue Flecken und kleine Schnitte haben, wenn er die Schule erreichte, aber zum Glück hatte der Druide nicht allzu viel Schaden anrichten können.

Die Gruppe drehte sich um und trat erhobenen Hauptes den Rückweg an, wissend, dass sie an diesem Tag Leben gerettet haben.

Kapitel 30

Der letzte Tag des Semesters war gekommen. Sara stolzierte in einem scheußlichen Weihnachtspulli durch ihr Zimmer. Er hatte ein hässliches Rentier auf der Vorderseite, mit total unpassenden Farben und Lichtern und Lametta am Kragen. Raine hatte die Liebe zu grässlichen Weihnachtspullovern nie verstanden, aber sie machten Sara glücklich, also wollte sie ihr nicht widersprechen.

Die anderen Mädchen packten die letzten Sachen, während Raine auf ihrem Bett saß und sie lächelnd beobachtete.

»Bist du aufgeregt wegen Weihnachten? Ich bin nervös, wenn ich in den Zug steige. Es ist wirklich praktisch, dass er überall hinfährt, aber es ist auch so verwirrend. Warst du schon mal unten am Bahnhof? Da sind überall Treppen und Wege und sie müssen wirklich an ihrer Beschilderung arbeiten. In London wird auch furchtbar viel los sein. Die Londoner mögen keine anderen Menschen und werden um diese Jahreszeit besonders mürrisch und zornig. Oh, ich wette, es wird auch grau und regnerisch sein, anstatt dieses hübschen Schnees hier. Ich liebe London, wirklich, aber es ist ganz anders als hier«, redete Christie auf die anderen ein und steckte sich ein Toffee in den Mund.

»Ich denke, es wird ein ruhiges Weihnachten, aber ich freue mich darauf, alle wiederzusehen«, erzählte Raine ihr Gewicht verlagernd. »Ich lüge meine Freunde nicht gern an, aber es ist das Beste, wenn sie nichts von diesem Ort wissen. Es sind gute Menschen, aber die Regierung hat recht. Die Menschen sind noch nicht wirklich bereit für die vollständige Integration der Magie in die Gesellschaft.«

»Weihnachten wird eine Menge Spaß machen«, meinte Evie und schloss ihre Tasche. »Die ganze Familie wird dieses Jahr da sein. Ich glaube, wir werden 35 Personen sein, vielleicht 36. Ich kann mich gar nicht mehr an alle meine Tanten, Cousins und Cousinen erinnern. Wir werden backen, Spiele spielen und uns kitschige Weihnachtsfilme ansehen.«

Evie seufzte zufrieden. Ihre Familie war nicht perfekt, aber sie liebte sie innig. Sie waren eine große und oft sehr ungestüme irisch-amerikanische Familie. Die Männer waren den Frauen zahlenmäßig drastisch unterlegen, also bekamen die Frauen, was sie wollten. Das bedeutete in der Regel eine Menge an Backen und Lachen, was Evie sehr gelegen kam.

Sara setzte sich auf ihre Tasche, um sie zusammenzudrücken und zu schließen.

»Weihnachten ist ein seltsames Fest für uns. Wir feiern es, aber nicht so, wie ich denke, dass ihr es feiert«, sagte sie und runzelte die Stirn, als sie am Reißverschluss zupfte. »Bei uns gibt es ein großes Lagerfeuer und Weihnachtsbaumstämme. Kitsune lieben Feuer und es wird auch viel Zucker geben. Meine Großeltern bringen ungewöhnliche Arten an Süßigkeiten mit und wir werden zarte Papierdekorationen basteln, die wir über die Feuerstellen hängen.«

»Das klingt gemütlich.« Raine stand auf und schulterte ihre Tasche. »Ich hoffe, ihr habt eine schöne Zeit.«

Sara warf ihre Arme um Raines Hals. »Mach dir keine Sorgen. Wir werden bald wieder zusammen sein.« Sie drückte ihre Freundin. »Du hast meine Nummer, wenn du in der Weihnachtszeit mal reden willst«, verabschiedete sie sich.

Evie umarmte Raine ebenfalls und erinnerte sie daran, dass sie auch ihre Nummer hatte.

William schaute bestürzt aus dem Fenster. Er hatte im Stillen gehofft, über Weihnachten in der Schule bleiben zu können, aber es sah nicht so aus, als würde sein Wunsch in Erfüllung gehen. Der silberne Drache blies Böen eisiger Luft in sauberen Streifen über das Gras. Der Drache hatte etwa zwanzig Minuten lang methodisch gearbeitet und der Halb-Ifrit vermutete, dass er etwas buchstabieren wollte.

»Schau nicht so mürrisch drein«, meinte Cameron zu William und ging an die Kante seines Bettes. »Es ist Weihnachten.«

»Wenn du meine Familie hättest, würdest du auch mürrisch aussehen«, entgegnete William und starrte weiter aus dem Fenster. »Weihnachten ist besonders miserabel.«

»Das ist der Grund, warum du nicht mit ihnen feierst.« Cameron grinste. »Du kommst mit zu mir.«

William sah den Wandler stirnrunzelnd an.

»Ich habe mit der Direktorin und meiner Familie gesprochen. Wir nehmen dich auf. Du bist Ehrengast für diesen Zeitraum.«

»Willst du mich verarschen?« William konnte nicht glauben, was er gerade gehört hatte. »Sie sind wirklich einverstanden mit einem Halb-Ifrit?«

»Ja. Mein Rudel nimmt Verlassene und Streuner auf. Nichts für ungut.« Cameron deutete auf Williams ausgepackte Taschen. »Also pack lieber schnell deine Sachen. Wir müssen den Bus bekommen.«

Adrien lächelte darüber, wie sich die Dinge entwickelt haben. Er hat es gehasst, William in den letzten Tagen so niedergeschlagen zu sehen und wünschte, er hätte helfen können. Leider war seine Familie nicht ganz so offen dafür, Fremde in ihr Haus zu lassen.

Philip hängte sich seine Tasche über die Schulter und gab Adrien eine kurze Umarmung mit einem Klaps auf den Rücken. Der Elf fühlte sich nicht wirklich wohl, wenn ihm Menschen zu nahekamen, aber Philip wollte seine Fürsorge irgendwie ausdrücken.

»Irgendwelche Pläne für die Ferien?«, fragte Philip an Adrien gewandt. »Machst du irgendwas Besonderes in Frankreich?«

Der Elf stand auf. »Es wird ein typisches Weihnachten.« Er hob seine Tasche auf. »Du?«

»Dasselbe. Jede Menge Kuchen und Essen. Wahrscheinlich ein paar Streitereien über etwas Dummes. Hässliche Pullover.« Er zuckte mit den Schultern. »Das übliche Zeug.«

»Werde ich einen hässlichen Pullover tragen müssen?« William sah Cameron misstrauisch an. »Oder etwas anderes Schreckliches?«

Cameron lachte. »Scheußliche Weihnachtspullis sind bei uns zu Hause verboten. Es ist alles ein großer Spaß. Wir laufen und wandern gerne durch den Wald. Essen viel gutes Essen, spielen Spiele. Du wirst es lieben.« Er legte William die Hand auf die Schulter. »Und sie werden dich lieben.«

* * *

Alle trafen sich am Fuß der großen Treppe. Sara stellte sicher, dass sie alle nacheinander umarmte, obwohl sie die Mädchen bereits in ihrem Zimmer umarmt hatte.

»Du weißt, dass wir mit dir im Bus fahren, oder?«, fragte Philip und hob eine Augenbraue. »Oder habe ich etwas verpasst?«

Sara zuckte mit den Schultern.

Agent Connor kam mit den Händen in den Taschen auf Raine zu. »Bist du bereit abzureisen?«, fragte er Raine. »Ich kann warten, wenn du es noch nicht bist.«

»Nein, es geht mir gut.« Evie und Sara umarmten sie ein letztes Mal. »Frohe Weihnachten euch allen!«

Sie ging mit Agent Connor in die verschneite Landschaft. Seines war eines der wenigen Autos, die in der kreisförmigen Einfahrt geparkt waren. Die meisten der übrigen Schüler würden mit dem Bus zum Bahnhof fahren. Sie hatten sich entschieden, einen Tag länger zu warten, um die Zeit und die Freiheit gemeinsam zu genießen.

»Freust du dich darauf, deinen Onkel zu sehen?« Der Agent öffnete den Kofferraum für Raine. »Er freut sich schon sehr darauf, dich zu sehen.«

»Ja. Ich bin aufgeregt, obwohl ich mich schlecht fühle, dass ich ihm noch kein Geschenk besorgt habe. Ich war so beschäftigt.« Sie ließ ihre Tasche in den Kofferraum fallen. »Ich muss die Menschenmassen riskieren und versuchen, etwas in der Stadt zu finden.«

»Ich bin sicher, er ist froh, dich bei sich zu Hause zu haben.« Agent Connor stieg in den Wagen. »Er wird sich keine Sorgen um ein Geschenk machen.«

Raine stieg ebenfalls in den Wagen. »Ich möchte aber etwas für ihn besorgen. Ich werde darüber nachdenken.« Sie legte den Sicherheitsgurt an. »Es ist ja doch eine lange Autofahrt.«

Misses Beasley hatte ihre Mütze mit gold-rotem Lametta umwickelt und gewann den Wettbewerb um den scheußlichsten Weihnachtspulli haushoch. Der Großteil des Pullovers war in einem grellen Grün gehalten. Der Schneemann auf der Vorderseite hatte eine Nase aus kupferfarbenem Lametta. Auf der Rückseite waren Weihnachtslieder in allen erdenklichen Farben gestrickt und noch mehr Lametta eingewebt worden.

Sara stand auf und verglich ihren Pullover mit dem von Misses Beasley und musste zugeben, dass die Busfahrerin sie geschlagen hatte. Aber nächstes Jahr würde sie gewinnen.

Die Busfahrerin verteilte Bonbons mit Toffee-Geschmack, während die Schüler in den kleinen Bus einstiegen. Das Fahrzeug selbst hatte Misses Beasley mit noch mehr Lametta und kleinen Keramikschneemännern, die von der Decke hingen, geschmückt. Sie drehte die Weihnachtslieder noch lauter und animierte alle zum Mitsingen. Zu ihrer Freude sang schon bald der ganze Bus *Rudolph the Red Nosed Reindeer*.

Evie lutschte an ihrem Bonbon und stimmte in die Verse ein, die sie erkannte, während sie die verschneite Landschaft an sich vorbeiziehen sah. Die Berge mit ihren schneebedeckten Gipfeln waren im weichen Wintersonnenlicht wunderschön. Charlottesville war festlich geschmückt mit blassblauen und weißen Lichterketten, die um die Bäume gewickelt waren. Weniger subtile Lichter schmückten viele der Häuser und Geschäfte.

Riesige Rentiere, Weihnachtsmänner in allen Formen und Größen und Schneemänner beleuchteten die Vorgärten und kletterten über die Dächer ihrer Häuser. Viele von ihnen hatten Schilder aufgestellt, die den Weihnachtsmann aufforderten, dort anzuhalten und Evie lächelte über die Freude, die die Luft erfüllte. Jeder hatte ein Lächeln im Gesicht, als sie die Straßen hinunter zu den Geschäften eilten, auf der Suche nach Geschenken in letzter Sekunde.

William fragte sich immer noch, ob es ein grausamer Scherz war und ob Cameron ihn am Bahnhof im Stich lassen würde. Er konnte es nicht fassen, dass er die Ferien nicht mit seiner schrecklichen Tante und den anderen verbringen musste und von netten Menschen umgeben sein würde. Sie stiegen vor Starbucks aus dem Bus aus und jeder Schüler verabschiedete sich von Misses Beasley.

Sie winkte ihnen zu und begann, *Frosty the Snowman* zu singen, während sie in ihren Bus stieg. Die Gruppe bahnte sich einen Weg durch das Gedränge an den kleinen Tischen vorbei und versuchte, den Tresen zu erreichen, um zu bestellen. Ihr Zug würde erst in vierzig Minuten kommen und Sara brauchte dringend einen Pfefferminz-Latte.

»Ich habe versucht, die … ähm, Köchinnen davon zu überzeugen, mir einen zu machen, aber ohne Erfolg.« Sie sah sich bei den Menschen um und versuchte, alle magischen Begriffe aus ihrem Gespräch herauszuhalten. »Ich wollte unbedingt einen haben, seit der erste Schnee gefallen ist.«

Adrien rümpfte die Nase über die Idee. Er bestellte einen Cafe Americano und murmelte etwas von Respekt vor Kaffee.

Sobald sie ihre Getränke in der Hand hatten, benutzten sie das magische Portal zum Bahnhof, das sich in der Wand neben den Toiletten befand. Sie kamen am oberen Ende der weißen Treppe heraus, die in den großen und komplizierten Bahnhof führte.

Sie gingen vorsichtig die ersten beiden Treppen hinunter und wichen einer Kilomea-Familie aus, die weit mehr Gepäck mit sich führte, als irgendjemand sonst zu packen gedacht hätte. Adrien verließ die Gruppe mit einem schnellen Abschied und wandte sich den europäischen Bahnsteigen zu. Langsam teilten sie sich auf und machten sich auf den Weg zu ihren jeweiligen amerikanischen Bahnsteigen, bis nur noch Cameron und William übrig waren.

»Ich werde das Angebot nicht zurücknehmen.« Cameron stieß William sanft mit dem Ellbogen in die Rippen. »Du bleibst wirklich über Weihnachten bei uns.«

Der Halb-Ifrit erlaubte sich, zu grinsen und es zu akzeptieren. Zum ersten Mal in seinem Leben freute er sich auf Weihnachten.

* * *

Die Schüler waren alle gegangen und die Schule war ruhig und leer. Mara Berens zog sich in ihre Hütte zurück und ließ sich mit ihrem neuesten Buch in einen bequemen Sessel fallen. Es erzählte die Geschichte einer Elfen-Spionin, die durch Europa raste und lächerliche Bösewichte aufhielt. Sie genoss den Eskapismus.

Professor Powell klopfte an ihre Tür und begrüßte sie mit einem warmen Lächeln. Er sah endlich wieder wie er selbst aus. Der gewohnte Glanz war in seine Augen zurückgekehrt und er hatte einen federnden Schritt. Er nahm sanft Maras Hände.

»Würdest du mir die Ehre erweisen, mit mir am Weihnachtstag zu Mittag zu essen?«, fragte er sie.

Sie versuchte, einen lässigen Gesichtsausdruck beizubehalten, aber es gelang ihr nicht. Zu sehen, wie sich Xanders Gesundheit verschlechterte und zu denken, dass sie ihn verlieren würde, hatte ihr bewusst gemacht, wie sehr sie ihn immer noch mochte.

»Das würde ich gerne«, antwortete Mara.

Er lächelte strahlend, sodass sich seine Augen erhellten und die Freude sich in seinem ganzen Wesen ausbreitete.

»Ich freue mich darauf.«

✶ ✶ ✶

Es war eine lange und anstrengende Fahrt gewesen, aber Raine wurde in dem Moment munter, als sie in ihre Straße einbogen. Das Auto hatte kaum angehalten, da sprang sie schon hinaus und rannte in die Arme ihres Onkels Jerry. Die Schule hatte fantastischen Spaß gemacht und sie mochte ihre neuen Freunde, aber es gab wirklich keinen Ort wie ihr Zuhause.

ENDE

Die Geschichte ist noch lange nicht zu Ende.
Verpasse nicht, wie Adriens und Raines Zukunft
in ›Die Hexenwaise‹ aufeinandertreffen.

–

Wie hat Dir das Buch gefallen? Schreib uns eine Rezension oder bewerte uns mit Sternen bei Amazon. Dafür musst Du einfach ganz bis zum Ende dieses Buches gehen, dann sollte Dich Dein Kindle nach einer Bewertung fragen.

Als Indie-Verlag, der den Ertrag weitestgehend in die Übersetzung neuer Serien steckt, haben wir von LMBPN International nicht die Möglichkeit große Werbekampagnen zu starten. Daher sind konstruktive Rezensionen und Sterne-Bewertungen bei Amazon für uns sehr wertvoll, denn damit kannst Du die Sichtbarkeit dieses Buches massiv für neue Leser, die unsere Buchreihen noch nicht kennen, erhöhen. Du ermöglichst uns damit, weitere neue Serien parallel in die deutsche Übersetzung zu nehmen.

Am Endes dieses Buches findest Du eine Liste aller unserer Bücher. Vielleicht ist ja noch ein andere Serie für Dich dabei. Ebenso findest Du da die Adresse unseres Newsletters und unserer Facebook-Seite und Fangruppe – dann verpasst Du kein neues, deutsches Buch von LMBPN International mehr.

Marthas Autorennotizen (18.11.2018)

Verletzlichkeit ist nicht meine übliche Vorgehensweise. Zu Beginn brauchte ich als junge Frau mehr als nur ein bisschen Mut, um meinen Traum Autorin zu werden, zu verwirklichen, ohne dass meine Familie mich dazu ermutigt hätte. Es war mehr ein *Was zum Teufel denkst du dir dabei?*

Mit der Zeit, als alleinerziehende Mutter und Schriftstellerin, wurde es zu einer fest verankerten Gewohnheit. Ich gewöhnte mich daran, Dinge allein zu machen und mir fiel es leichter, über das Geschehene zu berichten, nachdem ich die Chance hatte, den Schock zu verdauen oder einen erleichterten Seufzer über den Erfolg aus mir rauszulassen. Ich war zu ängstlich, um das Aufatmen oder die Erwartung dessen, was passieren sollte, einzubinden.

Als mein Sohnemann – Louie – klein war, schien Versagen eine eindeutige Möglichkeit und definitiv keine Option zu sein. Es kostete mich jedes Quäntchen Optimismus, das ich zusammenkratzen konnte, um zu glauben, dass ich dieses Kind allein großziehen und es erfolgreich machen könnte. Es war eine so große Aufgabe, sodass ich nur einen Tag nach dem anderen schaffen konnte, mit Pausen, um mir über die Zukunft Gedanken zu machen. Ich wurde richtig gut darin, Dinge zu erledigen und nur um Hilfe zu bitten, wenn ich etwas nicht konnte. Wie sich herausstellte, bin ich ziemlich gut darin und das ist die gute und gleichzeitig schlechte Nachricht.

Ich habe Jahre gebraucht, um zu lernen, dass, nur weil ich etwas tun kann, das nicht bedeutet, dass ich es auch tun sollte oder dass ich nicht um Hilfe bitten kann. Wir gedeihen nur in der Gemeinschaft und meine ganze Unabhängigkeit hat mir einen Teil des Spaßes am Leben genommen. Je mehr ich um Hilfe gebeten habe, desto mehr habe ich erkannt, dass ich eigentlich nicht wusste, wie ich es besser machen sollte. Mein Weg war kein schlechter, vielleicht war er sogar gut, aber es gab andere Wege, etwas zu erledigen und manchmal waren diese Wege besser.

Was für eine Erleichterung. Ich wusste es nicht, bis ich damit aufgehört habe (und das ist eine ständige Lektion für mich), aber ich habe mich selbst fertiggemacht. In der Lage zu sein, um Hilfe zu bitten *und* sie anzunehmen, zog mich in eine Welt von Menschen, in der ein ständiger Zustand der Verletzlichkeit und Demut erforderlich ist. Der Lohn war die Zusammenarbeit mit Michael Anderle oder das Wagnis, sich mit einer positiven Einstellung auf eine Verabredung einzulassen (der letzte Teil ist das Schlüsselelement, zusammen mit der Bereitschaft, dranzubleiben – ich sage mir immer wieder, wenn es eine Jobsuche war, darf man nicht aufgeben, nur weil einen noch niemand eingestellt hat) oder Nachbarn zum Abendessen einzuladen oder mit 30-Jährigen zu trainieren – und mit ihnen zu schnaufen und aus der Puste zu sein. Mit anderen Worten: Ein gutes Leben.

Das bedeutet, dass ich mehr Angst habe als früher, denn was ist, wenn ich dumm aussehe oder zu kurz komme? Trotz all meiner Bedenken versuche meine Ängste zu überwinden. Morgen zum Beispiel gehe ich zum Training mit einer Nachbarin, die ich noch nie getroffen habe und die eine Knieschiene an dem einen Bein trägt, dem Muskeln von einem der Krebskämpfe fehlen. Ich kann so ziemlich garantieren, dass es nicht schön sein wird, aber ich werde da sein. Nächste Woche gibt es neue Autorenbilder, die ich auch auf Dating-Seiten verwenden kann und es kommen *The Peabrain Adventures* raus, die meine große Idee waren, mit nur meinem Namen auf dem Cover. Das alles ist sehr beängstigend für mich – und trotz alledem werde ich mich meinen Herausforderungen stellen – insbesondere, weil ich nicht allein bin. Es gibt eine Menge Leute, die mich unterstützen und denen ich auch etwas zurückgeben kann, einschließlich Euch allen. Tapferkeit im Angesicht von Widrigkeiten ist manchmal notwendig, aber ich finde heraus, dass Unbeholfenheit als täglicher Zustand auch okay ist. Weitere Abenteuer werden folgen.

Michaels Autorennotizen (23.11.2018)

DANKE, dass Du nicht nur diese Geschichte gelesen hast, sondern auch diese Autorennotizen.

(Ich denke, ich war gut darin, immer mit *Danke* zu beginnen. Wenn nicht, muss ich die anderen Autorennotizen bearbeiten!)

ZUFÄLLIGE (manchmal) GEDANKEN?

Willkommen zu unserer neuen ›*Schule der grundlegenden Magie*‹-Serie! Ich hoffe, Du genießt Raine und wie sie in diese Schule eingeführt wurde und warum.

Zum Thema Schule: Mein persönliches Gefühl ist, dass Schule scheiße sein kann.

Manchmal ist es sehr ätzend und manchmal weniger. Nun, ich habe gehört, dass es eine ganze Menge Spaß machen kann und ich glaube denen, die diesen Spaß gehabt haben, aber ich persönlich habe die Situation nicht erlebt. Mein Jüngster, Joseph, scheint seine Zeit an der Universität von Texas – Arlington zu genießen, also nehme ich an, dass ein Fünkchen Wahrheit vorhanden ist.

Ich glaube jedoch, dass der Zweck der Schule darin besteht, zu lehren und zu trainieren. Wenn Du etwas so Dramatisches wie den Umgang mit Magie lernen müsstest, könnte es Dich dazu bringen, Dich etwas mehr auf Dein Training zu konzentrieren.

Martha und ich haben zusammengearbeitet, um Dir eine neue Geschichte in der *Schule der grundlegenden Magie* zu präsentieren, die Dich mit ihrer Sympathie zur Regierung und unserer neuen Protagonistin fesseln wird.

Möge sie Dir viel Freude bereiten, wenn Du Raine und alle ihre Geschichten (hoffentlich) bis tief in die Nacht liest!

WIE MAN BÜCHER VERMARKTET, DIE MAN LIEBT

Wir sind in der Lage, unsere Bemühungen zu unterstützen, indem Du unsere Bücher liest und wir schätzen es, dass Du dies tust!

Wenn Dir dieses oder JEDES andere Buch eines Autors gefallen hat, besonders wenn es im Indie-Verlag erschienen ist, freuen wir uns immer, wenn Du Dir die Zeit nimmst, ein Buch zu rezensieren, da es anderen Lesern, die vielleicht noch unentschlossen sind, die Möglichkeit gibt, es ebenfalls zu lesen.

IN 80 TAGEN UM DIE WELT

Einer der (zumindest für mich) interessanten Aspekte meines Lebens ist die Möglichkeit, von überall und zu jeder Zeit zu arbeiten. In Zukunft hoffe ich, meine eigenen Autorennotizen noch einmal zu lesen und mich an mein Leben als Tagebucheintrag zu erinnern.

In diesem Moment sitze ich am Küchentisch in La Puente, CA. (Ich denke, es ist passender, *Esszimmertisch* zu sagen. Es ist ein kleineres Haus und wir haben NUR ein bisschen Platz, um irgendwann eine Küchenecke für zwei Personen einzurichten. *Das* wäre dann der Küchentisch.)

Es ist 20:35 Uhr am Freitagabend nach Thanksgiving und ich war in Pasadena, CA (zum ersten Mal) im Apple Store, um mich über das 2018er MacBook Pro zu informieren. Ich bin verdammt unentschlossen, ob ich das Geld für ein Upgrade meines 2015er MacBook Pro ausgeben oder noch ein Jahr warten soll. Leider glaube ich nicht, dass Apple das Design der MacBooks bis mindestens 2020 aktualisieren wird.

Bei meinem Glück werden die Tastaturen (was mich zögern lässt) aus Glas sein und ich werde mir die Tablet-Tasten wünschen, die sie jetzt haben. Ich mag die flachen Tasten nicht, denn meine Finger schmerzen, wenn ich zu enthusiastisch auf der ›Tastatur‹ des neuen Laptops tippe.

Dieser alte Hund will keine neuen Tippgewohnheiten lernen. Ich will so fest auf die Tasten hämmern, wie ich will, ohne Schmerzen oder Konsequenzen. (*Anmerkung der Redaktion: Du sagst es, Bruder! Ich auch! Und ich bin gleich neben dir in der Reha wegen des Karpaltunnelsyndroms.*)

Ich schätze, ich muss mich an die Regeln halten, wenn ich diese Mac-Gottheit haben will.

…und das tue ich.

Ich frage mich, ob sie das Tippen erschweren, um eine neue Generation ausschließlich zur Sprache zu drängen? Ich kann mir nicht vorstellen, wie das funktionieren würde, da wir alle hören würden, was wir auf unseren Laptops oder Tablets zu tun versuchen und das wäre ziemlich verwirrend.

Ad Aeternitatem

Michael Anderle

SOZIALE MEDIEN

Möchtest Du mehr?
Abonnier unseren Newsletter, dann bist Du bei neuen Büchern, die veröffentlicht werden, immer auf dem Laufenden:
http://kurtherianbooks.com/deutscher-newsletter/

Tritt der Facebook-Gruppe und der Fanseite hier bei:
https://www.facebook.com/groups/ZeitalterderExpansion/
(Facebook-Gruppe)
https://www.facebook.com/DasKurtherianischeGambit/
(Facebook-Fanseite)

Die E-Mail-Liste verschickt sporadische E-Mails bei neuen Veröffentlichungen, die Facebook-Gruppe ist für Veröffentlichungen und ‚hinter den Kulissen'-Informationen über das Schreiben der nächsten Geschichten. Sich über die Geschichten zu unterhalten ist sehr erwünscht.

Da ich nicht zusichern kann, dass alles was ich durch mein deutsches Team auf Facebook schreiben lasse, auch bei Dir ankommt, brauche ich die E-Mail-Liste, um alle Fans zu benachrichtigen wenn ein größeres Update erfolgt oder neue Bücher veröffentlicht werden.

Ich hoffe Dir gefallen unsere Buchserien, ich freue mich immer über konstruktive Rezensionen, denn die sorgen für die weitere Sichtbarkeit unserer Bücher und ist für unabhängige Verlage wie unseren die beste Werbung!

Jens Schulze für das Team von LMBPN International

DEUTSCHE BÜCHER VON LMBPN PUBLISHING

Das kurtherianische Gambit
(Michael Anderle – Paranormal Science Fiction)

Erster Zyklus:
Mutter der Nacht (01) · Queen Bitch – Das königliche Biest (02) · Verlorene Liebe (03) · Scheiß drauf! (04) · Niemals aufgegeben (05) · Zu Staub zertreten (06) · Knien oder Sterben (07)

Zweiter Zyklus:
Neue Horizonte (08) · Eine höllisch harte Wahl (09) · Entfessel die Hunde des Krieges (10) · Nackte Verzweiflung (11) · Unerwünschte Besucher (12) · Eiskalte Überraschung (13) · Mit harten Bandagen (14)

Dritter Zyklus:
Schritt über den Abgrund (15) · Bis zum bitteren Ende (16) · Ewige Feindschaft (17) · Das Recht des Stärkeren (18) · Volle Kraft voraus (19)

Kurzgeschichten:
Frank Kurns – Geschichten aus der Unbekannten Welt

In Vorbereitung:
...die restlichen Bücher bis Band 21

Aufstieg der Magie
(CM Raymond, LE Barbant & Michael Anderle – Fantasy)

Unterdrückung (01) · Wiedererwachen (02) · Rebellion (03) · Revolution (04)
In Vorbereitung sind die restlichen Bücher bis Band 12 aus dem Kurtherian-Gambit-Universum

**Das zweite Dunkle Zeitalter
(Michael Anderle & Ell Leigh Clarke
– Paranormal Science Fiction)**
Der Dunkle Messias (01) · Die dunkelste Nacht (02)
In Vorbereitung sind die restlichen Bücher bis Band 4
aus dem Kurtherian-Gambit-Universum

**Der unglaubliche Mr. Brownstone
(Michael Anderle – Urban Fantasy)**
Von der Hölle gefürchtet (01) · Vom Himmel verschmäht (02) ·
Auge um Auge (03) · Zahn um Zahn (04) ·
Die Witwenmacherin (05) · Wenn Engel weinen (06) ·
Bekämpfe Feuer mit Feuer (07)
In Vorbereitung sind die restlichen Bücher dieser
Oriceran-Serie

**Die Schule der grundlegenden Magie
(Martha Carr & Michael Anderle – Urban Fantasy)**
Dunkel ist ihre Natur (01)
In Vorbereitung sind die restlichen Bücher bis Band 8
diese Oriceran-Serie

**Die Chroniken des Komplettisten
(Dakota Krout – LitRPG/GameLit)**
Ritualist (01) · Regizid (02) · Rexus (03) ·
Rückbau (04) · Rücksichtslos (05)
In Vorbereitung sind die derzeit verfügbaren Teile

**Die Chroniken von KieraFreya
(Michael Anderle – LitRPG/GameLit)**
Newbie (01)
Anfängerin (02)
In Vorbereitung sind die restlichen Bücher bis Band 6

Die guten Jungs
(Eric Ugland – LitRPG/GameLit)
Noch einmal mit Gefühl (01)
Heute Erbe, morgen Schachfigur (02)
In Vorbereitung sind die restlichen Bücher der Serie

Die bösen Jungs
(Eric Ugland – LitRPG/GameLit)
Schurken & Halunken (01) in Vorbereitung
In Vorbereitung sind die restlichen Bücher der Serie

Die Reiche
(C.M. Carney – LitRPG/GameLit)
Der König des Hügelgrabs (01)
In Vorbereitung sind die restlichen Bücher der Serie

Stahldrache
(Kevin McLaughlin & Michael Anderle –
Urban Fantasy)
Drachenhaut (01) · Drachenaura (02) ·
Drachenschwingen (03) · Drachenerbe (04) ·
Dracheneid (05) · Drachenrecht (06) ·
Drachenparty (07) · Drachenrettung (08)
In Vorbereitung sind die restlichen Bücher bis Band 15

Animus
(Joshua & Michael Anderle – Science Fiction)
Novize (01) · Koop (02) · Deathmatch (03) ·
Fortschritt (04) · Wiedergänger (05) · Systemfehler (06)
In Vorbereitung sind die restlichen Bücher bis Band 12

Opus X
(Michael Anderle – Science Fiction)

Der Obsidian-Detective (01)
Zerbrochene Wahrheit (02)
Suche nach der Täuschung (03)
In Vorbereitung sind die restlichen Bücher bis Band 12

Unzähmbare Liv Beaufont
(Sarah Noffke & Michael Anderle – Urban Fantasy)
Die rebellische Schwester (01)
Die eigensinnige Kriegerin (02)
Die aufsässige Magierin (03)
Die triumphierende Tochter (04)
Die loyale Freundin (05)
Die dickköpfige Fürsprecherin (06)
Die unbeugsame Kämpferin (07)
Die außergewöhnliche Kraft (08)
Die leidenschaftliche Delegierte (09)
Die unwahrscheinlichsten Helden (10)
Die kreative Strategin (11)
Die geborene Anführerin (12)

Die einzigartige S. Beaufont
(Sarah Noffke & Michael Anderle – Urban Fantasy)
Die außergewöhnliche Drachenreiterin (01)
Das Spiel mit der Angst (02)
In Vorbereitung sind die restlichen Bücher bis Band 24

Die Geburt von Heavy Metal
(Michael Anderle – Science Fiction)
Er war nicht vorbereitet (01)
Sie war seine Zeugin (02)
Hinterhältige Hinterlassenschaften (03)
In Vorbereitung sind die restlichen Bücher bis Band 8

**Weihnachts-Kringle
(Michael Anderle –
Action-Adventure-Weihnachtsgeschichten)**
<u>Stille Nacht (01)</u>